Best Time

白 马 时 光

〔英〕迈克尔·道布斯 著

吴超 译

老牌政敌2
国会危机

The
Lord's Day
Michael Dobbs

百花洲文艺出版社
BAIHUAZHOU LITERATURE AND ART PRESS

图书在版编目（CIP）数据

老牌政敌. 2, 国会危机 / (英) 道布斯著；吴超译. — 南昌 : 百花
洲文艺出版社, 2015.2
ISBN 978-7-5500-1225-7

Ⅰ.①老… Ⅱ.①道… ②吴… Ⅲ.①长篇小说－英国－现代
Ⅳ.①I561.45

中国版本图书馆CIP数据核字(2015)第023231号

江西省版权局著作权合同登记号：14-2015-004
The Lord's Day by Michael Dobbs
Copyright © 2007 by Michael Dobbs
This edition arranged with Simon & Schuster UK Ltd through Big Apple Tuttle-Mori Agency, Inc.
Simplified Chinese edition copyright © 2015 Beijing White Horse Time Culture Development
Co., Ltd.
All rights reserved.

出 版 者　百花洲文艺出版社
社　　址　南昌市红谷滩世贸路898号博能中心9楼　　　邮编：330038
电　　话　0791-86895108（发行热线）0791-86894790（编辑热线）
网　　址　http:www.bhzwy.com
E-mail　bhz@bhzwy.com

书　　名　老牌政敌2 国会危机
作　　者　〔英〕迈克尔·道布斯
译　　者　吴　超
出 版 人　姚雪雪
出 品 人　李国靖
特约监制　何亚娟　徐玉华
责任编辑　游灵通　程　玥
特约策划　李国靖
特约编辑　高　蕙　王　瑜
封面设计　关东野客
经　　销　全国新华书店
印　　刷　北京彩虹伟业印刷有限公司
开　　本　1/32　880mm×1230mm
印　　张　11
字　　数　280千字
版　　次　2015年3月第1版
印　　次　2015年3月第1次印刷
定　　价　39.80元
ISBN 978-7-5500-1225-7

赣版权登字：05-2015-57

谨以此书
献给我的教子罗伯，
一个充满魅力又能时时给人以灵感的年轻人。

对于不堪设想之事，
人们多不愿去想。
直到它真实地发生在眼前。

楔　子

　　他知道自己受了伤，但却感觉不到疼痛。听到敲门声他便去开门，门刚一打开，两个陌生人不由分说就闯了进来。

　　他奋起反抗。过去他曾是一名非常优秀的运动员，虽然现在不得不坐在轮椅上，行动多有不便，但他还是成功挡住了对方最初的攻势。那是两个身材矮小的年轻人，瘦得跟猴子似的，他拽住其中一人猛地一推，使他撞进另一人的怀里，两人踉跄着摔倒在地，他趁机沿着门厅向屋里退去。可他能退到哪儿去呢？他毕竟是个坐着轮椅的人。

　　也许他们是想抢劫？可他们得脑残到什么地步才会来抢他这样的人啊！明眼人一看便知的事儿，有钱人谁会住在这种猪圈一样的破房子里？他家里倒是藏了些奖杯和奖章，可那些东西又不是真金白银，能值几个钱？主人收藏它们多半是因为其情感上的价值，就像那张拍摄于几年前的他和长公主握手的照片。这里没有他们想要的东西，他们一定是搞错了，相信等他们发现这一点时，肯定会自动离开。

可两人爬起来后却又径直跟着他走进了客厅。他们面无表情，步履从容坚定，势不可当，仿佛一切都在掌控之中。

"为什么？为什么？"见对方拔出了刀，他惊叫道，"我们是同胞啊。"从两人的模样他可以断定，往前数一到两代，他的先人和他们的先人极有可能曾是表亲。而他们的肤色和靴子上干燥的尘土则表明他们和自己来自同一个地区。也许这只是一场误会，说不定是认错人了呢。可对方什么也不听，什么也不说。他们一步步逼近他，抓住了他，并抬手用刀子一划。

随后他便再也说不出话来，咽喉的位置出了问题，不怎么听使唤了。两人并没有开始在屋里翻找东西，而是静静地站在一旁注视着他，他们乌黑的眼睛里充满了不安，甚至还有一丝悲伤。他忽然觉得一切都好奇怪，这太不正常了，但他又百思不得其解。

直到他低下头，看见胸前无比醒目的一摊鲜血，他才意识到自己的喉咙被割破了，他马上就要死了。这时他不由想起小时候听父亲讲过的关于他们乡下人过节时宰羊的事。他一直都很好奇，当鲜血从脖子里汩汩流出时，那些羊会感到痛苦吗？现在，他知道答案了。

第一章

11月5日，黎明之前

国会开幕之日。这一天必将成为赎罪的日子，痛苦的日子，恐怖的日子。它将紧紧攫住这个国家的咽喉，使之陷入濒死的境地，但这样的局面是哈里·琼斯无论如何都难以预见的。此时此刻他刚刚睁开惺忪睡眼，什么都还看不清楚。他努力聚起凌乱的目光，方才发现那几乎挨着眼睛的东西竟然是一颗女人的乳头。天啊，真是个疯狂的夜晚！

一道苍白的日光勉强挤进窗户，继而在他眼前舒展开来，哈里环顾了一下四周。卧室里乱得一塌糊涂，衣服随意丢在地上，从床边一件一件一直延伸到半开着的门外，仿佛故意给人留下一条可循的踪迹。羽绒被紧紧缠着他的下半身，既难以挣脱又无法动弹，他急得浑身冒汗。昨晚喝得太多了，那可是一整瓶二十年的艾莱①威士忌啊，现在他嘴里还满是泥煤②和羽毛的味道。空空的酒瓶子丢

---

① 指艾莱岛，大西洋沿海岛群内赫布里底群岛最南端的岛屿，位于苏格兰阿盖尔历史郡阿盖尔-比特议会区，岛上居民世代酿造威士忌，因此闻名。

② 泥煤是苏格兰威士忌的重要功臣，其成分中含有较多的树木和蕨类植物，用泥煤烟熏发芽的大麦，是苏格兰威士忌酿造中的独特工艺，也使苏格兰威士忌具有了独树一帜的风味。

在门的另一侧，那是他扔下第一件衣服的地方，也是他们干柴遇烈火的起点。

在他旁边，被惊动的梅勒妮翻了个身，背对着他，像只冬眠的老鼠一样蜷缩成一团。哈里不由暗骂一声，蹬着羽绒被使劲伸了伸双腿，但梅勒妮已经再度酣睡如泥，丝毫察觉不到他的举动了。呵，这一夜到底是怎么过的？即便多年以后再回头想想，哈里恐怕仍要后脊发凉。已经分居许久的妻子忽然请他吃饭，最后又稀里糊涂地搞到了一起，这种事儿可不是经常能遇到的。

他扫了一眼卧室——三个月前，这也是他的卧室——顿时有种物是人非的惆怅，他注意到了一些微妙的变化，那些能够证明他在这里存在过的痕迹已经被清除得干干净净。梳妆台上曾经嵌着一张他在伯利兹①丛林中拍的照片，如今早已不见了踪影。椅背上再也看不到他那条带子已经磨损严重的睡袍，连同它一并消失的还有他们曾经拥有的所有温柔的回忆。他这一侧的床头柜上，过去总是摇摇晃晃地摆着成摞的书，可现在却空无一物。他忽然一阵紧张，开始四下搜寻起他收藏的几部罗伯特·路易斯·史蒂文森②的作品，那可是卡塞尔出版社19世纪80年代的首印版本。可他哪里都找不到。他妈的，走的时候忘记带了。难道全被她扔掉了？该死，她扔的时候知不知道那些书有多珍贵？知道才怪！连哈里·琼斯都能被她扫地出门，何况几本破书呢？当然，她自有另一套解释。按照她的说法，分居只是暂时的，她只是希望有足够的空间让自己静一静心。让梅勒妮心乱的究竟是什么东西呢？总不会是几本经典的文学名著吧？尽管两人的关系僵到了如此地步，可她还是邀请了哈里，并允许他重新回了家。她葫芦里卖的什么药？哈里抑制不住好奇的

---

① 伯利兹，旧称英属洪都拉斯。位于中美洲东北部。

② 罗伯特·路易斯·史蒂文森（1850—1894）：英国浪漫主义代表作家之一，代表作品有《沃尔特·斯科特爵士》《金银岛》等。

念头。难道她回心转意了？难道她希望自己回来，重新回到他们的床上，回到她的生活中？哈里百思不得其解。他永远都吃不透妻子的想法。这时，梅勒妮又把身体翻了过来，眼皮儿一动一动的，似乎马上就要醒来。

睁开眼，看到哈里，她的脸上立刻露出困惑的表情。这表情持续了很长一段时间，仿佛她费了好大的劲才完全清醒。"哦，真该死！"她叹了口气说。随后她掀开羽绒被，径直向卫生间走去。

这可不像是欢迎他回家的口气。哈里知道她是个耐不住寂寞的人，她的生活中离不开男人。难道……难道有别的男人上过这张床，盖过他的被子，睡过他的老婆？这本该是临时性的分居，谁都不能找第三者，但此刻哈里不禁怀疑她是否会像自己一样遵守这不成文的约定。啊，难怪房间里一张他的照片都没有。

猜疑是个可怕的魔鬼。他的额头上已经渗出豆大的汗珠，蜇得他又痒又疼。他的双眼开始在卧室里四处搜寻其他人来过的证据或线索。但梅勒妮才没那么蠢。他重新躺到枕头上，惊讶地发现自己居然在吃醋。他一直渴望她回心转意，只是到了此刻才真正意识到。尽管他们对彼此愤怒、失望，可夫妻感情毕竟不可能那么快就消弭殆尽。昨夜的激情使他灰暗的生活重新有了色彩，他猛然发觉自己竟无比怀念过去的日子，怀念她，怀念她放肆的、抑扬顿挫的大笑，还有她的身体。他们已经结婚三年多了，可昨天夜里却仍像他们第一次上床一样，充满了各种意想不到的新鲜和刺激。梅勒妮总是善于制造惊喜，这是她最令哈里着迷和想念的地方。可是反过来，哈里身上令她想念的又是什么呢？

卫生间里传来哗哗的水声，她正把哈里在她身上留下的痕迹冲洗干净。出于好奇，还有妒忌，哈里扯开缠着他的羽绒被，开始在他这一侧的床头柜里翻找起来。他拉开一个个抽屉，却并没有发现任何异常。这里依旧是他的领地，似乎没有被人侵犯过，连梅勒妮也没有擅自改动过一分。他顿时愧疚不已，恨自己疑神疑鬼，错怪了妻子。分居是两人协商之后共同做出的决定，目的是让双方都能平心静气地思考他们的婚姻，重新认识对方在自己心目中的位置——梅勒妮还曾着重向他强调了这一点。因此，翻过抽屉，他不禁暗骂自己多疑，可这并没有阻止他继续搜寻的欲望。他翻身来到床的另一侧，发现这边的床头柜里只不过是塞满了纸巾、小饰品以及……一张单页的传单——大街上随处可见的那种宣传页。

　　哈里还不知道，他的生活将在这一刻发生天翻地覆的变化。前一秒，他才刚刚开始相信自己是无中生有胡乱猜疑。妻子对他是忠诚的，一种莫名其妙的自豪感和成就感令他窃喜不已。而下一秒，他却忽然跌入了愤怒的谷底。他感觉自己像个可怜的白痴，哈里·琼斯何时受过如此的愚弄？熊熊燃起的怒火烧红了他的眼睛，这样的愤怒在他一生之中也没有出现过几次，但他记得上一次有人曾为此丢了小命。令哈里陷入狂怒的就是他从梅勒妮的抽屉中找到的这张不起眼的小传单。那是一份玛丽斯特普诊所的宣传页。性与生殖健康是他们主要关注的领域——意外怀孕、堕胎等。恰好在哈里将这份传单拿在手中的同时，他听到了妻子在卫生间里呕吐的声音。

　　这是一栋不大的房子，朝南一面的中央有个破败的阳台。它和伦敦西区大多数用来出租的房屋一样，墙体斑驳不堪，看上去萧条陈旧，丝毫不引人注意。房子门窗紧闭，窗帘也拉得严严实实，外面的人既看不到，也听不到屋里的情况。卧室位于房子靠后的位置，屋里沉闷得令人窒息。

　　"你醒了吗，穆赫塔尔？"

　　"我根本就没睡。"

　　"哦，反正该起来了。"

他们沉默了一会儿，让眼睛适应着清晨的第一缕曙光，随后便开始为当天的大事做准备。

"这里又闷又热，"穆赫塔尔抱怨说，"简直像个棺材。真怀念家里的感觉。"

"记住，我们是为了我们的祖国才来到这里的。"

穆赫塔尔叹了口气，声音中透着深深的忧伤，"祖国，我多想最后再看她一眼。"

"你可别犯浑。关键时刻不能掉链子，尤其是今天。"马苏德的声音变得尖锐起来，显然，他心里也同样紧张，"想想他们对我们做过的那些事，穆赫塔尔，想想那天你抱着你妈妈的尸体时的感受。"

"临死的时候我会高喊她的名字。"

"别忘了杀害她的那些凶手，只要你还有一口气，就一定要恨他们恨到底。"马苏德翻了个身，"该把其他人也叫起来了。"

"不用叫了。"穆赫塔尔回答。从这座小房子的其他房间和角落，他们已经能听到窸窸窣窣的声音。

"记住我们的誓言，穆赫塔尔，战斗到底！我们不仅要在我们祖国的崇山峻岭中和他们战斗，也要在他们自己的国土上和他们战斗！所以我们要鼓起更大的勇气，不惜一切代价，把战争引向他们，引到他们的父亲和儿子们身上，就像他们对我们那样。永不屈服！"

"你说得真好！"

"这话并不是我说的，我只是套用了咱们一位领导人的话。是时候让他们尝尝痛苦的滋味儿了。"

"让痛苦像冬天的雪花一样落到他们身上去，可是——"穆赫塔尔犹豫了。

"可是什么，我的朋友？"

"昨天夜里我们干的那些事，还有那些人。"

"你觉得不安了？"

"有点儿。"

"没关系，穆赫塔尔，这是好事。觉得不安说明你在乎别人的生命，说明你有恻隐之心，这很好。这正是我们和敌人不一样的地方。"

"可是，马苏德，我还有一件事想告诉你。"

"什么事？"

"我觉得我害怕了，非常害怕。"

她擦着嘴角的水，仍旧一丝不挂地走出了卫生间，"这他妈是什么东西？"哈里扬了扬手中的纸，板着脸质问道。他的声音虽然不高，但却充满了威胁的味道。

"你长本事了，哈里，竟然敢翻我的抽屉。"

"别忘了，那是我的抽屉。是我花钱买的。"

"没错，是你花钱买的。可它们现在是我的了，"她正色答道，"所以你最好还是离它们远点儿。"她伸手去夺，可惜哈里的动作更快一些。

"你想隐瞒什么，梅尔①？"

"什么都没有！"

哈里开始念宣传页上的文字："'玛丽斯特普，全国首屈一指的生殖保健公益组织，致力于为所有需要专家帮助和建议的人提供服务。'梅尔，你倒是说说看，你需要什么帮助和建议？你要做结扎手术吗？我看不像。看前列腺？那你也得有啊。你到底是想干什么？"

---

①梅勒妮的昵称。

"哈里，瞧瞧你自己吧，赤身裸体，气急败坏地坐在那里直哆嗦，你知道你的样子有多可笑吗？你英俊潇洒的形象全毁了。"她声音轻柔，不无幽默地揶揄着哈里，同时也在回避着问题。

"你怀孕了。"哈里有气无力地说。

梅勒妮没有立刻回答，而是伸手抓起她的睡袍，小心裹在身上，然后在床尾轻轻坐下，和哈里保持着距离，"这正是我昨天晚上让你来的原因，有些事我需要告诉你。"

"你的意思是你怀孕了，而且你想打掉它。"

他像个做总结陈词的律师，梅勒妮听了脸一红，而哈里的世界却开始慢慢地旋转、失控，将他带回到过去的某个时刻。他想起上一次听到妻子怀孕消息时的情景，当然，这里指的并不是梅勒妮，而是他的结发妻子茱莉亚。当时他躺在瑞士一家医院的病房里，而这家医院就位于他们滑雪的那座高山的山脚下。那是个初春的清晨，他和茱莉亚到山上滑雪。那是他的提议，因为他酷爱滑雪，茱莉亚不过像平时一样，紧紧跟随着他。只是谁也没有想到那次滑雪竟然变成一场无法挽回的灾难。山坡上有太多新降的雪，松散异常，结果便出了意外。哈里躺在病床上，胳膊上插着滴管，一条腿断了，脑袋被震成了一团糨糊。一位浓眉大眼的医生，身上的白大褂浆洗得板板正正，把这突如其来的消息告诉了他。他说茱莉亚已经怀孕两个月，而且很可能她自己都一无所知。

"您也不知情？我很抱歉，琼斯先生，我们已经尽了最大努力。"医生一板一眼地说，"如果对您有所安慰的话，在我看来，您的妻子并没有遭受任何痛苦。"

"遭受痛苦？"

"对，完全是猝发性的。"

"什么猝发性的？"

医生沮丧地蹙起了眉头，"还没有人告诉您吗？"或者，说不定是脑震荡让他暂时失去了记忆？"琼斯先生，您妻子摔下去的时候直接折断了脖子。所以，她肚子里的孩子也……非常遗憾。"

已经有了两个月身孕的茉莉亚，他美丽的妻子和挚爱，就这样离开了他。从那以后，哈里的人生彻底变了样，他情绪低落、萎靡不振，再也没有过去的雄心壮志和意气风发。他陷入深深的愧疚，难以自拔，而岳父喋喋不休的指责更是令他不堪忍受。他必须为茉莉亚的死负责，经历了十五年的军旅生涯——英国陆军、皇家陆军军官学校、近卫骑兵团、伞兵、国防部，等等等等，他已经习惯了担当，可这件事他实在承受不起。多少年来国家一直努力把他培养成最高效的杀人机器，艰苦的磨炼使他早已具备了承受各种痛苦的本领，可失去茉莉亚所带来的痛苦超乎想象，他内心最坚固的防御也不免分崩离析。这一切直到梅勒妮出现之后才开始改观。"该放下包袱啦。"她笑着说，而她欢快的笑声覆盖了一切。她正是哈里所需要的。凡事不要太认真，当然，除了她的身体，那值得他不惜一切去认真对待。梅勒妮使他重新站了起来，令他的面貌焕然一新，然而哈里骨子里是个不安分的人，他永远不会满足于现状，他喜欢一往无前地冲锋，喜欢一骑绝尘的快感。这一点梅勒妮却有所不同，那也是她和茉莉亚最大的区别；并不是说梅勒妮跟不上他的步伐，令哈里感到伤心的是，他发现她从来就没有真正尝试过。曾经的痛苦蒙蔽了哈里的眼睛，迷茫中的他只是渴望有什么事或什么人好让他有所支撑，显然，选择梅勒妮是他犯下的另一个错误。她不喜欢夫唱妇随那一套，当哈里像个骑士一样在世界各地寻求冒险的时候，她则更像个优雅的女王，心安理得地坐享哈里冒险的成果。他们有着不同的人生经历，也有着不同的人生目标，这两点造就了他们现在不同的生活方式。

"我很抱歉，哈里。"他听到梅勒妮说，和那个瑞士医生一样的口吻。抱歉，抱他娘的歉！每个人都说抱歉，可抱歉管个屁用？

"你原本打算告诉我的对不对？我们接下来就要商量商量，是不是？"他的语气中充满了怀疑和指责。梅勒妮最不愿看到哈里生气。也许她心里对哈里是有所忌惮的，即便他赤条条地坐在床上。可他的身体，那些刀疤和枪伤，无时无刻不在提醒她愤怒中的哈里有多么可怕。

"哈里，我还有别的事想和你谈。"

"还有比怀孕更大的事吗？"

"哈里，我想和你离婚。"

他身体清瘦，头发稀疏，站在高高的窗前，眼睛望着下面的林荫大道。从街上看过去，置身于如此壮丽恢宏的建筑之中，他不过是一个渺小得不能再渺小的身影，而每逢今天这样的时刻，他多半是这样的感觉。晨光熹微，他的目光掠过刚刚显出轮廓的宫殿，一面面旗帜无精打采地垂在旗杆上。他在窗前一动不动地站了许久，然而他的内心大抵是烦躁不安的，否则他不会没完没了地扭动左腕上那颗带有饰章的袖扣。新的一天即将开始，可今天和昨天并没有多少区别，明天似乎也并不会有任何改变，没什么好期待的，这就是他每天的生活。

他从窗前转过身。梳妆台旁立着一个红木衣架，架子上挂着一套威尔士卫队的军装。他第一次为这套军装量尺寸是在三十多年前，然而时至今日，尺寸仍是原来的尺寸，和他生活中的许多东西一样一成不变。与此同时，未曾改变的还有他的责任、义务以及那种被人拥有的憋屈的感觉，或许真正改变的只有他的发际线和耐心——尤其是耐心。这天上午晚些时候，他将再次穿上这套卫队军装履行他的职责，虽然他并不是威尔士人，这些年来除了他可怜的名声，他也并没有保卫过其他的什么。按照吩咐，他今天要参加一年一度的国会开幕大典，这只是一个象征性的仪式，并不会有任何实质上的内容。正如他浑浑噩噩的生活。他是遵照命令参加活动的——命令，他，一个六十岁的老头子！尽管一大把年纪，可他仍然没有权利拒绝这样的命令。所以，他只能把所有的不满压抑在心里，做他该做的事，反正他早已经习以为常了。

不满？不，怎么会有不满呢？真是用词不当。他并没有感觉到不满，只是有种强烈的愤恨，一股无名之火。他们好大的胆子！把那该死的衣架派过去或许倒更慈悲些，可这和慈不慈悲有什么关系呢？宪法中可从来没有关于怜悯的条款。他低骂一声，又开始烦躁地拉扯起他的袖扣。

多年来他一直竭力避免出席这样的场合，但今年与往年不同。他的父亲身体欠安，虚弱得连鞋子都穿不上，所以他们便要求他的儿子代父亲出席。这是大英帝国人民的期盼！他们对他千呼万唤，却连他最微不足道的请求都要拒绝。他只不过是想带上自己的妻子，没有比这更简单、更高贵、更恰当、更合理的要求了，可他们却死活不肯答应。那是个仁慈善良的女人，没有犯过任何错，没有伤害过任何人，在他的生命中，她带来的只有快乐和温柔。然而在一些人眼中，她却是不折不扣的红颜祸水，是他离婚的真凶，于是像驱逐流浪汉一样驱逐她。他们认为，他妻子的出现……会有些不合时宜。

不合时宜。这就是他们的说法，那些胆小鬼和马屁精，他们回避起问题就像三条腿的西班牙猎犬一样恬不知耻，根本没有任何解释。因此，为了不让他难堪，她离开了伦敦，离开了这个是非之地，留下他一个人面对——

该死！袖扣终于不堪虐待，从扣位上崩脱下来，转眼消失在昏暗的角落里。他喊了起来，起初他只是希望有人过来帮忙，而后很快就变成难以抑制的绝望的宣泄。他是这个国家最高贵的人，但也是最无奈、最悲哀的人。窗外，影影绰绰的宫殿轮廓仿佛在无情地嘲笑他，它近在咫尺，却又好似远在天涯。在距离此处不远的地方，几百年前，他的一位祖先被人们驱使着穿过公园，在凛冽的寒风中，他身上只穿了两件单衣，而多出的那一件也不过是他为了防止自己在众人面前发抖而额外请求得来的。他们把他押到白厅①前，当着不计其数的百姓的面，砍了他的头。

查尔斯·菲利普·亚瑟·乔治，堂堂大英帝国的王储，他正俯瞰的这片土地的法定继承人，却被一颗不起眼的袖扣搞得狼狈不堪。他发出一声绝望的哀号，抬脚把一张矮凳踢到了角落里。这一天，注定会与他经历过的许多日子一样，无聊、漫长、痛不欲生。

众人围坐在桌前，马苏德虽然不是他们中年龄最大的，却是他们当之无愧的首领。古拉姆，负责制炸弹的人，用黄油给大家做了顿简单的早餐——抛饼，他们就着昨天夜里剩下的羊肉和扑劳②一起吃。穆赫塔尔把饼在黑乎乎的、苦中带甜的热茶中泡了泡，然后才送入口中，若有所思地嚼着。大家闷头吃饭，谁都没有什么话。

厨房角落里放了一台手提式电视机，画面闪烁着，但是没有声音。正是早新闻时间，屏幕中是国会开幕大典现场的准备情况，电视台同时提醒广大市民，伦敦市中心已经实施交通管制。一切都和预料中的一样。

吃过早饭，他们开始做最后一次正式祷告。"我们以后不能再这样祷告了，"马苏德说，"因为这会让他们误以为我们是原教旨主义者或极端分子，那样他们会实施更残酷的报复。我们要让他们知道，我们只是平平常常的普通人，我们的目的无非是告诉他们什么才叫正义。"

①白厅是英国伦敦市内的一条街。它连接议会大厦和唐宁街。在这条街及其附近有国防部、外交部、内政部、海军部等一些英国政府机关。因此人们用白厅作为英国行政部门的代称。
②扑劳是由米饭、咖喱、肉类、青菜或花生烩制而成的一种食品，和前文的抛饼一样都是印度特色食品。

"直到他们停止暴行。"杰汗则布，成员中最年长的一位补充说。

他们身着各式服装，有的穿西装，有的则是工人打扮。马苏德最后检查了一遍。时间到了。他们纷纷离开了房子，连饭桌也懒得收拾。收不收拾已经没有意义，反正他们谁也不会再回到这个地方。

早上 6:40

这将是一个无比漫长的上午。毕竟这是一年中最隆重的国事活动。国会开幕大典，不仅仅意味着新一届国会会期的开始，更是英国一项历史悠久的传统。典礼在英国贵族院，即上议院而非下议院举行，原因很简单，英国君主是不被允许进入下议院的，历史上被送上断头台的查理一世国王曾带兵进入下议院试图逮捕数名议员，导致了国会与君主的冲突。面对下议院的冷淡与敌意，后来的君主在国会开会期间都会传召一名政府成员进入宫廷扣作人质，以防止下议院做出对君主不利的举动。看来，国王也不是好当的。

说到上议院，这里不得不提一下与它有关的另一件事。历史上有个名叫盖伊·福克斯①的天主教极端分子，他和他的同党曾企图趁国会开幕大典之际，利用他们在上议院地窖中囤积的火药炸死国王和全体政府人员。不过他们的阴谋并未得逞。当然，这都是四百多年前的事了。如今的情形已经大大不同于往日，君主和议会更倾向于以一种更加温和优雅的方式处理他们的关系。所谓的人质也已经成为一种礼节性的形式，他们通常都能得到上宾级别的待遇。

当病恹恹的太阳将第一缕阳光洒在伦敦上空，皇家骑兵开始了

---

① 盖伊·福克斯（1570—1606）：天主教阴谋组织成员，曾企图在英国上议院实施火药阴谋，刺杀詹姆士一世和上下两院成员。后来人们把每年11月5日的夜晚称为"盖伊·福克斯之夜"或者"篝火之夜"。那天晚上，英国举国同庆。人们点燃篝火，把叛国者盖伊·福克斯的人物模型扔到火中付之一炬。电影《V字仇杀队》中的面具便是盖伊·福克斯面具。

有条不紊的准备工作。起床号早已吹过，骑士桥兵营里的皇家卫兵们正在清理弥漫着浓浓尿臊味儿的马厩。威斯敏斯特宫周边的道路上正在设置路障。林荫大道上已经排好了用来阻挡围观市民的金属栅栏，铲车正在安放巨大的混凝土防撞栏，为游行队伍设定行进路线。除了有通行证的，或者是乘坐镀金马车而来的人，其他任何人都不允许越过路障进入女王仪仗的行进队伍。

在庄严典雅的威斯敏斯特宫内，会务部门的工作人员正在对上议院议事厅做最后时刻的调整。红色皮革的长凳经过了重新排列，将允许最大数量的贵族和宾客就座。议事厅后面的更衣室，大典期间是女王的私人休息室，领班仆人正在进行最后的打扫；优雅的卫生间里设有古老的青花瓷便器，也都已经过总管大人认真细致的最后检查。这里到处都摆放着怒放的鲜花，君主视线所及，必是生机盎然。而在另外的地方，埃德和拉芬斯克洛夫工场——伦敦最古老的裁缝店——派出了他们最得力的员工，等着为贵族们穿上貂皮长袍；而女裁缝师们则随时待命，哪里需要便冲向哪里。总而言之，所有准备工作必须做到天衣无缝，不留死角。

大典仪式简直和时间一样古老，但却并非一成不变。随着历史的变迁，仪式的规格和标准也一变再变。有些人认为，现在的门槛已经低到了史无前例的地步。在过去，这就好比是君主的家务事，所有大典事宜都由王室严格把关；但如今，在就业平等的呼声和财政部的压榨之下，它已经演变成一场由君臣、君民共办的国事。大典上的许多工作岗位对全社会公开，甚至允许兼职。在宫内宫外负责维持秩序的门卫曾是令许多人羡慕和神往的职位，过去都从军队中精挑细选，他们忠诚敬业，具有高度的责任心和纪律性；而今，几乎人人可以申请，包括女人。就连上议院最重要的黑杖侍卫一职——过去通常由骑士担任，至少也是陆军中将或空军少将——现在居然也开始在《伦敦旗帜晚报》上登招聘广告了。新的时代，新的面貌。传统此消彼长，如花落花开，和这里的清洁工一样，只需一纸合同便决定了他们是去是留。最低的成本，往往造就最低的标准。有些清洁工从凌晨五点便开始在宫内忙碌，而其他更多的人会在随后的几个小时中陆续到来。其中有三人是从威斯敏斯特地铁站的地下通道入的宫。这里并不是公共入口，只有得到授权的人才准许进入。他们手里提着小包，脖子里挂着印有他们照片的证件。他们在旋转的玻璃安全门前停住脚，其中一人拿出磁卡在电子读卡器上划了一下，另一人冲值班警察不自然地微微一笑，但警察并没有理会。

"包里装的什么？"

"只是午饭。"男子操着浓重的口音回答道，此时另一人也穿过了安全门。尽管警察没有要求，但三人却争先恐后地纷纷打开各自的手提包接受检查。每人包里只不过装了几块儿三明治，几根巧克力棒和几罐可口可乐。"等女王陛下离开，我们的活儿干完之后，我们打算和其他清洁工友们小聚一下。"打头儿的那个人解释说。

"可口可乐，嗯？亲爱的王太后①要是听到了，恐怕在坟墓里也会翻个身的。"

警察的小幽默并没有引起预想的效果，看到对方个个茫然不解的样子，他无奈地叹口气，点头放他们过去了。随后他用手肘轻轻碰了碰身边的同事。

"你觉得这些禁酒主义者都是从哪儿来的？"

"谁知道，"同事回答，"可能是巴基佬②吧。也有可能是非洲人、苏丹人、埃塞俄比亚人，甚至是伊朗人，据我所知这些地方的人都不怎么喝酒。"说完他也深深叹了一口气，言语间充满了顽

---

① 王太后，指伊丽莎白王太后，是现任英国女王伊丽莎白二世的母亲。
② 巴基佬是对巴基斯坦人的蔑称。

固不化的英国人的惆怅，"如今这年头，什么货色都来抢饭碗。"

"你可不能这么说。"

"事实摆在那里，他们的确抢了英国人的饭碗。"

"这一点倒也无法否认。"

"真是奇了怪了，是不是？"

"他们看起来都一个样，脸上红扑扑的。"

"跟爱喝酒的爱尔兰人有得一拼。"

他们的注意力很快便被袅袅婷婷的国会秘书给吸引了过去。她正抱着一大堆文件艰难地穿过安全门，结果文件掉了一地，她急忙俯身去捡，不经意间露出了长长的一截大腿。那几个皮肤黝黑的清洁工继续向前走着。其中一人，穆赫塔尔，额头上已经渗出密密麻麻的汗珠，他伸手在眼角上擦了擦。杰汗则布责怪地捏了捏他的胳膊。两人对视一眼，默默祷告一番。穆赫塔尔摸了摸挂在脖子里的一个小布包，那上面绣着《古兰经》中的诗文，"印沙安拉①！"他感觉平静多了。真是不可思议，即便一个人自愿去死，却也能紧张到如此的地步。

早上 7:30

罗伯特·崔特·潘恩，美国驻英国大使，这天也起了个大早。实际上他凌晨四点钟就像往常一样醒了过来，之后便再也无法入睡。这个高高瘦瘦的波士顿人自从两年前妻子因为脑溢血突然去世之后就一直饱受这种习惯的折磨。他的妻子本可以得救的，遗憾的是他们当时正在湖区②远足度假，那里人烟稀少，手机也没有信号，而且这年头过往的牧人简直比没生病的榆树还要罕见。"她

---

①印沙安拉是阿拉伯语"如蒙天佑"的意思。

②湖区位于英格兰西北海岸，在英格兰和苏格兰边界，方圆 2300 平方公里，1951 年被划归为国家公园。

死在世界上最美丽的地方，"他在妻子的追悼会上说，"面朝上帝。"他们唯一的儿子，也叫罗伯特·崔特，因为随海军陆战队去了阿富汗而未能参加妈妈的葬礼。但他再也没有回来，一颗路边炸弹要了他的命。同一年中丧妻失子，大使陷入前所未有的绝望，任何语言都难以抚慰他心中的伤痛。

现在陪伴他的只剩下他那条爱尔兰红毛蹲猎犬，他们相依为命，甚至睡在同一张床上。此刻，大使慢慢地从床上爬起来，走过空旷的卧室，站在窗前。温菲尔德庄园，美国驻英大使官邸，从这里可以俯瞰广阔美丽的摄政公园，大使望着一只正在草地上搜寻早餐的小狐狸，它在树根的部位又挠又刨，闻着桦树下刚刚冒出头的新鲜蘑菇。可怜的小东西，这座公园或许就是它能见到的最接近真实大自然的地方了，大使想到这里，既觉得奇怪，又有些难过。在这个纷乱的世界上，一切仿佛都被迫离开了自己本该在的位置。一如既往，他的目光再度被梳妆台上的照片吸引了过去。照片中是身穿海军陆战队上尉军装的儿子，那是个自信阳光、壮志凌云的小伙子，可是……他已经不在了，死在本该好好生活的年龄。现在，没有人再来继承罗伯特·崔特·潘恩这个名字。他们家族高贵的延续走到了终点，他们的故事结束了。

哦，那是何等恢宏壮丽的故事啊！家族第一位罗伯特·崔特·潘恩是《独立宣言》的签署人之一，他使这个名字永远地载入了史册。如今他与山姆·亚当斯①、保罗·列维尔②共同长眠在波士顿的谷仓墓地，那里是安葬众多美国英雄的圣地。老罗伯特为后人留下了一笔宝贵的人生财富，大使追随先人足迹，考上哈佛，进入法学院，而后开创了自己辉煌的职业生涯，成为历任美国总统纷纷

---

①山姆·亚当斯，即塞缪尔·亚当斯，美国独立战争时期的政治家，美国第二任总统约翰·亚当斯的堂兄。

②保罗·列维尔是美国独立战争时期的一名爱国者，他最著名的事迹是在列克星敦和康科德战役前夜警告殖民地民兵英国军即将来袭。

倚赖的国家栋梁。潘恩家族在美国地位显赫，可如今这个家族的历史画上了句号。最年轻也最前途无量的罗伯特·崔特·潘恩奔赴战场为国捐躯，使得家族前进的车轮戛然而止。

白发人送黑发人之痛，是任何东西都无法给予安慰的。为了转移视线，大使全身心地投入到工作中去，而且其出色表现有口皆碑，包括总统本人。她在得知大使儿子牺牲的消息之后曾致电慰问，并亲口承诺他可以无限期地担任大使一职。作为自己家族中第三个入主白宫的成员，她非常理解这种血浓于水的骨肉之情。能被委派到这个国家任职，大使本来是该感到高兴的，毕竟这里有他们祖先的根，然而今天的英国早已不是过去的大不列颠，它失去了很多东西。他们清楚自己的辉煌历史，但对未来却茫然无措。他们任凭自己的文化以及自信一点点从指缝间溜走，最后能被他们抓住的只剩下空气。潘恩认为这是一种现代病，而且遗憾的是无药可救。有时候他甚至觉得自己这个美国人倒比英国人更关心他们的国家，以及他们的风土人情。

他伸手抓起电话并按下了按钮。管家在外面接起了电话。

"奥马利，半个小时之内我就要吃早餐。"他的新英格兰①口音把每一个元音都发得缓慢悠长。

"潘恩大使，还是老样子吗？"如果是那样就简单了。鲜葡萄柚、麦片，外加一杯黑咖啡。潘恩一个人用餐的时候，饭量比猫还小。

"不，奥马利，今天特殊。"

"您是指盖伊·福克斯篝火之夜吗？"

"你可真是一个执迷不悟的爱尔兰老顽固。"

"我倒希望是呢，先生。"

---

① 新英格兰指的是由美国大陆东北角濒临大西洋，毗邻加拿大的六个州组成的一片区域。美国马萨诸塞州首府波士顿是该地区的最大城市以及经济与文化中心。

"我说的是国会开幕大典，到时候我会和女王见面的。"

"您一定会非常愉快的，先生。"管家答道。他声音嘶哑，那是讽刺和尼古丁在作怪。

"这一天要够我受的了，奥马利，只喝李子汁可不行。我看还是来点实在的吧，正儿八经的英式早餐。"

"先生，我会给您准备正统的爱尔兰式早餐。"

潘恩放下电话。他不介意奥马利的"无礼"，甚至还被他逗乐了。奥马利是个很有分寸的人，他知道自己的身份。

然而在这座城市另外某处的一间卧室里，事情却没这么顺利。这是另一位即将在这个重大的日子里粉墨登场的人物。这间卧室若论宽大气派，当然无法和温菲尔德庄园相提并论，不过特里西娅·威尔考克斯已经竭尽所能让它看起来温暖舒适。身为女人，想在以男性为主导的政界立足并不容易，为此她付出过很多，包括两次失败的婚姻。早些年间，面对那些趾高气扬的男人她没少忍气吞声，不过，如今她终于爬上了内政大臣的位子，对一个女人来说，能取得这样的成就实属不易。有时候她甚至会觉得这一切都是不真实的，以至于要狠狠掐自己一把。在精英统治的时代，她唯有奋力拼搏才能出人头地，才能忘掉她受过的昂贵的修道院教育。女校出身的女孩子早已经不吃香了。然而特里西娅并不满足。她能在自己的职业生涯中走到现在的位置，是因为她善于逢场作戏，溜须拍马，表面文章做得充足。不得不承认，这一套在官场上很是管用。但在这个圈子里浸淫得久了，她发现自己变成了一个口是心非，让人讨厌的人。她了解男人，知道他们各种各样的软肋，她也知道自己的能力绝不亚于大部分人，可即便具备了这些条件，她却仍然要依赖男人们的财富，迎合他们的喜好。这种常态性的压抑让她变得暴躁易怒，而在年龄上她也已经步入了更年期，双重夹击之下，她的日子过得并不愉快。

她已经在床上花了一个小时看她内阁公文盒子里的文件。通常情况，她会在前一天夜里就把文件看完，但昨天她去参加了一场官方晚宴，很晚才回来，结果原来的日程全被打乱了。这会儿，她在灯光下一页一页地翻看着，忽然头疼起来——啊，上帝，千万别又是偏头痛，她暗暗祈祷。而她的丈夫，还是一如既往地指望不上。

　　"科林，你这做的是什么东西？"她看着丈夫放在她旁边的托盘大声问道。

　　"早餐啊。"他在浴室里回答。

　　"你在商法界也是个叱咤风云的人物，怎么连煮鸡蛋这样的小事都做不好？"

　　"鸡蛋怎么了？"

　　"半生不熟。"

　　"哈，那岂不是和你讲笑话的功夫一样，亲爱的。"

　　"科林，我今天有一大堆的事儿要做呢……"

　　"你刚才也说了，我还要接着去法律界叱咤风云呢。"说着，他穿戴整齐地从浴室里走了出来，"我要走了。你出门时别忘了把洗碗机打开。祝你今天过得愉快，亲爱的。"随后，他几乎连看都没看她一眼便出去了。

　　她气冲冲地把托盘往旁边一推，继续看她的文件。她手上正拿着一份简报，内容是关于审判达乌德·古尔所带来的法律意义，关于这个问题，人们展开过复杂而严密的讨论。达乌德·古尔是个十恶不赦的恐怖分子，不过他却令白厅那些法律专家们伤透了脑筋。英国人把他从阿富汗与巴基斯坦边界的深山中给揪了出来，那是一次极为成功漂亮的行动，简直就像加里·格兰特①主演的老式黑白片。美国几乎动用了一半军力，花了十年时间来寻找这个家伙，但

---

①加里·格兰特（1904－1986）：生于英国的著名好莱坞影星，代表作品有《西北偏北》和《谜中谜》等。

英国特种空勤团（SAS）①仅仅用了40多分钟就把人给捉到了。目前他被关在迪戈加西亚岛上的一间牢房里。之所以要抓他，是因为达乌德·古尔是某个臭名昭著的恐怖组织的领导者，该组织曾制造了数不清的针对西方的暴力袭击事件。他的名声很大一部分即来源于此。然而在准备起诉他的过程中，人们却发现手上掌握的能直接给他定罪的证据少之又少。没错，他的确仇视美国人和英国人，还有俄罗斯人，甚至可以说，凡是在过去两百年间侵略过他的祖国的所有白人国家都是他仇视的对象，但这并不足以证明他有罪。仇视美国人可算不得什么罪行，尤其在乔治·布什下台之后。无疑，达乌德·古尔绝对不是清白之人，但很多以他的名义实施的暴行，却很可能并不是出自他手，这才是律师们争论的焦点。指控他实施了大部分恐怖袭击并将他送上法庭，这种做法未免简单粗暴，因为他们找不到任何能够证明他参与这些袭击的证据，毕竟炸弹上没有留下他的指纹。"这就好比因为宗教裁判所的存在而指控基督一样。"一位高级公务人员如此说道。白痴。那些律师全是一路货色，像墙头草一样摇摆不定。威尔考克斯知道他们该干什么，他们要让达乌德·古尔受到应有的惩罚，可是要怎样做到这一点，倒是个颇费思量的问题。他们总不能就这样把他关起来打个半死，关塔那摩监狱的虐囚事件至今还未从公众的记忆中淡去呢；把他交给地方军阀无异于将一块肥牛肉扔给了一群饿狗。所以他们别无选择，只能把他送上法庭，可怎么送呢？送到哪里的法庭？那些无聊的律师已经为此拉拉扯扯了几个月了。

这时她忽然疼得叫了起来，偏头痛又一次发作。她双腿冰凉，头痛欲裂，感觉就像不打麻药直接上了手术台。今天是国会开幕之日，会有无数的闪光灯，到处都能听到军犬的吠叫。这种环境她很

①SAS，即Special Air Service（特种空勤团），是英国最精锐的特种部队，世界十大特种部队之一。

难坚持下来。她会昏过去的，或者干出什么傻事，给她们女人丢脸，而媒体更会借此炒得沸沸扬扬，让她下半辈子都不得安宁。她不允许出现这样的状况。这一天会有那么多有头有脸的人物到场，或许人们并不会注意到她的缺席？她可以让她的私人秘书编一个恰当的理由。头疼得越来越厉害，脑袋仿佛要炸开一般，特里西娅·威尔考克斯终于做出了决定——她将缺席今天的国会开幕大典，因为她实在去不了。

后来的事实会证明，这个决定救了她的命。

早上7:50

三名"清洁工"来到了位于地下室的更衣间。这里昏暗肮脏，储物柜狭小破旧，塑料椅子上满是污渍，和女佣们的更衣间相比简直有着天壤之别。她们同样是清洁工，只不过负责的是上议院的各个议事厅和房间。根据传统，男性清洁工负责的地方仅限于楼梯和厕所等公共区域；而根据当前的经济形势，这些工作几乎没有任何要求，即便不是英国人也不会遭到拒绝。

几个人二话不说径直走向他们的储物柜，打开柜门，里面已经有十几罐可口可乐。他们把一台吸尘器拉到近旁，摘掉顶盖，彼此紧张不安地交换了下眼神，然后像面对坩埚的巫师一样，俯下身，把可乐罐小心翼翼地放进吸尘器的"肚子"里。他们只顾着埋头做事，却没有注意到一名正在巡逻的年轻警察溜达了进来。

"喂，你们几个，有什么问题吗？"

这名警察是个年纪轻轻的小伙子，对生活充满乐观，甚至有些理想主义，家里有妻子，也有孩子。他是个热心肠，平时就乐于助人，所以尽管几个清洁工并没有请他帮忙的意思，他还是走了过去。

"我的天啊，这是什么东西？"他弯腰查看吸尘器的里面时，惊讶地叫了出来。

然而他再也见不到他的妻子和孩子了。一把锋利的匕首在他颈部划过，刹那间，鲜血汩汩地冒了出来。即便如此，他仍然没有忘记自己的职责。他挣扎着想要取下身上的对讲机，向同伴们发出警告。可是，已经晚了。

第二章

哈里·琼斯，或叫亨利·马默杜克·马尔特拉夫斯·琼斯，这是他护照上的名字，威武霸气，连同护照上的照片，很容易给人留下深刻的印象，然而其真人要比护照上更加魅力夺人。他现年四十出头，但看上去要更加年轻、伟岸。一身正统套装——一看便知出自杰明街①——遮掩不住他健美的身躯和宽阔的肩膀；他步履从容坚定，一脸浩然正气，尤其那双眼睛炯炯有神，洞悉一切，像只从远处观察猎物的猛兽。

哈里不仅长得风度翩翩，兜里更是从不缺钱，是个典型的高富帅。不过他的钱是从他父亲那里继承过来的，而他的父亲曾经也有机会像他一样做个富二代，可惜本该属于他父亲的遗产由于他爷爷的自鸣得意和判断失误，被败了个一干二净。在大萧条中没有失去的财富，也被遗产税给吸干了，所以哈里的父亲只好重

---

① 杰明街是位于英国伦敦的一条特色商业街，因销售男士用品而为大家所熟悉，这条街被称为"男人街"。

整旗鼓，想方设法把他爷爷曾经在这座城市中失去的一切全都挣回来。为了实现这个目标，哈里的父亲把别人曾经对他父亲做过的事，原原本本又还到了其他人身上，这就是他积累财富的法宝。哈里的父亲一直对家族的基因怀着莫名其妙的恐惧，他怕自己父亲身上的那些弱点会遗传给他的儿子。因此，哈里在很小的时候，就被父亲送进了英语预科学校，随后又送去瑞士，时不时还会在他父亲的外国同事——她偶尔是父亲的情人——的陪同下到世界各地去体验不同的风土人情。在十六岁之前，哈里过着无忧无虑的逍遥日子，他在马里布海滩冲浪，从迪拜出发去航海，在婆罗洲学习潜水，并在中国香港将自己的处男之身给了一个年龄比他大出一截的女人——这一切全是他父亲一手安排。不过，他能考上剑桥大学却完全是靠自己的努力。然而在哈里收到录取通知书的那一天，他的父亲却突然宣布要从此中断他的经济来源。哈里要开始自食其力的生活，否则就只能等着饿死。多么残酷。这是他父亲笃信的自然选择理论。幸运的是哈里获得了一笔奖学金，而后他又利用周末偷偷在麦当劳餐厅打工挣的钱补齐了不足的部分。在某个灿烂的夏日，他在河边无意间撞到了茱莉亚，差点令对方跌落河中，幸亏他及时伸手拉住。此后，两人便迅速坠入了爱河。

哈里不管到哪里都会惹出些乱子，这是他不安分的本性决定的。可他从来不知道如何挑选时机，也许这就是他参军的原因，况且茱莉亚也是军人家的子女。但在部队里他又与他的上级格格不入，他敢用和伊拉克共和国卫队打仗的劲头顶撞他的指挥官，所以无奈的上司们只好派给他各种各样的任务，把他打发得远远的，图个眼不见心不烦。然而哈里天生就是一块军人的料，他在各项任务中的出色表现使他一路高升，从近卫骑兵团到空降旅，最后又进入SAS特种部队。在这里，哈里被培养成了军中最高效的杀人机器，精英中的精英，完美的战士。因此在第一次海湾战争期间，哈里被派到了敌后，他们与敌人遭遇严重的冲突，无线电失灵，武器损毁，补给站失联，巡逻队不可避免地迷了路。那次行动差一点便全军覆没，个别从沙漠中逃回去的人撰写了几本书披露他们在伊拉克的悲惨经历，哈里则直接找到他的上司大闹了一通。之后，他在军界的日子便屈指可数了，他被打发到位于坎伯利的参谋学院，并最终被国防部判了一段时间的徒刑。不过有人议论说，哈里是个极其特立独行的人。在军队中，这意味着他的忠诚将受到怀疑。他和别人不是一类，他是个我行我素的人，是个只忠于自己的人。

不久，哈里遇到了他人生中的一个重要转折。他的父亲在和一个比他小四十岁的年轻姑娘鬼混时，心跳骤停，不幸去世。医生早就警告过他，做那种事有可能导致非常严重的后果，可是他和哈里一样，也是个我行我素的人，"石榴裙下死，做鬼也风流"。据说这是他当时对医生的回答。就是这个父亲，在哈里十八岁时就把他赶出家门，一个子儿都不给，而今却给他留下了一笔相当可观的财富，让他有机会过上他最憧憬的随心所欲的生活。因此哈里已经不再适合留在军中，这也是他的上司们的共同意见，所以他退了役，转而投身政界，成了国会下议院的一名议员。起初哈里意气风发，很快便在政界闯出了一番名堂，并不断升迁，直到爬上内政大臣的位子。在观察家眼中，他前程似锦、不可限量，然而也正因为此，他在另外一些人眼中就成了威胁。在多半都是庸碌之辈的威斯敏斯特，聪明的头脑加充裕的金钱，绝对是足以让每个人都眼红的组合。哈里做事坚持高瞻远瞩，可他偏偏被一群鼠目寸光的人包围着。由于上级的妒忌和猜疑，他又一个辉煌的职业生涯就此夭折。

于是，哈里又回到他下议院后排的议员席上——谁也不清楚是他自己跳过来的，还是别人把他挤过来的——他也不再乘坐内阁提供的公务车，而改为步行，或者，像今天这样，跑步上班。他希望借助肾上腺素的刺激使他昏昏沉沉的大脑清醒起来，并尽可能忘掉他与梅勒妮之间发生的激烈争吵。他们在他梅费尔寓所的厨房里坐了两个多小时，互相指责，没完没了。哈里认为梅勒妮是有预谋的——先分居，再提离婚，接下来便是和解，像购物清单一样，一步一步都在她的计算之中。而她则反驳说正是哈里这种严苛、强硬而又固执己见的世界观才迫使她不得不离开他。她说她早已伤心欲绝，一直努力改善他们的关系，但换来的却只是变本加厉的漠不关心和精神虐待。她已经决定诉诸法律。

然而最后使争吵升级的仍是孩子的问题。怀孕之事梅勒妮同样始料未及，她还没有做好要孩子的准备。为此他们又是一番唇枪舌剑，关于女性选择的权利，父亲被征求意见的权利，孩子的生命权，以及她对自己身体的掌控权。

"权利，权利，行啦梅尔，别没完没了的了。你觉得离了权利地球就不转了吗？"

"哈里，你不要站着说话不腰疼。留着你的大道理跟媒体说吧。"

"孩子又没做错什么，凭什么要得到这样的对待？"

"你不是经常对我说嘛，生活并不总是称心如意的。"

"梅尔，我想要这个孩子。"

"怎么，你想申请探视权？"

"我会不遗余力地和你争。"

"不要威胁我，哈里。如果你想跟我闹，我就把这件事闹得尽人皆知，我能让你上全国每份报纸的头条。你受得了吗？"

头脑中的某个地方响起一阵警铃，提醒他赶快服个软。她又不是伊拉克共和国卫队，何必那么锱铢必较呢？他需要她，"好啦，梅尔，好好想想。就算你想离婚，也要把咱们的孩子生下来啊。"

"我记得你是很反对单亲家庭的。"她用嘲讽的语气说道。

"别这样,梅尔,别这样。"

"太晚了,哈里。"

"不,什么时候都不晚。"他轻轻说道,不管这话听起来多么老套,但他是真心实意的。

"最迟星期五下午。"她说。

星期五,还有两天。星期五究竟有什么特别的呢?

她意识到自己可能说漏了嘴,于是便尽力掩饰,"星期五你会收到我的律师函。"

但哈里看出了她在掩饰。星期五下午,玛丽斯特普诊所。哦,后天,是她计划堕胎的时间。

"你想让我求你吗?"

"我倒挺乐意看你求我的,哈里。那将是破天荒头一次,或许你会让我相信奇迹真的存在。但是,现在你求不求我都已经没用了。"

"我永远都不会原谅你。"他说,而两人都知道这绝不是一句简单的气话。他连自己都还没有原谅过,又怎么会原谅她呢?生平第一次,哈里不得不奔跑起来。

上午8:43

每逢国会开幕大典,布莱辛男爵夫人都会早早来到上议院的入口,这是她多年来雷打不动的习惯,今年也是如此。这样的日子与场合,高等贵族们都有特定的座席,而至于其他人,则遵照先来后到的原则,自行挑选座位。男爵夫人是个倔强的浪漫主义者,她特别喜爱此类场合中绚丽多姿的色彩和服装,因此在过去将近十年的时间里,她不顾关节炎的发作和自己年老体衰,总是抢在别人前头来到这里。她的身板儿依旧挺直,只是髋骨已经没有以前结实,即便站着不动，身体也会像一扇破旧的谷仓门板，不自觉地前后晃动，而且她身上隐约有股马的体味。当她发现有人居然比她还早到时，她感觉自己被深深地冒犯了。而待她认出了那个家伙时，就更是火冒三丈。在议事厅的入口处，那个拄着拐棍儿站在华丽的壁炉旁边的人，竟是阿奇·威克菲尔德。

那是她的冤家对头。他们二人结怨已久，很多时候都是针锋相对，有时甚至闹到不可开交的地步。他们之间的矛盾并不限于党派之争，更有着个性上的对立。当年她在担任外交大臣时，固执和多疑的性格常常遭到他的诟病。阿奇·威克菲尔德曾打趣说她的脑袋就像装满脏衣服的洗衣篮，根本没有多少空间接受新的东西。他还声称任何人只要读过希特勒的《我的奋斗》，就会发现男爵夫人的政治理念并不难理解。而这个阿奇·威克菲尔德，以前只是商船队中一个粗俗不堪的水手，正儿八经的工人阶级出身，他十分不解男爵夫人为什么会对他无伤大雅的玩笑如此当回事儿。他的同事们从来没有人把他当回事儿过；在一个早已脱离了工人阶级的政党内，他的存在早已蜕化成一种毫无意义的象征和标榜。而她尽管依靠自己超群的智慧和杰出的口才取得了令人仰视的成就，但她所在的党派缺乏对女性的足够理解，他们试图用新的职位埋葬她的热情与活力。在支持她当上外交大臣后，他们满心希望她会经常出差，离他们远远的，可很快他们就发现，她对国外，或者外国人，并不十分感兴趣。

如今她七十三岁，而他要稍微年轻几岁。她的脸如同在太阳底下被晒过头儿的橘子皮；而他最近又吃胖了不少，脸庞浮肿，胀鼓鼓，粉嘟嘟的，头发掉得一根不剩，看起来活像个戴着泳帽的小婴儿。她不喜欢自我放纵，对阿奇·威克菲尔德更是横竖看不顺眼。她颤颤巍巍的，想趁对方还没有看到自己之前转身走开，可再一想，那样岂不是会让人觉得她怕他，不敢面对他？她这辈子从来没有向谁示过弱，此时此刻面对这个家伙，她仍然不打算那么做。

"早上好，公爵夫人。"他用浓重的奔宁山脉①一带的口音和她打招呼，只是她搞不清楚他的口音属于山的哪一边。而她并不是公爵夫人，她和他一样，只是一名普普通通的贵族。

"阿奇，我一直以为皇家这些事情不对你的胃口。"

"什么事都要尝试一次，甚至两次，只要没有照相机在场。"

"哦，我都忘了你对照相机很敏感。那个替你写日记的秘书，她叫什么来着？她倒是挺喜欢拍照的。是叫桑娅，对吧？"这个桑娅她记得再清楚不过了，还有那些照片——这么说吧，全国三十岁以上的人几乎都知道她。那次丑闻迫使阿奇从内阁辞了职，但同时也让他成了一个家喻户晓的人物，各路媒体争相报道他的事，倒在很大程度上忽视了对金融危机的关注，让政府得以喘了口气。所以，后来阿奇便被安排进了上议院，虽然是明升暗降，对他也算是个安慰。

"您对拍照感兴趣吗，公爵夫人？"

"只要不是让你拍就行。"

"谢天谢地，刚刚我还以为您在赶我走呢。在这个时间让人看见我和您在一起，我可承受不起。"

"你随时可以离开，我不会介意的。"

"那我还是留下吧。"

"我真的很好奇，你这让人讨厌的本事到底是从哪儿学来的？"

"这您可错了，公爵夫人。我从来没学过，我连学都没上过，您应该很清楚，我这种草根阶层可不像你们一样，有机会上体面的大学。"

"哼，又拿你们工人阶级的筹码来压我。"

_____

①奔宁山脉，英国英格兰北部的主要山脉和分水岭。

"我哪里来的筹码？那只不过让我看问题更加客观公正。尤其在对您的评价上。"

"该死的，你到底来这儿干什么？你不喜欢王室，也不喜欢上议院。平时你对我们也总是冷嘲热讽。除了没完没了的抱怨，你似乎从来没有干过别的事。可你今天偏偏跑到这儿来，这到底是为什么？"

"我想，应该是出于好奇吧，"他回答说，"因为以前从没参加过，所以想趁还有机会就来体验一次。"说完他转身背对着她，他并非有意冒犯，只是想掩饰脸部突然袭来的像水银流过一样的刺痛。

上午9:00

已经到了大典第一道程序的截止时间，威斯敏斯特宫外拉起了警戒线。通向宫门的道路上已经设置好混凝土防撞栏，每个检查点都有一小队身穿防弹背心的警察把守，他们中多半拿着MP5冲锋枪。威灵顿兵营里的皇家卫兵们早已整装待发，而在威斯敏斯特宫，先期抵达的女王卫队已经集合完毕，等待着女王陛下的驾临。

不远处，上议院大门敞开，贵族们可以进入挑选各自的座位了。阿奇·威克菲尔德和西莉亚·布莱辛男爵夫人都感到一阵轻松，他们再也不用各自憋着一口气尴尬地站在门口等待。只是由于会场的诸多限制条件，他们无法像往日那样坐得远远的，因为他们都想获得最佳的视野。男爵夫人坐在了御座左侧第三排的长凳上，而阿奇立刻在她后面坐了下来，嘴里还喃喃自语说这下他总算能把女王瞧个清楚了。

此时，在议事厅旁边的一间小办公室里，正在召开当天最后一次安保会议。这里坐着一名来自伦敦大都会警察局的督察，他负责宫外的保卫工作；而另几位则来自黑杖侍卫①办公室，他们负责宫内事务——双方共同构建了一张重叠的安全网，旨在为国会开幕大典提供多层保护；不过也有人认为他们的安保措施有些头重脚轻，中心不够突出。为什么不能由一个人内外统管，负责全局呢？但这种做法已经延续了好多年，且效果也不错……呃，至少在盖伊·福克斯之后从没出过问题。

在几个负责人开会的同时，警察局的嗅探犬正在对议事厅以及周边的房间、走廊做最后一次检查，包括地下室里清洁工们的更衣间。那名遇害的年轻警察此刻已经被强行塞进了一个橱柜，但由于更衣间向来是臭气熏天的，清洁剂、光亮剂、汗臭味和食物的味道混杂在一起，橱柜外面还放了几瓶开了口的漂白剂，地上的血迹也早已用漂白剂擦洗得干干净净，因此嗅探犬在这里并没有发现什么异常，而警察们也没有察觉自己的同伴已经失踪。

嗅探犬同样没有发现藏在吸尘器里面的可乐罐。此时吸尘器已经被穆赫塔尔搬到了议事厅旁边的走廊上，一只警犬倒的确过去嗅了嗅，但穆赫塔尔不失时机地打开了吸尘器开关，巨大的噪音和机器中喷出的刺鼻的粉尘成功干扰了警犬的判断。尽管安保部门费尽心机，制订出天衣无缝的计划来确保威斯敏斯特宫和周边地区的安全，但他们谁也没有想到，危险的敌人已经来到了他们身边。

上午9:11

哈里刚冲完澡就水淋淋地走出了浴室，卧室的地毯上立刻遍布星星点点的湿痕。他在喷头下站了许久，希望痛苦能被水流冲刷干净，可那当然是不现实的。他在可胜街上租了一套酒店式公寓，离家只有几百码远。透过卧室敞开的门，他能看到公寓的其他部分。

①黑杖侍卫，也叫黑杖传令官，其职责是召唤下议院议员参加由女王在开幕大典上发表的一年一度的致辞（在仪式上，侍卫手持顶部有金狮的黑杖）。黑杖侍卫负责威斯敏斯特宫中上议院的安全、膳宿等服务。

这是个毫无特色的地方，处处充斥着消毒剂的气味。起初他还能容忍，因为他一直相信自己只是临时投宿到这里，要不了多久即可搬回家去，可如今他知道那已经是不可能的事了。他成了无家可归的人。在一切改变之前，这个肮脏不堪的小地方就是他安身立命的所在，玻璃纸中包着成堆的衬衣，冰箱里塞满食物，墙角堆着几箱书和报纸。

他像拉锯一样用浴巾使劲在身上擦着，直到后背感到灼痛才在床上坐下。他的手提电脑就放在旁边。透过脏兮兮的窗户，外面的街道正沐浴在金色的阳光中，但这丝毫没有让他感觉好一点。他登上玛丽斯特普诊所的网站，心情愈发阴郁。怀孕12周以前……应该就是这个，梅勒妮怀孕的时间应该不会更长，她不是那种善于隐藏秘密的人。在此阶段，可采用轻柔抽吸的方式将胚胎从子宫内取出。胚胎？他们指的不就是孩子吗？他的孩子。这是一个快速简单的过程，五分钟之内即可完成全部操作。说得好像剪指甲或治疗伤风一样轻巧，他们就是这样让那些有心理负担的人放下包袱的。诊所声称手术对母亲的身体和精神都不会产生任何负面影响，然而关于父亲的感受却只字未提。手术完全遵从您个人的意愿……难道父亲就什么权利都没有吗？难道他就不会感到痛苦吗？说到义务的时候人们才会想起他们，法律更是事无巨细规定得一丝不苟，可是这些义务为男人们带来了什么？

她说了，星期五下午。只剩下四十多个小时，而之后……他务必要让她改变主意。哈里觉得一阵恶心，仿佛有只野兽在他的身体里面狂撕乱扯。如此激烈的反应连他自己也吃了一惊。他已经想不起来自己何时如此痛苦，或者如此无力过。他把浴巾扔向墙角，仰面倒在枕头上。头发上的水顺着脸颊流下来，可是等到头发已经干了许久，他的脸上却依旧湿漉漉的。

上午9:30

当大本钟响起半点的钟声时，全体安保人员立刻抖擞起精神，他们拉紧了安全网。不过这一天并非所有人都准备得那么充分。一名贵族骑着自行车沿国会街疾驰而来，他担心自己要迟到了。这时他遇到了路障。尽管他拿着红白两色的上议院议员通行证，却还是被拦了下来。"先生，您不能带自行车进去。"一名警察对他说，"您没有相应的车辆通行证，请原谅我们无法放行。您也不能把它放在这里，否则我们只能把它拖走拆掉。"无奈，这名贵族只好悻悻地离开了。

最先到的一批人中有两位坐着轮椅，手里拿着通行证。他们的通行证只是一张浅绿色的卡片，上面写着号码和名字，因此两人需要另外提供一份带有照片的身份证件。于是他们各自掏出自己用旧了的英国护照。这种场合的检查往往是礼貌而高效的，两人很快便被领到皇家画廊处专门为残障人士预留的位置，这里毗邻仪仗行进的路线，届时女王陛下将从离他们几英尺的地方经过。两人再三向热心的服务人员表示感谢，当对方问他需不需要去残疾人卫生间时，他们谢绝了，至此服务人员才算安心走开。

在仪仗线路的另一个地方，女王必经的诺曼门廊，一名BBC（英国广播公司）的技术人员由于无法表明自己的身份而受到了阻拦。"如果您不介意的话，先生，"卫兵说道，"我们可不想因为您丢了饭碗。"他们丝毫不敢掉以轻心，尤其对BBC。规矩就是规矩，遗憾的是，像这种不老老实实配合检查的人还不在少数。贵族们经常忘记带他们的通行证，而很多下议院的议员们则更加不可一世，他们干脆拒绝出示证件，在他们看来，仿佛全天下每个人都该认识他们一样，哪怕他们连《世界新闻报》①的头版都没有上过。

---

① 《世界新闻报》是英国最畅销的一份周末小报。

在摩西厅①，埃德和拉芬斯克洛夫工场的工作人员正在为贵族们分发猩红色的貂皮长袍。即便在如此高贵庄严的地方，贵族们也早已失去了往日的体统，比如，在个别贵族的坚持下，貂皮可能被换成了兔皮，有时候甚至是人造皮草。长袍能掩盖许多罪恶。长袍之下，贵族们要求穿整套的制服、常礼服或者普通套装，但阿奇·威克菲尔德无权穿制服，而他又拒绝穿阶级分化明显的常礼服，因为那会显得他过分虚荣，所以他只简单穿了一套西装，虽然他一共只有两套。在他的衣柜中，这套衣服或许地位显赫，但很明显它历尽风尘，已经十分破旧。裤子看起来就像是用从报废的手风琴上回收的布料做成的，而上衣已经宽松下垂，毫无版型可言。

　　此时又轮到了这一天中最有名的一项传统仪式。十名皇家亲卫兵——英国历史最久的部队——受命开始礼仪性地检查议事厅，以纪念他们的前辈发现了盖伊·福克斯的火药阴谋。四个世纪之后，那样的事件已经不可能再次发生。他们一手提灯，一手象征性地拿了一把四英寸大小的斧子，身着都铎王朝时代鲜艳的红色制服配上及膝短裤和醒目的绉领，迈着整齐的步伐，煞有介事地从议事厅到楼梯再到地窖巡视一遭。随后，他们会来到可以俯瞰泰晤士河的阳台上喝杯波特酒。当然，这些全都是形式上的。地窖早已经过嗅探犬和手持金属探测器的警察们的检查。一切都是按部就班，毫无逾矩。每件事都像时钟一样，精确到分秒。

　　用警局督察的话说，这一天中的大小事宜均已经计划到天衣无缝的地步。然而他们千辛万苦防备的对手也不是等闲之辈，那同样是一群有着周密计划的人。此时此刻，国会大厦内已经藏匿了七名恐怖分子。只差最后一个，他们的人就到齐了。

────────

①摩西厅只是英国上议院一个普通的房间，因房间内有一幅摩西从西奈山上带回十诫法版的壁画而得名。

一辆蓝色宝马车缓缓驶入唐宁街，这辆车装有两英寸厚的防弹玻璃，其他部位则全部加装了安全铠甲，底盘低得几乎挨到地面。这是罗伯特·潘恩大使的座驾，其车后还跟着一队英国政治保安处的特勤人员，但大使的车头上并没有悬挂星条旗，因为这并不是一次官方上的访问。

来到唐宁街10号，门自动为他打开了，他大步走进黑白瓷砖铺就的走廊。他是这里的常客，所以并不会感到拘谨，他和这里的门房已经熟到可以直呼名字的地步。可是当一个足球不知道从哪里突然飞出来时，连他也大吃了一惊。这里可是首相官邸。

"对不起，潘恩先生。"一个美国口音笑着说道。

"能把球还给我们吗，先生？"另一个人则是不伦不类的伦敦腔。

"你们打算把唐宁街变成足球场吗？"

"用家父的话说，这叫最大限度地利用公共资源。"英国人答道。

"而我妈肯定会说，这是对英国人火烧白宫①的报复。"另一个插话说。

两个年轻人微笑着大步走上前来和大使握手。"谢谢您愿意带我们一程，潘恩先生，"那个美国人说道，"其实我们走路去也可以的，用不了十分钟就能到。"

"你妈妈交代过让我好好照顾你，"潘恩回答，"我想她的意思大概是让我带你准时入场，并保证不让你抢了女王的镜头。"

"哈，天下当妈的都是这样。"

"更别提当爹的了。"另一个补充说。

---

① 该事件发生在 1812 — 1815 年英美战争（即美国的第二次独立战争）期间，1814 年 8 月英军攻陷美国首都华盛顿特区，将总统官邸付之一炬。

说完两人都笑了起来。他们都是二十出头的年龄，明眼人一看就知道两人是非常亲近的朋友。的确，他们同在牛津大学读书，在那里结下了深厚的友谊。他们一个是英国首相的儿子，一个是美国总统的儿子，此等身份的两个人能建立如此亲密的关系，甚至合起伙儿来搞些恶作剧，倒着实有点稀罕。

　　英国首相的儿子名叫马格纳斯·伊顿，瘦高个，黄褐色头发，脸上总是挂着一副藐视一切的微笑，尽管有着显赫的出身，但他更愿意凭自己的本事闯一番名堂。他坚持要上公立学校，而不想依靠他父亲的金钱和地位去上收费的私立学校。他不爱出风头，除了圣诞节时的全家福照片，他很少在媒体上露面。尽管不可避免地会有人猜疑，说他能去牛津大学读书完全是靠他父亲的个人关系，但他用自己的实力向人们证明了他是一个才华横溢的年轻人。他不仅在数学研究上出类拔萃，在音乐上也有极高的造诣，此外他还是个执着的野外跑步爱好者。他身上没什么污点，除了有一次因为涉嫌酒后骑自行车而被捕。但后来警方撤销了对他的指控，因为他们发现是那辆破得不能再破的自行车误导了他们，即便是清醒又正直的警署署长骑上它也走不了直线。

　　马格纳斯的生活通常游离在大众的视野之外。而与他相反，威廉-亨利·哈里森·爱德华兹就没那么容易躲过公众的目光了，这并不奇怪，他妈妈是美国历史上的第一位女总统，也是他们家族中的第三位总统。因此很多人对威廉-亨利寄予了厚望，而他也并没有令人们失望。他以优异成绩毕业于哈佛大学历史系，如今又是牛津大学享有罗德奖学金[①]的研究生，且在赛艇方面极有可能获得崇高的蓝色荣誉[②]。他的人生就像一个塞满奇珍异宝的大箱子，而

[①]罗德奖学金，也叫罗氏奖学金，英国大学历史最长并且也是声誉最高的奖学金，由塞西尔·罗兹先生于 1902 年创设。

[②]蓝色荣誉是英国大学高级别体育运动竞赛中授予优胜者的一项荣誉。

其中大多数宝贝都是他凭自己的实力挣来的，可即便如此，他的妈妈在同意他到国外继续上学之前，仍经过了再三的斟酌。毕竟在如今这个年头，美国人在世界各地都不太受欢迎，但是英国不同，也正因为此，她才终于松了口。"妈妈，英美两国的关系是多么特殊啊。哈利·波特、威廉王子、女王、有机苹果派，都是好东西嘛，"儿子这样对她说，"您总不能——是绝对不能——把成千上万美国的儿子派到地球的另一端去打仗，却唯独把您自己的儿子圈在家里吧？求您了，妈妈，牛津大学又不是阿富汗。"所以，虽然极不情愿，她还是点头放行了。

"哦，对了，潘恩先生，家父托我向您问好。他既要对您表示感谢，又要向您致歉。"马格纳斯扳着手指头说，"他的原话是：向您致敬，因为您是他遇到过的最优秀的大使。向您致谢，因为您答应带我去大典现场，这样就没人烦他了。向您致歉，是因为他忙着开会脱不开身，没办法亲口跟您说这些话。我想可能是关于达乌德·古尔的事吧，那个人让他们相当头疼。"

"我非常理解他的难处。有时候，让鱼上钩是一回事，钓它上岸却是另一回事。不过我们恐怕没时间谈论这些高级的政治问题了，时间不早了，女王陛下可不会等着咱们。"

"我们连早餐都还没吃呢。"年龄稍小的威廉-亨利一边抱怨一边找他的外套。"嘿，不知道达乌德·古尔最后一顿早餐会吃些什么。你懂的，就是该那个的时候——"

"报复就是他最后的早餐，"大使接着说道，"报复总能产生意想不到的结果。"

"反正我是希望他下地狱的。您同不同意，潘恩先生？"

"作为外交官，我既不能同意，也不能不同意。我想你应该会发现，现在的英国人似乎不太赞同冤冤相报那一套，也不把

《旧约》中的律法①看得那么重要了。那些信念好像成了美国人的专利。"

"真可惜，我们应该像绞死萨达姆那样绞死他。"

"说到下地狱，我经常发现，通往地狱的路其实比我们多数人想象的都要近。"大使说着，把两个年轻人领出了门，并向他的车子走去。

"对了，国会开幕大典上他们会提供牛角面包和咖啡吗？"威廉-亨利问道。

"会有一大群男人穿上长筒丝袜，戴上假发，我真不知道还能期望什么。"大使回答。

上午9:42

这一天对哈里来说真是诸事不顺。以威斯敏斯特宫为中心向周边辐射，几乎整个伦敦市中心的所有主干道都陷入了瘫痪状态。哈里想拦一辆出租车，可是路上的交通像死了一般，他只好步行。没什么大不了的，在近卫骑兵团的时候，有一次他曾带领部队在没有任何事先计划的情况下，沿斯堪的纳维亚山脉徒步行军六百英里，纵穿挪威，他的手下们个个为之欢欣鼓舞，倒是上司们有点惊慌失措，他们最受不了这样的意外。哈里总有办法让他的上司大发雷霆。他最后一次随特种空勤团（SAS）执行任务也是一次艰苦的长途跋涉。他很热爱SAS，并非因为它是特种部队，而是因为在茱莉亚死后，他只有依赖和战友们在一起时那种苦行僧式的生活才能忘掉悲痛。在部队中，他英勇无畏，视死如归，有人说他过于鲁莽，但那只限于对待他自己的生命。他和同伴们都是最出类拔萃的战士，哪怕利用一支小小的钢笔，也能制造出惊人的破坏力。由于他

---

①《旧约》中的律法指的是在十诫基础上的各种条例，比如惩罚暴行的条例中有"打人以至打死的，必要把他治死""打父母的，必要把他治死"等等，现在看来是比较严苛的。

的中队在北爱尔兰以及世界其他许多地方执行反恐任务中所表现出的勇气和实力，高层很快就签署命令，把他们调到了另一个截然不同的战场。他们是城市战的专家，然而只经过数周的训练，他们就被派到了沙漠腹地。是福不是祸，是祸躲不过。很快他们就发现自己已经置身于后来所谓的第一次海湾战争之中。他们的装备差得一塌糊涂——有些甚至要直接融化在炎热的沙漠里——情报工作更是漏洞百出，他们本该被空投到一片杳无人迹的安全地带，而实际上他们却落到了伊拉克共和国卫队主力部队的眼皮底下。一场恶战令他的部队损失惨重，本身也挨了一枪的哈里不得不扛着他一位重伤的战友，靠着仅仅两升水，跋涉了两百多英里才摆脱敌人的追捕。没错，徒步，那是哈里的强项。

此刻，他正快步穿过唐宁街后面的公园。他不知道自己还能不能承受如此多的痛苦。他知道自己变了，也许变得软弱了。过去他很善于控制自己的情绪，从不轻易发怒，可为什么孩子的事却令他如此大动肝火呢？天啊，他甚至还曾为堕胎法案投过票，可如今……他大步向前走着，希望把沮丧甩到身后。很快他便走到了圣玛格丽特教堂后面的墓园，草地上是一排排爬满罂粟花的木十字架。现在离荣军纪念日还有不到一周的时间。他放慢了脚步。以家庭为单位的一群群人聚在一起，指着地上的十字架，种上他们自己带来的罂粟花，自豪地低声谈论着他们已经离世的亲人。哈里停下片刻，不由心潮澎湃。

站在这片罂粟花海中，他心头的怒火似乎悄悄地熄灭了。他必须振作起来，重新控制住局面。继续和梅尔这么相互指责下去于事无补，不管怎样，他需要她，而且必须想办法让她改变心意。他打过她的手机，但是无人接听。他在语音信箱中含含糊糊地道了个歉，并请她和他见面谈一谈——或许再一起吃顿晚饭？今晚？这个提议或许能让梅尔想到些高兴一点的事，毕竟短短九个小时之前，他们还曾在电梯里激情云雨过一番。

没走几步，他便来到了由武装警察守护着的安全警戒线处，这里已经里三层外三层地挤了一堆人，形成一道密不透风的人墙。

"您有通行证吗，先生？"一名女巡警问道。哈里看着对方精心修饰过的手指勾在MP5冲锋枪的扳机上，实在有些难以理解。他开始在口袋里翻找他那张一道绿杠一道白杠的通行证。这时，其他几名警察不由分说便开始命令围观的市民向后退。

"早上好，琼斯先生，您不用找通行证了。"一名警察敬了个礼说。

"不好意思，我们认识吗？"

"您肯定不会记得的，但我们的确见过面，时间很短，是您在亨登警察学校演讲之后见的。您那天的演讲很精彩，从那之后我就再没听到过更好的了。您不在内政部真是太遗憾了，我们很多人都这么认为。"

"哦，我也那么认为。"

于是他免去了检查的麻烦，越过警戒线，穿过空荡荡的街心。以往摆在国会大厦前的混凝土防撞栏和铁栅栏已经全部撤走，此刻这里显得格外宽阔。上议院前面的庭院，平日里的安检设备，连同持枪巡逻的警察也都不见了踪迹。今天，哈里只看见一群由男孩儿女孩儿组成的小小童子军站在阳光下。这里的一切看起来都非常平静、安全。实际上，此刻连平时在国会大厦走廊里巡逻的警察也正被撤出来，因为人们认为他们出现在如此辉煌壮丽的场合有点煞风景。哈里认为这种做法实在不得要领。自古以来，能够威胁到君主性命的危险分子，有几个是从外面来的？不都是像盖伊·福克斯和克伦威尔那样同处大厦之内的人吗？哈里忽然发觉，这天早上他遇到过的所有安保人员，他们防范的重心全都出现了方向性的错误，他隐隐有些担心，但又很快释然，生活本来不就充满了荒诞与不羁吗？他的思绪又回到教堂墓地的罂粟花，以及那一群群前去凭吊亲人的人们身上。一个令人不安的念头突然蹦出来，哈里浑身一颤。如果他死了，此刻，今天，谁又会悼念他呢？谁会费心记住他的名字？谁会在他的坟前种上一束罂粟花？他不知道，也无法想象，只好悻悻地加快了脚步。

上午10:25

时间差不多了。高级法官们已经在车队的护送下从皇家司法院出发，童子军们正在聆听他们的最终指示，来自BBC的男男女女正在对设备进行最后的测试。不过，并非所有事都如此有条不紊。本该在大典期间到白金汉宫充当"礼节性人质"的政府大臣——副宫务大臣——突然因为一点小事慌了手脚。他那晨礼服灰白条纹裤子上的一颗纽扣有些松了，命悬一线地吊在那里，随时都有脱落的可能。这是他第一次充当"礼节性人质"，出现这样的糗事更令他紧张莫名，一时间竟失望地叫了起来。他的秘书拿着针线前来救场，一边软语温言地劝慰，一边还要强忍着笑，因为此刻大臣正无奈地低垂着双手，裤子褪下一半，露出面团一样苍白的膝盖。

议事厅里的长凳上，人已经越坐越满。第一主教已经就位，他身后是一群来自各国的大使和其他外交官员。最先到来的是巴基斯坦的高级专员，他是个肥肥胖胖的家伙，穿着一套亮金色的极为华丽的阿肯服——一种长及小腿的大衣。他倚在一根手杖上，由于身躯庞大，他特别要求坐在长凳的最边上，免得在中间饱受被人挤压的痛苦。高级专员是最近才来的伦敦，骚乱与革命使得他的国家在不到一年的时间里换了两次政府。罗伯特·潘恩就坐在他的近旁，但除了礼貌的问候他们并没有进行其他交流。国家正经历着困难，这个巴基斯坦人深感肩头压力沉重。潘恩抬起头，冲二层走廊里的马格纳斯和威廉-亨利微微一笑。他们所处的位置狭窄局促，那里的设计只是充分照顾了维多利亚时代女性的身高，但两人似乎毫不介意，他们前倾着身体，伸长了脖子朝女王陛下即将出现的方向不断张望。他们看到的是一幅令人眼界大开的画面，在他们年轻人的眼中，甚至有些滑稽可笑。宝冠、勋章、胸针、丝绸、珠宝首饰以及雪白的硬圆领在电视摄像灯光的照耀下，反射出海一样的光芒。从日程单上得知，他们眼前的这一大群人中，有普通的和高级的纹章院属官，有传令官和策应员，有男爵、保镖和主教，伯爵和引座员以及他们也认不清的其他众多要员。

"这不就是活生生的名利场吗？"马格纳斯不由咋舌叹道。

"就像50年代的彩色大片。"威廉-亨利说。

"都是做给公众看的。"

"这里是民主的摇篮啊。"

"也不尽然，"马格纳斯纠正说，"理论上讲，这里仍是皇宫，一个很有意思的地方。知道不，就算有人想死在这里都不太可能。死亡证明上的死亡地点要想写成威斯敏斯特宫是需要皇家医生签字的。那群浑蛋，需要的时候他们永远都不在身边。所以如果你在这儿断了气，他们立马就会把你扔进救护车，一路过河送到圣托马斯医院。车子到了，人也死透了。跟威斯敏斯特宫没有半点关系。你看他们多狡猾。"

"马格纳斯，你脑子里装的这些乱七八糟的东西可真不少。"

"不是想让你有种宾至如归的感觉嘛！"

"那就给我弄点早餐吃吧。嘿，那人是服务员吧？"威廉-亨利说着指了指一个身穿黑衣的人。

"那是黑杖侍卫的引见官。从他那儿说不定能搞到白兰地，但培根煎鸡蛋就别想了。"

"不管你怎么说，我肯定是要饿死在这儿了。"

事实上，任何人都不能死在威斯敏斯特宫，那是不合规矩的。然而再过几个小时，这条规矩，连同其他不计其数的繁文缛节，都将被统统打破。

上午10:30

就在两个年轻人对着一群尊长欢乐吐槽的当儿，威斯敏斯特宫的皇家入口正徐徐打开，做好了恭迎女王陛下驾临的准备。与此同时，宫廷"人质"的车子正沿着林荫大道向白金汉宫驶去，他裤子上的纽扣已经缝得结结实实。此刻他正一手托着礼帽放在腿上，另一只手里紧紧握着权杖，激动得浑身直哆嗦。

林荫大道上，从对面方向驶来的是载着英帝国王冠的马车。这是全世界最华丽贵重的王冠。它上面镶嵌着数颗极为珍贵的宝石，比如从圣爱德华国王①戒指上取下的蓝宝石，世界第三大钻石②，以及一颗最为古老的、原属于黑太子③的鸡蛋大小的红宝石。为了使它更加闪耀夺目，王冠上还另外镶嵌了三千多颗其他钻石、珍珠等奇珍异宝，这使得整个王冠沉甸甸的——怎么可能不沉呢？大部分人都承受不了它的重量，因此女王佩戴王冠既需要耐心，也需要一点点练习。宫廷男仆报告说，为了准备大典，伊丽莎白女王是戴着王冠吃的早餐，还看了报纸。

和王冠同车的还有英王御剑和坚韧之冕。所谓的冕是一个用红色天鹅绒做成的物件，连在一根节杖上，因为历史太过悠久，已经没人记得它的渊源，尽管如此，人们仍像对待圣彼得的骨骸一样庄严隆重，一丝不苟。此外，人们不甚明了的是，这东西过去一年似

①圣爱德华，又名忏悔者爱德华，是英国的盎格鲁－撒克逊王朝君主，1041－1066年在位。因为他对基督教信仰无比虔诚，所以被称作"忏悔者"，或称"圣爱德华"。
②资料显示为世界第二大钻石——非洲之星二号。
③黑太子即英王爱德华三世的长子，他是英法百年战争中英国的著名军事指挥官。因其甲胄颜色为黑色获称。

乎一直放在菲利普亲王①的抽屉里。只是没有哪个好事者敢去亲王那里询问个中原因。他有病在身，而且很可能连他自己也说不清楚那东西为什么会在他那儿，但倘若让他知道有人翻过他的抽屉，他一定会愤怒到痉挛发作，震得王宫都要摇摇欲坠。而那些从他抽屉里取走东西的人会是什么结果，就不得而知了。

10点52分，马车准时抵达皇家入口。王冠由驳船长护送至更衣室，和仪式上所需的其他道具物品置于一处。这些物品包括女王的长袍——总长达六码，需要四名男童拖着方可行走——以及一瓶由侍女从宫中带来的雪莉酒。在此种场合，伊丽莎白钟爱雪莉酒，这主要是因为它的药用。大典结束之后剩下的雪莉酒会被带回宫去，这一点侍从们会格外留心，因为万一有人拿着女王喝剩下的半瓶酒到网上去卖，那就不好看了。

白金汉宫内，女王陛下在一众官员的恭送下离开内廷，从内阁来的"人质"就位列其中。此时他正深深低着头。今天的天气在十一月份可谓难得的晴朗，王宫沐浴在和煦的阳光下，像头心满意足的慵懒海象。四轮皇家马车由四匹白马拉着徐徐前进，马蹄嘚嘚有声，穿过拱门时更是回声阵阵。女王陛下在王子的陪伴下离开王宫，出发前往矗立在公园另一端的威斯敏斯特宫，皇家骑兵的一个中队走在马车前面开道引路。

马蹄声渐渐消失后，宫务大臣碰了碰他那位内阁客人的手肘。"年轻人，你现在是我的犯人了，随我来吧。""犯人"被护送着来到宫务大臣的办公室。办公室里，除了靠墙的一排排书架外，还有几张典雅的细纹真皮沙发和一台电视机，一张小桌子上放着一瓶上等香槟。

"现在老大不在了，我们尽可以放松下来。是你自己倒，还是

———————
①菲利普亲王是女王伊丽莎白二世的丈夫。

我给你倒？"宫务大臣问。

"说实话，我觉得我有点喜欢做人质的感觉了。"年轻人终于放松下来，回答道。

宫务大臣微微一笑，"温莎王室①定会尽好地主之谊的。"

两人舒舒服服地坐在沙发中喝着香槟，此时此刻，在公园的另一头，国会的中心，最后一名恐怖分子，即第八个，已经坐到了他自己的位子上。

上午11:02

皇家画廊毗邻议事厅，这里比通常的画廊要宽敞许多，甚至比贵族们所在的议事厅还要大；而其装饰更是富丽奢华，最引人瞩目的当属那两幅表现英国在滑铁卢战役和特拉法尔加海战中大败法国的巨幅油画。画面生动，栩栩如生，但也有点血腥，战场上处处可见尸体和残肢，当然多半是法军的。无法进入议事厅的宾客们就在画廊落座，稍后，女王将在侍从们的簇拥下从这里经过。想到这里，宾客们也不免激动万分，因为今天对他们来说同样是个非比寻常的日子。他们中有锡克人、苏丹人、印度人、犹太人，还有部分外国王室成员，下议院议员，黑人、白人、黄种人、棕色人种、尼泊尔人、尼日利亚人，以及一对儿来自英国诺丁汉的夫妻。女子的衣服上缀满羽饰，放在平日或许能当鸡毛掸子使用，她的帽子更是硕大无朋，像伦敦街头的公共汽车，只差没有在帽身周围印上广告。

没有任何征兆，原本热热闹闹的皇家画廊突然沉寂了下来。大家都引颈企盼着。皇家亲卫兵们大踏步走进来并各就各位。随后，外面传来一阵喧闹，表明女王的銮驾已到门口：古老的板斧砰砰有

---

① 1917年，英王室以温莎命名，称温莎王室而开始了温莎王朝时代，一直至今。

声，笨重的靴子踏得地面都在震动，各种口令一声接着一声，飘飘荡荡地传过各个大厅与房间，这些口令历经世世代代，人们大多耳熟能详，当然，也有随着时代的变迁而新增加的口令，比如让人们关掉手机的要求。宫外某处响起悠扬的国歌，皇家入口上方的塔楼上，国旗徐徐降下，王旗冉冉升起。女王陛下驾到。

11点27分，更衣室的门打开了，女王陛下执其长子之手，迈着雍容的步伐走进皇家画廊，她身后亦步亦趋地跟着四个表情严肃的男童，共同抬着裙裾。这一刻庄严肃穆，英国人沉浸在辉煌历史的自豪之中，仿佛先祖的灵魂与他们同在。啊，可是这里的气氛实在太庄重了，来自诺丁汉那位名叫艾瑟尔的女士在仪仗从他面前经过时差点兴奋得晕倒。如此之多的人物，如此华美的服装。侍女和金杖官一排，克拉伦斯纹章官和嘉德纹章官齐头，纹章院①院长和御马官并肩。这些便是女王陛下的贴身随从。

"瞧她仪态多优美啊，愿上帝保佑她。"行完屈膝礼的艾瑟尔缓缓直起身，她轻轻碰了碰丈夫亚瑟，低声赞叹说，"你看到她离我有多近了吗？我稍微一伸手就能摸到她了呢。可你瞧王子殿下，那个可怜人儿是不是又老了些？"

"小傻瓜，六十多岁的人了，能不显老吗？"他微微张开嘴角喃喃说道，"他比咱们去年逝世的梅维丝表姐还要老呢。好了，不要说话了。"

队伍终于从艾瑟尔面前经过，前往上议院而去了，她起伏的胸口终于渐渐平静下来。在女王到达之前，安置在御座两旁高处的两面巨大屏幕已经中断了信号，变成一片空白。女王驾临之际是不允许有任何其他可能转移人们视线的东西的，哪怕是女王本人的画

———

① 英国纹章院建立于1484年，实际上早在12世纪便已出现，初为贵族奴仆，后来被当成比武会上的司仪，宣布比武项目及骑士名单。为识别骑士，必须对盾牌上之盾纹有了解及认识，因而产生了纹章艺术的知识和技能。13世纪纹章官负责处理贵族事务，14世纪时权力有所扩大，可授命给低级贵族颁赠封号，国王停止直接授予纹章时，便由纹章院代行。

面。这一刻，她必须是万众瞩目的焦点。而与此同时，身在王宫的内阁人质正举起酒杯，发表了一通热情洋溢的祝酒词，大表其对女王陛下的忠心。他已经有些微醺，宫务大臣看了眼他的这位客人，在心里悄悄在对方身上打了个叉。不，这个人成不了大事，至少爬不到权力的顶峰。他缺乏足够的城府和耐力。

在座无虚席的上议院，当屏幕变黑之后，西莉亚·布莱辛与其说是听到，倒不如说是感觉到身后出现了一阵小小的骚动，仿佛有人正笼罩在难言的痛苦之中。她扭过头，看到原本红光满面的阿奇·威克菲尔德脸色煞白。

"你没事吧，阿奇？"

"再好不过了。"他极力忍着，撒谎道。

她目光锐利，不相信地打量着这个可怜的人，眼神中却充满了关切，"傻瓜，何苦呢？这里不是你该来的地方啊。"

上午11:30

她拾级而上，缓缓走向御座，四名男童小心翼翼地将她的裙裾展开，铺在地毯上。"诸卿就座如次。"女王登上御座后，向全场发令道。她的声音略显沙哑和疲惫，毕竟她已是耄耋之年，且身患感冒未愈。她的左边坐着威尔士亲王，座位比御座略低一英寸，没有人可以和女王平起平坐，即便是王储也不例外。一阵窸窸窣窣的声音过后，上议院重新归于平静。女王透过眼镜片凝视着众人，这样的场面她都经历过五十多次了，第一次时她还处在花样的年华。这并不是她想要的人生，王位也本该是与她无缘的，直到他的伯伯大卫，即爱德华八世，为了一个俊俏的美国寡妇，做出了"不爱江山爱美人"的荒唐举动——退位，而据说这个所谓的"美人"年轻时曾是中国上海一家青楼中的名妓。伯伯退位之后，她亲爱的父亲不得不勉为其难继承了王位。父亲就这样在毫无准备的情况下，阴差阳错地成了一国之君。他并没有为此感到高兴，反倒陷入深深的愁苦与哀伤。他患有严重的口吃，但为了这个国家他仍然克服一切个人的痛苦与压力，鞠躬尽瘁，直到最后被病魔夺去了生命。如果不是因为继承了王位，她和父亲的人生该有多么巨大的不同啊。在别样的人生中，她会拥有什么样的机遇呢？养马、钓鱼，看花谢花开，享受简单的快乐。可那一切早已是镜花水月，唉，大卫伯伯，始作俑者。

她抬起眼睛。议事厅另一头的墙边立着十八尊格调阴沉的雕像，他们是曾经胁迫约翰国王签署《大宪章》①的一众男爵和主教，这些雕像无时无刻不在告诫上议院中的贵族们，王位并非安如磐石，他们应时常居安思危。即使今天，女王还要按照要求为国会开幕大典致辞，然而这篇讲话稿中没有一句话，甚至没有一个标点是出自女王本人之手，它们全是那些自负的政客们的手笔。她的生命就如同缠着金线旋转的陀螺，只是这些线缠得如此之紧，成了她最难以挣脱的牢笼。

她点了点头，动作轻柔得几乎难以察觉，但细心的掌礼大臣还是能看出她已经做好了准备。这表示黑杖侍卫可以去传召下议院议员了。黑杖侍卫身穿黑色燕尾服、黑色马裤和长筒袜，佩剑挎在一旁，领命之后，他昂首阔步地向下议院走去。下议院的橡木大门关得严严实实，它代表着下议院对君主的蔑视和挑战。他举起黑杖，在门上重重地连敲三次，大门在吱呀声中缓缓打开，他才算获准进入。

下议院中以一种十分文雅的幽默方式挤满了人。此时会有人喊道："嘿，瞧呀，黑杖侍卫来啦！"其余众人便哄堂大笑，只剩下黑杖侍卫一人仍旧努力忍着，保持一本正经的严肃模样。他首先鞠

---

① 《大宪章》，由约翰王授予，承认男爵、教会和逍遥派的权力和特权。

一个躬，随后移步上前。

"议长先生，女王现谕示本院众位议员阁下——"说到这里礼貌地向两边各点点头，"——立即前往贵族院觐见。"

接到指示，议长便带领全体议员前往上议院。他们排成双队，每排两人肩并着肩，第一排是首相与反对党领袖，其次是财政大臣以及其他内阁要员——除了因病缺席大典的内政大臣特里西娅·威尔考克斯，此刻她正戴着眼罩躺在幽暗的卧室里。其实很多下议院的议员只是来看看热闹，国会开幕大典对上议院来说是非常隆重的仪式，可对下议院来说那只不过是一场秀，一项轻松的娱乐，半天的假日。

上议院门内竖着一道栅栏，其用途是防止非本院成员进入议事厅。但在国会开幕大典当天，这道栅栏被向前移动了许多，好让尽可能多的下议院议员看到仪式的进程，他们蜂拥而入，分散在议事厅两边，就像足球比赛时站在看台上的观众。虽然这并不舒服，但他们知道仪式不会太久，忍一忍就过去了。除了内阁，只有大约一百来名下议院议员比较倒霉，他们像犯了错误的小学生一样站在上议院外面，无所事事。而相比之下，那些能够抢得一席之地的人就有资本沾沾自喜了。与厅门相对的远远的一端，御座和它闪闪发光的金色华盖就像是从香格里拉的永恒世界中抢来的一座庙宇。在抢掠方面，没有人比英国人做得更出色。伊丽莎白的左边坐着她的王位继承人，御座两旁分别站着那四个男童和她的侍女，通向御座的台阶下面，则是她的贴身顾问和侍臣。女王面前简直是一片红色的海洋，那些是她身披红袍的男爵、子爵、伯爵、侯爵，甚至还有一两位公爵。而恐怖分子也藏身其中。

上午11:36

哈里随着人流鱼贯而入，来到了上下两院之间哥特式的中央大

051

厅，这时他在门卫中看到了一位老朋友，对方也正冲他点着头。

"早啊，老大。"门卫高声说道。

"你好，呆子。"哈里回应。"呆子"本杰明是哈里在近卫骑兵团时的一名下士，也是团里最出色的骑兵战士之一，人好得没话说，就是反应总比别人慢半拍，同伴们都笑称他的脑子长到了屁股上。哈里不管在哪个部队都是如此，上司们往往被他气得半死，而他的部下们却个个对他死心塌地。本杰明就是其中之一。"见到你真高兴，"哈里从他身边走过时说道，"好久不见了，咱们得抽空聚聚，喝个一醉方休。"

"我听你的，老大，只要别又跑到北极就行。"

哈里会心一笑——旧友重逢的温暖终于开始融化早晨的寒冰——正要回答，他感觉到口袋里的手机开始震动。他没有关机，就是担心梅勒妮会找不到他。于是他闪身走到一旁，掏出手机，喘了口气。果真是梅勒妮，但只是一条短信：如果你坚持要个结果，晚上8点常春藤大厦酒店见。

短信的语气冷冰冰的，一副公事公办的架势。哈里盯着手机，不由感叹，仅仅过了十二个小时，他们在电梯里重新点燃的激情却已经消失得无影无踪。见面干什么？很明显她没有协商的诚意，不过是玩点小花招，把时间拖到星期五。

哈里的手指在按键上飞快地移动着，打出了两个字：期待。随后犹豫了一下，他又加上了一句：早上的事我很抱歉。当然，这并不是他内心的真实想法，只是他需要谨慎。愤怒对解决问题不会有任何帮助，反而会激化两人的矛盾，最终闹上离婚法庭，所以，振作起来吧，哈里，你要站在自己的立场上战斗，而不是她的。可这是一场他丝毫不愿发动的战争，而且他深知自己没有赢的可能。看起来那只是浪费时间。短短一个早晨，一场婚姻就此结束。这是什么狗屁日子！

重新抬起头时，哈里惊讶地发现他已经错失了良机。由普金①设计的上议院黄铜大门口已经被挤得水泄不通，更有其他许多议员正踮起脚尖，伸长脖子向里窥探。已经没有他的立足之地了，真是倒霉。不过哈里打算看得开些，这一天还能糟糕到哪儿去呢？除非常春藤大厦酒店里的客房也被预订一空。他想还是先给酒店打个电话问问，说不定他还没有倒霉到那样的地步。

上午11:38

议事厅尽头，一名门卫抬起头，暗示栅栏外的下议院议员们已经就位。这个信号被担任掌礼大臣的纹章院院长看在眼中，他随即向大法官点点头；后者一袭黑色斗篷，戴着假发，步履缓慢地沿着台阶朝御座走去。他身宽体胖，早已不复当年的敏捷，每一步他都迈得小心翼翼，生怕有什么闪失。这样的场合，是绝对不能出半点差池的。他的右手里拿着一个绣花钱包，里面装着致辞讲稿。带着应有的适度的谦卑，他掏出讲稿，恭恭敬敬地递给他的女王。女王再次几乎难以察觉地点了点头。

她凝视着接过的讲稿，这就是所谓的女王致辞，虽然整篇文稿没有一句女王本人的话。她开始准备讲话，但首先她扭头看了看坐在旁边的儿子。这是一个经过深思熟虑的动作，充满了象征意义。她希望这能提醒在座的全体议员，在不久的将来，儿子就会坐上她如今的位置。他已经等得够久了，早已成为英国历史上时间最长的王储。正因为此，女王今天才要把他带在身边，好让人们渐渐习惯王座上的查尔斯。也许他们不会爱他，但却可以试着接受他；与此同时，查尔斯也可以慢慢克服面对他们时的紧张和拘谨感。

时间到了。她的视线越过镜片上方，注视着挤满议事厅的

---

① 指奥古斯都·威尔比·诺斯摩尔·普金，19世纪英格兰建筑师、设计师、设计理论家，英国议会大厦重建时，哥德风格的内饰设计是他的代表作之一。

三百六十二颗灵魂，而众人也纷纷回望着她。

　　"诸卿及诸位下议院议员，我的政府将——"她突然顿住了。透过眼角的余光，她明显感觉到自己右侧很近的地方出现了什么状况，使她无法将注意力集中到讲稿上去。出乱子了……

第三章

伊丽莎白并非第一次感觉到威胁。年轻时，穷凶极恶的纳粹轰炸机经常把燃烧弹和高爆炸弹倾泻到王宫之上。他们的游泳池也经常被炸得面目全非。而在林荫大道上骑马阅兵时，她曾经六次遭到枪击，但她没有畏惧，只是俯下身子轻轻拍拍马儿，继续向前，当然，她并不知道那些是空包弹。还有一次更加离奇，她一觉醒来居然发现床上坐了一个陌生的年轻男子。他说他叫迈克尔·费根，没有别的意思，只想找一支烟抽。伊丽莎白按下了报警按钮，可似乎没有任何人听到，显然，吸尘器的噪音盖住了一切。她打过两次电话求助，可是依然无人前来。于是她只好坐下来和那个患有精神分裂症的年轻人交谈，直到让对方相信自己没有香烟，并说服他和她一起到走廊里寻找。事后得知，那名男子是翻墙进入的王宫，之后便在宫内漫无目的地游荡。当然，有人曾看到过他，可却把他错当成了宫里的工人，尽管他当时光着脚。只要过了扎着铁丝网的围墙，就再也无人问津，仿佛每个人都抱定了同样的结论：既然他进得了宫，就肯定不是闲杂人等。官方报告中的说法是王宫的安保状况糟糕透顶——菲利普亲王曾使用过更加粗俗的字眼——当然，所有的教训他们都该铭记于心，杜绝重蹈覆辙。可他们做到了吗？

安全是一种心态，一种幸福感。自从揪出了盖伊·福克斯，上议院从此太平无事，再未闹出过什么风波。因此人们很难相信发生在眼前的这一幕。那位来自巴基斯坦的高级专员忽然站了起来，手里挥舞着什么东西，即便是外行人也能看出那应该是一把小型冲锋枪，而稍微有点军事常识的人则一眼就能认出，那是一把卡拉什尼科夫AK-102①突击步枪。枪托折叠起来后，其总长不足两英尺，弹夹中装有三十发子弹，三秒之内即可全部射出。在室内，这是一种威力极其可怕的武器，而由于它枪身小巧，可以轻而易举地藏在专员华丽的民族服装下面。他是个毫不起眼的角色，身体肥胖，一副病恹恹的样子，可现在却突然像变了一个人，敏捷地从距离御座仅几英尺的长凳上跳了出来，令坐在旁边的其他宾客大吃一惊。此刻，他和女王之间仅隔着几位老迈的官员，而他们背对着他，根本不知道身后发生了什么。趁着众人还没有反应过来，他轻轻一推，几个老头子便倒在了地上，他和女王之间的障碍顿时扫清。议事厅内有一名王室护卫，但却站在远远的另一头。此刻他的震惊丝毫不亚于厅内的任何一个人，不过他马上就醒过了神。然而那个巴基斯坦人这时已经冲上了御座前的台阶，站在了女王满是刺绣的裙裾上。

对于大部分目击者而言，这突如其来的一幕就像是他们用望远镜看到的发生在另一个遥远世界中的场景。一时间他们搞不清这是真是假，即便高级专员举起武器，大吼一声并开了枪，他们仍然呆若木鸡，手足无措。这到底是事先安排好的表演，还是某个蠢货突

① 卡拉什尼科夫即米哈伊尔·季莫费耶维奇·卡拉什尼科夫，苏俄著名的枪械设计师，以设计"AK-47突击步枪"而闻名退迹。AK-102是一种卡宾枪，是AK-74M突击步枪的缩短版本，隶属于AK枪族。

然发了失心疯？直到御座之上的天顶哗哗啦啦落下来一堆金色的碎片，撒满了女王全身，他们才如梦初醒，感觉到了事态的严重。尖叫声从各个角落传来，座位上的人们有的立刻抱头趴下，有的则不敢相信地僵在原地。男童们跪倒在地，瑟瑟发抖。一名侍女当场昏了过去。其他人则纷纷尖叫着，弯腰寻找着掩护，似乎只有伊丽莎白女王还镇定自若地坐在她的御座上，对眼前的混乱无动于衷。

查尔斯是第一个做出反应的人。他猛地站起来冲到了女王和巴基斯坦人中间，用身体护住自己的母亲。可是女王拉了拉儿子的胳膊，让他退了回去。如果枪手想要她的命，恐怕早就动手了，何必费什么周章，所以她不希望儿子做出任何无谓的牺牲。

王室护卫也是同样的想法。枪手处于有利位置，在挤满人的议事厅内交火，后果不堪设想，况且那极有可能会威胁到女王陛下本人的安全。所以最好的办法就是耐心等待，伺机而动，或许还能出其不意地反制对方。因此，他并没有急着掏出手枪。

可周围的形势却并非静止不动。把守御座后面两个出口的门卫本能地推开大门，让那些有机会的人尽快逃生，可是门刚一打开，外面的人却势不可当地涌了进来。当第一声枪响在上议院回荡时，几码之外的皇家画廊里，两个原本坐着轮椅的"残疾人"仿佛突然服了什么灵丹妙药，从轮椅上一跃而起。他们同样拿着武器，而且不知为何，他们还把轮椅的坐垫死死抱在怀中。

议事厅的另一端，也就是首相和下议院议员们所处的位置，这时也传来一阵枪声。藏在洗手间的三个清洁工挥舞着冲锋枪跳了出来。众人头顶的天花板上顿时多了数个弹孔。大部分下议院议员开始本能地向外逃去，这正是袭击者们期待的结果，唯有如此，他们才能驱散门口的人群。那些打算坚守岗位的人，比如门卫和警督，看到黑洞洞的枪口也不免胆寒。逃散的人群像洪水一样瞬间穿过了门口，两个清洁工立刻拉上巨大的黄铜大门。几秒钟之后，大门已经关闭，并被牢牢地锁上了。

首相和内阁的主要成员全都集中在靠近栅栏的地方，他们此刻同样六神无主。保镖们全都不在身边，因为这里毕竟是上议院，全伦敦今天最安全的地方。除了内阁大臣们，谁还能威胁到首相的安全呢？不过议事厅的这个位置还有两个额外的出口，它们通向常被用作投票厅的走廊。于是下议院议员们蜂拥而去，但最先跑到出口的是那些官居末流的小鱼小虾们，而内阁中真正的大鱼却仍被堵在最里面。他们很快就发现，拿着枪的清洁工已经站在了这些侧门的外面，不过他们晃动着枪管，故意放出去了一批人。只有第一位内阁成员拉着首相靠近出口时，一名枪手止住了试图继续往外逃的人群，并冲天花板上又开了几枪，喝令他们后退。另一个侧门处也是同样的情况。

上面一层，议事厅两边狭窄的走廊内，宾客们已经逃得干干净净，唯独两个人除外——马格纳斯和威廉-亨利。当他们逃向通往楼梯的门口时，正好撞上之前同样坐在走廊中的两个人，而此时他们手里却拿着枪。斯捷奇金APS冲锋手枪，清洁工两天前就把它们偷偷藏在了洗手间的水箱中。

"伙计，你知道我想说什么吗？"马格纳斯说。

"什么？"威廉-亨利咬着牙问。

"我们遇上大麻烦了。"

"卫兵们都跑哪儿去了？用得着他们的时候一个人影都不见。"

下面的议事厅中，那些身披红色斗篷、头戴宝冠的贵族们表面上看依旧泰然自若。他们尽力保持着皇家的体面，没有人尖叫，没有人惊慌失措，可恐惧已经开始在他们心里蔓延。伊丽莎白纹丝不动，她看到暴徒们已经控制了议事厅的各个出口。其他人也都看在眼中，他们只觉得震惊、惶恐，一些人已经处在崩溃的边缘。倘若有人第一个失控，势必会引起可怕的连锁反应，到时场面会更加混乱，后果会更加不堪设想。而就在这时，一个女人终于控制不住哭喊起来，并从人群中间向外挤去，引得周围的人一片惊慌。一名暴徒举起了枪，开始瞄准。可怕的灾难一触即发。

在这千钧一发的时刻，女王站了起来。

当年泰坦尼克号上会不会也出现过同样的情景？面对即将发生的悲剧，突然有一个人站出来控制了局面，平息了混乱？这个可能性恐怕不大。毕竟泰坦尼克号上没有女王，没有伊丽莎白，因为当她站起身时，所有人的目光都集中到了她的身上，包括持枪的暴徒，仿佛有种看不见的力量在起作用，议事厅里渐渐安静了下来。女王开口了，她的声音并不大，但却传到了各个角落。

"大家不要慌，"她说，"只管照他们说的做。"

女王的话起到了很好的效果。伊丽莎白重新坐下，此时仍有一小部分人在暴徒枪口的驱使下离开议事厅。宫廷随从、男童、侍女，那些拥有头衔但却没有实际权力的人都被放了出去。一名侍女试图接近女王，但暴徒狠狠瞪了她一眼，使她不敢再向前一步。无奈，她只好流着泪，万分不舍地离开了她的主人。

但法官们一个都不能走，他们就坐在御座的正前方；其次还有各国的使官、主教，凡是有头有脸的重要人物都被扣了下来。议事厅的每个出口都在执行着同样的标准，放走无足轻重的小人物，留下有权有势的大人物。

暴徒们没有遇到任何麻烦，因为他们的对手很难组织起任何有效的抵抗。议事厅里没有保安。在如此重大的日子里，上议院本该是全国最安全的地方，按道理国会大厦早已处在重重保护之下。可是由于担心有碍观瞻，国会大厦各个出口负责守卫工作的武装警察全都撤到了宫外。议事厅内只有一名王室护卫，另外还有几位已经退休的老将军，可他们手里仅有的武器只是几把仪式性的佩剑。虽然大多数门卫都有过当兵或当警察的经历，但他们没有武器，身手也早已不再矫健。女王的护卫包括侍卫官和皇家亲卫兵，分别被安排在王子堂和皇家画廊内，但他们穿着夸张的羽状服饰和吊袜带，平均年龄在六十岁以上，且手里拿着都铎王朝时代的兵器。显然，指望这样一群人去保卫女王陛下也未免太滑稽可笑了。

二层的走廊被清空之后，其中一名暴徒迅速在每扇门上用金属丝挂上了一个个形似可乐罐的东西——显然那是某种手雷的伪装。在一楼议事厅内，两个坐轮椅的暴徒扯开了他们手中的坐垫，可是坐垫里面并没有通常所见的海绵乳胶，而是塞满了烈性炸药，就像中东地区那些自杀式袭击者穿在身上的炸弹衣。一名暴徒将它往头上一套，径直站在女王的身后。威斯敏斯特宫瞬间变成了战火纷飞的约旦河西岸。

上午11:45

BBC的节目制作人丹尼尔是最早做出反应的人之一。当时他的实况转播车就停在距离上议院不远的黑杖侍卫花园里，过硬的专业素养使他相信自己在屏幕中看到的一切都是真的，但他仍然用了数秒钟的时间来说服自己。他从座位上一跃而起，瞪大眼睛盯着屏幕，不敢相信地骂了一句，转眼间他的额头上便冒出了豆大的汗珠。这将是活生生的历史画面，也是他职业生涯中最激动人心的时刻，但他知道自己必须做出最稳妥的选择。从职业角度看，这些镜头绝对是不可多得的新闻画面，然而不可否认，它们同样令人胆战心惊。播出这样的画面，不知会给多少观众造成挥之不去的心理阴影，甚至包括他自己，他的老板是绝不会原谅他的。他以前从来没有亲眼见过死人的场面。可是屏幕上的场景紧紧攥住了他的心，并非因为它的残忍与恐怖，而是因为他清楚地知道，就算自己再活上一百年，也休想再次见到这样的场面。这一时刻注定会载入史册，不管过多少年，都将是人们经常谈论的话题。带着极大的不情愿，他指示他的图像混合师将实时画面切换到了演播厅，不过他仍旧继续录着摄像机捕捉到的一切。现在的他已经不可能置身事外了。

被暴徒赶出来的警督此时站在中央大厅里，脑子里一团乱麻。到处都是叫喊着奔逃的人群，混乱的场面感染了他。他也是拼了命才逃出来的，他知道自己的职业生涯算是完蛋了。这件事，无论如何他难辞其咎。美国总统约翰·肯尼迪遇刺的事已经过去四十多年了，人们仍在谈论它，今天的事带有同样的性质。他开始机械地下达命令，疏散那些因为慌乱而晕头转向的人，召集所有特警小组。他的前途已经没了，但他还能拯救其他人的性命。威斯敏斯特宫周围的所有安保人员全都绷紧了神经。

议事厅内的情形有些古怪。暴徒们显然是故意放出了一部分人。挤在厅内的三百六十多个人中，有一百多人已经安全脱险，这大大缓解了暴徒们的压力，他们迅速占据了最有利的位置，将每个人都置于他们的枪口之下。其中一人站在二层的走廊里，看守着马格纳斯和威廉-亨利，同时监视着下面众人的一举一动。另一人站在御座前的台阶上，用极为流利但带有一点点口音的英语要求所有人安静下来。起初没有人听到他微弱的声音，因为议事厅里仍旧乱哄哄的，直到他再度向饰有浮雕图案的橡木天花板上开了几枪，继之而来的是死一般的寂静。马苏德成了全场的焦点。

他年纪轻轻，还不到三十岁，橄榄色的皮肤，乌溜溜的眼睛炯炯有神，很是英俊帅气。他脸上挂着一副浅浅的微笑，声音柔和，彬彬有礼，他甚至首先对大家的合作表示了感谢，这使得在座的许多人心中又重新燃起了希望。而他随后的一席话更大大加深了这种印象，"各位，请你们务必认真听我说。这关乎你们的性命。我们会释放你们中的大部分人。"他说道。

这句话让不少人如释重负。

"但并不是所有人，"马苏德补充说，"你们中的一部分人，很遗憾，需要留下来。"

上午11:47

威斯敏斯特宫被占领还不到五分钟，消息却几乎已经传遍了全城。危机自有其独特的传播原理，伦敦的所有新闻编辑室陷入一片混乱。人们常说他们这些人最爱大惊小怪，危言耸听，一辆自行车出事故都有可能被说成世界末日，然而今天这一次，人们或许会原谅他们曝出如此惊天动地的消息。

股票市场很快就刮起了一阵歇斯底里风。虽然交易员们对发生的事毫不知情，但在金融界，不确定通常被视为最大的威胁。他们开始在座位里不安地扭动起来，记着东西，交易大屏幕上已经红得像在滴血①。

电话如潮水般从苏格兰场②的伦敦大都会警察局总部涌出，奔向所有有权处理紧急事件的负责人。消防队和救护服务处于戒备状态，其他一些诸如天然气、电力、水或电话等公共事业单位也全都严阵以待，做好随时切断供应的准备。伦敦地铁公司被命令暂时关停威斯敏斯特宫和圣詹姆斯公园的地铁站，卫生当局已经做好了应对大规模伤亡事件的准备。河对面的圣托马斯医院，其急诊室暂停了对公众的服务。而在威尔特郡波顿镇的政府化学和生物研究中心，科学家们也做好了最坏的打算，他们什么时候都不敢掉以轻心，恐怖分子手中万一有脏弹③呢？

---

①在国内股票和期货市场的K线图中，通常用红色表示阳线，绿色表示阴线，但欧美股票与外汇市场和国内的习惯刚好相反。国内飘红表示大涨，国外则表示大跌。

②苏格兰场是英国首都伦敦警务处总部的代称，是大伦敦地区的警察机关，位于威斯敏斯特，离上议院约200码（不足两百米）。

③脏弹又称放射性炸弹，是一种大范围传播放射性物质的武器。

同样毗邻泰晤士河，距威斯敏斯特宫只有几百码的英国军情五处①，负责反恐事务的副局长火急火燎地冲进上司的办公室，发现他正盯着空白的电视屏幕发呆。局长过了几秒钟才开始缓缓扭过头，他的脖子就像一台生锈的吊车，移动起来颤颤巍巍的。

"是本·拉登的人吗？"他仿佛自言自语地问，这几乎成了条件反射。过去几年，但凡恐怖事件，只要是肤色稍微深一些的人干的，多半会被怀疑是本·拉登的追随者。

"我们正在电脑上进行面部比对，这要花点时间。"

"可其中一个人竟然是他妈的高级专员！这个人什么背景？"

"是个巴基斯坦人，山区部落成员，名字叫扎曼·汗。来英国才几周，据说是个不好惹的角色。不过话说回来，他们新政府中的人没一个是好惹的。"

局长在口袋里寻找着他的戒烟棒，此时此刻，要是能有一支货真价实的香烟，他情愿拿自己的女儿去交换。"他跳起来时嘴里喊了句什么？"

"好像是Azadi，意思是自由。"

"别的呢？"

"别的就没有了，现在知道的就这么多。"

"但愿他们跟本·拉登是一伙的。"局长说着，贪婪地闻了闻手里的戒烟棒，努力集中起精神，"不管用什么办法，先把这一点敲定。绝对不允许是国内的人，一个都不行。"

"我们会尽力的。"

局长叹了口气，开始按电话机上的按键，"也许，咱们可以把这件事推到河对面六处②那群浑蛋的头上。"

①军情五处即英国国家安全局，是一个起源于一战的情报部门，在对付颠覆和恐怖活动上战功累累。
②指军情六处（MI6），全称是英国陆军情报六局，又称秘密情报局，是英国军方情报部门负责搜集国外情报和反恐怖主义活动的组织。

站在御座前台阶上的马苏德，说起话来活像个中学校长，"你们中的一部分人，需要留下来。"他的语气轻松得如同只是留下几个捣蛋的学生。

"全体内阁成员，"他说，"还有各位大使、法官、主教，请你们暂时坐着别动。当然，我们还想邀请王室的一些成员。"他甚至转身冲女王微微鞠了一躬，或者点头致意？"但我必须提醒各位，"他随即又转向他的听众们，"我们知道你们的身份，也认识你们的脸。所以，我刚刚提到的那些人，请照我说的做。不要心存侥幸，或者妄想偷偷溜掉。"他顿了顿，充满朝气的面孔格外镇静，眼神在众人中间扫了一圈，"否则，非常遗憾，我们只能杀了你。"

他把那些无足轻重的人赶到一边，为他，也为他的同伴腾出杀戮的空间。

"我们走御座两边的门，"他大声说，"现在，请动起来吧。"随后他对着天花板又开了几枪，好给那些茫然的听众提个醒。众人开始行动了起来，他们中的大多数人都保持着镇定，尽量不丢掉英国绅士的尊严。他们一个跟着一个，步履缓慢地向前走着，如同排队上救生艇的乘客。

西莉亚·布莱辛目睹了事件的全部经过，她也跟着众人慢慢起身，并努力掩饰着自己颤抖的身体。可是，坐在她后面的阿奇·威克菲尔德却纹丝不动。

"你还愣着干什么，阿奇？快走啊。"

"我还是留下来吧。"

"什么？"

"我要留下。"他重复道。

"见鬼，你留下干什么？"

他顿了下，咬了咬牙说："也许我能帮上忙。"

"你？"

他缓缓呼出一口气，仿佛要把自己身体里的东西全部排空，"西莉亚，我本来就是个将死之人，活不过六个月了。和这里的大部分人不一样，我已经没什么可失去的了。"

"可你——"她想反驳，想和他争吵，就像他们平时那样，可当她注视着他的眼睛，她看到了以前从未注意到过的东西。在他的瞳孔深处，一团乳白色的东西已经蔓延开来，改变了眼眸原本的颜色。她立刻明白阿奇所说的都是实情，他破罐子破摔的逻辑，至少在今天这样的情况下，是无可指责的。"该死的老家伙！"她骂了一句。

"怎么了？"

"如果你留下，那我也留下。"

"为什么？"

实际上她非常害怕，一点也不愿拿自己的性命去冒险，可她已经一大把年纪，早把生死之事看得很淡。要是他留下而她离开，那有生之年她在他面前恐怕都会抬不起头的，尽管他的有生之年仅仅剩下六个月。所以她也希望能像他说的那样，可以帮上忙，出一份力。这是一直以来她到这个地方——上议院的目的，来支持自己的阵营，哪怕明知道他们没有半点赢的希望。她孤身一人寡居多年，结果脾气性格愈发古怪，在政治生活中为她制造了许多不必要的敌人，比如阿奇·威克菲尔德，突然之间，她对他的看法有了实质性的改变。

"为什么？"他再次问道。

"我在写我的回忆录，需要点有分量的东西来结尾。我看这件事不错，你觉得呢，阿奇？"

"真是荒唐！"看着她重新坐下，阿奇嘟囔了一句。

上午11:55

　　混乱的状态仍在持续，有些人被允许离开，议事厅内再度喧闹起来，而有些人则早就被恐怖分子盯上。马格纳斯和威廉-亨利，两个最有权势的大人物的儿子，将在这起事件中扮演至关重要的角色，尽管他们自己并不愿意。他们被用枪逼迫着从走廊来到了议事厅，加入到其他人质中去。两个年轻人的脸庞因为勉强和愤怒而变得通红，他们都曾在心里盘算着突然袭击那个用枪管在他们背上乱戳的家伙，可就在他们盘算的当儿，时机已经错过了。每踌躇不决地迈出新的一步，他们年轻人天生的乐观便渐渐变成不可阻挡的恐惧。他们感觉自己如同在水中行走，不得不使出浑身的力气，好像四肢不再受他们的支配。两人跌跌撞撞地被赶进议事厅，进门之时正好被罗伯特·潘恩看在眼中，他立刻关切地皱起了眉头。

　　附近，王室护卫趁混乱之际，偷偷溜进了大使们就座的位置，他和许多人一样都穿着晨礼服，这成了他身份的最好掩护。

　　下议院中的一个年轻议员被眼前的阵势吓破了胆。大门关上时他被困在议事厅的另一头，于是他不顾一切地爬过栅栏，在人群中又挤又推，绝望地想要开辟出一条路来，最后，一位和他妈妈差不多年龄的女贵族猛地转过身，眼睛像冒了火似的瞪了他一眼，并结结实实地赏了他一个耳光，他才算冷静下来。然而最躁动不安的要属内阁中的小部分成员，恐怖分子要他们留下，否则格杀勿论。每个人都在揣摩着那个年轻暴徒的话，他们真的能认出所有内阁成员的脸吗？每个人都在心里思来想去，到底要不要冒险偷偷溜出去。最终，他们不约而同地得出了同样的结论。即便他们侥幸逃出了议事厅，到了外面他们也一定会因为抛弃了女王而被人们骂得体无完肤，而他们自己也肯定会内疚一辈子。人生在世，脸面很重要。他们中有的人愿意去拥抱小牛、开垃圾车、在病房中为病人倒茶、到养老院亲吻臭气熏天的老人，他们所做的这一切，不都是因为他们不愿做个默默无闻的无名之辈吗？得到他人的认可，这是每个人都矢志不渝的目标。因此，到最后做决定的时候，他们一致选择了留下。

同样留下的还有哈里·琼斯，但他并不在议事厅内。骚乱发生时他正站在离上议院几码远的地方打电话，他刚刚确认预订的客房可以入住，便看见一大群失魂落魄的议员从他身边跑过，他们的眼中充满了恐惧，慌乱的脚步声响成一片。哈里没有盲目地跟着人群往外跑，而是本能地选择了相反的方向——他似乎一辈子都没有干过随大流的事。也许是因为骄傲，他不屑于盲从任何人，或者只是出于好奇，但不管是什么，都使他成了英国军队中最出色的战士之一，因而这一次的选择亦是天性使然。虽然别人都在没命地逃离危险，但哈里却朝着枪声响起的地方跑去。他看到了三名清洁工，其中两人关上沉重的黄铜大门，并分别站在厅内大门两边负责把守，哈里挤过潮水般涌出去的议员，偷偷站在了其中一名清洁工的背后，相距仅仅一臂之遥。这名清洁工只顾着前面，丝毫没有注意到站在身后的哈里。这是偷袭的最佳时机，一种阴暗丑陋的念头迅速攫住了哈里的心，催促着他快点结果这个浑蛋的小命。那很简单，对方枪口朝上，哈里只需用前臂勒住他的咽喉就能把他提起来，继而猛地一用力就能扭断他的脖子。如此一眨眼的工夫他就能悄无声息地把对方干掉，这是他受过的训练，以前也曾经这么做过。可是哈里不能蛮干，他只有一个人，在敌众我寡的情况下是没有多少胜算的，因此他躲在一旁偷偷观察着对手，他的穿着打扮，他的武器，他的举手投足，他的脸庞乃至发型。必须彻底了解你的敌人，不能放过任何不起眼的细节。随后，哈里悄悄地退开了。

三分钟后，御座两旁的门也打开了，无关紧要的人得以离开。哈里此时就藏在乱糟糟的人群中，观察着守在门口的暴徒，他要首先搞清楚对方一共有多少人，以及每个人都有什么特点。他尽可能地接近暴徒，直到对方不顾正在往外走的人群，毫无征兆地突然关上了门。

中午12:00

那些获准离开却又突然被挡在门内的人终于崩溃了，他们不满地叫嚷着，声音震耳欲聋，连大本钟的钟声都被淹没。他们以为自己得到了安全的保证，重获了自由，可是恐怖分子的话又怎么能相信呢？

整点钟声响起时，议事厅中传来了另一个绝望的声音。首相约翰·伊顿看到了他最恐惧的事，不由发出一声可怜的呻吟。

伊顿六十岁出头，这个年龄和青春几乎已经搭不上关系，不过他两鬓的银丝倒给他增添了一些风采，当然更重要的是，它们不容置疑地证明了他的阅历。他对大多数同僚曾经的污点了如指掌，他更知道该何时利用这些污点以达到自己的目的。他利用数不尽的恩惠和适当的威胁控制着英国这台政治机器，通常情况下，他很乐意让年轻的同僚们去争论政府的具体政策，而他自己则仿佛超然世外。

然而和他的许多前任领导者一样，约翰·伊顿也是因为令人遗憾的私事而不得不寻求政治上的地位。从政，是一种遮丑、洗白、埋葬耻辱的手段，试问哪里还有比唐宁街更容易埋葬过去的地方呢？令人惊讶的是，这也是许多人的惯常做法。温斯顿·丘吉尔是因为父亲的失败才投身政界的；哈罗德·麦克米伦则是因为老婆长期给他戴绿帽子，而且他甚至连自己的孩子是不是他亲生的都不知道；还有托尼·布莱尔，当然，历史学家们还在争论他在当上首相之前有多少丑事能和他卸任之后的丑事相提并论。

与前任们相比，伊顿的耻辱感并不那么强烈。他所遗憾的事情实际上微不足道，非常私人，他完全没有必要感到内疚，但有些事不是个人所能控制的，尤其当你生在一个可怜的家庭，遇到一个暴虐的父亲。父亲每次喝醉了酒就会打母亲，而后会为了醒酒再打一次。这种情况陷入自责的通常是孩子，因为他们认为自己才是造成这一切苦难的原因，还因为他们认为自己没有能力阻止这一切。小时候的伊顿经常瑟瑟发抖地缩在被子下面，捂上自己的耳朵，好挡住暴力的声音，那时他就暗下决心，长大之后，一定要做一个有权力的人。十六岁时他离开了家，从此开始不停地奔波，不停地奋斗，直至入主唐宁街。

他对更高程度的政治哲学缺乏担当，但这算不得什么弱点；它意味着他更加依靠自己的表现能力。童年时期，依靠这种能力他躲过了父亲加于母亲身上的那种暴力；而今，年龄给了他成熟稳重的外表，使他更显从容自如，该威严的时候威严，该放松的时候放松，偶尔甚至还能制造点喜剧效果。他大可以倚老卖老，扮演老大哥的角色，仿佛他是这个国家的一家之长。假如不小心忘了什么事或漏掉了重要的数字，他会怪罪于日渐衰退的记忆力，表明自己做过的事情远比记住的事情多，而与此同时，他需要记住的事情又远远多于他实际上做过的事情，这使得他的对手们看起来无比幼稚和小气。如果说约翰·伊顿嗜酒，那他也绝非第一人。撒切尔夫人钟爱威士忌，丘吉尔自从长大成人之后，每天午餐时都要喝掉半瓶香槟，而且还声称他从酒中得到的东西远比酒从他身上得到的东西多。然而，不管是温斯顿·丘吉尔还是约翰·伊顿，在与酒的角逐中，都只是小胜而已。不管伊顿如何努力地逃避，父亲身上的某些东西还是遗传给了他。

伊顿和丘吉尔还有另外一个共同之处，那就是他们都只有一个儿子。他本想多要几个孩子，可这件事他无能为力，因此马格纳斯既没有弟弟，也没有妹妹。于是，伊顿将所有的感情都倾注到了这唯一的儿子身上，他对马格纳斯的爱炽热猛烈，他希望为儿子提供自己小时候憧憬但却从来未曾拥有过的生活。他做了一个父亲能做到的一切来保护儿子，有时候他的做法甚至有些过火，反倒招致马格纳斯的厌烦，但他安慰自己说，即便是他错了，那也总比一个酗酒的失败的父亲要强些。

然而此刻，当伊顿在枪口的威逼下从栅栏处走向议事厅的另一端时，他发现自己内心最黑暗的恐惧复活了。他看到了自己的儿子。可怕的结果在脑海中突然闪现，他受不了如此巨大的打击，忽然就撑不住了。他双膝一软，在旁人看来，如果没有人搀扶他极有可能就要瘫倒在地，可他毕竟见多了各种场面，经验老到，很快就恢复了镇定，至少在表面上他做到了。可是这场风暴是他数十年来闻所未闻，见所未见的，而且它大有愈演愈烈的趋势。他很快就意识到，自己最初的恐惧其实仅仅抓到了整个事件的皮毛。被对方扣为人质的不仅仅有他的儿子马格纳斯，还有美国总统的儿子、女王陛下的儿子。他们不仅控制了这个国家最有权力的人，还控制了这个世界上最重要的三个人的孩子。为什么？他们有什么企图？这绝对不是巧合。当跳跃的思维终于变得连贯，各种线索渐渐勾勒出一幅恐怖的画面，而且随着时间一分一秒地过去，这画面越来越清晰，越来越残酷。眼看两个膝盖有再次出卖他的危险，他紧走几步，在一个位子上坐了下来。约翰·伊顿的心底，发出一阵阵恐惧的尖叫。

中午 12:03

议事厅中现在只剩下不到八十名人质了。暴徒们将他们驱赶到议事厅南侧，这里靠近御座，更容易看守。而且一旦发生交火，势必会造成最大程度的伤亡。那名身穿炸弹衣的自杀式袭击者站在御座后面，御座为他提供了绝佳的掩护，而女王又近在咫尺，成了他最好的护身符。可在如此非同寻常的环境里，暴徒们却仍然有条不紊，甚至还有些文质彬彬。

议事厅里终于出现片刻难得的宁静。一些人仍然不愿相信眼前的这一切都是真的，求生的欲望迫使他们想方设法抓住任何一根救命的稻草。他们祈祷着这只是某种恶作剧，或者这只是一场没有任何提前通知的安全演习。这时，约翰·伊顿从座位上站了起来。他不知道自己骨子里是不是一个勇敢的男人，因为他从来没有接受过类似的考验，可他为自己之前的懦弱感到无比羞愧，他知道，作为首相，他必须该有个首相的样子。他要首先试探一下敌人的勇气，固然，这对自己也是一番严酷的考验。他不卑不亢地凝视着站在御座台阶上的那个年轻暴徒。

"你们是什么人？你们想干什么？"

"啊，伊顿先生，"暴徒微笑着答道，"但愿您的膝盖已经恢复了。"这是极其残忍的嘲讽，伊顿很想针锋相对地回敬他一句，就像他在国会中那样，可他不是傻瓜，不会轻易上对方的当，因此他只是无声地咬了咬嘴唇。年轻暴徒已然赢了第一个回合，"我叫马苏德，"他继续说道，"您刚才问我们想干什么，我来回答您，我们的要求只有三个。第一个非常简单——重新设置电视信号的覆盖面，我要让全世界每个角落里的人都能看到发生在这里的事情，我们没有什么好隐藏的。"

"很遗憾，BBC不归我管。"伊顿答道，他尽量让自己的语气带着点幽默的味道，"这个你应该知道。"

"此时此刻，您当然什么都管不了，也许连您自己的膀胱都不受您的控制了。可是您瞧，伊顿先生，我想这会儿我的权力应该比你——大不列颠的首相——更大些。我可以说服BBC，我相信他们一定会听我们的。如果这个大厅里的摄像机在一分钟之内没有开始工作，电视信号的覆盖面没有重新设置，就会——我该怎么说才不会显得那么丑恶呢？——就会有不好的事情发生。"他指着议事厅上面一片空白的显示屏，"一分钟之内，我要这些屏幕恢复正常，并让我们看到全世界都在看的节目，否则——"

"否则什么？"

"否则您可能会死，伊顿先生。"年轻人笑着说，但这笑声多少有些虚假的成分。他也同样紧张，不过当他举起冲锋枪对准首相的时候，他的手丝毫也不见颤抖。他开始看表。

二十秒钟过去了，窝在转播车中的丹尼尔忽然意识到整个世界都在等他。他是BBC转播链上的最后一环。此前他已经切断了直播，如今只有他能够使画面信号恢复。电子表不停地闪烁着，时间一秒一秒地过去。他摇了摇有些眩晕的脑袋，痴痴地盯着手机屏幕，期待着它能突然响起铃声，某个BBC高管打电话发来指示，好让他肩上承担的责任轻一些，可是那该死的东西却像关了机一样，毫无反应。没人愿意为他分担，又是十五秒钟过去了，年轻暴徒提醒时间快到了，转眼便又过了五秒。"我该怎么办？"丹尼尔绝望地问他的同事，可没有人回答，甚至没有人看他的眼睛。他知道BBC的制作人手册上没有一条能够帮到他的。他的大脑开始一阵阵悸动，他以为自己又要流鼻血了——天啊，千万别！血、疼痛、困惑、绝望，丹尼尔唯一能够确定的是他此刻孤军奋战。他需要独立做出这个决定。

还剩下不到十秒钟，他发出了指令。现场直播重新开始。

当议事厅内的大屏幕上闪出了画面，马苏德再次笑了笑，他赢得了又一回合的胜利，"好极了。您瞧，首相先生，这并不难。"

"你还想干什么？"伊顿不耐烦地问，他不顾一切地希望争回一点主动权。

"还想干什么？啊，对了，我想找威尔考克斯太太。"他在议事厅里环顾了一周，"请特里西娅·威尔考克斯太太走到前面来。"

中午12:07

两年前，哈里曾担任过内政大臣一职，负责治安与安全事务，说起来也是全国炙手可热的重要人物之一。这个职位距离入主内阁也就一步之遥，可惜他公然当众反对国务大臣，自己断送了大好前途。国务大臣刚刚发表过一通鼓吹多元文化论和大熔炉理论的演说，第二天，在一个谁都想不到的时刻，哈里突然回应说，让一个国家失去意志最快的方式就是首先失去它的根。就像一支军队需要知道自己为什么而战，他说，一个国家同样需要知道它代表着什么。随后他说，天堂不是靠那些陈词滥调建设起来的。哈里是个典型的直肠子，他不像威斯敏斯特大多数政客那样说话含蓄，拐弯抹角，因此他的话就好像兜头给他的上司泼了一盆冷水。这可不是明智之举。谁都无法从哈里的话中挑出什么毛病，但事实已经很明显，同僚们对他有了抵触，因此，与其让他们假模假式地把自己打发掉，倒不如主动提出辞职，大摇大摆地离开，哈里就是这么做的。梅勒妮为此好一阵失望，她很享受做大臣夫人的感觉，多么春风得意，总有应酬不完的邀请，走到哪里都受人关注，时不时能登上《闲谈者》杂志，每年还能去一次达沃斯。《星期日邮报》甚至还曾问她愿不愿意偶尔给他们写个旅行专栏，她当时太忙了，就没有答应，但即便仅仅是得到邀请也是莫大的荣耀啊——可惜，自从哈里辞职不干之后，他们就再也没有提过那件事。有时候哈里会想，也许从那时起，他和梅勒妮的婚姻就出现了问题。她尤其喜欢聚光灯下的感觉，就像飞蛾，或者脱衣舞娘。不过，做内政大臣的经历对哈里而言仍有说不尽的好处。首先，他对国家的政治制度有了新的理解；其次，他结识了一大批达官贵人，手机里存的一大堆名字和电话号码，需要的时候都能派上用场，况且现在他在高层还仍然有朋友。此刻，正是需要他们的时候了。哈里必须把这里的情况报告出去，而他心里非常清楚该找谁。

073

"行动指挥室。"苏格兰场的总机接到电话时,哈里说道,"给我接老金。"起初对方不怎么当回事儿,差一点给挂掉,直到后来他表明自己的身份,并说出了自己所处的位置。

苏格兰场的行动指挥室是他们整个安全控制系统的中心,老金就是这里的头儿。老金名叫迈克·蒂贝茨,是个有着二十三年丰富经验的老警察。这时他正坐在自己的总警司办公室里,极力掩饰着内心的沮丧,心急如焚地俯瞰着开放式的行动指挥室,此刻的指挥室就像一艘断了桅杆的帆船,在困惑的旋涡里身不由己地直打转。他们距离事发地点上议院只有几百码,可如果按他们对现场的了解程度,说他们在月球的另一面也不为过。

"哈里,好久没你的消息了,真的太久了。"他懒得说什么好听的客套话,直接抱怨说,他的声音像钢琴的琴弦一样紧绷,"到底出什么事了?"

"我在走廊里,议事厅旁边的走廊里。他们一共有八个人,至少目前我只能确定这么多。"

"你说八个?我们这里刚刚看到电视画面,还在数呢。"

"全是男性,大部分都很年轻、健硕。迈克,这些人都是受过训练的。"

"其中好像还有一名外交官。"

"他被派到国外,就是为国捐躯来了。我们该怎么办?"

针对此类恐怖事件,他们有一套演练过无数次的标准程序,按照手册上的说法,即孤立、牵制、疏散和谈判,可是不管演练过多少次,蒂贝茨都没有十足的把握,他担心局面失控,难以收拾。"CO-19特警队和SO-15反恐大队都已经做好准备,"他说,"他们随时可以出动。我们把警戒线向后撤了一段距离,正在设立临时据点。"他无比失落地长叹一声,仿佛为自己的职业生涯敲响了丧钟,"我们正在国会其他位置搜索别的逃生人员和爆炸物,不过大部分地方已经确定安全，里面也没有剩下什么人。能逃的都逃出来了，你自己也要想办法出来。"

"我会找机会的，迈克。小伙子们怎么样？他们也出动了吗？"

哈里口中的"小伙子们"，说的是特种空勤团（SAS），英国军方最出类拔萃的特种部队，总部位于赫里福德，执行的向来都是世界上最棘手和肮脏的任务。他们以骁勇善战、适应能力强和冷酷无情著称，为了胜利可以不惜一切，勇者必胜是他们的信条。哈里从政之前就待在这个部队。

"还没有。"蒂贝茨答道，声音中透着不情愿。因为只要这件事仍由警方处理，他就是最高指挥官，可一旦SAS插手，情况就复杂了，"有些人觉得这几个家伙只是侥幸得手，他们的目的不过是想引起公众的注意。"

"迈克，这些浑蛋个个训练有素，武器装备都特别精良。他们有AK-102突击步枪、冲锋手枪，这些东西你从跳蚤市场上可是买不来的。这些人是有备而来，你可千万不要低估了他们。"

"他们到底是些什么人？"蒂贝茨气恼地小声叫道，"阿拉伯人？伊斯兰极端分子？基地组织？他妈的，他们到底是从哪个洞里钻出来的？"

哈里把额头抵在走廊的木镶板上，努力整理着凌乱的思路。"我倒真怀疑他们是从洞里钻出来的，不过是山洞。极有可能是巴基斯坦西北边境省①的山区。普什图人、俾路支人②之类的，据我近身观察，他们应该不是伊斯兰国际旅③的。他们长得非常相似，尤其是面相。我好像在哪儿看到过这种情况……"他开始有节奏地拿额头撞墙，像敲鼓一样召唤着乱麻一般的思绪，可它们

---

①西北边境省是巴基斯坦最小的省，它是普什图族和其他民族的家乡，西北与阿富汗接壤。

②俾路支人是南亚和西亚地区的穆斯林民族之一，主要分布在巴基斯坦的俾路支省、信德省和旁遮普省西南部。

③伊斯兰国际旅又名伊斯兰国际维和旅，是世界公认的恐怖组织。

偏偏不听号令，继续悠哉游哉地四处飘荡。他回想着在伊拉克执行任务时各种简报的零零碎碎的记忆，在牛津大学走廊里偷偷做过的研究的片段。突然，他一下子豁然开朗了。"迈克，我想起来了！我知道这群浑蛋是什么人了。如果没错的话，我想我大概能猜出他们的目的。"

然而电话的另一端却听不到半点热情，连一声激动的询问都没有，有的只是一阵令人痛苦的沉默。过了许久，哈里才重新听到声音。此时，那根紧绷的钢琴弦似乎已经断了。"哈里，想办法过来。马上。你说得没错，这些家伙可不是吃素的。我们可能会需要你。"随后他便挂断了电话，甚至没有给哈里说明情况的机会。

中午12:12

议事厅内，伊顿正被对方的要求搞得摸不着头脑。"她不在。特里西娅·威尔考克斯今天没有来。"他说。

"这很难让我相信。"年轻的恐怖分子一边在厅里仔细搜寻，一边答道。

"她身体不舒服，生病了。"首相终于扳回了一局，尽管这安慰有些微不足道。

"哦，真遗憾。她可是赫赫有名，我很想见见她。内阁中还有谁不在？"

"有一个率领贸易代表团去中国了，还有一个去参加父亲的葬礼，"伊顿看了看周围说，"其他人应该都在。"

"那好吧，现在我需要内阁中的另外一位女士走上前来……"他一手按着太阳穴，在脑海中仔细搜索着名单，不太确定地说出了一个名字，"呃……安特罗伯斯太太？她是教育大臣，对吧？"

"你找她干什么？"

马苏德慢慢悠悠地回答，仿佛跟他说话的人是个蠢货，"我想让她上电视，让她出出名。不过她在哪儿呢？我怎么看不到她？"他的目光沿每一条长凳搜寻着，"麻烦您给我指出来。"

"我是不会把任何人交给你这样的——"

他的话被身后一个座位上传来的声音打断了，"没关系，首相先生。"玛姬·安特罗伯斯站了起来。她是个身材修长的金发女人，据说拥有部分挪威血统。"没必要躲藏。"她说得没错。首相的这届内阁中一共只有五名女性，一个在家，一个在火葬场。那么这里只剩下了三个。

"啊，安特罗伯斯太太，请您到我身边的台阶上来。"

玛姬·安特罗伯斯是个不愠不火的慢性子，即便在这样的情形下，她仍然从从容容，不失优雅。她从座位中小心翼翼地挤出来，而后向御座走去。她是内阁中年龄最小的女性，三个孩子都在上学，其中一个还是幼儿园。这样的身份担任教育大臣，在伊顿看来是再合适不过了，而她也确实用实际行动证明了首相的判断。她办事果断，雷厉风行，与她平时的性格截然不同，因而担任大臣期间受到了广泛的肯定。在工作上，她巾帼不让须眉，而在生活中，她又是个非常称职的妈妈，这样的大臣的确可遇而不可求。她走上台阶，站在那个年轻人旁边。她蓝色的眼眸中看不到恐惧，反而闪动着好奇的目光。

就是在这里，在通向女王御座的台阶上，马苏德注视着她蓝色的双眼，在她的眉心上开了一枪。

第四章

　　特里西娅·威尔考克斯从混沌中醒来时，发现脑袋仍像敲鼓似的一阵阵剧痛。不过渐渐地，她意识到那不是简单的偏头痛，凭着有限的意识，她终于听出那是有人在猛烈地捶打她家的前门。她不想理睬，只管扎在枕头里，希望能继续昏天暗地地睡下去。可是敲门声持续不断，不管外面的人是谁，显然是个不达目的誓不罢休的主儿。她烦躁地骂了一句，掀开被子，穿上了睡袍。这时门外的人开始大喊她的名字。她听不出是谁，反正是个男人，声音很刺耳，有点急躁，仿佛迫不及待要见到她。为了谨慎起见，她决定先不开门，而是站在门后，打算用几句狠话把对方打发走。她站在应急开关旁边，刚打算按下去，这时突然砰的一声，门仿佛被撞成了碎片，从合页上直接脱落下来。刺眼的阳光突然照进来，门前台阶上站着几个黑乎乎的人影。忍着痛，她迷糊了好一会儿才反应过来。那是几个戴着头盔，穿着大皮靴，套着防弹背心的彪形大汉，他们每个人手里都拿着枪，枪口正对着她。

"妈呀！"说完，她晕了过去。

中午12:25

苏格兰场简直就是一座20世纪60年代的纪念碑。那个时代的建筑风格最适合用于了无生气的混凝土陵墓，因此毫不奇怪，它的行动指挥室有着低矮的天花板，让人感觉沉闷压抑。桌子上摆着老式的通信控制台，和用来排气的可携式风扇，即便如此，室内仍然是一股陈腐的味道。行动指挥室早该搬到郎伯斯区一个更加现代和高科技的处所——这是上头几年前就已经承诺了的——可如今他们仍然窝在这个昏暗肮脏的鬼地方。每到这里，哈里总会情不自禁地想起那些被丢在塞巴斯托波港口锈得不成样子的苏俄潜艇的控制室。他从上议院一路跑来，有点上气不接下气。接过一杯咖啡，他和迈克·蒂贝茨站在电视墙前，盯着十几个摄像头在威斯敏斯特宫各个重点区域拍下的画面。

"我们先看看你的说法是否能站得住脚。"蒂贝茨喃喃说道。

"你现在还不信？"哈里指着其中一个屏幕，画面中玛姬·安特罗伯斯的尸体横躺在御座前的台阶上。

蒂贝茨不无忧伤地缓缓摇了摇头。

愤怒之后的沉寂总是有种耐人寻味的特质，整个世界似乎都屏住了呼吸，停止了心跳。时间的幕布仿佛被人撕裂，怀疑窒息了第一丛理解的火花。但这一刻并没有持续多久，尤其在伦敦。教育大臣被打死了，坐在桌前的股市操盘手们听不到枪声的回响，但是枪声消失不久，一种奇怪的狂热情绪开始在交易大厅肆意蔓延。这些大厅通常有足球场那么大，里面聚集着数百甚至上千年轻又急躁的男男女女。某处传来一个声音——谁也说不准具体是什么位置——突然间，所有人都抬起了头，就像警觉的狐獴在嗅探危险。随后噪声越来越大，面积越来越广。每台桌子上的电脑屏幕都开始闪烁，发出红色的警报，连接他们与经纪人的开放线路不约而同地发出啸叫，似乎在一刹那间，所有人都站了起来，同时对着几部电话叫着喊着，抛售股票、衍生产品、债券甚至英镑，每个人都在努力寻求保护，躲避这场可怕的风暴。尽管这不是像"9·11"事件那样的灾难，可谁都不清楚它最终会发展到什么地步；有人甚至怀疑这一次将比"9·11"事件还要恐怖，其影响将是毁灭性的，犹如世界末日。转眼间，股市就像雪崩一样，以排山倒海之势一路走低，不可阻挡。

各个新闻编辑室里同样忙得不可开交，他们可不会浪费时间坐等结果。众媒体纷纷开始揣测，且要不了多久揣测结果就将达到骇人听闻的地步。毕竟，BBC已经在赤裸裸地现场直播了，其他报纸还有什么好报道的呢？几乎从一开始，揣测之中就夹杂着大量谴责，不仅谴责凶残的暴徒，同时还谴责那些未能及早发现并制止袭击的人。警方，安全部门，当然，还有政客们。尤其是政客，不过，除了玛姬·安特罗伯斯，在讣告作者的眼中，她已经成了殉道的圣徒。

消息如秋风中的落叶，迅速传遍了全国上下。正在看电视的家庭主妇们纷纷打电话给她们的丈夫，丈夫告诉了秘书，秘书又告诉了她们的男朋友和妈妈。工人们从厕所里或三明治店里走出来，把这消息传遍他们的车间。超市里、大街上、酒吧里、门厅里、火车站里，甚至彩票投注站里的电视中都在转播着同样的画面。这一天，所有的约会，不管是私人的还是业务上的，全都取消了；发廊里空空的；出租车无法准点了；市中心的交通拥堵越来越严重，因为司机们忘了看信号灯，或者干脆停了下来听新闻。犹如突然来了一次日食，整个国家陷入了停顿和黑暗，所有人都在等待着。

中午12:28

马苏德仍旧站在尸体的旁边，把枪举过了头顶，挥舞着。"我

080

想我已经引起你们的注意，现在你们会认真听我说话了。"

他直勾勾地盯着伊顿，而伊顿竭尽全力与他对视，可那并不容易。此刻他心乱如麻，各种矛盾心情相互纠缠。恐惧、震惊、不解，压倒一切的想要逃跑并藏起来的欲望。然而作为众望所归的首相，灾难面前他必须挺直腰杆，带领大家寻找解决的办法。虽然同伴们的注意力都集中在年轻的恐怖分子身上，但首相心里清楚，大家其实也都在看着他，充满期待，希望他能做点什么。他甚至没有意识到自己在干什么，总之，他从座位上站了起来。

"为什么？为什么？"他指着尸体大声质问，因为情绪激动，他的呼吸有些急促，"她只是个无辜的女人。"

"这世界上有许多殉道者，首相先生。在我的祖国，墓地中埋葬了许多这样的人。托您的福，他们都死于您派去的那些飞机和大炮。"

"你的祖国是哪里？你指的究竟是什么事？伊拉克？阿富汗？还是巴基斯坦？"

"对，这些全是。还有其他许多的国家。凡是被英国政府和你们的美国盟友干涉过、摧残过的地方，都是我们的祖国。"

"可她和这些又有什么关系？"

"她也是参与者。是你们腐朽制度的一部分，你们所谓的民主的一部分，"他愤愤的声音听起来像在骂人，"你们把恐怖带到了我们的人民中间。"

"她是无辜的。"首相坚持说道，他的嗓音中充满了哀痛。

"得了吧，伊顿先生，我们还是不要争论你那扭曲的是非观了，还有你们所谓的自由和解放，你们打着这些冠冕堂皇的旗号，杀戮我们的人民，他们的尸体堆起来比这里的山都要高。何必浪费时间呢？你只剩下二十四个小时了。"

"我……我不明白。"

苏格兰场的行动指挥室里，哈里浑身一震。他知道对方想要什么了。

"达乌德·古尔，"他听到年轻的恐怖分子说，"放了他。我给你们二十四小时，截止时间是明天中午。"

"看来你猜对了，哈里，"蒂贝茨轻轻说道，"一点不差。"

"我倒希望我猜错了。"哈里回答。

"你瞧，我是个讲理的人，"马苏德继续说道，"我并没有提出你们办不到的要求。我甚至还给了你们充足的时间去安排。伊顿先生，你们的飞机轰炸我的祖国时，可没有给过我的父母和兄弟姐妹们这么充裕的时间。我想做笔交易。你们抓了我们的领导人，现在我也抓了你们的。我们可以交换，非常公平的交易。你们要在二十四小时之内释放他。"

"否则呢？"

"否则？难道我说得还不够清楚吗？释放他，否则这里的人质就要没命。也许是您，伊顿先生，也许是你们的女王，也许这里的每个人都逃不掉。我们就等着瞧吧。印沙安拉！"

"我们从来不和恐怖分子做交易！"

"但在我的国家，你们才是恐怖分子。"

"荒谬！"

"难道您忘了你们自己的历史吗？你们派部队到我们的国家，教我们和俄国人战斗，接着又跟塔利班战斗，后来你们又跑到我们国家大肆搜捕本·拉登。你们来了之后，你们的敌人也跟着来到了我们的国家。这些都不是我们想要的，可是因为你们，还有其他人，我们成了可怜的目标和牺牲品。当你们在地面消灭敌人的目标无法实现之后，当你们发现那里的环境让你们难以立足，你们便开始疯狂地派轰炸机过来，你们还有你们的美国盟友。在那些扔炸弹的人眼里，我们的每一个村庄都成了基地组织的大本营，每一片屋顶下面都成了塔利班分子的藏身处。伊顿先生，是你们，把我们的祖国破坏得满目疮痍。"

"我们从来没有故意袭击过平民，但在战争中失误在所难免。战争本来就是残酷的。"

"您很快就能知道它到底有多残酷。"

"我们只想铲除伊斯兰极端分子，他们也是你们的敌人啊。"

"我们更愿意像过去那样，用我们自己的方式和他们打交道，我们知道怎么对付侵略者。但是你们，你们却派了飞机过来。"

其实那些飞机是美国派去的，可伊顿觉得此时此刻计较这些小节已经没什么意义。

"你们的飞机给我们带来了死亡，伊顿先生。他们炸死了我们的女人，我们的孩子，炸毁了我们的村庄。当我们从废墟里爬出来时，你们又把飞机派过来炸毁了我们的田地。你们想用饥荒逼迫我们投降。"

"不是你们，我们的目标是伊斯兰极端分子。"伊顿反对说。

"你看到那边的穆赫塔尔了吗？"马苏德指着他的一个同伴说，"他妈妈是个瘫子，可你们的飞机却把她炸死在了床上。穆赫塔尔已经伺候了她三年。你们丢炸弹之前有没有问过她是不是极端分子？"

首相眼神闪烁，他不敢正视马苏德的眼睛。"你们为什么要到这儿来？"他小声咕哝道。

"古拉姆，"马苏德又指着另一个同伴，"他来这儿，是因为在你们的一次突袭中，你们炸了一间平民的房子，而当时他的父亲和三个兄弟正在屋里吃晚饭。等到烟雾散尽，他们在废墟里只找到了一些恐怖的残肢碎片。第二天，他的母亲就跳崖自杀了。还有那边的杰汗则布，他来这儿是因为他的三个亲兄弟都落进了塔利班的手里，他们遭到了残酷的折磨，因为塔利班认为他们与你们合作过，我可以向您保证，伊顿先生，塔利班是从来不会善罢甘休的。据说最后当其中两个兄弟被割喉并被斩首时，他们临死前都如同解放似的叫出了声。这是那第三个兄弟告诉我们的，他最后被放了回来。"

"那你呢？"伊顿小声问道。

马苏德举起他的双手，他的手掌异常苍白，看起来也比他身体的其他部位柔软。这时他的声音变得格外平静起来，"我亲手把我妻子的尸体从废墟中刨了出来，她被炸得面目全非，起初我都认不出来。只是后来我在她身下看到我们孩子的尸体时，才确定那是她。她曾试图保护孩子。"

"我很抱歉。"伊顿失望地说。

"我想您会的。"

"我真希望——"

"这我知道。所以，您得把达乌德·古尔还给我们。"

"我怎么还？现在我是你们的人质，在这里我什么都干不了。"

"不，不，不，您当然能干得了，瞧！"马苏德大声说，并指着电视屏幕，"举国上下都在看着呢，也许世界的人都在看。您只需下达命令就可以了。"

伊顿抬起头，看到屏幕中的自己，那是远处走廊上的一台摄像机拍到的画面。他感觉自己就像舞台上的一个木偶，看上去无比卑微、渺小。"我现在是你们的人质，在胁迫下发出的命令是不会有人听的。"他坚持自己的看法。

马苏德的目光突然变得阴暗起来。"您好像一下子变成人权捍卫者了。"他嘲讽地说。

"可你提出的要求我根本不可能做到。"

"那么，因为您，在不到二十四小时的时间里，某个人要丢掉性命。"他扭头看着马格纳斯和威廉－亨利，"不，不只是某个人。请允许我把占领和恐怖的现实带到你们国家，伊顿先生。如果你们不答应释放达乌德·古尔，我们就要先从你们的孩子开始。明天的这个时候，就是他的死期，还有他身边美国总统的儿子。"说完他笑了起来，那笑声冰冷、干瘪，他盯着伊顿的眼睛，看到了火山喷发一样的恐惧。"欢迎加入被侵犯者的行列，首相先生。"

中午12:35

蒂贝茨僵在了屏幕前。"即便在梦里，"他低声说道，"噩梦，大不了就是孤身一人对抗恶魔，而且无处可藏。可我从来没有想到会遇见这种事。"

"你现在不是孤身一人，迈克。"哈里说。

"可现在到底要不要把特警队派上去实施突袭，这个决定只能由我来做。"

"伙计，这个我倒一点都不羡慕你。"

"该怎么办，哈里？"他从屏幕上扭过头，急切地问道。

"如果换作是我，我会去找别的单位求助。在没有做好充分准备的情况下冲进去，太冒险了。"

"可如果我继续耽搁，哪怕犹豫几分钟，我怕里面的情形会更不好收拾。"

蒂贝茨实际上是个非常沉稳的人，平时他还利用闲暇时间饲养虎皮鹦鹉。他对这种鸟的喜爱达到了痴迷的程度，所以花了很多时间观察它们筑巢、交配、繁殖和养育幼雏，直到最后死亡，甚至连鸟儿们无所事事的时候他也看得津津有味。他是个非常有耐心的警官，可是目前的情况正逼着他当机立断，派出他最精锐的手下，在事情恶化之前来一次雷霆扫穴。可一旦他们那么做了，就永远也不会知道到底有没有更加理想、更能减少流血的方法了。

"你觉得我们应该谈判吗，哈里？"

"当然，尽量谈。谈完之后就要想办法把马苏德和他的同伴们分开。要想做到这一点，你得找人帮忙。"

蒂贝茨知道哈里的意思——向SAS求援。英雄、鲜血，这些都有悖于他的本能，与他选择当警察的初衷相差甚远。"难道就没有和平解决的方法吗？"他问。

哈里摇了摇头。

"你对这些人好像很了解。"

"的确很了解。"

"怎么会呢？"

"你有没有见过一颗两千磅的热压弹能造成怎样的破坏？"

这时轮到蒂贝茨摇头了。

"热压弹爆炸之后会引起剧烈燃烧，它能吸干空气中的所有氧气，让一切生命瞬间灰飞烟灭。美军使用这种武器对付藏在山洞中的敌人，迈克，这就是我为什么很了解这些人的原因。我知道他们经历过什么，如果这事儿发生在我身上，恐怕我也会像他们那样不顾一切。"

"什么？像恐怖分子那样？"迈克·蒂贝茨不敢相信地盯着哈里问。

"那些过去被我们称为恐怖分子的人，现在他们变成什么了呢？他们成了北爱尔兰议会的领袖，成了众多非洲国家的主宰，他们坐在自己的总统府中，接受着来自西方的援助，羽翼一天天丰满。这些恐怖分子从什么时候开始不再是恐怖分子了呢？"

"当政客们把他们忘掉的时候。"

"迈克，依我看，这件事从本质上并没有什么大不了，这些人无非是希望继续留在他们的山洞里，哪怕是自相残杀也不愿意受到外界的干涉，可是世界没有给他们这个机会。从伊拉克和阿富汗战争中逃出来的人想在他们的山洞中找一个藏身的地方，结果战争也跟着蔓延了过来。他们的家乡成了外国人互相杀戮的战场，对他们而言，那些外国人和恐怖分子实在没有什么区别。"

"可他们在我看来仍是恐怖分子。"

"当然，但如何称呼他们又有什么分别？我们最好还是面对现实吧。"

"但你至少得承认他们是杀人犯。"蒂贝茨咬牙切齿地说。

"是，在他们眼中，我们也是杀人犯。"

"你好像很同情他们。"

"我理解他们，这和同情不一样。他们目标明确，视死如归，而且装备精良。所以我觉得你很难阻止他们，除非把他们彻底打败。"

"我们可以按照他们的要求，交出达乌德·古尔。"

"这个由不得你。那牵涉到政治。政治是更卑鄙复杂的游戏。"

"那怎么办？"

"怎么办？还是你说过的，这个决定要由你来做。"

蒂贝茨愣了几秒钟，心里却希望那几秒钟成为永恒，他祈祷着能有奇迹发生，或者突然一觉醒来发现这只是一场可怕的噩梦。他用手指捏住领带的结，一下子扯到了胸口。他有些犹豫，有些焦虑和不安。他接连眨着眼睛，好像被太阳晃晕了头。

"好吧，哈里，你赢了。"他最后叹着气说，"我这就把小伙子们叫过来。"

中午12:43

特里西娅·威尔考克斯的人生正面临一场巨变。当她从昏迷中醒来时，发现那些戴着头盔破门而入闯进她家里的人竟是伦敦大都会警察局的警察。刚开始，她像一只折断了翅膀的鸽子一样拼命地后退、挣扎。她无法集中精神，也搞不清状况。对于发生在国会的人质劫持事件，她一无所知，即便警察们告诉了她，她也根本不相信，直到有人打开了电视机。

"您难道还不明白吗，威尔考克斯太太？"一名警官对她大声喊道，似乎想把她从迷迷瞪瞪的状态中叫醒过来，"现在一切都要听您的了。"

"我？"

"对，您。"

"为什么？"

"因为现在只剩下您了。"

她坐在沙发里，双手捂着脸，头发乱得像扫帚，睡袍腰带因为害怕有失端庄而系得紧紧的。她看起来跟眼前这个世界格格不入。

"你知道这意味着什么吗？"一名警官失望地对身边的同事说。

同事呆呆地摇了摇头。

"笨蛋，这意味着我们要去找第一替补人选，工业大臣。"

这时特里西娅·威尔考克斯抬起了头。"不用！现在起由我负责，你们按我说的做。给我五分钟时间去换好衣服，之后我们就一起来处理这件事。"她话没说完便站起来向楼梯跑去，不过楼梯上到一半时她又扭过头说，"你们也别在这儿干等着，找人把那该死的门给我修好，白痴。"

迪戈加西亚岛。靠近印度洋中部的一座毫不起眼的小珊瑚岛，距离最近的大陆也有上千英里。岛上覆盖着茂密的热带植物，由于原来的岛民都被驱逐了出去，这些植物便生长得更加肆无忌惮。岛上地面的平均高程只有四英尺左右，从南到北仅长十五英里，而且很大部分都被一座两英里多长的机场跑道给占据了。虽然这座岛是英国的，但飞机跑道却是美国的，因为英国在1966年把这里租给了美国。从那以后，该岛就成了世界上最重要，也是最遥远的战略性军事基地之一。岛上最主要的非人类居民是螃蟹和耗子。气候方面，这里常年多雨。

迪戈加西亚岛是大约两千名美国军事和后勤人员临时的家，此外这里通常还驻有四十余名英国军人，大部分来自皇家海军和海军陆战队。他们在这里只是一种象征性的存在，无非是告诉世界，即便这里是美国兵的天下，但地方却仍是英国的。

该岛与拿破仑曾经被流放的圣赫勒拿岛有异曲同工之处。它们全都远离大陆，任何人想从岛上逃出去都比登天还难。

达乌德·古尔就被临时关押在这里。

下午1:25

她坚持要坐在首相的位置——内阁唯一有扶手的椅子。私人秘书试图劝阻，"这可能不太合适，内政大臣阁下。"但她声称坐在别的位置才叫不合适。毕竟现在她是一把手，而其他人需要知道这一点。至于其他人指的是谁，她没有明说，但其暗含的意思显然不仅仅包括恐怖分子。

他们聚集在内阁会议室里，像一群躲避凶猛北极风的企鹅，一个个垂头丧气。先到的人躲在角落里，安安静静地等着后来者——安全部门和武装部队的代表，各自带着最得力的副手和秘书，以及留守在外交与联邦事务部、国防部、运输部和卫生部等部门最年长的阁僚，卫生部之所以出席，是因为他们担心恐怖分子会发动化学或生物袭击。有些人带着薄薄的文件夹，有些人则纯粹靠脑子，他们围坐在形状如棺材一样的会议桌前交头接耳，屋里一片窃窃私语声。外面晴空万里，阳光明媚，是个逛公园的大好日子。只是……

最后一个到场的是蒂贝茨，哈里和他一道。

"下午好，内政大臣阁下。"哈里挤出一丝惨淡的笑容。两年前特里西娅·威尔考克斯关于多元文化论的演讲令哈里刻骨铭心，从那之后两人就再也没有说过话。

"谁把你给带进来了？"

"是我，内政大臣阁下，"蒂贝茨说，"琼斯先生在处理类似事件上有着非常丰富和宝贵的经验。"

她不屑一顾地瞥了哈里一眼，显然不大相信。随后她又扫了一圈围坐在桌前的人——所有人，一群自以为是、居高临下的笨蛋。他们以为自己多么优秀，个个不把她放在眼里，就因为她是个女人。她受够了。以前她被迫只能按照他们的法则去生存，但那个时代已经成为历史了。她已经雄心勃勃地等待了好久，现在是时候轮到她上场了。

"第一件事，我们最好先听一听现场的情况报告吧。"她说。

透过厚厚的防弹窗玻璃，蒂贝茨看到一只海鸥飞过皇家骑兵卫队的阅兵场，在侧风中玩得不亦乐乎，只见它时而盘旋上升，时而俯冲而下，这一刻，他真愿意拿自己的一切和那只自由的海鸟交换。也许下辈子吧……他清了清嗓子，开始陈述警方如何疏散了国会大厦，又如何把从大厦中逃出来的人集中在伊丽莎白二世女王的会议中心，挨个儿做笔录并排查嫌疑。

"我听说BBC闹得很凶，"她打断说，"显然他们的整个采访团队当时都在宫里，而现在全都被你扣住了。他们希望你尽快放人。"

蒂贝茨不悦地挠了挠头皮，"我想就算BBC也该明白，现在有比他们的电视节目更要紧的事。让他们等着就是了。"

"是吗？你当真觉得这样做很明智吗，总警司先生？从一开始就得罪媒体？你要知道，这同样是一场理智与情感的斗争。"

"我认为这是一场化解史上最严重的人质危机的斗争。"蒂贝茨硬邦邦地回答。

"说得很对，我们都将受到历史的评判。但不论好坏，历史通常都是由媒体来书写的。所以我建议你释放他们，而且要尽快。"

女内政大臣成功点起了她的第一把火。这是一个纯粹的象征性的胜利，因为实际上她才不在乎那些BBC的员工，但她希望借此机会向在座的各位男性同僚展示一下自己的工作作风。蒂贝茨无奈地叹了口气，继续他的报告。特警队已经严阵以待，SAS特种部队正从赫里福德附近的克雷登希尔基地赶来，与此同时，皇家海军特别舟艇中队（SBS）①也将在一个小时之内开始在国会大厦一侧的泰晤士河中执行巡逻警戒任务。直升机已经升空，警戒线后撤，在威斯敏斯特宫附近设立了临时据点。

"亡羊补牢。"她喃喃说道，但又听不出是针对谁。"也不知道还来不来得及。"她又补充了一句，使她的话更让人摸不着头脑。

舆论来势汹汹。指责之声已经开始，总要有人为此承担责任。蒂贝茨已经做好了挨骂的思想准备，他需要硬着头皮，挺起胸腔，否则就只能等着被人们的口水淹死。

"那是些什么人？"内政大臣问。

"在座的所有人都在调查那位高级专员的背景，当然，如果内政大臣阁下不介意，我希望请琼斯先生负责此事。我觉得他的一些看法很值得大家听听。"

特里西娅·威尔考克斯扬了扬眉毛；哈里将这种表情视为一种默许。

---

①英国特别舟艇中队（SBS）是可以和特种空勤团（SAS）比肩的另一支特种部队，它是皇家海军陆战队的特别侦察分队。

"在巴基斯坦和阿富汗边境的山区地带，隐藏了一大批世界上最心狠手辣的战斗部落，"他开始说道，"那里多年来也是基地组织领导人的藏身之处，至少我们是这么认为的。山区中的这些部落属于多个民族——普什图人、俾路支人等等，这在吉卜林①的文学作品，西北边境省以及香格里拉的传说中都有迹可循。但我们现在要找的这帮人，我觉得应该是马哈苏德人，他们恰恰是最可怕的那一类。马哈苏德人一直生活在巴基斯坦西部一个名叫瓦济里斯坦的地方。那里从来没有被任何政权战胜或统治过，包括当年的苏联，地方政府就更不用说了。"

"也就是说这个民族曾经是大英帝国的一部分。"特里西娅说。

"18世纪我们第一次派军队和他们交战时，遭到了惨败，只有一个人活着回来。"

"你凭什么断定他们会从山区跑到威斯敏斯特宫来？他们为什么不加入基地组织或其他伊斯兰极端组织？"

"我近距离观察过他们中的一个人，几乎是面对面。他们有着很明显的特征。闪米特人②特有的高鼻梁，头发笔直，不像许多巴基斯坦人和其他一些部落那样头发有点波浪形，更不像阿拉伯人那样有大卷发，而且他们习惯把头发中分。"众人都注视着墙角调成静音的电视屏幕，确认着哈里的话。

"反对党领袖也是中分头。"内政大臣说，但哈里没有理会她特别的"政治眼光"，继续说了下去。

"不止这一个特征。我还看到了几个不怎么起眼的标志，也许对他们来说非常重要。比如说我观察的那个人牙齿是绿色的。这是因为他们喜欢嚼一种烟草，名字好像叫纳斯瓦或别的什么，我记不

①即约瑟夫·鲁德亚德·吉卜林（1865－1936）：英国作家、诗人，也是英国第一个获得诺贝尔文学奖的人。
②闪米特人是起源于阿拉伯半岛的游牧人民。

太清楚了，"——军情五处的一位情报员在一旁赞同地点着头——"那东西很容易留下牙渍。"

"你都近到能看清他的牙齿了？那你怎么没有动手呢？我以为你……"她拖了下字音，寻找着合适的字眼，"……很喜欢干这种事的。"

"就算我干掉那一个，还有其他的七个，想必您和我一样清楚他们会出现什么样的反应。这些人冷酷无情，对摩西的律法一向推崇备至。"

她再次扬了扬眉毛。

"以牙还牙，有仇必报。"哈里解释说。

"看来你还真是见多识广。"不知怎么的，女内政大臣的话听起来却并不像赞美。

哈里没有告诉她自己离开SAS之后在牛津大学攻读文学硕士时，曾经写过关于伊斯兰恐怖网络的论文。当初那是另一件让他的上司们格外恼火的事，因为他们对他另有任用，并计划把他派到别的地方。他看得出来，内政大臣阁下对他的态度与过去他的上司们并无二致。

"我怀疑只要我们深入挖掘达乌德·古尔的背景，很可能会发现他的血统说不定能和瓦济里斯坦扯上关系。"

军情五处的情报员再次点点头，而且更加兴奋。

"以牙还牙。"哈里重复说。

"哦，可能学者们会对他的祖先感兴趣，不过现在我们有更棘手的问题。"罗伯特·沃波尔[①]的肖像从壁炉上方俯视着众人，威尔考克斯把对话从哈里身上岔开了。很快，军情五处的情报员报告说，马苏德很可能是在英国受的教育，因为他地道的口音，他对英

①罗伯特·沃波尔（1676－1745）：第一代奥福德伯爵，英国辉格党政治家，后人普遍认为他是英国历史上的第一位首相。

语的熟练应用，绝对不可能是从某些三流函授课程上学来的。政府已经开始动用一切手段调查他的资料，一大批技术人员正躲在英国最隐蔽的地方，对着电脑仔细搜索。

"为什么？"威尔考克斯使劲抓着桌布，"他为什么要点我的名？我又没做过什么。"

她的推理清晰明确。因为她是英国内阁的成员，在对抗全球黑暗势力的战斗中，她同样也是个重要人物。可实际上是这样吗？

这个疑问悬在了半空中，会议室里静悄悄的。最后是哈里打破沉默，给出了答案。

"因为您是女人。"

"什么？"

"杀害玛姬·安特罗伯斯的那个家伙既冷酷又狡猾。他做的这一切都是计划好的，并非出于个人恩怨。不管怎么样，这种时候总要有人死的，而死的人必须是女人。我想他们是希望从一开始就向我们表明态度，他们不在乎杀害女人，任何女人。"他顿了顿，让大家领会这句话的意思，"没错，甚至包括女王陛下。"

在座的每个人都被哈里的话惊得不知所措，这时，内阁会议室的一扇侧门打开了，内政大臣的私人秘书出现在门口，"内政大臣阁下，美国总统想问您在五分钟之内有没有可能和她通一次电话。"

她深吸了一口气，仿佛这样能让她的身高增加一两英寸，随后她对着一屋子男同僚们说："我想暂时可以散会了。想必大家都很清楚自己该做什么，请做好自己的事，而且要注意效率。"

"那释放达乌德·古尔的事怎么办？"军情五处的情报员问道。

"只管拖延下时间。"

"不答应释放他吗？"

"当然不答应。"

然而两人似乎都听到了质疑的回声。

在其他人陆续离开会议室的当儿，威尔考克斯叫住了蒂贝茨，"总警司先生，我有句话要跟你说。"

门关上之后，蒂贝茨仍站在原地，而内政大臣也没有请他坐下。

"把哈里·琼斯打发走。"

"您说什么？"

"我不想让他出现在这里。"

"可是——"

"他这个人太独立了，不适合团队合作。"

"我恐怕不敢苟同。"

"你同不同意没关系，你也没什么资格跟我争。"

"我认为——"

她突然目光如炬。"总警司先生，你怎么看的、怎么做的以及怎么出的纰漏，都留在这堆烂事儿处理完之后跟调查委员会说吧。但现在，从这一刻起，我非常希望你能遵照我的吩咐去做。我说得够清楚了吗？"说完她嘴角一动，勉强挤出一丝微笑，只是那笑容未及眼角便消失得无影无踪。

蒂贝茨没有再说什么，转身走出了会议室。

下午2:05

午餐时间。贵族院里的一大群人尽管被一次又一次的冲击吓得战战兢兢、六神无主，但身体的正常需求并没有因此而消失。他们普遍开始感到饥饿和口渴，而西莉亚·布莱辛尤其显得坐立不安。像她这样上了年纪的女人，膀胱已经不如过去好用了。

"我们怎么办，阿奇？"

"耐心坐着，等待。"

"可我等不了，你看不出来吗？我没法等。"

马苏德和其他几人一直忙碌不停。他们在御座后面放了一张椅子，那个身穿炸弹衣的枪手坐在上面。现在人们已经可以看清那到底是什么样的爆炸装置了，它并非靠遥控引爆，因为他们知道信号可能遭到屏蔽；也不是依靠什么按钮，因为按钮也有按不到的时候。它的引爆器就是一根简单的拉绳，就像降落伞包上的拉绳一样。拉绳的一端有个圆环，圆环要么套在穿炸弹衣那名枪手的手腕上，要么直接挂在御座上。如此一来，即便他被射杀或者遇到突然袭击，哪怕他从椅子上掉下来或者不小心睡着了，只要胳膊动一动，炸弹就会爆炸。刺杀女王从来没有这么易如反掌过。

其他恐怖分子分成了两组。一组看守人质，另一组确保议事厅一楼的每一个入口都像走廊上那样挂了手雷。唯独由普金设计的几扇大门例外，那些入口处并没有设置特别的障碍，但警方很难在不惊动任何人的情况下通过那些门，因此他们绝对不敢冒着失去女王的危险从正门突破。

另外，他们像拖一袋垃圾似的将玛姬·安特罗伯斯的尸体拖到了议事厅的另一头。

在恐怖分子们准备这一切的时候，坐在位子上的西莉亚愈发不安起来，她决定碰碰运气。她脱掉了又热又不舒服的红色貂皮礼服，恢复到她原本威严且令人敬畏的模样。她花白的头发在脑后盘成一个圆髻，脸颊上涂着鲜艳的腮红，而眼部以上却出人意料地像个绿色板。这就是她的个性，从来都是别具一格。她总让阿奇联想到20世纪某些被遗弃的艺伎馆中的女人，古怪、粗暴、顽固，但又令人敬畏。这个老斑鸠天生一副大嗓门儿，如果任由她扯着喉咙喊一嗓子，巴特西发电站都要瞬间灰飞烟灭了。

"扶我一把，阿奇，"她说，"老腿儿有点麻了。"就在马苏德从她身旁经过的时候，她挣扎着把自己撑了起来。

"年轻人！"她喊了一声。

马苏德转过身，怀疑地瞟了她几眼，并掉转过枪口。

"对于一些不可避免的事情你打算怎么解决？"

"不可避免的事？"

"是啊，比如吃饭、喝水、上厕所。老天爷，别告诉我你从来没想过这些事。如果你要在这里关我们二十四个小时，那这些问题你就必须得考虑清楚，要不然我们也就不在乎自己的死活了。"

"别急，亲爱的。"阿奇小声提醒道，但她是不会听的。

"是吗？您对劫持人质的理解是从糖果包装纸上学来的吗？"马苏德像只狡猾的狐狸，一步一步地走上前来，眼睛机警地盯着西莉亚，"老太太，请你坐下。"

"我不是老太太，我是半截入土的人。也就是说，你不用拿死来吓唬我，我不怕。现在我要告诉你，我要去洗手间。"

"你给我闭嘴！我们忙着呢。"

"休想！要是放在过去，我早就赏你几鞭子了。"

"我现在倒是可以赏你一颗子弹头。"

"怎么，就因为我要上厕所，你就打算当着全世界亿万观众的面开枪打死我这个老婆子？"她冲电视屏幕的方向挥了挥手，"你倒是说说看，阿卜杜勒，管你叫什么名字，这对你们的革命有多大好处？"

马苏德眼中闪动着愤怒的火苗，"不过是又一个无辜的牺牲者，如果我们能改变世界，死几个人算得了什么？"

"改变世界？从这里？别傻了，这里可是贵族院。"

西莉亚是在故意刺激马苏德。这是她的拿手好戏，毕竟她有着几十年在国会辩论的经验，现在她想考验一下马苏德，摸摸他的底线。显而易见，马苏德是个心狠手辣的家伙——也许西莉亚已经超出了他能容忍的限度——她认为火候已经到了，不管对方答不答应

097

让她去洗手间，她都将适可而止，然而当她挪动沉甸甸的屁股准备坐回到位子上去时，又有一个人站了起来。此人是美国大使，罗伯特·潘恩。

"能否容我劝一劝尊敬的男爵夫人呢？她这样的直性子是不利于解决问题的。"他故意用第三人称指西莉亚，话又说得文绉绉的，谁都看得出来他在极力替她圆场。西莉亚暗自舒了一口气，笨拙地坐了下来。

"先生，"罗伯特·潘恩继而转向马苏德说，"起码容我们问一问，您打算怎么解决这么多人的吃喝问题？还有男爵夫人刚刚提到的别的事呢？"

年轻人没有回答，而是操起枪托对准大使的腹部猛击了一下，大使立刻伏在地上干呕了起来。

下午2:17

"美国大使真是条汉子，我都不敢肯定自己有没有那个胆量。"蒂贝茨称赞罗伯特·潘恩说。他和哈里刚刚离开唐宁街，两人坐在警车的后排，正盯着前排座位靠背上一个小小的电视屏幕观看现场的情况。

"不过你瞧，大使先生还是赢了。"

就在他们说话的同时，马苏德正冲摄像头打着手势，要求外面的人向他们提供吃的、喝的，还有两个简易卫生间以及一部安全的野战电话。也许这些早在他的计划之中，但他此举至少释放了一个积极的信号，人质危机进入了一个新的阶段。

"我们的机会来了，现在可以开始对话了。"

谈判水平，是每一次人质危机能否成功化解的关键。谈话、讨论、欺骗、妥协、消磨斗志、达成谅解。但如果没有对话，一切就都成了空谈。蒂贝茨已经在打电话开始部署。电话刚放下，哈里伸手抓住了他的胳膊。

"迈克，让我去吧。"

"不行啊，哈里。你应该很清楚。你现在只是平民，不，比平民还要糟，你是政客。"

"迈克，你要是派些年轻又没经验的警察或士兵进去，他们恐怕多半有去无回。马苏德是什么样的人，我们都已经见过。"

"那你去就保险了吗？"

"脑袋上多几根白头发说不定对我有好处，起码会让他们认为我不会是个威胁。"

"可内政大臣认为你就是个威胁，她让我把你支开。"

"那你就更应该相信我。"

蒂贝茨默默坐了一会儿，内心翻腾，左右为难。

"当然，迈克，如果你派我进去，很可能会害你丢了工作，"哈里补充说，"不过就我看来，这件事过去之后，伦敦大部分的高级警官恐怕都得靠边儿站了。"

汽车穿过死气沉沉的街道，望着他热爱的伦敦，总警司继续沉默着，但心潮却起伏难平。直到汽车驶下通往苏格兰场地下停车库的坡道，他才开口说话。

"哈里，你的内裤够不够干净？"

"怎么了？"

"马苏德不是傻子，我觉得他会让你脱光衣服的。"

下午2:20

在一些人看来，美国能够选举一个女人担任总统，是件很了不起的事情。这种事没有先例可循，有人认为它是个天大的错误，但美国正经历着又一个战略撤退后的反省期。国家代表着什么，它的未来在哪里，民众中存在普遍的困惑。美国在世界各地到处插手，自然会惹得自己一身麻烦，如今它正一点一点地悄悄缩回受伤的触角，并希望不会引起别人的注意。这是痛苦的撤退。

这就是她赢得大选的关键。她承诺寻找一条更理想的前进之路，她主张美国应该放下负担轻装向前。"为了美国，让孩子们回家。"这便是她的竞选口号。上任至今，她正一点一滴地兑现着自己的承诺，一批又一批美国大兵回到了祖国。建设美国才是重中之重！

她之所以能够赢得大选，也得益于当时的实际情况。三名总统候选人，一个黑人，一个女人，还有一个成事不足的宗教狂热分子，最后民众们选择了布莱斯·伊丽莎白·哈里森·爱德华兹，因为她身上具有美国中产阶级母亲的传统美德。她有很多优点——她能说西班牙语；对待外国领导人，她彬彬有礼却又保持距离；她从没有发动过战争，也没有闹过性丑闻；所有这一切都是她成功的砝码。婴儿时期，约翰·肯尼迪曾经抱着她合过影，这在竞选中无疑又给她多加了一顶光环。

就个人实力而言，她并非没有胜算。她的资金完全来自家族的遗产，因此排除了任何经济问题的可能。而她从来不需要提高嗓门儿让别人听到自己的声音，她生于加州，说话温和，而在各地求学的经历——从瓦萨学院①的女生联谊会到瑞士的雪山——使她的口音臻于完美。她的家族在美国名声显赫，出过众多的律师，出过摩门教徒，而往前追溯，更有当过总统的威廉·亨利·哈里森。他是位出色的军事家，一位打败过印第安人的战斗英雄，这些功绩使他成功当选为美国总统。而后他在凛冽的寒风中发表了美国历史上时间最长的一次就职演说，但遗憾的是，他也是美国历史上在任时间最短的总统。入主白宫三十天后，威廉·亨利不幸感染了肺炎。他

---

① 瓦萨学院是一所位于纽约州的私立学校。

的孙子本杰明也做过美国总统，而且是乔治·华盛顿之后吸纳新州加入美国数量最多的总统，但在别的方面本杰明政绩平平，因而没有赢得连任。这在哈里森家族中留下了长期难以消弭的挫败感，因此当布莱斯成为新一届总统后，她无比强烈地希望能借此重振家族声威，一扫过去那种消沉低落之气。她用家族中第一位总统的名字给她的独生儿子取名，并期望他在将来能够成为家族中的第四位美国总统。然而历史对哈里森家格外眷顾，她正值春风得意之时，不成想一场风暴不期而至。身在白宫的布莱斯被一阵电话惊醒，方才得知远在英国的儿子威廉-亨利被恐怖分子扣为人质。她慌忙穿上衣服，叫来安全顾问，一番祈祷之后便拨通了唐宁街的电话，此时她接到消息才刚刚过去三分钟，然而英国方面却用了将近一个小时才找到有资格和她通话的人。恐惧、担忧、漫长的等待令她惴惴不安，濒临崩溃。最后，电话转给了特里西娅·威尔考克斯，一个她从未谋面而且近乎一无所知的女人。

"尊敬的内政大臣女士，"她以非常正式的口吻说道，"您本人安全无虞真是令人欣慰，让我们共同祈祷上帝是站在我们这一边的。"

上帝用最出人意料的方式保佑了她，特里西娅想。恐怖分子们占领国会时，她还在家里睡大觉，她希望没人把这件事传扬出去。

"我和您一样深感遗憾和痛心，"总统继续说道，"情况怎么样？"

"我向您保证，总统女士，我们正在竭尽全力应对此事。"特里西娅回答，她有些喘不过气。目前的情形令她激动不已，与世界上最有权力的人对话顿时让她有种飘飘然的感觉，仿佛跨过了一道无形的门，进入了一个只为诸神和泰坦①而留的世界。接着她开始

①泰坦族是在原始神之后出现的古老神族。

101

介绍蒂贝茨和其他人传给她的有关特警队、临时据点、SAS的所有详细报告。然而鉴于他们面临的严峻形势，她愈发感到他们的力量远远不够。电话另一端的沉默表明总统与她有着同样的担心。

"内政大臣女士，我已经要求我们的情报机构尽力协助你们。还有其他需要我们做的吗？人质谈判专家、电子监视设备、武器、人员。需要什么尽管开口，我保证能在最短时间内全部满足你们。"

"谢谢您，总统女士，但是……我认为目前我们已经控制住了局面。谁都别想进入国会，或从里面出来。"

"可恐怖分子已经在国会里面了。"

威尔考克斯咬着手指甲，强自镇定，假装不在乎对方的讽刺，"这种事谁都无法预料，就像你们无法预料到'9·11'事件一样。"

"我只是想提醒阁下，希望您不要介意。我和你们的首相关系非常好，我是他的超级仰慕者，我想如果他在的话，我们是一定能够同心协力的……"

她忽然强硬起来，摆起了总统的架子，那意思是显而易见的，她在暗示特里西娅，她们两人不在同一个层次上。特里西娅心里酸溜溜的，却又无可奈何。一小片被她咬下的指甲掉在粗呢桌布上。

"我们必须同仇敌忾，"总统继续说道，"互相帮助。我希望您能允许我们美国的反恐专家到现场去，这可以向世界表明，在这件事上我们两国是团结一致的。"

威尔考克斯认为，美国总统的言外之意是她认为英国人无法胜任这项工作，她不相信英国人。"我很感激您对此事的关注，总统女士，而且我完全理解您的感受，但我认为在现阶段就让你们参与进来还为时尚早。那会引起人们的困惑，甚至可能会令事件进一步恶化。"

"这件事还能恶化到什么地步呢，内政大臣女士？"总统不以为意地说。

"至少暂时而言，这次危机仍是英国人的事。它发生在我们的国会，被扣为人质的包括我们的女王。"

"还有我的大使和我的儿子！"她声音紧张，甚至有些嘶哑。

"当然，我们的所有行动进展都会及时通知您的。"

"我现在就看着电视呢。"她的声音中已经出现明显的哽咽。是时候结束这次通话了，免得两人都难堪。

"总统女士，真希望我们是在更愉快的情况下认识的。"

可是电话那头已经没了声息，或许美国总统不想让人听到她在哭泣或者发脾气。该死，这完全不在意料之内。

下午3:17

"你进去再出来，只管做好你的工作，不要节外生枝，明白吗？"蒂贝茨交代说。

"当然。"

"我们需要的是情报，不是逞英雄。"

"明白！"

总警司叹了口气，"你是老油条了，我居然还在这里给你上课。"

"你再这样下去，就变得跟内政大臣一样了。"

"别，要真那样，哈里，你就一枪毙了我得了。"

两人从苏格兰场出来，经过设在附近的临时据点，迈着大步向国会大厦赶去。蒂贝茨想近距离观察一下现场情况，因此选择了步行——总共也就几分钟的路程，他们还可以顺便呼吸几口新鲜的空气，让头脑更清醒些，不过总警司的专车就不远不近地跟在后面，以备不时之需。

直通国会广场的维多利亚大街上已经设置了警戒线，两人走近时，一名值勤的武装警察敬了个礼，拉开了金属栅栏。

"瞧见了吗，迈克，他们就是这样混进去的。"哈里轻声说。

"什么？"

"恐怖分子之所以能够进入国会大厦，就是因为我们的安检工作太懈怠了。值勤警察似乎想当然地认为每个人都是有身份的大人物。你知道吗，今天早上我连通行证都没有出示，也照样进去了，我可只是个小人物啊。"

"参加大典的每个人都是经过审查的，没有通行证是不能放行的。"

"咱们梳理一下。我们知道那个高级专员是怎么进去的了，可其他那些人呢？"陷入沉思的哈里迈出的步子似乎也大了许多，总警司不得不小跑着才能跟上。"他们中有些人乔装成了清洁工，或许更准确地说，他们真的是清洁工。受雇于负责国会大厦卫生工作的私营公司。我们英国人现在是越来越放不下身段了，像打扫卫生这种活儿已经没人愿意干，所以这些清洁工基本上都是外国人，有些还是政治难民，他们大多数只拿最低工资，可以说这是伦敦最下贱的工作。但只要他们提前着手准备，计划得当，弄三四个人来做清洁工实在不算难事儿。就算他们连英语都不会说也没什么关系。"

"我的天啊。"总警司听着哈里的分析，头上直冒冷汗。他们正走过威斯敏斯特教堂的背阴处，这里此刻静悄悄的，原本排队等候参观的游人早已疏散，场地上到处丢弃着血红的罂粟花。

"其他的人，"哈里拍了拍脑门儿，继续说道，"他们很可能是偷了别人的通行证。你也知道咱们那一套有多草率，所谓的通行证就是一张纸，一张写着参加典礼人员名字的卡片。虽然字儿写得很漂亮，可作为安检通行证，其实屁用都没有。你拿出来冲保安随便一挥，或者从兜里或钱包里找个和名单上同名的身份证或护照就能进去，再不济就花钱办个假证，现在办假证多少钱来着？五十镑就能搞定吧？哼，现在未成年人从网上都能买来假证件，拿着它们堂而皇之地出入酒吧和俱乐部。瞧见了吗，迈克？他们只需要一张印着名字却没有照片的纸，或者是伪造的身份证就能混进去，然后宫里的人就会恭恭敬敬地把他们引到指定的座位上。那里本来就五彩缤纷的，哪儿的人都有，多几张深色面孔谁也不会注意。"

蒂贝茨有些上气不接下气，也许徒步并不是个好主意，"哎呀，你走慢点儿。你说的这些理论上都很有道理，可他们就不怕拿着真通行证的人也到场？"

"他们不可能到场。"

总警司惊得突然止住脚步，痛苦地闭上了眼睛，"天啊，死的人越来越多了。"

第五章

离伦敦证券交易所的收盘时间还有半个多小时，这一天股市的惨况是许多人从来没有经历过的，它是比"9·11"事件更令人刻骨铭心的灾难，相比之下，黑色星期三①简直不值一提。

'他们竭尽了全力，希望能够坚持到底。他们假装镇定，把这当成普普通通的一天，但很明显这只是自欺欺人。崩盘已经不可阻挡，试图救市者被下跌趋势碾压得粉身碎骨。交易员们忙得焦头烂额，可惜无力回天。股市成了血淋淋的屠宰场。

交易所不得不提前终止交易。这是前所未有之事。在很多人看来几乎是不可能的，但与威斯敏斯特发生的事情相比，这里的灾难便有点小巫见大巫的感觉了。

这就好比一艘在古老的德文郡附近沉没的大商船。那些跳船求生的人，那些试图对抗潮水的人最终都被海水淹没，沉入了海底。

———————————
①黑色星期三是指1992年9月16日英国保守党政府因无力维持英镑的汇率下限而被迫退出欧洲汇率体系，从而导致的股市灾难。当日是星期三，这次事件因此得名。

船身周围，风暴声、幸存者绝望的呼救声不绝于耳，船上宝贵的货物被冲入海中，在波涛汹涌的海面上随波逐流，直到漂浮到更安全的海岸，落入他人之手，打捞者之手。

下午3:39

蒂贝茨没有猜错。他们的确让哈里脱光了衣服，只剩下背心和内裤。他像过去当兵时一样，调动起浑身的每一根神经，丝毫不敢麻痹大意。双脚踩在古老的瓷砖地板上，感觉格外冰冷，对于一个曾在亚北极圈接受过极限训练的特种兵而言，这实在算不了什么，但哈里不得不承认，那都是当年的事了。不过，当他看到敌人手里正对着他的枪口时，他又禁不住一阵激动，多么似曾相识的情景。对方临时拆掉了一扇门上的机关，放他进入了议事厅。他首先看到了用铁丝串着的可乐罐，接着便是两名荷枪实弹的恐怖分子。他们拿枪对着他，眼睛一刻也不离开他的身体。他们用手在他身上摸了个遍，然后才推推搡搡地让他向前走去。他低垂着头，不和他们有任何的目光接触，他希望自己花白的头发能使对方相信他不是军人。他早已不留部队里的那种板寸发型，现在的头发更长些，看起来还有些时髦个性，这得感谢梅尔。他暗暗祈祷，希望对方不会让他脱掉背心，因为在背心里面他们虽然不会发现任何武器，但却能看到一条从后背直到肋部的可怕伤疤，那是伊拉克的子弹留下的，这足以暴露他的身份。普通人身上是不会有那样的枪伤的，更不可能在此时进入国会。

哈里推着一辆超市购物车，车里装满了三明治、瓶装水、果汁、水果，还有一大盒糖果和糕点。这些东西是维多利亚大街上的一家超市匆忙间提供的，当然，超市经理并没有匆忙到忘记在购物车的一侧贴上一张醒目的商标。然而这人还不算太笨，购物车里他连一罐可乐都没有放进去。

"你们要我把这些东西放在哪儿？"哈里问持枪的两个人，"我还得回去再装一车呢。"

"放到大厅中央。"其中一人边说边打了个手势，"不要耍花招。"

游戏开始了。短短几秒钟之内哈里便知道对方不止一个人会说英语，这是一条很有用的情报。推着购物车向大厅中央走去的时候，哈里发现有两名恐怖分子正四仰八叉地躺在长凳上睡觉，也就是说对方八个人中还有六个在担任警戒。为了保持警惕，他们采用了轮流休息的办法。聪明。显然他们没打算让这场危机尽早结束。那些站岗的恐怖分子全都占据着最有利的射击位置，看来他们绝非泛泛之辈。

他们并没有立刻去碰那些食物和水，而是首先检查了一遍包装，确保里面装的的确是食物，然后才把它们扔给人质。但他们自己会过几个小时才吃，这帮人谨慎异常，他们让人质先吃，好确定食物和水中没有下药。

人质中有不少人和哈里相熟，有那么一刻他们脸上绽放出希望的光彩，可转眼间却又黯淡了下去。因为他们一直期盼着能够看到一大群全副武装的救援人员破门而入，而不是一个穿着内衣内裤、推着购物车的家伙。

就在分发食物的时候，人群中突然传来一个抱怨的声音。

"洗手间，我们需要上洗手间。"布莱辛男爵夫人大声说。

"闭嘴！"一名负责看守人质的恐怖分子吼道。

"喂，有种你就打死我吧，但如果不尽快弄来厕所设施，就算你把我打个稀巴烂也挡不住这里变成一个大粪坑。"

"简易厕所马上就送来，下一趟。"哈里小心翼翼地说，他想尽量平息这里的紧张气氛。"还有通信设备。"他转而又安慰那名守卫。甚至在他说话的当儿，距离他们只五十多码远，位于中央大厅一侧的国会小邮局里，移动电话交换机的安装工作已经接近了尾声。负责这项任务的是一名接线生与四名荷枪实弹的警察。在威斯敏斯特宫的其他地方，警察们已经占据了各个有利位置，当然，贵族院里的人们既看不到，也听不到外面的动静。

哈里的到来吸引了恐怖分子们的大部分注意力，趁此机会，首相悄悄对坐在他后面长凳上的儿子交代了几句。

"马格纳斯，好好听我说。待会儿他把简易厕所运进来的时候，你找个机会偷偷逃出去。用长凳作掩护，到时我会设法转移他们的注意力。"

"可是爸爸，他们会开枪打死我的。"

做父亲的一时语塞了。他能说什么呢？他们都清楚目前的状况。可即便留在这里，最后也躲不过一死。

"只能冒险试一下了，马格纳斯！等他们打开门，趁没人注意的时候，只管往外逃。"

马格纳斯扭头看了眼威廉-亨利，但父亲抓住了他，"孩子，只能你一个人走，这是唯一的办法。不能带其他人，那样太容易被发现。"

马格纳斯目不转睛地盯着父亲。他看到了父亲的变化，虽然细小，但却意味深长。他的领带歪歪扭扭，头发一反常态地蓬乱不堪，而眼神则像一匹受惊的野马。看着这一切，儿子的表情凝重起来，他摇了摇头。

"马格纳斯，你必须这么做！"父亲恳求说。

"爸爸，我做不到！"

父亲死死抓住儿子的手腕，心急如焚。他支支吾吾地说道："马格纳斯，我知道，我从来都不是一个称职的爸爸。在你需要我的时候，我总是不在你身边。一切都因为我太忙了，太骄傲了，有太多的人和事需要料理，结果反倒忽视了自己唯一的儿子。这是我的错。"他的手越抓越紧，"但现在我在这里，我愿意拿我的命换你的命，我这辈子都从来没有这么认真过。这是个非常划得来的交换。只要你活着，就算我死了嘴角也会带着笑的。你才二十岁啊，大好的人生还在前面等着你呢。你必须争取活下去，哪怕需要你做缩头乌龟。"

"爸爸，如果我逃跑，他们会杀别的人的。"

"但我只在乎你。"

"那我良心上会一辈子不安的，我不想做胆小鬼。"

"就算是胆小鬼，那也是活着的胆小鬼。"

"爸爸，您不一直都把那些和我差不多年龄的士兵派到国外去出生入死吗？"

"他们不是我的儿子。"

"我和他们是一样的。"

"不，不一样。"他在座位里扭动着身体，好离儿子更近一点，"这里是活生生的地狱。"

"爸爸，我在这里说不定能帮上忙。"

"逃吧，我求你了。"父亲颤抖着说。

"如果我真的逃了，我会瞧不起自己的。就连您也会瞧不起我的。"

"马格纳斯，不要再折磨我了！我不能坐在这里眼睁睁地看着你——"那想法卡在了他的喉咙里。他喘着气改口说道："我爱你。"

马格纳斯安静地坐着。

"我爱你。"父亲重复着，用几乎听不到的声音。

对于父亲的一番肺腑之言，儿子似乎出人意料地无动于衷。"这还是您第一次这么说。"他怔怔地说道。

"你一直都知道的。"

"我一直以为您心里虽然装着整个世界，却唯独没有我。"

父亲垂下了头，他的沉默诉说着深深的内疚。

"如果您爱我，"马格纳斯继续说道，"那这辈子就听我一次吧。"

"可是……"

"爸爸！别只想着救我。做你该做的，拯救我们所有人。"

"这谈何容易。"

"把达乌德·古尔交给他们。"

下午3:56

哈里第二次回到议事厅时，带来了一部野战电话，和用两个大托盘装着的从某建筑工地上拆下来的可移动厕所。就在哈里吃力地重新组装零件的时候，厅内的事态出现了失控的苗头。也许是因为食物给了人质们一点点信心，也许是因为看到哈里之后，他们知道自己还没有被外面的人忘记，或者仅仅是因为他们中大多数都是老人，勇敢的人、疯狂的人，或者无所谓的人。但也有可能只是习惯的原因，或者恐惧歪曲了他们的判断。不管因为什么，总之人质中间居然莫名其妙地起了内讧。而他们争吵的最主要的问题，却是厕所。

御座后面，与富丽堂皇的镀金华盖相连的位置有两个小隔间，从大厅里看时很容易忽略。那些最眼尖的人首先看到了两扇隐秘的小门，便想当然地认为它们至关重要，说不定是连接议事厅的私人入口？一条能将女王神不知鬼不觉地转移出去，或者让救援人员出其不意冲进来的秘密通道？但事实并非如此。那两扇门后的秘密只有为数不多的人知道，因为它们实在没什么值得向外人说起的。门后面既不是暗道，也不是楼梯，更不是救援设备，而只是两个宽大、低矮又纵深的壁橱，里面藏的当然也不是什么国家机密，而是清洁工们的工具——水桶、拖把、刷子和扫帚之类。也许这只是心怀不满的建筑师查尔斯·巴里爵士在设计国会大厦时故意给人们开的一个玩笑。当年的那些大臣们给人家打了太多的白条迟迟不肯兑现，也许他觉得把仆人们的橱柜放在离女王最近的地方，对他们的吝啬倒是个非常公道的惩罚。但不管这两个小隔间的设计初衷到底是什么，现在，恐怖分子命令哈里就把简易厕所安置在里面，这样可以保障每个人的隐私，即便死到临头，也不至于失了体面。

然而当厕所安装完毕后，人质中又爆发出新的一轮争吵。从挤在红色长凳上的一堆人中传出一个声音，说其中一个隔间应该专门供王室使用，理由是君主需要维持其高深莫测的神秘性，人们为此争论了起来，更有人说温莎王室应该拥有自己独立的房间。

"什么？都这个节骨眼儿上了还要分三六九等？你们忘了自己的处境吗？"另一个声音吼道。

"别忘了我们是英国人，英国人就得按英国人的规矩办，否则我们和这些恐怖分子还有什么区别？"

"老天爷啊！我们现在只是为了活命，又不是争什么无聊的初夜权①。"

"哼，如果不是为了初夜权，你们的祖先恐怕也不会愿意进入这贵族院。"

"此时此刻，我倒希望自己不是贵族。"

"这只是为了表示尊重。我们国家的伟大之处就在于此。"

"结果呢，把我们弄到这般田地。说实话，我宁可拿你们这一堆老古董换我在桑德兰舒舒服服地晒一天太阳。"

"去你的桑德兰！"

事后人们重新整理这场争论时，或许可以还原到这里，但其真

---

① "初夜权"一词出现于中世纪的西欧，是指一地的领主享有和当地所有中下阶层女性第一次性交的权力。后在中世纪欧洲的一些国家（如苏格兰、法、德等）公然用法律做了规定，主要为稳固封建统治。电影《勇敢的心》中长腿爱德华为笼络贵族，便颁布了类似法令。

实性却值得怀疑，因为当枪声响起时，最后的话已经没人能听得清楚。在人质们争得热火朝天不可开交之时，恐怖分子们也犯了难，他们不知道该怎么办，也不知道该倾向于哪一方。他们没有体验过议会制，因此很难理解议会制偶尔表现出来的荒谬和古怪，而人们对不理解的东西往往会感到恐惧。于是，他们警觉地举起了枪，可是争吵声一秒钟也没有停歇，直到他们年轻的首领马苏德对着人质头顶上方的走廊开了枪。

热乎乎的枪油味儿在议事厅内弥漫开来，就在这个当口，最具象征性的一幕发生了。人质们纷纷伏低身子躲避着呼啸的子弹，伊丽莎白女王——处于这场意外风暴中央的女人——扭头和她的儿子耳语了几句。随后，她站了起来。女王个头不高，在咄咄逼人的哥特风格陈设的包围下显得有些很不起眼，但随着她的动作，人群几乎一刹那便安静了下来。她站在御座前一动不动，扫视着厅里的众人，包括恐怖分子。她目光冷峻，即便五十步开外的人和她对视一眼也不免臣服于她的威严。她解开裙裾，儿子顺势将它卷起来放在两张王座之间的一个大垫子上。接着，女王抬手摘下了头上的王冠，交给儿子。王子恭恭敬敬地接过，而后双膝跪地，小心翼翼地将它放那团裙裾上。这意思很明显，女王并没有抛弃她的王冠，而只是暂时把它放在了一边，以示她与众人的平等。死神，一切生命的最后仲裁员，将其阴影笼罩在了所有人的身上。

伊丽莎白重新坐了下来，落座后，她朝西莉亚·布莱辛的方向点了点头。一句话也没说，满脸羞红的男爵夫人站起身来，走到女王面前，尽量优雅地行了一个屈膝礼，转眼便消失在御座后的壁橱里。

下午4:10

女王的举动无疑给所有人立下了规矩，议事厅里很快恢复了秩序。马苏德要求人质们把手机、寻呼机、仪仗剑等物品全部交出。除了他，任何人不得与外界联络，而人质们必须严格听从他们的指令，不得轻举妄动，不得大声喧哗，不得随意改变座位，甚至连上厕所也要事先经过允许。任何违犯都将导致严厉的惩罚，而至于是何种惩罚，相信即使不问，大家心里也都一清二楚。

野战电话接通以后，恐怖分子立刻向当局提出了他们的条件。不管以任何理由切断国会大厦的电源或者破坏其他设施，都将被视为警方进攻的前奏。任何试图向议事厅内释放毒气，在食物和水中投放药物，或者其他试图让他们失去行动能力的行为，处理方式同上。

马苏德还强调，议事厅内的现场直播不得中断，不得剪辑，且要保持全球同步。这不是一场简单的人质危机，这是一次文化上的羞辱，而且他希望让全世界数以亿计的观众看到英国当局的真实嘴脸，这一次他们将无处可藏。他们再也不能在暗地里耍花招，或在幕后使阴谋。公众的视线向来是反叛者的朋友，而今天这场危机，将是他们献给全世界的一场秀。

下午 4:43

有时候，人们习惯把特里西娅·威尔考克斯比作汹涌澎湃的大潮，总是拥有让人难以企及的高水位，形成一道不可抗拒的情感之墙，遇到任何试图阻挡它的人或物都必定产生狂暴的湍流。

她把电话打给蒂贝茨时，后者正在国会大厦狭小的邮局里。为了监督便携式电话交换机的安装，并向哈里通报最新的情况，他暂时离开了行动指挥室。他认为自己必须亲临现场，以防出现任何情况时，他不至于只能无助地坐在指挥部里看电视屏幕。通信系统刚刚安装完毕并与马苏德进行了第一次联络，仿佛无处不在的内政大臣便把电话打了过来。

"蒂贝茨总警司。"她扯着嗓子，一副兴师问罪的口气，"我记得咱们已经说好了不让哈里·琼斯插手的，为什么他还在现场？"

　　"对不起，内政大臣阁下，我以为您的意思是不让他再打扰您。"

　　"现在他就打扰到我了。听说他进去了，和人质们在一起。"

　　"我深感抱歉。"他尽量隐藏自己语气中的讽刺味道。

　　"他这个人不可靠，怎么能让他进去呢？你根本不知道他能做出什么意想不到的事。把他打发走，听明白了没有？"

　　"再明白不过了，可是……"

　　"没有可是，总警司先生。"

　　"那您希望我怎么做，内政大臣阁下？恐怕我们暂时还不能让哈里·琼斯离开。已经来不及了。不管愿不愿意，他现在已经参与到这场危机中来了。恐怖分子们已经见过他，而且并没有对他起疑心，这样时间长了就会对他放松警惕，哈里也就有机会寻找他们的漏洞了。这是我们目前最需要的，况且我认为，一个相对熟悉的面孔更能消除人质们的疑虑和不安。"

　　"你是打算拒绝执行我的命令吗？"

　　蒂贝茨顿了顿，强压着心头的火气，"我只是认为您的这条命令不太明智。"

　　"也许我们该找个和你看法不一样的人，总警司先生。"

　　可恶的女人。蒂贝茨的口气也不由强硬起来，"这是您的权力，内政大臣阁下，但我认为您的这个决定同样不够明智。"

　　"你这话什么意思？"

　　"您这是在为媒体制造借口……我该怎么说呢？关于这场危机，他们正苦于找不到指责的目标。但我想他们很快就会发现您是目前的最高负责人，您说呢？"

"你在威胁我？"

"内政大臣阁下，我只不过是指出事实，比哈里·琼斯的存在更让您感到不舒服的事实。我的工作还没有做完，我希望能够继续做下去。如果您想处置几个人来给公众交代，我建议您等到危机结束之后。如果这件事搞砸了，您也大可将我推出去当替罪羊，我不介意。如果老天保佑让我们成功化解了这场危机，您是政治家，相信您一定有办法利用它为自己增添光彩。"

"我不喜欢你的态度。"

"您是想让我去对付恐怖分子呢，还是抽空去学点礼仪？"

"你这算是哪门子警察？"

"一个从警二十三年的老警察，这是我这辈子干过的最烂的工作。我会尽量不去烦您的，内政大臣阁下，还有……"

他突然打住了，因为此时哈里出现在邮局门口，他满头大汗，被身上沉重的东西压得直不起腰。

"我保证哈里·琼斯也不会去烦您。不过他这会儿有点忙，他刚把安特罗伯斯太太的尸体背出来。"

下午4:57

政治家的内心时常都会受到不安全感的困扰，但伊顿早就学会了如何克服。他不是那种善于深度思考的哲学家，因而也就免于受各种深刻的思想所累；实际上，他这一辈子都在致力于做一名熟练的主持人。在政治中，他发现总会有人对他乃至整个世界说三道四，但只有那些善于管理和操纵媒体的人才能让你乖乖听话。因此他高于一切的政治哲学就是实用主义，他随时能够妥协，只需戏剧性地挥一挥手或者让嗓音微微颤抖，他立刻就能改头换面，成为那个最在乎，在乎到可以不惜一切的人。许多次，在思想家的眼中他本该是自寻短见的命，结果却是这种哲学拯救了他；如今他比任何

116

时候都更需要这些能力。他想拯救自己的事业，当然，最重要的是解救他的儿子。他知道自己该干什么。他将了将两鬓几缕不听话的头发，从座位上缓缓站了起来。

"够了，我们还是尽快了结这件事吧。我很清楚我们该干什么。"他又扭头对马苏德说，"我可以用下吗？"他指的是像砖头一样大的军用野战电话。

马苏德略微考虑了一下，然后点点头，不过首相抓起电话时，他往近前靠了靠。

"我是约翰·伊顿，"他对着话筒说，"请帮我接内政大臣……"在等待电话转接的几秒钟时间里，他故意漫不经心地扫了儿子一眼，发现他正满怀期望地注视着自己。这时，电话接通了。

"内政大臣。"他开始说道，他没有叫特里西娅·威尔考克斯的名字，而是直呼其官职，以显正式，"这里的情况非常危急，不能再死人了，不能再让人质遭殃了。"他闭上了眼睛，一个父亲在祈祷，"我要你马上安排释放达乌德·古尔的事。安排妥当之后立刻向我报告。另外还要准备好相应的交通工具，把他这里的追随者们送到他们想去的任何地方。我要保证他们都能安全离开。明白吗？"

长凳上的众人纷纷松了一口气，一位贵族夫人竟如释重负地悄悄呜咽起来。马苏德不出所料地愣住了。伊顿抬起头，仿佛要登上一个广阔的舞台发表演讲，而事实上也的确如此，只有一墙之隔的外面正有亿万观众看着他呢。头顶上，最后一抹余晖落在彩色的窗玻璃上，折射出绚丽的光华，仿佛跳着欢快的舞蹈。伊顿知道他可以将这一切都抛之脑后，人们会理解他的。用一个人的命换一群人的命，用一个卑鄙的外国人换取大英帝国延续千年的文明与秩序的恢复，这笔交易怎么算都划得来。天啊，他真想喝上一杯。握着电话的手在不停地发抖，但这种情况不会持续太久了。他知道，这一刻，所有英国人，甚至全世界的眼睛都在注视着他，于是他伸手理了理凌乱的头发。肯定会有人对他的决定说三道四，那些狭隘的原教旨主义者和阿亚图拉①们，一定会恨他恨得咬牙切齿，因为他身为首相，居然罔顾法律，将一个活该千刀万剐的恐怖分子无端释放；但大部分人应该都会赞同他的做法，毕竟这是情理之中的事。他已经做了该做的事，其他的就听天由命吧。他又望了马格纳斯一眼，不露声色地微微一笑。儿子心领神会地以微笑回应，并赞赏地点了点头。

　　然而，听着电话的伊顿突然感觉到了不妙。他的脸就像靠近火焰的蜡像，慢慢耷拉了下来。他僵在原地，纹丝不动，可与此同时他的整个身体仿佛都在收缩颤抖。

　　他一言不发，木然地想把电话放回原处，可手抖得厉害，不听使唤。马苏德上前接过了电话。伊顿绝望地盯着他的儿子，嘴唇嗫动着，却难以发出声音。当他的话最终说出口时，每一个字听起来都生硬沙哑，就像它们还在喉咙里时便被撕得粉碎。

　　"她不答应。"

　　"为什么？"儿子困惑地做出一个疑问的口型。

　　"因为那该死的协议……"

　　三十多年前，阿尔多·莫罗在罗马街头被恐怖分子绑架。他是意大利政坛最重要的人物，一位著名的政治家，曾五度当选意大利总理，且有望将这一辉煌延续下去。他被绑架之后那段时日发生的事，重写了政府对待恐怖分子的许多原则，不仅仅在意大利，而是整个欧洲。

　　绑架阿尔多·莫罗的恐怖分子均是红色旅的成员，那是一个

---

①阿亚图拉指的是伊斯兰什叶派十二伊玛目支派高级教职人员的职衔和荣誉称号。

臭名昭著的共产主义革命组织，他们以莫罗要挟政府释放他们的两位领导人。在随后的几周内，莫罗曾数次公开请求政府以拯救生命为重。他向政府写了几封信，不仅恳求他们答应恐怖分子的要求，还大肆抨击了政府在打击恐怖主义方面的做法。政府对这些信件置若罔闻。他们认为莫罗的这些信件是被迫写的，并不代表他本人的真实意愿。因此政府恪守不与恐怖分子谈判的原则，拒绝答应对方的任何条件，以免此例一开，祸患无穷。当时就连教皇都开口恳求恐怖分子释放莫罗，甚至愿意拿自己去交换。然而一切努力都是徒然。五十五天后，莫罗被恐怖分子杀害，人们在一辆轿车的后备厢中发现了他的尸体。恐怖分子是对着他的头部开的枪。

整个欧洲的公众都不可避免地对莫罗及其家人流露出同情，但各国政府对此却反应不一。他们目睹了莫罗试图胁迫政府否认他们在对待恐怖主义方面的原则和政策。屈服于这样的要求，无异于道德上的自杀。倘若只要恐怖分子绑架一名高官，整个国家都要受其勒索，这势必助长恐怖势力的嚣张气焰，导致此类事件层出不穷，恶性循环持续不断。

莫罗事件给许多国家敲响了警钟，英国政府决定采取先发制人的策略。白厅内部秘密起草了一份法令，规定任何大臣在受到胁迫的情况下所发出的指令，政府都将拒绝执行。这份自我否定的法令从来没有提交至国会或公之于众，但它却成为政府管理原则的核心。它不仅给各位大臣提供了拒绝与恐怖分子合作的理由，同时还提醒他们时刻保持坚定的立场。从那之后，历代政府都必须忠实捍卫这一原则，绝不与恐怖分子谈判。这就像一条血的誓约，人们将其称为"莫罗协议"。

这份协议被束之高阁长达几十年。但如今，它成了特里西娅·威尔考克斯拒绝执行首相指示的最有力的依据。

下午5:07

伊顿是个玩弄文字的行家，而他操控形象的本领更是得心应手。因此很多事他不愿意追本溯源——他的信仰，他的情感，那些不可避免的症结。他发现自己能够轻松绕过许多障碍，像个穿花衣的吹笛手①，让持有不同立场的人都能死心塌地地追随他，可是现在，他的这一套不灵了。他不能再像以前那样浮光掠影，只停留于表面事务，他被迫开始挖掘自己的内心，结果发现自己欠缺的东西令他震惊。当他面对自己，他的整个身体都在颤抖，并渐渐失去了控制。看着矗立在他面前的马苏德，他的双膝慢慢弯曲，呼吸越来越急促。

"果然不出我所料。"年轻人平静地说，"在这种情况下，你们的反应并没有让我感到意外。"

首相摇了摇头，但谁也不清楚那意思是反对还是绝望。

"真是遗憾，"年轻人继续说道，"看来他们还没有尝到教训的滋味儿。"

"我……再试试。"伊顿呜咽着说。他的双手不由自主地哆嗦着。

"但他们根本不听你的。"说着，马苏德对着伊顿的后脑勺举起了枪。"那我留着你还有什么用呢？"枪口随即抵住了伊顿的后脖颈。"恐怕一无是处。那么，再见了，伊顿先生。"

伊顿痛苦地扭过头，望着马格纳斯。"对不起，"他小声说，"真的对不起……"

下午5:10

整个英国陷入了停顿状态。虽然是上下班的高峰时间，但事

---

①出自德国童话故事《哈梅林的花衣吹笛手》。大致内容是德国哈梅林发生鼠疫，一位魔笛手答应村民铲除老鼠，但要对方给他丰厚的报酬。后来吹笛手用笛声将老鼠引入河中终止了鼠患，但村民却拒绝付给他酬劳，为了报复，吹笛手再次吹起笛子，全村的小孩子都跟着他走了。

后有人估计，这一刻至少有三千六百万英国人以及其他国家数以亿计的观众坐在电视屏幕前。进行画面直播的摄像机只有一台，它被架设在议事厅里和御座相对的另一端高高的公共走廊上，摄像师早已随着其他人逃了出去。不过，这台摄像机的镜头正好对着人质们聚集的地方，因此身在转播车中的丹尼尔不需要劳神做任何切换就能将恐怖分子和政府的老大们统统收入镜头。通过这台摄像机的视角，全世界都在看着国会中发生的一切。

皮卡迪利广场中央，在一面正在直播的巨大的屏幕下，两名本笃会修士跪在冰冷的人行道上。许多人加入了他们，其他人则神情肃穆地站着，谁都不说话。列车停在站台，因为不管乘客还是乘务人员都拒绝上车，他们的注意力全被电视屏幕上的新闻吸引住了。《太阳报》的编辑僵在自己的办公桌前，他潦草写下了第二天的头条标题——牺牲。在BBC的编辑部里，制作人弯腰趴在一位年轻的调研员耳边，悄悄说出了斯宾塞·珀西瓦尔①——上一位被刺杀的英国首相的名字。在唐宁街，特里西娅·威尔考克斯伸手去端她的水杯，结果一大半水被洒在了桌布上。伦敦证券交易所已经关闭，但世界其他地方的证交所却仍在进行着交易，他们纷纷以前所未有的决心抛售着英镑以及其他各种类型的英国股票。

就在这千钧一发的时刻，英国上议院奢华的皮质长凳中间站起了一个人。"我想应该有更好的解决办法。"他从容说道，此人便是罗伯特·潘恩。

年轻的马哈苏德人瞥了他一眼，不屑地说："美国大使？我对你的话不感兴趣。你是不是想陪你的朋友，让他在黄泉路上有个伴儿？"

"我的生死握在你的手中，"潘恩不卑不亢地答道，"但你们

---

①斯宾塞·珀西瓦尔（1762－1812）：英国政治家，于1809年至1812年出任英国首相，是历史上唯一一位被刺杀身亡的英国首相。

领导人的生死同样也握在别人手中。我想，我们应该能找到一个折中的方法。"

"怎么，难道你认为你能做到英国首相都做不到的事？"

潘恩看着早已魂飞魄散，站在众人面前不停战栗的伊顿。"对，"他轻轻说道，"在这些事上我们美国人似乎还有点儿影响力。"

"你有什么建议？"马苏德颇为好奇地问。

"我虽然不是什么政治家，但我认为我在这里还是有着一定的地位的。当然，也有那么一点点本事。我是个外交官，所以请允许我做我最擅长的事情。看看我能否找到一个皆大欢喜的解决办法。"

"如果你认为凭借几句花言巧语就想让我们放弃所有的条件和要求，那你就大错特错了。"

"先生，面对你们的枪口，我是说不出什么花言巧语的。我知道你们的目的，这一点我没有理由否认。"

"那你打算怎么办？"

"让我从这儿出去，和能够满足你们要求的人面对面地交谈，尽力说服他们。"

"放你出去？大使先生，我才刚刚抓到你啊。"年轻人嘲笑着说，"放你出去，好让你像个金丝雀一样卖乖弄俏？或者像只鸽子一样远走高飞？我看你还是省省吧。"

"我向你保证，明天上午十点之前我一定会回来。"

"外交官的保证跟放屁有什么区别！"

"你知道我一定会回来的，我国总统的儿子还在你们手上。"

"嗯，这倒是真的。"马苏德故作悲伤地点着头，"也许我们该试试你的建议，不过首先……"他再次抬起枪口，"……我想我应该先送首相先生上路，这样你才会更有动力。"

"不！你打死了他，就等于向全世界证明你的话不可信，我也就没有了谈判的筹码。你一旦杀了他，我就可以认为你会杀掉我们所有人。如此一来，我不可能，也不会愿意去代表你们说话。"

"你们会愿意和我们做交易？"

"用你们领导人的一条命换这里所有人的命，我们要谈的不就是这件事吗？"

马苏德满脸狐疑地审视着大使先生，就好像自己刚刚从一个过路的帕坦人①那里用超低的价钱买了一只山羊，迟迟不敢相信这是真的。最后，他眨了眨眼睛，瞟了一眼大使头顶后面的电子钟。

"如果是这样，大使先生，你最好还是不要再耽搁了。你剩下的时间并不多。"

下午5:44

这一天对许多人来说都有着不平凡的意义，他们或多或少地在这场危机中发挥着自己的作用，玛丽亚·梅洛·阿尔梅达便是其中之一。她所扮演的角色虽然微不足道，但却足以改变她的人生。玛丽亚已经六十多岁，却依旧不辞劳苦地工作着，没办法，她要养活伤残而又懒惰的丈夫，还要满足他对香烟和《天空》杂志的需要。她是土生土长的葡萄牙人，如今住在诺丁山附近的一座天桥下，她的主要收入是每周到数个雇主家里做清洁工挣的钱。这天她在一家本地旅行社里清理了一天的宣传手册，洗掉了积攒数天的咖啡杯，旅行社关门后，她决定到另一位雇主的公寓去看看，反正回家顺路。她在街角的商店里买了些牛奶，心想也许主人家用得上，此外还买了一小束鲜花，好装点下主人家实用朴素的客厅。像这类富有情调的小事主人是从来不会想起的，而她很乐意花点小钱表示下礼貌，把雇主变成她的朋友。这样他们就会一直雇用她，让她拥有规

---

① 帕坦族是一个跨境而居的民族，分布在阿富汗和巴基斯坦两个国家，在西方近代史的记载中帕坦人似乎就是靠袭击、抢劫和绑架为生的，可以说是阴险狡诈的代名词。

律工作的同时，也拥有了稳定的收入，否则，她只能待在家里围着她那可怜的丈夫转。

玛丽亚有这间公寓的钥匙，和她的其他许多钥匙都串在一个硕大的钥匙圈上。开门进屋，她首先捡起了放在门厅地板上的报纸。奇怪，她心里暗想，主人今天居然没有把报纸捡起来。也许他今天给自己放了假吧，那些坐在轮椅上的人有时候的确会这么做。她笨拙地拿着牛奶、鲜花、报纸和一大串钥匙走进了客厅。起初她并没有察觉这里有什么异样，可是当她看到那令人毛骨悚然的画面，看到发生在她雇主身上的事，立刻便被吓得魂飞魄散。她发出一声让人胆战心惊的凄厉的尖叫，这声音直传到了唐宁街。玛丽亚的精神彻底崩溃，她这辈子恐怕再也做不了清洁工了。

下午6:10

"鲍勃[1]，你还好吗？"

潘恩已经顾不上计较别人怎么叫他了，平时他通常会要求对方称呼他的全名，然而在刚刚过去的几个小时，他已经忍受了数不尽的侮辱，多这一次或少这一次都无所谓了。再者说了，他有什么必要去和总统争执呢？

"我很好。"他对着一部安全电话答道，但他微微的犹豫还是出卖了他。

"可怜的人，你受苦了。"

他坐在大使专车的后排，那是一辆豪华的宝马防弹车，停在国会街与唐宁街交叉口的阵亡将士纪念碑附近。这里处在警戒线以内，四周安静得令人害怕。一张破报纸被微风吹着沿排水沟一路翻飞，直至钻到一辆大巴的车轮下面。同样的车子路边已经停

---

[1]鲍勃是罗伯特的昵称。

了数辆，那是运送特警队的专车。稍远一点的地方设了一个流动厨房，上面写着醒目的"1号茶站"，负责为一小队狙击手提供饮料，往常这种地方总是有说有笑热闹不已的，但今天，大家都很安静，仿佛每个人都沉浸在自己的世界里。就在潘恩把目光移向这里的同时，一队没有任何标志的白色厢式车戛然停下，车门哗啦一声全部拉开，一群人干脆利落地从车里钻出来。特种空勤团（SAS）到了。

"鲍勃，你评估一下。"

"我现在还没来得及和英国当局沟通，我是坚持要首先向您报告的。"

"我们时间不多啊，鲍勃。他们英国人能处理得好吗？我要你告诉我你的直觉。"

他揉着自己的肚子，被枪托撞过的地方仍隐隐作痛，这已经给了他足够的提醒。"对方是铁了心的，谈判难度会很大。"

"有别的方法吗？"

"我只是个外交官，总统女士。您问的问题需要政治上的判断力。"而且由于总统的儿子也在人质当中，这同时还将涉及个人情感。

"你对他们的内政大臣特里西娅·威尔考克斯有多少了解？她有解决这场危机的能力吗？"

潘恩考虑着这个问题，此时，又一队白色厢式车开了过来，从车上卸下来一小批武器装备。"她很有野心，明眼人基本都能看得出来。据说她这个人很善于利用对她有利的每一个机会，还有每一个男人。"

"看来也不是个省油的灯啊。"

"她的个性比较张扬。连车牌号都霸气十足，常给人一种不可一世的感觉。"

"这么说，她是个缺乏团队精神的人喽？"

"她的同事们可能不会这么想。"

"她给我的感觉有些冷淡，似乎不太好合作。"

"您问我的直觉，我也就直说了。如果按照她平日里的作风，我觉得她会从自身利益出发来处理这件事。"

"什么意思？"

"不管发生什么事，她都不会交出达乌德·古尔，除非逼不得已。可现在她身边已经没有能强迫她的人了。她知道，如果在对待恐怖分子这件事上她稍有软弱，犯妇人之仁，一定会被英国媒体骂得体无完肤。到时候她的下场会和约翰·伊顿一样，身败名裂，狼狈下台。媒体会拿她与撒切尔夫人比较，说她没有脊梁骨。她绝对不会允许这样的结果发生，所以说，她是不会释放达乌德的。"

"如此说来，我们的选择将非常有限。"

"总统女士，问题是我怀疑恐怖分子们根本无意接受其他条件。这一次，我们可以回旋的余地实在有限。"

白宫的总统办公室里静悄悄的，总统仿佛没有听到大使刚刚的话一样。

"总统女士，我需要您的指示。"

"鲍勃，请你告诉我……"对方似乎在忍受着巨大的痛苦，"我的儿子怎么样？威廉–亨利他还挺得住吗？"

"哦，总统女士，您大可以为他感到骄傲。请允许我这么说，他不愧是哈里森家的后代。他托我给您带句话，他说，他非常爱您。"

继之而来的又是一阵沉默。有那么一会儿大使以为电话断了线。

"我需要知道您希望我干什么。"他追问道。

"我不能命令你再回到那里，鲍勃，这太自私了。你必须依靠你自己的判断。"

"我的判断非常简单，总统女士。如果我不回去，他们会杀了您的儿子。但如果我回去，我想他们会杀了我。"

"鲍勃，如果我能代替你该多好，你知道我会心甘情愿的。"

"这我毫不怀疑。但我还是希望您能够相信我，以您对我的了解，我会竭尽全力，不惜一切代价去做我该做的事。"

"我现在都不知道怎么做才是对的，鲍勃。"

"过去哈里森家的人总是会找到方法的。"

"哈里森家和潘恩家，我猜我们这两个家族应该有很长的渊源，对不对？"

然而潘恩家族后继无人，哈里森家族却仍会继续延绵，大使想到，但他不敢说出来。儿子的身影又浮现在脑海中，他紧紧咬住嘴唇，直到皮破血流。"对，总统女士。"他勉强挤出了这几个字。

"我想我知道我们的先辈威廉-亨利会怎么做了，他绝不会坐等别人来告诉他该怎么做。"

"我毫不怀疑。"

"可特里西娅·威尔考克斯会怎么做呢？这才是问题所在。"

"很遗憾，我现在还猜不透威尔考克斯太太的心思。"

"或许，我们该推她一把……"

下午6:33

"找到他们了，哈里，和你说的一样。"蒂贝茨说道。

"什么呀，迈克？"

"那些失踪的贵宾。参加大典的贵宾中有两个是坐轮椅的，他们是残疾人理事会的代表。两个人都遇害了，全被割了喉，流血至死。"总警司愤怒地拍了一下桌子。"这帮狗娘养的为什么不干脆一点直接开枪打死他们？那倒少了许多痛苦。"

"割喉，没有声音。"

"我信你的话。"

"毕竟他们是山里人，迈克。在他们的整个历史中，他们从来都没有被战胜或镇压过。蒙古人、锡克人、俄国人和英国人全都试过，但没有一个成功的。"他说着，拿起保温瓶往两个塑料杯子里倒满了咖啡，并把其中一杯递给了总警司，"不过后来我们侥幸抓住了他们的一个领导人。从那时起，这桩惨剧就是注定了的。"

"他们是恐怖分子！惨剧是由他们一手造成的。"总警司把刚喝进嘴里的咖啡又吐回到杯子里，"该死的，怎么没加糖？"

哈里扔给他一小袋甜味剂。他们在小邮局里临时征用的这张桌子上，已经布满了咖啡渍和面包屑。"英国人第一次和他们交手时吃了大亏，于是我们就把抓来的俘虏绑到大炮的炮筒上进行报复。要我说，那才叫真正的惨剧。"

"现在我勉强同意吧。"蒂贝茨使劲捏着鼻梁，仿佛要把生命挤回他奄奄一息的大脑。

"但是，迈克，有件事我实在想不明白。"哈里继续说道。

"啊，原来你也有想不明白的事，谢天谢地。说实在的，老是被你甩在后头，我都有点烦了。"

"他们是山里人，"哈里毫不理会蒂贝茨的挖苦，接着说道，"老家离这儿差不多隔了半个地球。他们属于街头战士那种人，或者随便他们在瓦济里斯坦叫什么，这些人从来不会组织正儿八经的战役。他们想收拾你了，就会趁着黑夜偷偷溜到你家里去，割掉你的卵蛋，然后回去就继续放他们的羊。他们不会搞阴谋诡计，更不善于计划，他们从来是说干就干。"

"你想说的是？"

"我想说的是这一次他们为什么会有如此周密的计划？"

"你是说武器？"

"不只是武器。还有……"为了激发灵感，他抬腿踢了一脚垃圾桶，"你看，他们很清楚自己该干什么，而且也很清楚该找什么人。整个上议院都被他们死死控制在手中，连只苍蝇都飞不进去。他们了解这里的安保措施，知道从哪儿能搞到通行证……"

"那个巴基斯坦高级专员，也许这一切都是他策划的。"

"醒醒吧，迈克，你也见过他在里面的那副德行了。他不是头儿，顶多是头卖力气的骡子，受他们雇用偷偷把东西带进去。再者说了，他来英国也才几周时间。"他心不在焉地重新捡起垃圾桶，随后小心翼翼地放到桌面上，这时，他突然莫名其妙地对那个垃圾桶产生了好奇，就好像它眨眼之间变成了什么价值连城的宝贝。"你知道吗，我得感谢那些厕所。"

"你说什么？"

"厕所，那两个简易卫生间。"

"你一定是累坏了。"

"不，迈克。我把那两个简易厕所拖进去时，是他们告诉我该放到哪儿去的，御座后面的壁橱。我根本不知道那儿有两个壁橱，在这个地方混了十来年，我却不知道它们的存在。我怀疑大部分人都和我一样，那两个地方平时根本没人注意。可是这些嚼烟草的山里人却对那里了如指掌，跟到了他们家后院儿似的。你觉得这该怎么解释？"

"我不知道。不过我有种强烈的预感，你马上就会让我茅塞顿开了。"

哈里忽然安静了下来，像只调整姿势准备猛扑的猫，"迈克，策划这一切的，另有其人。"

"你疯了吧，伙计。"

"不，迈克，这是唯一的解释。如果没有其他人的帮助，单凭这几个家伙绝对不可能干成这件事。他们自己恐怕连去机场的路都找不到，更别说偷偷溜进咱们英国戒备最森严的国会大厦了。这么说吧，他们只是唱诗班里的一群小屁孩儿。在某个地方还躲着一个幕后操纵的人，咱们可以姑且称这个人为红衣主教，他了解每一个牧师的弱点，知道用什么方法能把会众们惹得鸡飞狗跳。"

"分析得妙极了！你肯定有怀疑对象了，说不定连他下落裆①的尺寸都知道。"

"可惜还没有。"

"感谢上帝！光是里面那些浑蛋就够我们料理的了，更别提还有什么幕后的大鱼。我说，你老对着那个垃圾桶看什么？那些大鱼难道正在里面游泳吗？"

"你说得在理。"哈里一口喝掉杯里的咖啡，"不过有一件事也许你能帮上我。"

"什么事？"

"下落裆的尺寸啊，红衣主教在大礼服下面还穿裤子吗？"

晚上 7:00

"我们查到了，内政大臣阁下！"当他们又一次聚集在唐宁街的内阁会议室里时，军情五处的情报员激动地喊道，"马苏德，和我们之前想的一样，来自瓦济里斯坦，那个高级专员也是一样，他们所有人都来自马哈苏德部落。"

"你刚刚说查到了，指的是……"

这个问题在会议桌上盘旋了片刻。

"指的是我们知道他是谁了。"五处情报员弱弱地答道，他的手正在口袋里偷偷摸索着他的戒烟棒。特里西娅·威尔考克斯是个很善于给人泼冷水的女人。

---

①下落裆指的是裤裆到裤脚口之间，或叫裤子的内腿。

130

"哦，我懂了。"她说。她的意思已经再明白不过，用不着多说什么，尤其不需要提醒眼前的这个人——不是他，而是那个可恶的哈里·琼斯识别了恐怖分子的身份。她伸手在桌布上一扫，假装抚平桌面上根本不存在的皱褶。她为什么如此讨厌哈里·琼斯呢？是因为他的态度？他的傲慢？他那多到万事无忧的财富？还是只因为他是为数不多的可能与她旗鼓相当的人之一？

"还有其他什么进展吗？已经快七个小时了，我们距离解决这件事还有多远？"她扫了一眼在座的安保部门的代表，但他们全都低着头，不敢迎接她的目光，除了蒂贝茨。虽然承诺过不会去烦她，但那不代表可以彻底无视她。威尔考克斯冲他难以捉摸地微微一笑，仿佛之前发生过的所有不愉快统统都忘掉了。

"依我看我们有三种选择，"他开口说道，"第一种，设法谈判，和他们做交易，虽然这不太好听。保证他们可以安全抵达第三国，诸如此类的。然后我们宣布与恐怖分子达成了和解，好挽回点颜面。但我必须坦率地告诉您，内政大臣阁下，自从安装电话之后，我们一直努力和里面的人对话，但始终没有结果。他们对任何形式的折中方案都不感兴趣。这些人油盐不进，显然是铁了心的。"

窗外，白昼已经带着它明亮的美退出了天际，继之而来的是深沉的黑夜，和它难以预料的神秘。

"第二种选择是警方把这件事的处置权交给SAS，采取非常手段尽快结束这场危机。请允许我介绍一下，这位是特种部队指挥官，尼尔·黑斯蒂准将。"坐在桌子另一端的一名男子应声点了点头，他四十多岁，顶着一头火山喷发似的红色头发。他那张略带稚气的娃娃脸使他看起来比实际年龄要年轻些，而且很容易让人误以为他是个到城里度假的乡下牧师。实际上，作为圣安德鲁学院神学系的学生，他是有机会做一名牧师的，只是非常遗憾，他发现妙龄女郎对他的诱惑要远远大于牧师服。曾经有个女孩子爱他爱得死去活来，被他伤了心后，就在他的房间里演了一出服药自杀的好戏。之后他便再也无法在圣安德鲁学院待下去了，最终，他去了赫里福德。虽然黑斯蒂仍是上帝的虔诚信徒，但他认为侍奉上帝的方式有很多种。

"欢迎你，准将。"内政大臣说道，"你对目前的情况有什么看法吗？"

"内政大臣阁下，我的部下一个多小时之前就已经抵达了威灵顿兵营。我们花了点时间才搞到上议院的平面图。现在我还给不了您什么建议，但如果您坚持强攻，我相信我们能在……"他看了一眼手表，"……三十七分钟之内做好准备。"

他语气平静，声音柔和，脸上看不出任何表情，但蓝色的眼睛格外警觉。威尔考克斯点头赞同，"能安全解救人质吗？"

"哦，只要我们能出其不意，大部分都能安全解救。他们在门上设了诡雷①，但强攻的话也不成问题，只是我们不希望太早惊动敌人。所以我们才需要国会的平面图，以便确定所有暗格或管道的位置，比如通风管、进口隧道之类的，我们或许可以利用。如果您能多给我们一点时间准备，我应该可以在这些有利位置埋伏狙击手。根据我的估计，人质的生存率可以达到百分之九十。"

"请原谅我打断一下，你们不能用烟幕弹吗？让他们什么都看不到。"一位大臣问道。

"不行。烟幕也挡不住他们乱开枪，到时候人质的伤亡会更大。要知道他们全被聚在了一起，简直就是活靶子。"这时他已经走到了正在直播着的电视机前。

"那瓦斯弹呢？"大臣又问。

---

①诡雷是指采用高爆性材料制成的布设在敌方意料不到的地方，通过伪装、诱惑、欺骗等诡计引爆，使敌方在毫无防备之下受到伤害的地雷。

"等等，这听着太像莫斯科人质危机在重演了。"威尔考克斯打断说。她事先做了不少功课，"他们死了上百人，是不是？"

准将点了点头，"那次事件发生在2002年。详细情况我想在座的各位先生应该都和内政大臣一样清楚，车臣叛乱分子将一座剧院里的所有观众扣为了人质，三天后，FSB[①]利用一种武器化的芬太尼气体对剧院发动突袭。这种药品通常情况下用作牛和马的麻醉剂，可惜他们的计划没有奏效。叛乱分子们戴着防毒面具，毒气反倒害死了一百二十九个人质。后来FSB只好与叛乱分子硬碰硬地展开了枪战。"

"实在让人泄气。"威尔考克斯喃喃说道。

"那场危机中没有一件事是让人满意的，内政大臣阁下。但我们的SAS可不是FSB，而且我们也有比芬太尼更好的东西。只是……"他故意停顿了一刻，确保每个人都在听他说话，"问题是，我只能很遗憾地说，我们的女王陛下也在里面，恐怖分子的炸弹衣离她仅有咫尺之遥。他们每两个小时换一名守卫，可见他们非常警觉。女王陛下唯一能够活动的时间是去厕所，但即便如此，炸弹衣也会寸步不离地跟着她。那件炸弹衣的爆炸威力可能不会太大，我们目前还不知道他们具体使用了哪些材料。我知道他们用来偷运材料的轮椅正在进行化学微量分析，不过我估计他们用的应该是TATP之类的东西。TATP指的就是三过氧化三丙酮，它与伦敦'七七恐怖袭击事件'[②]中所用的材料有些相似，特点是易于制作，从大街上就能买到原材料，比如丙酮、双氧水、矿物酸，这些原材料从洗甲油和毛发漂白剂中也能找到。纯态情况下，它能达到TNT炸药百分之八十的威力。但这种东西极不稳定，所以他们很可能用了某种脱敏剂来中和它，比如油或脂

① FSB 指俄罗斯联邦安全局。

② 2005 年 7 月 7 日早上交通高峰时间，伦敦连环发生了至少 7 起爆炸案，爆炸共造成 52 人死亡，伤者逾百。

133

肋之类。"

"他们怎么能保证炸弹有效呢?"威尔考克斯问,"我们都听说过这种自制炸弹失效的案例。"

准将的双手指尖合成尖塔状,像要祈祷的样子。"问得非常好。"他的意思是说这是个让人非常难以回答的问题,"从目前的情况看,这伙恐怖分子事先做过非常充分的准备。我想我们只能假设他们对自己的工具是有着十足的信心的。只是我尚不清楚他们采用什么样的引爆手段,如果是遥控引爆,那我们还有机会干扰他们的信号,可是……这种炸弹完全有可能被其他东西引爆,而且非常简单,比如闪光灯,甚至礼花弹。"

"你是说派对上用的礼花弹?难道我们现在就受制于这么一个小东西?"威尔考克斯不由惊呼起来。

"引爆装置虽然很简单,但其潜在的后果却难以想象。因为引爆器一直在恐怖分子身上,而这个人又站在女王身边。要想拿下他而不伤及女王,难度会非常大。即便我们能用瓦斯把里面的人熏倒——实际上考虑到议事厅的大小,这个方法我也有所怀疑——可恐怖分子倒下去时同样可能引爆炸药,那样不仅是女王,恐怕连威尔士亲王殿下也会一起遭殃。"他看了看会议室中一张张死灰般的脸,"当然,如果炸弹真的爆炸,我们会有机会在其他恐怖分子制造更大的伤亡之前将他们全部干掉。按照这种情况估计,我们应该能救下首相,如果这算是安慰的话……"

继之而来的沉默表明,这样的结果算不上任何安慰。

"但有一个问题我们无法预估。那就是恐怖分子们求生的欲望有多强烈。我们之所以能在伊朗大使馆人质危机中取得成功,很关键的一个因素就是,恐怖分子们都希望能够活下来。当然,他们最后只活了一个,那是因为他冒充人质蒙混了过去。我们最后抓到他时,他正脸朝下趴在使馆外面的人行道上,而当时因为有数不清的摄像机在直播，我们不好下手干掉他。如果今天这伙恐怖分子也有活着离开的打算，那我们就可以利用这一点。只要我们以绝对优势的武力围住他们，让他们知道自己的结局要么是投降，要么是死亡，或许他们还有认输的可能。但这只是主观判断，而且是其他人的判断。我个人更倾向于稳妥一点的做法，确认他们的身份，看看能否从他们的背景中找到切入点。这些人有没有屈服的可能？他们有没有家属或者爱人，有没有可能将这些人带到现场对他们进行劝说？"他在会议室里环顾了一周。

"我怀疑正是因为失去了亲人才迫使他们铤而走险、不顾一切的。"军情五处情报员沮丧地咕哝道。

"啊，我明白了。如此说来，除非我们能找到他们的弱点，否则我只能预先告诉各位，这次行动完胜的概率几乎为零，伤亡是不可避免的。"

"这可不行，我们必须保证女王的安全。"内政大臣回答，桌前的人纷纷点头赞同。她再次扭头望向蒂贝茨，"你说的第三种选择是什么？"

"最简单的一个选择，满足他们的要求，把达乌德·古尔还给他们。"

"向恐怖分子屈服？你是这个意思吗？"

"这只是一种选择，内政大臣阁下。"

"在我这儿免谈。"

"那么，我想我们必须尽快决定要采取什么方案，以及什么时候开始执行。"

每当面临进退两难的境地，她就会开始无意识地用手掌摊平面前的桌布，这一次，她用了两只手。这时她被门口进来的一名官员打断了思路，此人看上去满脸疲倦，声称白宫打电话过来询问最新的进展。

"告诉他们，我开完会就给他们的总统打电话。"威尔考克斯指示说。

"是总统本人打来的电话，"官员明显很焦虑地说道，"我感觉她似乎非常着急。"

情况通报会尚未结束，特里西娅·威尔考克斯的内心不断呐喊着，怂恿她拒绝接听这个电话。她还没有做好准备，头绪也没有理清，所以她很不愿意和那个世界上最有权力的女人在电话里争吵。然而拒绝对方的电话无疑会显得极不礼貌，甚至会结下梁子，她要应付的事情已经够多了，"把电话接进来，接到扬声器上。先生们，我可能会需要你们的帮助。"

拉长了元音的声调很快便充满了整个会议室，"特里西娅，我是布莱斯。你还好吗？我很担心你。"啊，扯上私人关系，女人和女人的谈话，比她们上一次通话时舒服多了。这是个善意的姿态。

"我也很担心你，布莱斯。"

"希望你能原谅我，但已经过去六个多小时了，危机还没有丝毫缓解，有些东西我需要和你通通气。"当然，其言外之意是电话这一头的人同样也要开诚布公，与她分享信息，"进展怎么样了？你们有什么动作吗？我那可怜的丈夫都已经急得团团转了。"嗯，她又打起了家庭牌。

"我正和我的顾问们在一起，布莱斯，或者可以称作我的战时内阁。"她这么说只是为了听起来顺耳些，但在会议室内的其他人看来，却有自负之嫌，"我们正在评估所有方案，我向你保证我们会竭尽一切可能。国会一带已经戒严，与恐怖分子的沟通渠道也已经建立，"——至少已经有电话可通——"我们会采用一切人道的手段尽可能和平解决这场危机。"

"特里西娅，听你这么说我安心多了。"

"谢谢。"

"但他们差点杀了你们的首相，是不是？这帮人看起来不像有和解的打算啊。"

"首相有惊无险不是吗？"

"我想这多亏了我的大使。只是，呃，我能和你说句话吗？两个母亲之间的话。"

威尔考克斯没有孩子，但现在不是计较这些细节的时候。

"你尽管说吧。"

总统停顿了一会儿，好让自己镇定下来。当她重新开口时，语气已经变得斩钉截铁，"特里西娅，他们的下一个目标就是我的儿子。我们不能眼睁睁看着他们想杀谁就杀谁，想杀多少人就杀多少人。我们必须采取主动，你说对吗？"

"主动？你的意思是？"

"特里西娅，我的祖先，哈里森家族中的第一位总统，是个很善于和印第安人打交道的人。他作战勇猛，酗酒也很严重。但他是个坚毅果断，毫不拖泥带水的人。实际上他还是个战斗英雄。他从来不会主动找别人的麻烦，可一旦麻烦找上门来，他也会毫不留情地予以反击，让他的敌人自讨苦吃。他击退了印第安人的进攻，并瓦解了整个特库姆塞地区印第安人的同盟，把他们打得七零八落。他就是靠这些功绩当上的总统。"

"你想说什么，布莱斯？"

"你那儿有多少印第安人，特里西娅？八个？那根本是小菜一碟。干掉他们啊。"

"布莱斯，我觉得这个建议还不够成熟。我们希望最大限度地减少流血。"

谁都无法否认，总统的语气发生了显著的变化，即便透过带有金属音的扬声器，"已经流血了。在我看来，接下来还会流更多的血，除非我们阻止他们。"

内政大臣若有所思地盯着电话，而后她又急切地扫了一眼在座的众人，寻求着支持。

"有什么问题吗，特里西娅？"总统继续说道，"才八个人而已，他们又不是带了核弹头。"

"他们挟持了我们的女王。"

"那又怎样？"

"我不明白你的意思。"

"他们挟持的又何止女王一个人，特里西娅。贵族、议员、大使、政客，甚至还有年轻的男孩子们。难道你把她一个人的生命置于其他所有人的生命之上吗？"

"可她是女王啊。"

"她已经八十……几岁来着？她的确是一位令人敬爱的女人。可别人的生命同样危在旦夕，而他们的生命一样重要呀。可以肯定的是，不管发生什么事，君主制会继续下去。请原谅我说得如此直白，但你们会怎么说？'女王驾崩''国王万岁'之类的？特里西娅，我不想让你觉得我这个人太过冷酷，不近人情，但你总不能为了一个来日不多的老太太就拿一百多人的性命去冒险吧。"

"她可不只是一个来日不多的老太太，她是我们国家的象征。"

"总统的儿子同样也是国家的象征，他代表的是整个美国的青年。"

唐宁街遭遇了一股扑面而来的冷风。威尔考克斯紧张起来，身体不由向前倾去。

"我们必须尝试所有方法之后才会考虑动用武力。"

"好吧。如果谈判不能解决问题，你必须做好武力消灭那些浑蛋的准备。"

"我已经说过，"威尔考克斯尽量压制着自己的声音，"我们正在评估所有方案。"

"好极了。我不知道你们的底线是多久，但恐怖分子给我们的时间……"——短暂的停顿——"还有十六小时三十五分钟。"又一次停顿，这一次是为了平息自己的怒气，"听着，特里西娅，你和我，咱们是一个战壕里的朋友。我们同心协力，并肩作战，一定会没事的。谈判也好，武力也罢。不管用什么方式，我们都将向全世界证明，我们绝对不会向恐怖主义低头。全世界的人都会感激你的，特里西娅，我可以肯定。我已经看到诺贝尔和平奖在向你招手了。但愿这些印第安人能乖乖投降，不过为防万一，在德国我们有一支正在参加北约例行训练的三角洲特种部队。他们和你们的SAS一样出色。我已经向他们发布了动员令，相信很快他们就会动身的。"

"动身干什么？"

"前去支援你们啊。正如我说的，我们同心协力，并肩作战。"总统在一步步紧逼。

"我们不需要三角洲……"

"你们当然不需要，特里西娅。但在这样的关键时刻，我们必须让世人看到，美国人对你的支持可不仅仅限于口头上。也让那些恐怖分子们知道，他们面对的将是英美两国最精锐的部队，有什么能比这更震慑人心的呢？"

"总统女士，我想提醒你，这是我们英国的反恐行动。"

"也是美国的，不要忘记这一点，特里西娅。他们挟持了我们的大使，还有我的儿子。在这件事上，我们风雨同舟。想想吧，他们会把你称为英国的第二个丘吉尔的。我们会再联系的，特里西娅。很快就会。"

电话随即被挂断了。

"天啊！"内政大臣失魂落魄似的低声说道，"他们要派兵打进来啦。"

139

第六章

  黑斯蒂和他的SAS部队赶到现场还不到一个小时，局面便已经发生了明显的变化。负责在国会大厦上空警戒的直升机被要求降低飞行高度，而在随后的几个小时，它的高度还将一降再降。轻型坦克开始在国会广场以及上议院周边的道路上耀武扬威地巡逻。它们大部分是弯刀坦克，身重将近八吨的钢铁怪兽，六升柴油发动机和宽大的履带制造出惊天动地的巨响。从现在开始，它们将不停地在国会大厦周围转来转去。当然，它们的机枪或烟幕弹或许根本派不上用场，更不用说威力无穷的穿甲炮弹了，但是它们往往复复，加上头顶盘旋的直升机发出的轰鸣，无异于给国会大厦制造了一堵又厚又密的隔音墙，倘若SAS果真发起突袭，这就是最好的掩护。

  然而黑斯蒂很清楚，上议院的建筑本身仍给他们制造了难以逾越的障碍。在噪音的掩护下他们或许可以在各处布置一些狙击手——在木板或石墙后打洞，但环绕整个议事厅的走廊阻挡了视线；倘若他们试图靠近各个入口的门，又非常容易被恐怖分子发觉。通常任何一种情况，SAS都倾向于破窗而入，由上而下向敌人发起突袭，先丢几颗闪光弹，把敌人闪个晕头转向再一个个收拾。可是上议院的窗户足有四十英尺高，用的也不单单是华丽的玻璃，还有坚硬的石材和铅料——当然，这些对SAS来说都不在话下，可问题是即便他们破窗而入，也无法直接降落到人质聚集的一层大厅，而是落到议事厅两侧的二层走廊上。这类行动最关键的因素就是出其不意，而由于时间有限，他们无法做到周密计划，出其不意的效果将大打折扣。

所有这些因素他们都需要考虑在内，且加以克服，但直到现在，他们仍然没有拿出能够安全解救女王陛下的方案。

晚上 7:52

罗伯特·潘恩穿过房间向内政大臣走去，他握住她的手，久久没有松开。

"罗伯特，你能来我非常感激。很抱歉让你经历了那么可怕的事。"

"内政大臣阁下，这对我们每个人来说都不容易。"

他们站在唐宁街的白色会客厅里，俯瞰着外面的公园。聚光灯在树枝间时隐时现，树影摇曳，喷泉将银色的水柱喷到湖中。一切都看起来祥和宁静，令人沉醉。

刚刚过去的这一个小时，威尔考克斯倍感煎熬。女王的私人秘书打来电话要求接见，遭到婉拒之后恼羞成怒；首相夫人弗朗西丝·伊顿几乎歇斯底里地闯进了他们开会的内阁会议室，被注射了镇静剂之后才总算安安静静地待在了楼上。这还不够，特里西娅无法联系上自己的丈夫，他的电话没有人接听。细想之后，她仿佛有所醒悟，丈夫经常在星期三的晚上不知所终，这已经有点不正常了。她开始怀疑丈夫并非是在一心一意忙他的事业。而那个脑筋不太灵光，最近却又偏偏当选为伦敦市长的小矮子居然跑到唐宁街10号，声称自己也该参加战略会议。当着一堆记者的面，为了避免媒体大惊小怪，他们只好让他进来，并在会议室最后面给他安排了一个相对僻静的位子。当然不可避免地，各路媒体更是蜂拥而至，咄咄逼人。

　　但她无话可说，至少目前说什么都为时尚早，也许过一会儿可以让他们拍些照片。如果朝特拉法尔加广场的方向走几分钟，她就能听闻圣马丁教堂组织的露天祈祷会，参加的人越来越多，已经蔓延到了广场上。他们聚集在英雄纳尔逊①的脚下，点起蜡烛守夜，成千上万颗闪动的小火苗，仿佛成千上万个希望在夜色中翩翩起舞。人们跪在地上，忧心忡忡的目光从白厅直飞到远处探照灯照射下的国会大厦。这些人代表着国家的良心，特里西娅心想或许她该加入他们，不需要说话，因为她并非一个虔诚的宗教信仰者，但她的出现可以让人们感到安心，甚至让整个国家感到安慰。一个简单的举动，代表着信仰和国家的团结，将通过无数摄像机展现在全世界人民面前。

　　发生在英国的这场人质危机已经变成了一个全球事件。世界各国——日本、德国、法国，还有其他许多国家——的总理、首相、总统、主席纷纷致电慰问，并委婉却固执地询问他们本国大使的安危。但美国人是第一位的，她一边说着话，一边眺望着窗外。两人之间并没有眼神上的接触，至少目前还没有。

　　"罗伯特，咱们还是抛开那些冠冕堂皇的外交辞令吧，我就有话直说了。你们的总统有点可笑，她居然想派兵过来帮助我们。我想坦率地告诉你，也请你转告你们的总统，我们不需要这样的帮助。这件事我们自己能够处理。"她扭过头，脸色像严霜一样冷

───────────

①指树立在特拉法尔加广场上的霍雷肖·纳尔逊的铜像。纳尔逊（1758—1805）是英国史上最伟大的海军指挥官，被誉为英国皇家海军之魂。

142

酷，"这是英国的领土，我们不欢迎你们的军队。"

"内政大臣阁下……"他夸张地摊开双手，仿佛要抓住什么能把他们拉到一块儿的东西，"在我们总统眼中，她看到的是自己最重要的盟友正遭到攻击，政府失去了大部分领导者，整个决策机构受到了胁迫。"

"我们的政府和决策机构运转良好，多谢你们费心了。"

"而我们也同样遭到了攻击。一个美国人不管身在哪里，只要他的生命受到了威胁，我们就有责任保护他。国际法赋予了我们自卫的权利，而我们两国之间签署的大量共同防御条约也让我们有权在此类极端情况下做出反应。"

她不屑地哼了一声，"胡说八道，罗伯特，我们现在没时间来纠缠这些。你的总统无非是想救她自己的儿子，但我绝不允许任何人把个人感情扯进这件事中。"

罗伯特的脸色阴沉下来，"我明白了。爱德华兹总统原本以为您和她会达成一致，或者说两个女人会更容易找到共同语言。我得承认，内政大臣阁下，她过于自信地认为您会需要她的支持了。"

"她凭什么这么认为？"

"如果说到掺杂个人感情，您自己恐怕也脱不了这个嫌疑。"

"什么？"她不由吃了一惊。

"我想说得尽量委婉一点，可鉴于目前的形势……"大使尴尬地挠了挠手背，"恐怖分子为什么能有可乘之机，别忘了您可是负责安全的内政大臣……"

"就算你是外交官，说这样的话也未免太无耻了！"她的话就像从枪口射出的子弹。

"另外还有一个无法否认的事实，他们的首领马苏德，接受的是你们英国的教育。"

她正想再来一梭子，这时，她忽然感觉到了大使话中的分量，于是强压下心头的火气。当她开口时，却有些结结巴巴，仿佛在黑暗中绊了一跤，"请你说明白一点。"

"马苏德是你们的人，他们没有告诉您吗？"潘恩同情地皱了皱眉，"几年前，英国政府实施了一个教育计划，你们从他们山区的部落中挑选出了一批精英，把他们带到英国，待之如友，为他们提供教育，而后又让他们回到自己的家园担任领导者，当然，是你们可以信赖的领导者。你们让他们成了西方势力的代理人，基地组织以及所有其他伊斯兰暴力组织的死对头。几个世纪以来靠武力无法获得的东西，现在你们希望以恭维和教育达到你们的目的。这的确是一个非常智慧的点子，可惜不管用。你们的一切努力无非是打造了一批更加出色的山地战士，而马苏德又恰恰是出类拔萃的一个。"

内政大臣很不得体地骂了一句。

"他在英国待了两年。当然，用的是另一个名字。锻炼了自己的口音，然后便又回到部落。"大使接着说道。

"这些资料我们的电脑中没有。"她沮丧地小声说。

"哦，有这个可能。美国中情局的电脑资料库比你们安全部门的要大得多，所以很容易查到。或者，也有可能是……"他的声音越来越弱，像钓鱼者故意遛上钩的鱼儿，"他们不想让您知道，所以采取了保密措施，以免泄露给公众。"

她困惑地盯着大使，眼神突然变得焦灼起来。

"也许他们永远都不会让您知道，或让任何人知道，马苏德就是达乌德·古尔的儿子。"

内政大臣一句话也说不出来。

"你说得没错，特里西娅。其实这件事的本质也逃不开个人情感。所以总统才会认为您能理解，并同意和她一起面对。马苏德在英国接受教育的时候，恰恰是您在担任教育大臣。他是恐怖分子的

144

儿子，他的教育预算用的也是你们英国政府的钱。"

特里西娅感觉自己的整个职业生涯霎时间分崩离析成万千碎片，再也没有挽回的可能，绝望的声音似乎充斥了整个房间。

"您大概希望一个人静一静吧，"大使继续说道，"我们都有大堆的问题需要思考。我想我还是到教堂里祈祷一会儿好了。"他冲特里西娅礼貌地点点头，"如您允许，今晚晚些时候我会再来聆听您的答复。"

晚上8:25

人的求生意志是无比强烈的，有时甚至压倒一切，这意志使他们即便身处最黑暗的时刻也能坦然面对。上议院内，人质们开始为漫长的夜晚做准备。他们被迫挤在议事厅中的一小片地方，因此每个人能舒展的空间并不大，但他们在彼此的肩膀上和臂弯里找到了安慰。反正他们在议事厅的长凳上睡觉也不是第一次了。

哈里又吃了顿饭，这次可不是干啃三明治，他有了沙拉和热汤。恐怖分子照例要搜他的身，进去时一次，出来时一次，尽管他浑身上下只穿了内衣内裤。这至少可以证明恐怖分子丝毫没有放松警惕。他们知道夜里的时候更需要打起精神，任何试图夺回人质的行动随时都可能发生，他们必须严阵以待。

当哈里推着购物车走回小邮局时，他发现一直使他斗志昂扬的肾上腺素正随着他的脚步一点点枯竭。他的两条腿像灌了铅一样沉重，瓷砖的冰冷直击脚底，他感到筋疲力尽，而他更清楚自己同样感到害怕。有时候，人们总是以为勇敢的人不会害怕，实际上那只是因为他们害怕承认自己真的勇敢。

在他疲倦地穿上衣服时，放在裤子口袋里的手机掉了下来。过去的几个小时他关了机，此刻，出于习惯，他又重新开机。这只是一个无意识的动作，然而恢复活力的手机立刻开始发起了牢骚，九

145

个小时内他一共收到了几十条语音邮件和短信。他微微叹了口气，手指再次伸向了电源按钮，打算重新把手机关掉，但就在这时，铃声响了。

"哈里，老伙计，你死哪儿去了？"

他立刻便认出了那个清脆的声音——吉米·索普威斯·戴恩，战友们都叫他"死赖皮"。他以前和哈里一样，也是近卫骑兵团里的军官，后来因为伤残退役，到伦敦干自己的事业去了。死赖皮先是做了一名公共关系顾问，这个职业需要同时兼具上流社会的魅力和对朋友两肋插刀的义气，此外还要有毫不犹豫的献身精神，尽管这一点通常较为隐蔽。但意外的是，死赖皮居然干得如鱼得水，成为行业中的翘楚，并最终坐上了金融服务管理局（FSA）联络部总监的位子，该机构其实相当于伦敦的金融警察局。这是一份极为严谨的工作，但他的小怪癖反倒有增无减，然而在他绚丽的爱德华时代的口音和刻意表现出来的花花公子做派的掩饰之下，隐藏着一颗无私滚烫的心。在素有"强盗之乡"之称的北爱尔兰阿马地区，死赖皮曾经为哈里挡过一颗子弹，射入他膝盖中的那颗弹头终结了他的军旅生涯。不过在哈里看来，那条残腿倒成了死赖皮在他的世界自由出入的通行证。

"不好意思啊，死赖皮，事儿太多了。"

"忙着哭呢吧？"哈里听出死赖皮是在某个酒吧里，而且似乎并不是刚刚才到那儿，"我就想问问今天下午你赔了多少。"

"什么赔了多少？我没听懂。"

"你干什么了？难道你还不知道？证券交易所被迫提前关闭，那些证券经纪人一个个都跳楼去了。不计其数的人倾家荡产，我想这应该包括你哈里·琼斯啊，所以我才一直给你打电话。太恐怖了，老伙计，这简直是大屠杀。"

"我被别的事缠着脱不开身。"哈里咕哝说，他似乎听到电话背景中有开香槟的声音。肯定是死赖皮要的酒，这家伙要破罐子破摔了。

"这场该死的危机把世界搞得天翻地覆。我一直担心你，谢天谢地你没被他们扣作人质。"

"我倒宁可去做人质，电视里穿白衣服的那个人就是我。"

"天啊，那是你吗？镜头离得太远没认出来，况且你只穿了内衣。"

"是啊，也许我该把我的裁缝给解雇了。"

"老伙计，你可得多保重，别再逞英雄了。"

"命是自己的。"

"说得太对了。哦，还有件事……"

"嘿，死赖皮，我这边还忙着呢。"哈里试图打断他，可他的这个老朋友是出了名的难缠。

"即便这次危机平安过去了，咱们国家也不会那么快回到正轨的，哈里。这话只限你我之间，今天下午短短几个小时就毁了我三年苦心经营的股票，真是欲哭无泪啊。可是你，你这个走运的浑蛋，你在上层有关系，要是你知道这场危机什么时候能结束，你绝对可以趁机大赚一笔的。"

"你说什么？"

"搜集情报加出其不意啊我的老伙计，老把戏了。预先警告，提前准备。就像我们突袭爱尔兰共和军理事会那晚一样，还记得吗？那群芬尼亚^①浑蛋被我们抓到时，正在互相睡对方的女儿呢。还记得我们事后笑成什么样吗？所以今天下午的事，有些人输得连裤子都没剩下，而有些浑蛋不仅睡了别人家的闺女，现在恐怕都跑到开曼群岛数钱去了。"

①芬尼亚指的是爱尔兰一个以争取独立为目的的秘密组织。

"呃，你说谁？"哈里听得一头雾水。

"什么谁？我不知道啊。我没指任何人，只是打个比方，伙计。"电话背景中传来一个女人的笑声。

"但如果真的有人事先知道，嘿，死赖皮，把该死的酒杯放下，认真听我说。你能不能查查有没有人趁机捞了一笔？我说的是真正发横财的人，如果有这种人，能不能查查是什么人？"

"别担心，这种事通常总有一天会真相大白的。我们金融服务管理局就是干这个的，在我们的电脑上查一查就能知道哪些人走了不该走的狗屎运。然后我们就顺藤摸瓜，抄他们老窝。独行侠，说的就是我。"

"这需要多长时间？"

"什么？"

"你要多久才能查出眉目？"

"几周、几个月，甚至几年，得看情况的。"

"可我们没那么多时间啊，兄弟！"哈里的肾上腺素突然又喷涌而出，冲得他直头疼，"听着，我这边已经乱得难以收拾了，但我们必须弄清楚是否真的有人在幕后搞鬼，而且现在就得知道。"

"不可能，现在都已经关门了。"

"听着，好好听着，伙计。我们需要知道是否有人借这次危机发国难财，是不是有人预先知道这件事。多等一个小时，哪怕一分钟，里面的人都有生命危险。"

"可是，哈里，这不符合我们做事的规矩啊。"死赖皮为难地抱怨说。

"死赖皮，这也许是我这辈子求你干的最重要的一件事了。"

电话的另一头沉默了片刻。死赖皮抚摸着自己残废的膝盖；哈里就像那颗让他瘸了一条腿的弹头，总会给他的生活带来点麻烦，但正因为此，他的生活从来不会感到无趣，也正因为此，他们才成了不分彼此的好朋友。当死赖皮重新开口说话时，他的声音已经变得无比冷静，"我不能保证，只能说试试。我会尽力而为的。"

"有你这句话就够了。"

"我真是交友不慎，哈里·琼斯，你总来扫我的兴。今晚我还打算借酒浇愁，一醉方休呢，我都答应别人了。"电话中传来女人失望的抱怨声，"回头再跟你联系，我会尽快的。不过你记住欠我这个人情，回头是要请客的，去哪儿吃我说了算，一定得去个贵得没天理的地方，还得喝上好的葡萄酒，要大瓶的依奎姆，2001年的。"

"好兄弟，都听你的，多谢啦。"

哈里知道希望渺茫，但目前这个阶段什么事都没有十拿九稳的成功把握。哈里的指尖在手机屏幕上滑动着，打算在下一个电话打进来之前把它关掉，可当他看到来电列表，整个人都僵住了。"哦，天啊，千万别，"他喊道，"不！"随后，他扭头冲了出去。

尽管路上到处都是路障，特拉法尔加广场上又是一片混乱，但他还是坐上临时征用的一辆警车在8点47分赶到了常春藤大厦酒店。布满小隔间的餐厅里到处都看不到梅勒妮的身影，哈里的心怦怦直跳，虽然受过多年的训练，但此刻他仍然有些气喘吁吁。

餐厅的人告诉他说，梅勒妮是在8点12分左右来到的，比他们约定的时间晚了十二分钟。为了准备晚上的见面，她整个下午都待在一家温泉疗养中心里，因而对伦敦正在经历的这场危机一无所知。来到餐厅，她心烦意乱地点了一杯夏布利酒，好让自己打起精神。这杯酒让她在餐厅多等了二十一分钟，酒喝完之后，她便气呼呼地起身离开了。哈里问餐厅她有没有给自己留言，回答是没有。

她的手机已经关了。哈里试着打了两次，因为怀疑自己的号码被她屏蔽掉了，他又借用餐厅的电话打了一次，但不管她在哪里，电话始终没有打通。

哈里踉踉跄跄着从餐厅跑到外面的街上。警车还在等着他，那是蒂贝茨专门派给他的车，因为他需要确切知道哈里的下落，并保证能在五分钟之内把他带回去，可是哈里不想回去。他让司机送他去了伯克利广场后面他的家，那一带的住房几乎都是马厩改建而成的，看起来既破旧，又落后。他在门上捶打了半天，里面却没有半点反应。她不在家。

哈里对责任和牺牲的概念有着深刻的理解，所以这些年来他东奔西跑，为了别人出生入死，却把个人的生活与情感抛在了一边，有时甚至会忘得一干二净。可是，光有责任是不够的，当然不够。责任是一种鼓舞人心的概念，几十年来，好莱坞拍了数不清的影片来宣扬它，可是现实……说白了吧，此时此刻的现实就像一卷眼看就要被火烧着的老胶片，实在谈不上鼓舞人心。他颓丧地坐在门前台阶上，双臂搂着膝盖，身子歪在一旁的栏杆上。他知道，自己内心中的某些东西正在枯萎、死亡。

身陷痛苦的旋涡，哈里清楚自己还有许多事要做，而他更清楚这些事有多么重要。有人在指望他。有人会死，这一点可以肯定，但也有人会获救，重要的人。有什么比这更要紧的呢？可是谁来拯救他未出生的孩子呢？当然，女王和整个国家都需要他，但他妻子肚子里那个还未取名的小生命同样需要他。哈里有着常人难以想象的丰富阅历，然而家庭对他来说，却仿佛是另一个世界中的概念。也许就是这个原因，他的个人生活才会一团糟。可即便是门外汉，他仍然不愿放弃尝试的机会。

晚上9:03

三角洲特种部队，带翼的复仇者，堪称美国的SAS。在德国拉姆施泰因的临时基地，与其他北约国家精英部队一起在这里训练的三角洲部队一中队，已经启程。

三角洲部队的历史并没有SAS久远。经验少、头发长、胆子大，是英国同行给他们下的评语。三角洲部队的士兵向来我行我素，不修边幅。他们喜欢穿什么就穿什么，喜欢用什么武器就用什么武器，喜欢用什么战术就用什么战术。如果你遇到一个脚穿登山鞋，头戴曲棍球帽，胡子甚至一星期没刮过，乱到从帽盔里直伸出来的三角洲特种兵，千万别感到奇怪，而且你遇到他们如此装扮的概率简直和政客们说谎的概率一样高。三角洲部队非常与众不同，甚至有点邪门儿，经常因为一些不太光彩的事而引人注目。他们的第一次重大行动是1980年在德黑兰试图营救被困在美国大使馆中的人质。那次行动的名字叫"鹰爪行动"，但结果却遭遇了惨败。他们连敌人的影子还没有见到就损失了八个人。同时还遗失了一份中情局在伊朗的线人名单。没有比这更失败的行动了。对于一支本该执行秘密任务的特种部队来说，这简直是令人心痛的奇耻大辱，伊朗沙漠中七零八落地燃烧着的美军直升机残骸向全世界昭示着它的失败。三角洲部队名声扫地，再也没有彻底挽回过。从那以后，它的成功鲜有人提起，而它的失败却被拍成了灾难大片。这就是我行我素、不修边幅的代价。

然而此刻，他们正朝着英国飞去。

特里西娅还在内阁办公室里。房间里光线昏暗，她坐在一盏孤独的小台灯投下的光亮中，耳畔一直回响着罗伯特·潘恩的话，使她无法集中精神。马苏德在英国受教育之事并非由她亲自批准，国会开幕大典上安保出了问题也不能全怪她失察；但她非常不幸地恰好处在主管大臣的位置，而所有文件的最底下又都有她的亲笔签名。在这场凶猛异常的灾难中，她唯一可以确定的是，待到秋后算账之时人们势必会毫不留情地揪出几只替罪羊。媒体更会推波助澜，以强大声势要求法庭严惩渎职者，给公众一个交代，并杜绝同样的疏忽再次出现。不管怎么说她都首当其冲，她仿佛已经感觉到了套在脖子里的绞刑绳套。

特里西娅猛然哆嗦了一下。是唐宁街变冷了，还是单纯地荷尔蒙在作怪？她记得撒切尔夫人曾经说过她没有时间过更年期，她只是不停地工作下去。特里西娅·威尔考克斯一直相信自己也能成为她那样的铁娘子，但是，可恶，她觉得好冷，好孤单。她已经坐在权力的中心，但同时又深深地感觉到自己是如此的孤立。每个人都躲着她，政府官员，顾问，侍从，还有那些趋利避害的小人们。她形单影只，唯有静了音的电视机屏幕在角落里闪烁着。这些该死的男人，她一辈子都在和他们周旋，利用他们的愚蠢、顽固、贪得无厌的自我，甚至他们的淫欲，她像骑马一样骑在他们身上，挥舞着皮鞭。可是现在，他们都在暗地里静静等待着收获报复的果实，甚至包括她的丈夫科林也是那个德行。她还无法证明，但直觉告诉她丈夫有了外遇，或许此时此刻，在这样一个夜晚，在她独自一人面对整个灾难的时候，他却躺在某个小婊子的怀里风流快活。丈夫的不忠并没有令她大动肝火，毕竟在这方面，她自己也并非完美无瑕。不过以前这类事通常都会以大吵一架而告终，但她恐怕不能用对待前夫的方法来对待她现在的丈夫。科林是个律师，一个非常成功的律师，交的朋友遍布三教九流，而她是个公众人物，真的闹起来损失自然会更大。如果闹到离婚法庭上，双方肯定就要撕破脸，将来她因为渎职而被绞死时，他一定会欢天喜地地一把火将她的尸身烧个干干净净。况且她已不再年轻貌美，不像当年那么吸引男人了。这不仅仅表现在身体上，还表现在她的情绪上、她褪色的头发上以及她对人生变化的感知上，她可能再也无法组建新的家庭。刹那间，所有那些被抛弃的、孤独终老的女人的幽灵开始在她耳畔窃窃私语，有的曲意逢迎，有的冷嘲热讽，就像荒野中的女巫。

　　她盯着电话，希望它能突然响起来。她想抓起电话，发布一通意义深远、能够拯救危机的指示。然而她只是叫了一杯威士忌，这是撒切尔夫人最喜欢喝的酒，曾经陪伴她度过无数个漫长的夜晚，但愿它对特里西娅也同样有效……她很想知道，撒切尔夫人当年像她这样坐在这张真皮扶手椅中，等待着收复马岛①的报告时，是不是也和她一样感到孤独？当时特里西娅离大学毕业只剩一年，她清晰地记得那种席卷全国的恐惧感——这该死的女人居然用伊丽莎白二世女王号邮船运送特遣部队，她打算干什么？但撒切尔夫人不为所动，她以非凡的勇气扛起英国国旗，站在了所有质疑她的男人们面前，这些人中有阿根廷人，也有许多英国人。

　　那时的美国在干什么？他们正在联合国摇摆不定。美国人第一，这不是他们的一贯政策吗？至于其他人的死活，关他们什么事。一个对君主制不屑一顾的国家，却偏偏将国家大权攥在少数几个家族手中，骨子里又透着君权神授的自鸣得意，这些人倘若来到卡利古拉②的皇宫，一定会有种回到老家的感觉。肯尼迪家族、布什家族、克林顿家族，还有如今的哈里森家族，他们只不过是轮流抓起了历史的缰绳。

　　特里西娅知道，这些人要来了。就在她喝完威士忌的时候，美国空军第435航空基地联队的一架C-130运输机正对准了一条灯火通明的跑道，它的四台涡轮螺旋桨飞速地旋转着，发出巨大的轰鸣，机头迎着风慢慢扬起。机上搭载了将近五十名特种兵和相应的装备。很快他们就飞越了茂密的森林和向邻近城市凯泽斯劳滕绵延而去的群山。飞机爬升到了一万八千英尺的高度。他们没有径直向

_____

①马岛即福克兰群岛，1982年4月到6月间，英国和阿根廷为争夺该岛爆发过一场战争，即英阿马岛战争，当时的英国首相是撒切尔夫人。结果是阿根廷战败，英军重占该岛。
②卡利古拉是罗马帝国第三任皇帝，也是罗马帝国早期的典型暴君。他建立恐怖统治，神化王权，行事荒唐。

目的地飞去，因为那样需要进入法国领空，好奇的法国人免不了又要问这问那，所以他们干脆绕道荷兰，并按照计划声称自己在执行一次训练任务。为了做足样子，进入荷兰领空时，另一架C-130运输机临时过来打了一会儿掩护。几分钟后两架飞机已经飞临北海上空，它们在夜空中小心翼翼地跳了一段小步舞，然后便分道扬镳了。其中一架直奔伦敦的希思罗机场而去。

特里西娅·威尔考克斯暂时只能估计到这一步。如果换作撒切尔夫人会怎么做？她不知道。难道会像她这样再要一杯威士忌？酒劲儿上来了，她浑身暖烘烘的，于是索性蹬掉鞋子，舒展着脚趾，想象着它们埋在某处遥远的、温暖的沙滩中，而且用不着和布莱斯·哈里森·爱德华兹共用一条沙滩浴巾，多么惬意。她一直在调查这个美国女人的背景——她需要知己知彼——她非常好奇那些关于她的祖先是一位多么伟大的、曾经击败过印第安人的战士之类的话是不是吹牛，可结果发现那确实是真的。威廉·亨利不仅打败了萧尼族印第安人首领特库姆塞和他的全部军队，还打垮了他的欧洲盟友。毫不意外，印第安人的盟友碰巧是英国人，这便是1812年的英美战争。哈里森家族似乎有专和英国首相过不去的习惯，这可恶的婊子。

特里西娅抿了一口威士忌含在口中，让它缓缓地向喉咙里流去，她真希望所有的烦恼也能如此简单地解决掉。可是她很清楚，形势只会变得更糟。她不能同时应付恐怖分子和美国人，即便尝试都意味着灾难。她将成为一手断送英美两国特殊关系、把跨大西洋联盟掀个底朝天并使英国彻底成为孤家寡人的那个女人，这样的墓志铭实在不太好看。而且她甚至还有可能让英国人失去他们的女王。想到这里，她突然不寒而栗。

她想再要一杯威士忌，可马上又收敛了这个念头。他们同样会以此大做文章的，整个英国危如累卵，她居然还有闲情逸致在这里喝酒？特里西娅气愤地跺了下脚，却不小心踢到了椅子腿。她尖叫一声，痛感像火一样从脚到腿直烧向大脑，但它也烧掉了酒精产生的麻醉感和消沉的意志。特里西娅·威尔考克斯是一名战士，和该死的哈里森一样出色的战士，让失败见鬼去吧，让美国佬见鬼去吧！出水才见两腿泥，现在事情离结束还早着呢。她不会这么优雅下去，那不是她的作风，她还有很多事情可以尝试。揭穿美国人的老底，跟他们摊牌，阻止他们，挑战他们！当一切最终结束，即便有什么惩罚，她也会尽力让它落到美国总统的头上。她已经觉得温暖多了，总而言之，她还有什么可失去的呢？就算他们要把她拖到一边，她也要继续战斗下去，就像撒切尔夫人，就像一头咆哮的狮子，让她的指尖深深陷进地毯里去。或者，他们的咽喉里！

晚上9:43

　　死赖皮的努力遇到了重重困难。他已经想尽办法召集金融服务管理局中负责市场监测的工作人员，可是他的选择十分有限。最后他只找到了十个人，而其中没有一个高级主管人员。部门主管出国了，别的人都在休假，他召集的这些人基本上都是被从他们各自的朋友、家人或者饭店老板的手上抢过来的。此刻，他们聚集在一间开放式的办公室里，这间办公室位于金融区一栋相对简陋的大楼中，和所有已经下了班的办公室一样，这里有种冰冷阴森，如同葬礼一般肃穆的气氛，这倒正好应了每个人此刻的心情。显然大家都没什么热情，有些还在闹情绪，有几个人甚至连他们的外套都没有脱下。

　　"到底什么事，死赖皮？"

　　"非常简单，现在国家已经乱得不像样子，而我们也许能做点什么。我们必须要查明是否有人趁这场危机大肆敛财。我们首先需要查找一切线索，然后再顺藤摸瓜。"

"这跟在山里抓野鸡差不多，纯粹是浪费时间。"

"我从来不抓野鸡，我直接开枪打死它们，这样省事儿。"

"这可不行。我们是有程序和协议的，你该知道我们这些人必须得按规则办事。"

"规则？这件事毫无规则可言。它不仅仅是钱的问题，这里面还涉及一大堆人的性命，所以别管他妈的什么规则了，只要能找到答案，我们可以用尽一切手段。"

"这该不会是你们的公关噱头吧？这命令是来自最上层？"

"听着，"死赖皮指着电视屏幕上人质们挤在一起的画面说道，"现在已经没有什么最上层了。没有人支持我们，也没有人再罩着我们。我无法保证下周会不会有人请你们到王宫里喝茶吃点心，因为现在我连下周还看不看得到王宫都不能确定。我们只能做我们认为正确的事情，我需要你们充分发挥主动。"

电梯门应声打开，又有两个同事走进了办公室。他们肩上背着硕大的绝缘背包。

"具体的事情我帮不上忙，"死赖皮说道，"你们知道该查什么，怎么查。该做什么尽管去做吧，给你们的朋友打电话，让他们帮忙，把他们从被窝里，从酒吧里揪出来，但不管怎样，我们现在就必须马上动手，时间紧迫。"

"如果出了什么问题，你不会眼睁睁地看着我们蹲监狱吧？"

"我只能向你们保证两件事，"死赖皮回答，"第一，如果你们任何一个人摊上了麻烦，我都会奉陪到底；第二，我保证你们今天吃到的是城里最好的咖喱饭。"

两个刚到的同事打开背包，印度菜的芳香顿时扑入每个人的鼻孔。

"怎么样？"死赖皮问。

办公室里寂静一片。这里有男有女，大部分都是年轻人，他们的职业生涯显然还受到许多条条框框的限制。如今他们就是伦敦的警察，系统的、艰苦的调查是他们工作的方式。没有人付他们工钱来蹚这摊浑水。办公室的窗外是一片黑暗的世界，一幢幢摩天大楼里只剩下清洁工和夜猫子还在忙碌着，那是一幅充满超现实主义色彩的画面。他们中的大多数都在犹豫不决，等待着，不知道风会吹向哪边。

最后，一个含糊的声音终于打破了沉默，"无所谓啦，反正我回家也只能是伺候那个不好对付的婆婆。"

"你不会正好有印度比尔亚尼素菜吧？"另一个年轻点的女孩子问。

"开曼群岛现在是什么时间？"又有人问。

"我只希望大伙吃饭时别把咖喱掉到键盘上。"另一人说着把外套扔在了椅背上。其他人纷纷开始动弹起来，这支队伍就像一台老式的蒸汽机车，冒着白烟，发着牢骚，运转了起来。

晚上 10:36

一场灾难通常是由许多种因素集合在一起才最终导致的。有些因素看上去可能毫不起眼，但却起着决定性的作用。比如像勒夫伦蒂·瓦伦汀·布嘉柯夫这样的人物，他年近七十，身材臃肿，一看便知心脏好不到哪儿去，在伊斯灵顿过着流亡异乡的生活。那里显然成了穷途末路的前克格勃官员们避难的圣地。

布嘉柯夫是一名老牌特工，他的足迹遍及中亚和中东的大部分地区，但他的赫赫威名却是在阿富汗闯荡出来的。他在20世纪70年代末去了那里，当时俄国人已经把这个国家搞得乌烟瘴气，他们的算盘打得很精，目的就是希望在混乱结束之后，让苏联在这个国家的势力一家独大。他们的策略非常简单——尽力把池水搅浑。利用冲突的一派对抗另一派，一个部落对抗另一个部落。布嘉柯夫处

157

在这场阴谋的中心，他每到一处，就把那里搅得天翻地覆。最后，混乱的程度越来越高，甚至连始作俑者都感到吃惊。无奈之下，他们只好派出了军队。苏联108摩托步兵师于1979年圣诞节当天抵达了阿富汗首都喀布尔，布嘉柯夫就是在城前欢迎他们的人。为了协助大军入侵，他已经打死了阿富汗反间谍活动机构的首脑，那可怜的家伙在给他倒茶的时候背上挨了一枪。之后的一切都乱了套，苏联军队驻留阿富汗十年，在此期间，阿富汗成千上万的村庄遭到毁坏，上百万阿富汗人被杀，四百万人沦为难民，同时还导致了一名美国大使的遇害。就像布嘉柯夫经常挂在嘴边的那句话："不敲碎几个脑壳，怎么可能震撼人心？"整个阿富汗陷入混乱的泥潭，布嘉柯夫"功"不可没。

后来，江湖骗子，老奸巨猾的戈尔巴乔夫攫取了苏联的大权，他声称入侵阿富汗的行为是一个错误，仅此而已。于是在他的命令下，半途而废的苏军只好夹着尾巴从阿富汗撤了回去。那时清算已经开始，所有和入侵有关系的人都受到了排挤。一夜之间，勒夫伦蒂·瓦伦汀从英雄沦为替罪羊。

部分同僚轻松度过了转型期，他们毫不费力地将自己从克格勃转调至它的姊妹机构俄罗斯联邦安全局，或者投身银行、石油、矿产等行业，在后苏联时代的私有化大潮中改头换面，摇身一变成了政治寡头或财大气粗的富翁。尽管布嘉柯夫经验丰富，能力出众，但他却并没有多少朋友，而这并不仅仅因为他是个恋童癖者。他对已经覆灭的旧的社会制度忠心耿耿，对身边发生的一切变化难以适应和接受，更别提从中渔利了。绝望之余，他也像他的几个老同事一样，带了几箱机密文件跑到伦敦。可是那帮愚蠢的英国佬啊！虽然他们以礼相待，并对他慷慨提供的情报表示感激，可是米特罗欣比他先到了一步，他的箱子中装满了西方国家早就求之不得的秘密。因此布嘉柯夫便失去了价值，他们虚伪地说了一通感谢的话之后，便把他打发走了。他们没有对他许下任何承诺，也没有给过他一分钱，境况越来越糟时，他被迫自谋生路。他们唯一让他拥有的东西是在英国的居留权，说白了那更像一张养狗证，只不过是他们不忍心将他扫地出门罢了。于是他便留了下来，并转而寻找别的自救方法。

尽管他朋友不多，但人脉却很广。当时阿布拉莫维奇、别列佐夫斯基和古辛斯基等年轻富豪已经在英国有了自己的势力，他与他们保持着若即若离的关系，利用自己手中的情报赢得了一定的影响力。早期他便靠着这点资本，挣了几百万的家业；但他从来没有被这些人所接受，而随着时间的推移，他手里的情报不可避免地变得陈旧，失去了原有的价值，他们便毫不客气地弃他于不顾了。一年又一年，布嘉柯夫渐渐成了老病之躯，但他的嫉妒心却前所未有地强烈。他不再年轻潇洒，性功能也出了问题，口气变得臭不可闻，陪伴他的只剩下钱，在他心里，这看起来更像是惩罚。每天早餐期间看报纸或者晚餐之后浏览网页时，读着那些富二代的所作所为，看着那些活跃在公众视野中的新秀们，他总是义愤填膺，感到这一切充满了不公正，与他做过的事情相比，这些人恐怕连给他擦鞋都不配。他甚至连足球比赛都不敢看了，因为每次看到结果他都痛心不已。布嘉柯夫认为，上天本该赋予他令这些暴发户们做梦都想不到的巨大财富；可惜现实总是令他焦躁不安，终于使他变成了一个暴戾乖张的小老头。

然而报复的时刻到了。过去这几个小时中，他的注意力不断地在电视屏幕和网络之间跳转，同时关注着危机的进展和市场的反应。他看到了股市的混乱，他的希望在咆哮。谁也别想再瞧不起勒夫伦蒂·瓦伦汀·布嘉柯夫！他要让他们看看，他要将复仇之火烧到欧洲最富有的人头上，羞辱他们，让他们好好记住他。激动人心的前景光是想一想就让他喘不过气来了。

这天夜里，他要到摄政运河上的大桥旁赴约，他往嘴里丢了几颗薄荷糖，不由沾沾自喜起来。赶到地方时他浑身已经汗津津的，他的眼睛像玻璃一样闪闪发光，眼神中交织着庆祝的欢乐和期待的兴奋。他知道自己不可能永生，但他要用剩下的时间纠正上天对他犯下的种种错误。他要新账旧账一起算，他要花钱给自己买一帮朋友，组建一支漂亮的球队，即便他自己不能上场，至少还能看他们表演。

怀着这些愉快的念头，他在通向运河的昏暗的台阶上遇见了他的线人；即使在他死去的时候，这些念头仍在他的脑海中盘旋着。勒夫伦蒂·瓦伦汀·布嘉柯夫的尸体躺在河岸台阶的最底下一层，到底他是否因为心脏无法承受任何惊吓而死亡，已经不重要了，仅仅从台阶上摔下去就足以要了他的命。

晚上10:38

哈里仍坐在门阶上，抱着双膝缩成一团，像个无家可归的流浪汉。寒冷早已袭遍全身，但他漠然置之，因为他的整个身心都被别的事情占据着。在门前坐的时间越久，他越是认识到自己不属于这里。实际上，他已经不知道自己究竟属于哪里。他的父亲有一次曾经开玩笑说，他们之所以仅有哈里一个儿子，是因为他只是一次失败的试验。不管哈里多么努力地想要忘掉这些戏谑的话，它们在他的记忆中反而越来越清晰，越来越深刻，每每击中他的要害。也许这些年来他所做的一切，都是在无意识地尝试赢得他那已故父亲的认同，寻找自己的归属感。人们以为他是个极端独立的人，仅靠一次又一次的成功来获得存在感，然而谁都不知道，其实他一直都需要有人陪伴。

该死的梅尔！她不在家，似乎也不打算回家，不管哈里多么努力地说服自己，这一点都无法改变。门头上的灯是关着的，梅尔有开灯的习惯，那样当她夜里晚归时远远地就能看到门口的灯光，她会因此感到温暖。屋里透出来的唯一光亮，是安全系统的灯光，那是用来迷惑窃贼的，给人一种有人在家的假象。他久久地坐在黑暗中，忍受着夜间的寒冷，以此惩罚自己是个傻瓜。

不远处的街上有间酒吧。那里的俗不可耐和一成不变向来不合哈里的口味，但奇怪的是，那里总是门庭若市，挤满了房产经纪和渴望成为广告大鳄的家伙。就在哈里坐在昏暗的门阶上失魂落魄之时，两个顾客从酒吧里踉跄着窜出来，走到了鹅卵石小路上。他们显然都喝醉了，放肆地大笑着，互相扶着以免摔倒。这一带的公共照明几乎称得上是全伦敦最差的，只有偶尔亮着的几盏老式街灯给路上的行人投下长长的令人生畏的影子。但尽管如此，哈里还是看清了那两个人。他们中一个是位年轻的女人，另一个则是个年纪大一些的男人。看他们勾肩搭背又搂又抱的样子，应该不是父女。刚刚踏上鹅卵石小路，两人又不顾一切地转到了另一个门口，他们以为那样就不会被别人看到了，只是他们谁也没有注意到几乎与他们正好相对的哈里。女人小声埋怨着，说男人简直要扯坏了她的衬衣，可紧接着便听到了咯咯的笑声，而后又变成急不可耐的呻吟，黑暗中旋即露出几团白乎乎的肉。

看着他们忘情缠绵的样子，哈里发现自己居然无动于衷，他既没有感到兴奋，也没有瞧不起他们，心里只是空落落的，仿佛什么都没有看到，这绝不是他第一次看见别人偷欢。体验比这里更加破旧的苏活区地下室曾是他进入皇家陆军军官学校的过渡礼，而在北爱尔兰从事情报工作时他需要目睹的比这要多得多，然而当他看着那亘古不变的行为发生在一家画廊的门口时，他脑子里却只想着一件事——你到底在哪儿，梅尔？你把我的孩子带到哪儿去了？

他不能看，也不想看阴影里正在进行的苟且之事，但他还是看到那个女人兴奋地胡乱伸出手去，抓住了画廊窗台花盆箱中的一棵植物。她越抓越紧，最后随着一阵无意识的痉挛和一声喉咙像被卡住一样的喊叫，她把那棵植物连根拔了出来。画廊门口顿时一片狼藉。

继之而来的是一阵短暂的宁静，随后哈里听到了细微的抱怨声。说什么泥土太湿了，小树枝到处都是，女的嫌男的没有脱掉雨衣，还怪他撕烂了她的衬衣之类的话。很快，两人都沉默了下来，各自拉着拉链，扣着纽扣，男的口中嘟囔着打算给女的找辆出租车。

"别忘了留下二十镑。"哈里忽然不紧不慢地说道。

两人大吃一惊，同时僵住了，这时他们才看到对面的门阶上居然坐着一个人。

"二十镑，"哈里重复道，"这应该能抵那棵植物的钱了。"

"去你妈的！"男子气恼地骂道，然而当哈里缓缓站起身时，他分明感受到了一股难以抗拒的威胁。"算了，不就二十镑吗？"他咕哝着，一边试着扣紧皮带，一边在口袋里翻找起来。终于，他找到了一张票子，随手塞进了门前的信箱。"多管闲事的家伙！"他嘟囔着，又最后整了整衣服。

"但还是值得的，对不对，亲爱的？"女子的声音清脆悦耳，口音也很别致，听起来就像只有住在骑士桥一带的人才用得起的枝形吊灯，"消消气儿，那可怜虫只是嫉妒。也许他都一个月没和女人上过床了。"

在昨晚之前，这句话倒是事实。

"我该走了。"她说道，随即伸手挽住了男人的胳膊，挑衅地撇着嘴，又把哈里一个人留在昏暗的街上。他望着两人远去的背影，直到他们从视野中消失。她很快就会回家了，不像梅勒妮。她到底去哪儿了？他们的婚姻将何去何从？也许他们在一起的生活和他刚刚目睹的事并没有什么分别，只是单纯的欲望，没有任何情感

162

的付出。今天早上的时候他还爱着她，可是现在……留下的只有空洞的光。继续等下去没有任何意义，她不会回来的，今晚不会，以后也不会。三年时光就这样浪费掉了。不知道梅勒妮的律师会给他开出多高的赡养费。显然那不是二十镑就能打发的，但哈里不在乎这个，只要上帝保佑能让他留住孩子。

他站在房前，最后望了一眼他过去的生活。这时一辆小汽车拐上了门前那条街，它明亮的头灯照得人睁不开眼睛。哈里顿时一阵兴奋，心中又燃起了希望……可是，那不是梅尔，而是来接他的警车。

"他们需要你，先生，"司机趴在车窗上喊道，"总警司说非常紧急。"

他不能留在这儿，他得回去，暂时把一切抛到脑后吧。哈里刚钻进车子，司机便踩下了油门。

晚上 11:00

西莉亚·布莱辛直到此时才发觉，原来在议事厅内是可以听到大本钟的钟声的。此前她一直心烦意乱，但现在厅里安静极了，没有人大声说话，顶多偶尔有人窃窃私语，所以她才听到了钟声，沉闷、遥远，仿佛正在关闭的城堡大门。

"我真的太爱这个地方了，"她心不在焉地说，"但你不会，对不对，阿奇？"

他咕哝着回答："我总觉得上议院是给那些前程既不远大，过去也不怎么辉煌的人待的地方。混迹这里的不过是些二流的骗子，跳梁的小丑。最上流的人不在这儿，他们在某些温暖舒适的地方逍遥快活呢。"

"真是个顽固不化的老愤青！"她的话并没有恶意。

"愤世嫉俗是我的好哥们儿，很少会让我失望。"

"唉，你说咱们何苦到这儿来凑热闹呢？"

"我说大妹子，那大概是因为咱们都没别的什么事可做的缘故。"

虽然悲哀，但西莉亚意识到他说的是事实。她已经到了人生中最凄凉孤独的年龄，每天大部分的时光都在回首往事。就这么不光彩地老去，躲在伞下沿着生命的栏杆不停地往下走，这样很好了，但就算你把每个人都搅得不得安宁却又自我安慰说你乐在其中，你仍然逃脱不了回到家中独自生那冰冷的炉灶的命运。所以你才会整晚整晚地想过去的事，将自己囚禁在回忆中，不是因为你喜欢怀旧的温暖，而是因为你没有勇气往前看。人到晚年的感觉就如同面对殖民地的叛乱。你闭上眼睛，拒绝承认它的存在，直到被迫睁开双眼面对现实。而后你再声称你会优雅地屈服，并开始诅咒让你备受折磨的关节痛。

"你哪里不对劲了，阿奇？"

他轻轻哼了一声。该死的女人总是这么直截了当，男人就从来不会说出这么直率的话。"我讨厌吃三明治。"他咕哝道。

"不，我说真的，你哪里不对劲了？"

他顿了顿，不知道该如何开口，因为他从来没有和任何人说过，更可悲的是他无人可说，"我得了癌症，已经没得治了，也许最多只能活半年。"

"真对不起。"

"我已经立好了遗嘱，连猫舍的归属都包含在内。你也知道我没有子女，这该死的身体从来没有好过，所以老婆很多年前就跟我离婚了。"

"等等，那个谁呢？"

"桑娅？一个男的得多饥不择食才会娶一个像她那样拜金的婊子啊？'张开憧憬的双臂，分开绝望的大腿'，这是一个浑蛋

164

记者写的，反正我都栽进去了。说实话，我倒挺喜欢那个标题的，虽然晚节不保，但也总算出了名。在我们那个地方，靠这名气我差不多白吃白喝了一个月呢。"他脸上放出光来，"你瞧，大妹子，这也算是因祸得福吧。不管现实多么惨不忍睹，总还有些好的东西相伴的。"

"显然你妻子不这么看。"

"哦，不过我已经报复了和她私奔的那个浑蛋。"

"怎么报复的？"

"把我老婆拱手让给他了。"他眼睛里闪着动人的光彩，笑容中充满了勇气。

"原来你是因为这个才留下来的。"

"你见得癌症死掉的人吗？死相可不怎么好看。我自己想想都会反胃。不会太久了，我已经能感觉到了。那感觉让我恶心得想吐。我鄙视我自己，鄙视我现在的样子。所以……我想这几个小子也许能帮我一把。我已经厌倦了，现在只剩下等死。西莉亚，厌倦和等死都是我最可恶的伙伴。但说不定这几个外国佬能给我带来我想要的刺激。"

"你不会是想……"

"不，不，我不会自寻了断的，不过这几个家伙倒帮了我的忙。他们让我的这个星期变得有声有色多了。咱们还是面对现实吧，公爵夫人，我没什么可失去的，比这里的每个人都少得多。如果我有机会能做点好事……"

"你打算怎么做？"

"还不清楚，只能等着瞧呗。我现在就这么一件事，静观其变。"

"可你一个……一个……"她纠结着字眼。

"一个行将就木的老家伙？"

"这里面那么多人呢，偏偏需要你来做英雄吗，阿奇？"

"这是上天安排的，公爵夫人。我一直在等待，同时也在观望，我想我这个老家伙也许还能发挥点作用。"

"说说看。"

"我有个计划，也许称不上计划，不过俗话说，讨饭的哪有资格挑三拣四。只是还有一个小问题，我知道这听起来可能有点蠢，但它涉及女王的厕所。"

"我一直都说你这个人不着调。"

"哦，可能还有一个问题，更小的问题。"他突然有些不好意思起来，喃喃地说。

"我想我已经猜出来了，你这个老傻瓜。"

"你猜出来了？"

"当然，你不就是想说你需要我的帮助吗？"

晚上 11:18

潘恩在唐宁街10号的花园里见到了特里西娅·威尔考克斯。她裹着一件借来的男人的大衣，双手插在口袋里，仰望着天空中犹如撒在深色沙滩上的鹅卵石一般闪烁的星星。月如银盘，夜出奇的静谧，伦敦的街头再不复往日车水马龙的繁华。这一晚，仿佛整个世界都屏住了呼吸。

"年轻时我的理想是当个宇航员。"他说着，穿过草坪走到她跟前。

"为什么没有当成呢？"

"我想，大概是地球上要做的事太多了吧。不过现在我倒真希望自己身在太空。"

"你来听我的答复了对不对，罗伯特？"

"我说过我会来的。时间紧迫，三角洲部队已经在途中了。"

“我知道。”

她在夜空中四处搜寻，仿佛在寻找飞机的身影。她的呼吸化作一团白气，飘散在十一月的夜空。

“内政大臣阁下，我的总统是不会退却的。也许可以这么说吧，她认为自己肩负着伟大的历史责任，代表着哈里森家族的千秋万代。”

“佩服。不过威尔考克斯家也不是无名之辈。也许我们不像哈里森家那样洒过那么多的血，但有一点我可以肯定，我们家的人个个都像驴子一样倔强。”

“我很讨厌我现在的位置，也很不愿意来和您说这些话，但是……”

“这是你的工作，你的职责，罗伯特。”她不讨厌潘恩，甚至还有点喜欢。他相貌堂堂，浑身又散发着一股忧郁的气质，这对女人很有吸引力。

“如您所说，这是我的职责。”

“我看大概要结霜了。”她漫不经心地说，好像这个世界与她无关似的，“你觉得呢？”

“今晚，我怀疑就连地狱也会结冰的。”

“在我放你们的部队进来之前就会的。”

“他们只是来援助你们。总统心意已决，恐怕很难改变。”

“可她没这个权力，没有任何一项法律能够支持她。”

“法律？”大使缓缓摇了摇头，“法律是胜利者书写的。”

“啊，这就是你们西部的那一套。”

他的声音忽然变得激动起来，“特里西娅，千万不要和她摊牌，我求求你了。”

“可是对于一个总统来说，这未免太冲动、太愚蠢了。”

“她并没有以总统的身份考虑问题，她是以一个母亲的身份做出的决定，所以我才说她是不会退却的。"

"那我必须为她想一想。"

他失望地拧着双手，痛苦显而易见，"我很担心今晚我们做的事会产生什么样的后果。明天，星星还是那些星星，可我们的世界或许再也不会一样。"

"这就是和威尔考克斯家的人打交道的麻烦，我们向来不知道自己是谁。"

晚上11:32

一串清晰的美国口音不紧不慢地传进了航空管制员的耳中，"希思罗机场，我是暗影—60。我们正从南部十五英里处直线接近9号跑道，请求准许着陆。"

继之而来的沉默虽然并不长，却足以暴露出管制员的困惑。随后，无线电中响起了一阵干脆的、抑扬顿挫的英国口音，"暗影—60，我是希思罗塔台。呃，请重复一遍。"

美国人照做了。

又是一阵令人诧异的沉默，"暗影—60，我是希思罗塔台。请确认机型、机载人数和起飞机场。"

"好吧，希思罗，我们坐的是只长了一对儿翅膀的大鸟，上面装了一群饥肠辘辘的家伙。你们那儿的丽兹酒店现在还供应晚餐吗？"

"暗影—60，我是希……"

"好了，好了，"美国人恢复了正经，"我们飞的是C-130机型，机上共有四十八人，我们从拉姆施泰因起飞入境。"

"暗影—60，我是希思罗塔台，请稍等。"从这一刻起，事情便朝着越来越难以收拾的局面发展而去了。管制员让助手给楼下的主管打电话，主管立刻联系防空部门，可他们谁也不清楚究竟发生了什么事，也拿不定主意到底要不要派皇家空军升空拦截，等到他们终于达成一致时，已经太晚了。

"希思罗塔台，我是暗影—60，"美国人在呼叫着，"现在还有八英里，最后确认跑道，请求准许降落。"

"暗影—60，我是希思罗塔台，不同意，不同意！我们不同意你们降落，请保持现行位置。"

"希思罗塔台，我是暗影—60，信号受到干扰，请重复，请重复。"

可是不管塔台重复不重复刚才的话，都已经无关紧要了。

"希思罗塔台，我是暗影—60，"美国人又说道，"继续接近中，最后五英里，放下起落架，准备降落。"

此时，数级决策者都试图控制住局面。他们商量着要不要关掉降落导航灯，或者用消防车挡住跑道，可就算他们这么做了也为时已晚。飞机距离机场仅剩下四英里，他们已经不太可能回头了，美国人探出了英国的底牌。幸亏此时已近午夜，机场上冷冷清清的。

"暗影—60，我是希思罗塔台，准许降落，重复，准许降落。地面风速270，航速15，可能出现局部干扰。放心，你们会受到热情的接待。"

"希思罗塔台，我是暗影—60，收到。你能让丽兹酒店给我保留预订的房间吗？"

晚上 11:48

哈里再次推着购物车进了议事厅，这是今天的最后一次。车里只有瓶装水，不管是人质还是恐怖分子都已经没了吃三明治的胃口。哈里也觉得筋疲力尽，满脑子想着梅尔的事，他的魂儿似乎还坐在家门前的台阶上。他知道这是危险的标志，夜已经深了，人的身体和精神都到了松弛的临界点，动作变得迟缓，思维变得模糊，但他看得出马苏德和他的手下都在苦苦支撑着。有两个已经在休息，为下半夜的轮班做准备，御座后面看守着女王的人已经不知道换过多少次。他们一直保持着警惕。

大部分人质都昏昏欲睡，一天的折磨已经令他们疲惫不堪。有些看得开的已经打起了瞌睡，一两个睡眼惺忪的，心烦意乱地用手帕轻点着自己的脸庞。首相目视前方，眼神空洞，心思好像已经神游到了别的地方。其他人则望眼欲穿地看着哈里，想从他身上找到些征兆，而一无所获之后，他们又失望地掉转头去，仿佛在指责他背叛了他们。不过当哈里穿行在议事厅中给众人发水的时候，他感觉到贵族群中有双眼睛一直在盯着他，他不由皱了皱眉头，浑身紧张起来。那人是阿奇·威克菲尔德，哈里和他并不熟识，只是点头之交。当他顺着对方的目光望过去，那个贵族立刻开始用手指在额头上激动地敲打起来，仿佛想用心灵感应向他传递重要的信息。哈里能感觉到对方的焦虑，他谨慎地四下瞄了瞄，试图寻找其中的原因，可他并没有发现任何异常，或者在这最非比寻常的一天中忽然变得正常的东西。可大厅里安安静静的，甚至有些死气沉沉，大多数人质都只是听天由命地等待着。

上议院外面，坦克又调动起来，发动机吼叫着，履带轧在人行道上，发出轰轰隆隆的巨响，而震天动地的直升机也跑来助阵。哈里明白，特警队正借助噪音的掩护向国会大厦内部渗透，他们一点一点推进，占据有利的位置，爬进通风管，钻进下水道，不管那帮恐怖分子是如何混进的国会，他们都要保证让他们有去无回。但蒂贝茨的人小心翼翼地保持着与议事厅的距离，以免引起对方的怀疑或警觉。

但他们的计划失败了。当哈里弯腰从推车里拿出另一瓶水时，他察觉到了身后的动静，一个冷冰冰的枪口随即跃上了他的后脖颈。

　　率领着一支皇家骑兵的上尉军官很清楚自己的任务。他让部下们守在从机场通往高速公路的一条隧道出口处；当然，兄弟部队已经把守了其他进出希思罗机场的所有道路。他们接到的命令是把那群趾高气扬的三角洲大兵堵在机场内，哪儿都别想去。

　　皇家骑兵有着三百五十多年的历史，是英国陆军中最古老、地位最高的兵种，它在战场上的辉煌荣耀贯穿整个封建领主时代，遍及阿拉曼、弗兰德斯、布尔战争战场，甚至滑铁卢。然而今天，它却历史性地马失前蹄了。他们曾是保护君主的唯一前线部队，可这么简单的一份工作他们也没能做好。倘若只是拿着仪仗剑和马缰绳，人们能指望他们干什么呢？他们有负自己的职责。那闪闪发光的护胸甲上已经沾染了耻辱，这耻辱会像该隐的标记[①]一样代代传下去。

　　然而现在他们又重新回到了他们该在的位置，回到了机枪和三十毫米口径弯刀坦克炮的后面，是时候挽回他们的荣誉了。总而言之，这就是上尉得到的训示。

　　他接受的命令清晰明了——在隧道出口设立检查站和路障，死活要把那帮美国大兵拦下来。阻止他们继续前进，拖住他们、劝说他们，送他们到机场内的暂时安置点，随后一位SAS军官会前去向他们说明情况。这就像一次普通的例行训练，不会拖太久的，已经有人告诉他，载着美国兵的C-130运输机十分钟之前已经降落了，可是在等待的时候，上尉却感觉到了压力，他知道，今天不是皇家骑兵的幸运日。在指挥室里的时候，他的任务看起来非常简单——拦截，阻断。可实际执行起来究竟意味着什么呢？拦住他们，这没问题，可万一他们不肯合作而非要继续前进呢？三角洲部队里都是

[①]《圣经》中该隐因为嫉妒杀死弟弟亚伯，这是人类历史上第一桩杀人案，于是上帝在该隐头上做了一个标记。

些出了名的痞子兵，他们天生就是惹麻烦的主儿。万一他们拒绝配合，万一他不得不采取强硬手段，万一把阻止变成了逮捕呢？他必须审时度势，发挥主动，可这不同于对付萨德尔民兵组织或塔利班。老天，这些可是美国人啊。他和他们有过交往，一起喝过酒。为什么？因为他那身为投资银行家的哥哥曾经娶过两次美国老婆，当然，他必须得承认，哥哥的每一桩婚姻都不太美满，可再怎么说他也没有理由和他们刀兵相见啊。如果真发展到那一步，他真的能把枪口对准他们吗？

凝视着昏暗的隧道口，他知道在这里他不可能赢得任何荣誉。美国人将面对足以摧毁一切的火力——但前提是他敢于下令开火，可他实在不愿那么做。上头究竟想干什么？那么多真正的敌人正在虎视眈眈，而他们却把枪口对着美国人——他们的同盟、朋友。

这件事荒唐至极，而且随着每一分每一秒的过去，都变得更加匪夷所思。当寒意开始上来时，他意识到今晚他们不会有什么动作了。按照时间推算，美国人早该到了。他们不会来了，至少不会走这条路。他总算不必担心会发生冲突了。年轻的上尉想到这里，心中的石头终于落了地。

晚上 11:53

邓肯是金融服务管理局市场监测小组中最难伺候的一个。死赖皮提出加班要求时，他的反对声最高，情绪也最激烈，甚至双份儿的咖喱饭都没让他的阴阳怪气减弱一分。不过邓肯是苏格兰西岛人，生活中离了酒，他就无趣得像一堆烂海藻，而他所有的好心情几个小时之前都在一家酒吧里放着足球比赛的电视机前挥霍光了。邓肯并不是一个天生快乐的人。此刻，他悄悄溜到了死赖皮面前，"有个情况你可能会想知道。"

"记住，我可不是经济界的爱因斯坦，说得尽量简洁明了些，要不然我会听不懂。"

这苏格兰人鄙夷地瞅了他的同事一眼；他从来搞不懂死赖皮到底是取笑他还是真的在谦虚。他抬起屁股，小心翼翼地在死赖皮的桌子一头坐了下来，"好吧，是这样的。我们首先应该知道，凡事有得必有失，有失也必有得。就算股市崩溃了，通常也总会有赢家，有些人会从中捞一笔，但我们现在要寻找的是其中的模式，对吧？"

"对。"

"现在的情况是怎样的呢？我们遇到了一场危机，一场大灾难，一种可以肯定股票会大跌，英镑会崩溃，而黄金价格会飞涨的非常情况。这就是我们要仔细调查的方面。现在，因为有得有失的股市规律，至少有成千上万的人获得了可观的账面利润，但这远远不够。我们正试图寻找的答案是，倘若你策划了这么一场惊天的阴谋，你接下来会怎么做？"

死赖皮赞同地点点头。

"如果你是幕后操纵这一切的人，"邓肯继续说道，"你肯定知道混乱什么时候开始，这个是肯定的；但你无法确定混乱什么时候结束，因为这由不得你。所以你一定会想办法尽快抽身出来，对不对？我们一直在寻找那些已经平仓了结、揣着一大堆钱跑路的人，而且时间又死死界定在从危机开始到证券交易所提前封盘之间。"

"就连我听了也觉得有道理。"

"所以我认为我们已经找到了一个模式。在目前的情形下，大量进行衍生产品的小规模配售，能获得丰厚的收益。"

"呃……"死赖皮不解地挥手打断了他。

"行，就算你不会全部买个人股，但是你可以在股市指数上下注。如果你赌股价下跌，岂不一样会大赚一笔？现在问题来了，通

173

常情况下，很多此类投资——也就是赌博——我们的电脑上是看不到的，因为它们数额太小，可在今天这种情况下，它们恐怕是唯一的救命稻草。在今天下午证券交易所关闭之前，不知道有多少根这样的救命稻草被拉出了水面。"

"你的意思是……"

"看起来有人卷钱跑了。此时此刻，他们要么正躲在某个舒服的角落里偷着乐——这完全有可能——要么已经见了上帝。"

"或者落到了电视里那些恐怖分子手中。"

"不管怎么说，我觉得你可能会感兴趣。"他瞥了一眼手表，扭身从桌上下来，"我可以走了吗？现在也许还赶得上看进球集锦。"

"你觉得这些救命稻草都被什么人捞去了？"

"这就说不准了。我们只能通过那些经纪人来调查，可现在他们都在各自的床上做着美梦呢，要等到明天上午开盘才能干活。"

邓肯眼睛一眨不眨地盯着死赖皮，结果发现对方的眼神更加坚决。

"不会吧，你开什么玩笑？"邓肯抗议说，"你想让我们直接去找那些经纪人？现在都已经半夜了！"

"英格兰指望着咱们呢。"

"我是苏格兰人！"

"所以你才会这么意志坚定、桀骜不驯又足智多谋啊。"

"你少给我戴高帽。"

"那我去给你倒杯咖啡吧？"死赖皮说着，伸手拿起了邓肯的杯子。

晚上 11:53

行动指挥室里的电视墙上，议事厅中的直播画面清晰得吓人。

哈里跪在地上，低垂着头，下巴几乎抵住了胸口，背后是一根乌黑的枪管。不远处，马苏德对着电话话筒大声吼着。

"怎么回事？你们想干什么？"他质问道，"让外面的声音给我停下，不然我就打死他！"他用手比画了一个砍头的动作。这是自危机开始以来他第一次表现得如此紧张不安。

行动指挥室里，警方的一名谈判专家正试着用各种安慰的话让他冷静，可马苏德不吃他那一套，"坦克在外面干什么？你们把坦克调过来是什么意思？你们这群白痴以为可以跟我耍花招？那再有人死就是你们的责任了！"

屏幕上，他们看到马苏德冲站在哈里身后的枪手打了个手势。哈里扭着脖子，想抬头看看马苏德，尽管他的头已经被迫低得不能再低。蒂贝茨从谈判专家手中抢过电话时，哈里的头已经快要触到地面了。

"我是迈克·蒂贝茨总警司。"他尽量让自己的声音平稳自然，"也是负责处置这次事件的指挥官，坦克和直升机是我下令调过来的。"

"让他们统统撤走，总警司先生。"

"这可不行。"

"那这个人就得死。"

"不，你先听我说。你知道国会大厦外面是什么情况吗？"

马苏德在回答之前微微犹豫了一下，"你倒是说说看。"

"能不能让你的手下先把枪收起来？那样我们说话会轻松点。"

"现在这里我说了算，总警司先生，坦白地说，我并不想让你们过得轻松。再过五秒钟这个人就没命了，我建议你还是抓紧时间把你要说的话说完。"

"你应该可以想到，外面有成千上万的人想要靠近国会大厦，你知道遇到这种事人们都是什么心态。我们一直在驱赶他们，可他们还是滞留在街上、桥上、屋顶上，以及其他任何可以围观的地方。他们想看看我们警方在干什么，也想看看你们在干什么。"

电话的另一头沉默了，显然，马苏德听进去了。

"现在全国人都在关注着这件事，似乎谁都不想被落下。即便我们两个在这里通电话，国会里的画面也正被全世界的观众看着呢。现在这里是全世界的焦点，你也是，数以亿计的人都在看着你。有人说这是有史以来电视观众最多的一次事件。"他这是信口胡诌，谁也没有跟他说过这些事，但他认为这个说法是可信的，而且他觉得电话那头的人也愿意听到这样的消息。

"那坦克和直升机是怎么回事？"马苏德问。

"我最担心的是某些白痴记者或者哪个想逞英雄的醉鬼试图闯进国会大厦。你是个说一不二的人，我也只能严肃对待。我想我们都不愿意看到无关的人过来捣乱，你说是吧？"

"我明白了，看来你们终于当回事儿了。好极了！你们打算什么时候释放达乌德·古尔？"

"我给不了你任何承诺，马苏德，那是只有上头才能决定的事。但只要这里还由我负责，我必须保证任何人都不会胡来。所以我才需要直升机从上面看着，那些在国会广场上巡逻的轻型坦克是为了让外人知道，我们不允许出现任何荒唐的行为。你不妨从这个角度看，他们在这里是为了保障我们能不受干扰地解决这件事。"

蒂贝茨等待着对方的回应，可是对面却沉默无声。他抬头看了看屏幕，此刻哈里已经被完全按趴在了地上。

"你想想，马苏德，那些都是做做样子给外人看的，并不是针对你们。你以为我要干什么？难道我敢用坦克撞开上议院的大门对着你们开炮吗？"

电话断了。蒂贝茨再次心惊肉跳地扭头看向屏幕。有那么几秒钟，屏幕中的画面仿佛定格了一样，随后，马苏德缓缓放下手，枪手从哈里身后退开了。蒂贝茨颓然坐在椅子里，松了一口气，此时的他既疲惫，又兴奋。威胁办不到的事情，他用了几句恭维的好话却办到了。看来恐怖分子也是人，这就意味着他们也可能犯错误。危机爆发十二个多小时以来，蒂贝茨第一次看到了希望的火花。他在胸前擦了擦手掌，衬衣上顿时多了一片汗渍。

第七章

附近教堂的钟楼上，响起了整点的钟声。

"我真的该回家了。"梅勒妮说。

"为什么？"

她没有回答。

"因为你丈夫？"

她愣了一下，似乎在琢磨这个问题，随后却摇了摇头，"我已经给过他最后一次机会，他自己要的机会，可他却没有珍惜。"她打了个冷战，尽管房间里温暖如春，"他把我像废纸一样丢在常春藤大厦酒店，在任何地方都是如此。我感觉自己就像个傻瓜。"

"他去哪儿了？"

"谁知道？"危机发生后她第一时间查看了《旗帜晚报》上公布的人质名单，可没有找到哈里的名字。那让她觉得既安心又愤怒。"他总是为了别人的事东奔西走，在他眼里，我似乎根本没有地位。他永远都是在最后才能想到我。"

"听起来很严重啊。"

"已经结束了。"她终于说出了这句话，不仅对她自己，也对别的人，仿佛这样感觉才更真实些。

"你是认真的？"

她又琢磨了一番对方的问题，而后才小声说："对，我是认真的。"

"如果是这样的话……"

"什么？"

"那你就更没有理由回家了。"

他忽然又张口含住了她的乳头。

"怎么，还要？"她笑着问。

"嗯，当然，还要……"

凌晨12:32

如果梅勒妮不是躺在床上，而是站在酒店窗口俯瞰海德公园，或许她就会注意到美国空军的那两架MH-53J型直升机[1]。这是世界上体型最大、功率最强的直升机，装备有两台涡轮轴发动机，每台皆能输出超过四千轴马力[2]的动力，驱动长达七十二英尺的旋翼桨叶。这庞然大物制造的风力巨大无比，所经之处，树叶和没有来得及打扫的垃圾全被卷到了半空。旋翼还没有停止旋转，三角洲特种部队一中队的士兵们已经呈扇形散开在草地上，其他人则开始往下卸货——车辆和一些重型装备。他们携带了各式各样的武器，有阿玛莱特自动步枪、MP5冲锋枪，甚至还有榴弹发射器——他们不知道自己将要面对怎样的局面，当然，英国人也不知道。没有人反对，甚至没有人提出质疑他们将九曲湖畔作为自己的集结地。公园

---

①即美国海军陆战队使用的MH-53J"铺路者"重型运输直升机。
②发动机、电动机、水轮机等原动机和泵、风机等工作机械是通过传动轴传递动力的。若传递动力的单位以马力来表示就叫轴马力，从单位制上说轴马力和马力是相同的。

附近的警察局早已下班，俯瞰公园南面的威灵顿兵营里也是空荡荡的，大部分部队都被派到了其他地方。英国军方的注意力全都集中在希思罗机场，他们刚刚开始醒过神来，怀疑停在机场远远一个角落里一动不动，同时又拒绝对任何指令作出回应的美军飞机只是个声东击西的诱饵，是美国为了转移他们的注意力而故意玩的一个障眼法；而与此同时，另一架以例行训练之名进入领空的C-130却悄无声息地飞到了位于萨福克郡的米尔登尔美国空军基地，三角洲特种部队一中队的士兵在那里换乘直升机后才飞到海德公园。

作为首都，伦敦上空照例是有禁飞区的，但最后十英里他们是超低空飞行，雷达根本侦测不到，而由于街上和空中到处都有英国军方的动静，两架直升机一路上虽然惊天动地，但却并没有引起任何人的警觉和怀疑。除了几只受到惊扰的流浪狗，它们困惑地注视着两只大鸟从头顶飞过，夹着尾巴尖叫着跑掉了。

凌晨0:58（美国东部时间晚上7:58）

爱德华兹总统站在她的椭圆形办公室里，眺望着窗外，仿佛想看清整个行动的全过程，尽管那远在三千五百多英里之外。她在窗前伫立良久，想象着、盘算着、倾听着，试着在脑海中重现威廉-亨利和他的朋友们在走廊里练球时发出的酣畅笑声，或在十字厅里表演理发店和声①时的欢乐情景，她似乎还能想起十字厅里奇妙的回声。然而她突然一阵战栗，一股莫名的恐惧涌上心头，她害怕这回声就是儿子留下的最后的东西。

她的小猫"疯子"晃着尾巴在她的腿上蹭来蹭去，把她从越来越灰暗的遐想中拉了回来。看到疯子，她禁不住又想起了儿子。这是她入主白宫第一天时威廉-亨利送给她的礼物，而且他坚持给它

①理发店四重唱，无伴奏四声部合唱音乐。

180

起了这么一个古怪的名字——疯子，他说"它的性子随副总统"，这话倒也不是全无道理。

她转身面向办公室里的每一个人，当然，不包括副总统，而是她的国防部长、国务卿和国家安全顾问。他们也都站着，个个心神不宁，根本坐不住。

"先生们，你们知道吗，就连这张桌子也是英国的。"她说着靠在那张横在窗前的大办公桌上，"这是维多利亚女王送的礼物，是用他们一艘军舰上的木料做成的。当年那艘军舰被困在了北极圈，是我们救了它然后又还给了英国。"

"这些年咱们救他们都救成习惯了。"身材矮小的国家安全顾问说道，他的口气一如平常，尖刻，甚至有些残忍。

"他们已经落地五分钟以上了，总统女士，"国防部长说，"到目前为止仍然风平浪静。"

"你还指望什么？啦啦队列队欢迎吗？"

"我想看到英国人屈服，"他回答说，"他们最可能做的就是派出一支仪仗队，用吹喇叭的功夫把三角洲部队从公园里赶出去。"

"不要低估了他们，他们的军事力量同样强大。"

"可都到现在这个节骨眼儿上了，他们却还蹲在唐宁街束手无策。"

"她是个女人，谁都不知道她会怎么做。"她的脸上没有一丝表情，"这件事我们打算怎么跟舆论解释？"

"总统女士，我们可以很轻易地证明我们师出有名，"安全顾问向她保证说，"现成的条约义务、自卫权利都在那儿摆着，我们还能找到很多法律依据。"

"法律支持我们可以擅自出兵吗？"

"我们会找到相应的条款的，法律本来就是我们定的。"

"不，你这种想法可不对，正是这种态度把我们陷进了伊拉克和阿富汗的泥潭。法律并不是靠枪杆子来制定的。"

"但当年第一位哈里森总统在任时就是这样。"

"时代已经变了，我希望如此。"

"总统女士，您……有什么顾虑吗？"国务卿试探着问，他那张长长的马脸看着比平时更阴沉了。

"当然。"她用手指抚摸着办公桌上气派的帝国雕刻，"这是我有生以来最艰难的一天。"

国务卿双手插在裤兜里，暗暗酝酿着勇气。他已经六十八岁，体力大不如前，很容易感到疲惫，但他需要调动自己所有的智慧，说他该说的话，"职责所在，我还是要提醒您，总统女士，如果我们失败的话，后果将不堪设想。不管我们怎么拿国际法的灰色地带做文章，这件事从政治角度考虑，只能成功，不能失败，否则的话我们承受不起，您的政治前途也可能会毁于一旦。"

"我明白，但我儿子的性命比我的政治前途重要得多。"

"如果您有任何疑虑，总统女士，请务必说出来。现在我们也许还有回头的机会。"

她抬起头，面容憔悴，"哦，恐怕我们已经回不了头了，你不这么认为吗？"

凌晨1:07

特里西娅·威尔考克斯认为，此时此刻，她必须去见一见聚集在特拉法尔加广场上的民众了。与此同时，首相夫人弗朗西丝·伊顿已经好多了，虽然还有些烦躁不安，但她希望能和特里西娅一同前往。这更促使特里西娅下定了决心，在目前这种情况下，两个人同时出现未必是好事，因此她觉得自己最好先走一步。

当然，她不可避免地受到了阻拦。保镖们出于安全考虑反对她到广场上去，但她说，这是一场全国人民共同面对的危机，她有必要安抚他们，与他们同呼吸，共命运。这是她的原话，保镖并不完全理解它其中的含义，但是面对她的坚持，也只好让步了。

唐宁街10号的官员们同样反对。之前他们心不甘情不愿地同意让她坐在首相的椅子上，可如今他们好像都巴不得她继续坐在那里。万一出什么事呢？万一这里有急事需要她处理怎么办？一群人争执不休。但目前除了等待他们似乎并没有别的事可做，而特拉法尔加广场又近在咫尺，坐车用不了一分钟就到了。如果真的有急事需要她，眨眼的工夫她就能回来，基本上和去了一次洗手间差不多。

轿车将她送到白厅与广场相连的栅栏前，从车里下来，她顿时惊奇地屏住了呼吸。平时广场最萧条的时候，那耸立的圆柱、狮子和喷泉，无不展示着帝国的宏伟与至高无上，然而今天夜里的情景是她这辈子都没有见过的。每一处平台，每一个角落，每一级台阶，每一尊基座，喷泉周围、人行道上，都密密麻麻挤满了人，他们面露恐惧，又充满希望。许多人在祈祷，一些人在唱歌，不是维多利亚时代充满好战色彩的歌，而是20世纪60年代那些关于民权运动的、舒缓忧伤、宁静而又坚定的曲子。他们追随着约翰·列侬①的脚步，唱着"我们一定会胜利……"。烛火在寒夜中摇曳。没有车，道路上挤满了人，根本无法通行。那些挤在广场上的人恐怕一辈子也忘不掉这一刻的寂静与单纯。

她走到了人群中，轻轻地说着话，安慰着他们，动手点亮了更多的蜡烛，甚至还让一个年轻的女孩子在她肩头洒下了几滴泪水。她没有停留太久，只是短短的几分钟时间，但却足以向世人表明，这个国家在危难时刻紧紧团结在了一起；而摄影师们也有充足的时

①约翰·列侬（1940—1980）：英国摇滚音乐家、创作歌手、作家与积极的和平运动家。《我们一定会胜利》是他的一首经典抗议歌曲。

间捕捉他们想要的、能够打动人心的照片。特里西娅知道，她的照片将会出现在第二天各大报纸的头版位置。

凌晨 1:23

　　尸体是被一个流浪汉发现的，死者被发现时面朝下趴在纤道①旁的灌木丛里。死者体型庞大，个头儿虽然不高，但却胖得吓人，甚至有点浮肿的感觉。流浪汉想把他从灌木丛里拖出来，可结果却连他的身体都翻不动，他实在太沉了，况且流浪汉刚刚又喝了不少廉价的苹果酒。流浪汉很快就发现，在他之前已经有人到过现场；死者身上的每一个口袋中都没有钱包，也没有手机，而对方之所以没有掳走死者手腕上的那块表，估计是因为表壳已经摔碎的缘故。但显然那人不够识货，从前的生活经历告诉流浪汉，那是一块既时尚又极端昂贵的手表。死者的皮鞋做工精巧，尺码也很合流浪汉的脚。既然死者已经不需要这些东西，流浪汉便琢磨着和他换一换。他举起酒瓶又灌了一大口，然后对着尸体说："伙计，你不介意的，对不对？"尸体没有反对，流浪汉便高兴地准备交换了。死者的大衣看起来不错，还有那条柔软暖和的羊绒围巾，但他放弃了裤子。毕竟死者是个什么人他一点都不清楚。流浪汉是个上了年纪的酒鬼，此时已经喝得晕晕乎乎，他那长满老茧的手指不大听使唤，不过最终他也没用多长时间就把能换的东西全部换掉了，现在他成了全伦敦穿得最体面的流浪汉啦。激动之余，他又灌了几口酒。

　　就是他这身衣服，在几条街之外的地方引起了一名片儿警的注意，而他满身的酒气则让他有机会去了趟警察局。他没什么背景，连身份都说不清楚，又满嘴脏话，所以谁也没有把他口口声声说要帮警方破一桩大案的话当回事儿。他们直接把他丢进了班房，等他

---

①纤道是指纤夫拉船时走的岸边小道，也叫牵道或拉船路。

酒醒之后再作理会。

由于这些疏忽，布嘉柯夫——整个阴谋背后的红衣主教——连同他的秘密，将继续隐藏在黑暗之中。

凌晨 1:43

"我不能再让你回去了。"蒂贝茨说。

刚刚过去的一个小时，哈里一直坐在苏格兰场行动指挥室的一个角落，一边喝咖啡，一边考虑下一步的动作。这时他抬起头，眼神冷酷而专注，"迈克，你不能拦着我。"

"可是……"

"他离扣下扳机就差那么一点点，迈克，当时我正儿八经是命悬一线，我能感觉到。你知道那是什么感觉吗？"

"老天保佑，我从来没有体验过那种感觉。"

"就像从马上摔下来，所以你得立刻再爬上去，好好踢那畜生一脚。"

"你已经做得够多了。"

"刚才你救了我的命，迈克。"

"你现在还同情他们吗？"

"我理解他们，现在理解得更深了，我敢肯定他们还会杀人的。你看，我们对敌人的了解更进一步了。"

"也更害怕他们了，所以我才更不能让你回去。"

哈里玩弄着手里的一次性杯子，从边缘上扯下一片一片，对着垃圾桶弹个不停，可惜大多碎片都被弹到了地上。"迈克，这里面有一点很重要。我并不是说你不能派别的倒霉蛋代替我去冒险，也不是说因为他有妻子儿女，有家庭和工作，我就不让他去，或者是担心马苏德对任何新面孔都会起疑心。而是……"他顿了顿，"这关系到我们这个国家，我们的文化和自尊。我必须得回去，好让他们看看我们并不胆怯，不会因为有人拿枪对着我们就被吓得抱头鼠窜。要是我临阵脱逃了，里面的每个人都会知道。那会向他们传达什么样的信息？我们放弃他们了？为了我们自己的小命，就眼睁睁地看着他们等死？"他指了指电视屏幕，"那会让他们崩溃的，迈克，你很清楚。那些人质并不是千锤百炼的军人，他们只是一群害怕的男人和女人，他们今天到这里来不过是要参加一年一度的国会开幕大典，因为在他们心里，那代表着我们这个国家的精神。现在我们必须要让他们知道这精神是什么，让他们知道自己有可能会为了什么而牺牲。"他一把将剩下的半截杯子攥在手心，捏成一团，向垃圾桶投去，这一次，直接命中。"我知道现在提爱国主义可能有点过时，可正是这种精神成就了我们——英国人。不管是男人、女人，也不管我们相信的是自由和公正，还是一些哪怕听起来傻傻的东西，王冠、圣诞节，甚至一只小蛐蛐。也许我们做不到尽善尽美，但我们仍然是英国人，我们和我们的祖先一样不好惹，只要我们愿意，我们同样可以将自己的生命置之度外，大门一关，让全世界都他妈见鬼去。现在，我们的朋友马苏德踢烂了那扇大门。不管我多理解他这么做的动机，如果我们就此放了他，那我们失去的将不仅仅是令这个国家变得伟大的精神，我们每个人都将愧对'英国人'这三个字。所以我们必须得救出那些人质，不是因为他们的身份，而是因为他们所代表的东西。如果他们死了，整个英国也将随他们一同死去。相信我，后人一定会这么看。"

蒂贝茨目光坚定地注视着慷慨激昂的哈里，仿佛看到了一位手持利剑和盾牌的骑士，虽然实际上他只穿了一身内衣裤。警察的职业使他大部分时间都要穿行于那些肮脏卑鄙的穷街陋巷，因此他一辈子也没有见过多少像哈里·琼斯这样正气凛然的人，为此他感到分外遗憾。"那我该怎么理解你的态度呢？是仍然心存疑虑，还是已经铁了心？"蒂贝茨问。

"静观其变，那才是我的风格。"哈里笑着回答，"不过现在有一件事我可以确定。"他抚摸着后脖颈上被枪戳疼的地方，"我跟国会里的那些家伙还有笔账，一笔非常私人的账要算。"

凌晨1:57

凌晨是人最容易犯困的时候。马格纳斯对着一个瓶子小口小口地喝着水。近旁，他的父亲似乎已经睡着了，但实际上他正与自己的心魔做着殊死搏斗。

"爸爸？"

约翰·伊顿不情愿地睁开双眼，"孩子，尽量睡一会儿吧。"

"不，爸爸，我有事要问您。"

内心深处，父亲痛苦地发出一声哀号，他知道这一刻迟早会来临，尽管他一直在努力回避。此时，他甚至不敢正视儿子的眼睛。

"如果真到了最后时刻，我……我该怎么办？"

"不会有那一刻的，马格纳斯，我保证。"

他终于抬头看了看儿子的脸，但他发现儿子并不相信他的话。

"爸爸，这很重要。这些人说到做到，如果我必须得死，我想知道怎么做才算死得其所。"

"上帝呀，哪有什么死得其所？！一个二十岁的年轻人根本就不该死！"

"我们没得选择，爸爸，只有面对，以最好的姿态面对。我……我想让您和妈妈为我感到骄傲。"

父亲掩面而泣，泪水从指缝中渗出来，滴在腿上，"马格纳斯，我和你妈妈永远都会为你骄傲的，不管你做什么。"

"可是……我很害怕。"

"我们都很害怕。"

"不，我说的不是那个。我是怕自己做了不该做的事，您明白吗？我不想被吓得尿裤子。五岁之后我就再也没尿过裤子了。您还记得吗？那年圣诞节在露西姑妈家，她挠我痒痒的时候？"他故作轻松，反倒暴露了他的恐惧，而父亲如同在油锅中受着煎熬，痛苦难当。他擦掉脸上的泪水，却又开始浑身冒汗，他又何尝不感到恐惧呢？他掏出手帕，尽力掩饰着自己的不安。

　　"一定要告诉妈妈我爱她。"

　　"你自己告诉她！"伊顿咬着牙说。他拒绝接受这样的结果，这没有商量的余地，可他气愤的是儿子却坚持要在这条路上走下去。

　　"我也爱您，爸爸，非常爱。我知道咱们家的人都不太习惯直接表达感情，但我觉得说出来很重要，尤其是现在。"

　　父亲一把抓住儿子的手，攥得紧紧的，"马格纳斯，不会到那一步的。在那种事发生之前警方就会消灭他们，这样的情况他们演练过无数次。还记得伊朗大使馆的事吗？不，你当然不会记得，那时你还没出生呢，但我们的SAS在全世界都是数一数二的特种部队。你要做的就是保持警觉，随时准备找掩护，等着他们来救我们。"

　　"爸爸，我需要您的帮助，这很重要。也许是我这辈子最后一次……"

　　"不准这么说！不会的，我向你保证。"

　　"SAS会来救我们？"

　　"对！"

　　"就像您说他们会释放达乌德·古尔一样？"

　　"不许嘲笑爸爸！"

　　"我没有嘲笑您，爸爸，我是为了活命才问您的，如果情况有变，我该怎么做？"

　　"你怎么能问爸爸这种事情？"他一边抱怨，一边在座位上痛苦地蠕动着。

"那好，我不问您，我去问那个叫成吉思汗的家伙好了。"这个年轻人的身体里有一副铁打的骨架，连他的父亲也很难驾驭。他们父子是截然不同的两个人，父亲根本帮不上他，除了劝说，如果必要的话就撒谎，反正这是他惯常的做法。

"我答应你，马格纳斯，我以父亲的身份向你保证。我会为你做任何事。"

"但你什么都做不了。"

"相信我！"

说到这里，首相先生重新在长凳上坐正了身子，并把双手插到两边的腋窝中，以此来掩饰他的颤抖。他多想喝上一杯，或许那能让身体停止抖动，并把他彻底带入遗忘的深渊。

凌晨2:10

索普威斯·戴恩打来电话时，哈里正在苏格兰场餐厅里，对着刚刚端出来的满满一碟吃的发愁。他不知道自己什么时候才能吃上下一顿饭，况且他也需要保持体力，然而吃东西的主意却是个错误。碟子到他手里时冷冰冰、滑腻腻的，而更糟的是，他不小心把番茄酱沾到了衬衣袖子上。那可是他从杰明街上腾博阿瑟店里定制的高档货，贵得要死，但现在他的衬衣看上去简直像块抹布。在议事厅中，他一次次被剥得只剩下内衣裤时，这件衬衣被随手扔在不知多少张椅子上过，早已失掉了它原来的尊严；而且它的袖扣也不见了一个，那是一颗嵌在银座上的绿松石——梅尔送给他的生日礼物，她说它们和他眼睛的颜色很相配。不过现在也配不上了，因为他的双眼布满了血丝，倒与番茄酱的颜色很搭调。他找了一枚曲别针代替了袖扣。

"哈里，你这家伙，要是放在三百年前，人们肯定会把你当成巫师给烧死，那我就真的可以摆脱你了。你知不知道，我本来要跟一个超级火辣的妹子约会的，结果你一通电话把我的世界掀了个底儿朝天。"

"死赖皮，你总有泡不完的辣妹，所以你才用不着离婚，也用不着付赡养费。唉，再者说了，除了你我还能找谁啊？"

"啊，听你这意思，有点儿后院起火的感觉啊。"

"没错，我丢了一个袖扣。"

电话另一头陷入了短暂的沉默。

"你刚才说我该被当作巫师给烧死？"哈里不解地问。

"你的猜测是完全正确的，的确有人在暗地里搞鬼。"

哈里推开油乎乎的碟子，顿时兴致勃勃起来，"说说看。"

"这就好像市场上那些短斤少两的小贩儿，只要他们不是太贪心，一般人是不会注意到或者根本不会在乎他们的小动作的。可是如果他们每次都那么做，日积月累，结果就大有不同了。从目前的情况来看，有人在加勒比海沿岸的每一个避税天堂都成立了大量的公司，有几家公司甚至设在上海，你去过那儿吗？那可是个相当神奇的地方。你晚上睡一觉，第二天早上睁开眼会发现，一夜之间，你的窗外多了一栋摩天大楼，楼下已经有数不清的自行车停放架，成千上万的快递员已经忙碌地进进出出了。"

"死赖皮！"哈里听得不耐烦，喊了对方一声。

"哦，不好意思，跑题了。呃，这些公司成立的目的似乎并不是营业，而只是为了在今天这个日子里在股市下注，把能卖空的东西全部卖空。然后下注赌股市会暴跌，但他们的筹码都不会大到引起监管部门注意的地步。这里五十万，那里七八十万，相对某些大亨而言，这些数额根本不值一提。可如果这种小注下得足够多，以后的收益恐怕就是个天文数字了，到时候就算索罗斯[1]

---

[1]索罗斯，即乔治·索罗斯，在匈牙利出生的美籍犹太裔商人，著名的货币投机家、股票投资者、慈善家和政治行动主义分子，用金融市场来实验自身的哲学理念，人称"金融巨鳄"。

站到你面前，你也不会觉得矮半截。哈里，某个狗娘养的从这次危机中至少捞了几千万甚至几亿英镑。局里的兄弟们还在细查，恐怕还有一批经纪人的嘴需要撬开，不过现在雾散云开，战场已经清晰明朗多了。"

"干得不错，死赖皮。"

"谢啦伙计，我觉得今晚运气不错。辣妹说不定还在等着我呢。"

"叫什么？"

"哎呀，哈里，知道了名字你又该问人家的电话了！"

"不是女人的，你个笨蛋，我要的是下注人的名字。他叫什么？"

"现在还不知道，得等等。"

"要是这样的话，我亲爱的死赖皮，你那辣妹可能也得等下去了。你今天夜里还得接着忙。"

"我们已经忙了大半夜了。"

"我很对不住你，但是……"

"现在连我都成巫师了，我早料到你会这么说。"

"料事如神，我也没猜错吧？"

"没错，我得打发人去买些甜甜圈了。"

凌晨2:33

COBRA，一个充满神秘色彩的名字，也许有人曾在威斯敏斯特宫的走廊里听人小声说起过，但知道它底细的人不多。它就像寺院中的内部圣地，只有精挑细选的极少数人才有资格知道其中的秘密。从字面上看，COBRA可以理解为眼镜蛇，听起来倒是霸气十足，但实际上它只是内阁办公室情况通报A室[1]的首字母缩

---

①内阁办公室情况通报 A 室，英语为 Cabinet Office Briefing Room A。

191

写。它位于白厅枢密院办公室后面亨利八世的网球场附近，那里有最现代的通信设施，理应可以防止任何形式的窃听。不管谁想知道刚刚发生过什么大事，他们都得像其他人一样等待周日的报纸。或许，这里可以姑且被当作一个作战室，但它和大多数好莱坞大片中的作战室截然不同——这里没有可以显示导弹飞行轨迹的巨大屏幕，没有一排排坐在计算机控制台前等着按按钮的军事人员。相比之下，COBRA要显得低调乏味得多，屋中间摆了一张大桌子，大臣们和其他人员坐在周围，顾问和其他幕僚坐在后面或别的房间。这里并不具备指挥战争的功能，多半用于应对一些国内的紧急事件，比如流感或罢工。这里比唐宁街10号的内阁会议室更方便，那里只有几部电话和一台进口电视机，因此，特里西娅·威尔考克斯把她的指挥中心搬到了COBRA。坐在内阁会议室独自等待让她倍感压抑，再者说了，她现在想再来一杯威士忌，而且她需要一个新杯子。

COBRA这种地方通常不接待外国大使，外人严禁入内，这是规矩。可是从昨天中午开始，规矩已经不复存在了。罗伯特·潘恩来到这里时看起来憔悴不堪，仿佛才几个小时的工夫，他却已经老了几年。他没有就座，在唐宁街花园里那种随和的气氛早就一扫而光，他预感到这次会议不会开得太长。不管怎样，需要念稿子的时候，他觉得还是站着舒服，"内政大臣阁下，我要求开这次会议是因为事情已经到了紧急关头。我刚刚与白宫通过话，三角洲部队已经到位，可以向你们提供帮助。因为意识到需要不惜一切代价支持英国这样可贵的盟友，我们的士兵已经严阵以待，随时可以奔赴威斯敏斯特宫与你方会合。总统相信，作为世界上持续时间最久的盟友关系，本着相互信任的原则，你们一定不会拒绝这样的国际援助。"

特里西娅·威尔考克斯凝视着大使，继续任他猜测她的意图。

她那双灰绿色的眼睛此刻变得黯淡无光，想当年娇容犹在的时候，她一个眼神就能让男人们神魂颠倒。可如今她年老色衰，加上长时间的焦虑不安，她的眼睛已经像冰块儿一样令人不寒而栗。沉默了片刻之后她才开口，她的回答缓慢而慎重，"请你转告你的总统，她这是在引火烧身。如果她派来的那帮无赖胆敢擅自行动，哪怕大声地打个喷嚏，我们都会把他们给抓起来。"

额外的话她没有多说，只是坐在那里盯着罗伯特。她想学撒切尔夫人，虚张声势地吓唬对方，但罗伯特·潘恩听说撒切尔夫人是个一丝不苟的女人，即便在极端压力的环境下也会保持完美的形象，可是眼前的这位威尔考克斯太太，她应该去照照镜子，梳梳头发。大使还隐约闻到了威士忌的味道，现在可不像此前和她扯闲篇儿的时候了，他深吸了一口气，"这可能有点困难，内政大臣阁下。他们接受的命令是尽可能提供帮助，且在必要的时候予以坚持。美国绝不会参与任何同恐怖分子达成的交易……"

"我们没有和他们做交易。"

"但让他们投降的可能性似乎也不大，长此以往，解决危机的最终出路只有一条。这一点我们都心知肚明。"

有这个可能，可能性甚至相当大，但现在下结论还为时尚早。她没有回答，她原本也没打算和美国人谈判。

"这场危机只能以武力解决，"他再次强调说，"也许这还是上策。它将成为一个范例，为以后胆敢实施恐怖袭击的人敲响警钟。如果今天我们两国能联起手来一致对敌，他们就能从中领悟到，这样卑鄙的手段是无济于事的，是注定要失败的。"他用手比画了一个砍头的动作，"在我们看来，允许这场危机持续下去是完全不合逻辑的。"

啊，他的话显然还不能说服面前的这个英国女人。她不可能向美国人和盘托出自己的打算，她目前甚至还没有告诉过任何人。那念头被深藏在心底，像硫酸一样烧灼着她。

"因此，内政大臣阁下，我国政府正式要求结束这种状况，以免出现更多的死伤。"他的讲话稿念完了。

"我办不到。这种事，我需要和同僚们开会研究一下。"她对自己的同僚从来没什么好感，但现在拿他们做挡箭牌却格外顺手。

"我重申一遍，三角洲部队已经随时待命。"

"我也重申一遍，他们一定会遭到拦截。"

"他们可不会静悄悄地来。"

特里西娅微微一笑，熟悉她的人都知道这不是好兆头，而她随后的话中更是充满了威胁的意味，"他们想闹出多大的动静就尽管去闹吧。但请你告诉你的总统，我家的后院里容不得她来撒野。"

"他们已经到了。"

"全英国一半的兵力也都到了伦敦！"这显然是睁着眼睛说瞎话了，谁都知道，英国的部队几乎全都派到了世界上别的地方，国内兵力空虚已是不争的事实，但是这种藐视一切的豪气很符合她的性格。

"你们总不至于向友军开火吧？"

"如果我把英国的部队开到华盛顿，我不信你们不会开火！"

"可我们是盟友啊……"

"我们是盟友，可不代表我们要做你们的哈巴狗！"

"哪有这回事？"现在轮到大使先生睁着眼睛说瞎话了。

"我已经尽最大努力劝说你们的总统改变心意，我甚至默许你们的三角洲部队暂时驻扎在我们的海德公园，他们本该全被拉去坐牢的，但我们不想搞这么僵。是时候结束这场闹剧了，所以大使先生，你仔细听着，我给她二十分钟下令三角洲部队撤离，否则后果自负。"她一巴掌拍在桌子上，"这是我的最后通牒。"

她眼角有些疼痛，是因为愤怒、疲惫还是酒精？都不重要了。

潘恩用手背擦了擦嘴角，"我担心她会拒绝。"

"那我们就较量较量好了。"

事已至此，多说无益。再来几杯威士忌或许她就会酩酊大醉一睡不醒；换句话说，她也可能会像爱尔兰裔美国人那样，仅仅为了好玩就跟人干上一仗。结果如何，时间自会给出答案。战争的恶魔已经钻出牢笼，收伏它们之前，一场浩劫在所难免，"看来我留在这里已经没什么意义了。"

"这一点我完全同意。"她一板一眼地说。

"那我就告辞了，内政大臣阁下。"他微微领首，接见结束了。正当他转身准备离开时，特里西娅又开口了，公事一完，她的声音立刻变得柔和起来。

"罗伯特，你现在打算怎么办？"

他噘起嘴唇想了想，他的嘴唇看起来格外紧张、干燥，"我得跟我的老板汇报您的观点。"

"哦，对，做你的本职工作。"

"有时候感觉这就像一条诅咒，我们把灵魂埋藏在职责里。"有那么一刻，他仿佛要沿着这个话题说下去，倒倒心中的苦水，可那一刻转瞬即逝。"我应该能有几个小时的空闲时间，除非情况有了进展。我要去写几封信，之后嘛……"他微微一笑，"我就得回到人质中去了。"

"我还没忘，我希望这件事不会影响我们两个的私交，毕竟我们都有职责在身。罗伯特，我想你能理解的。"

他没有再说什么，只是默默地转过身，消失在黑暗中。

凌晨 *2:53*

夜里的这个时间，警局的班房里本该是安安静静的。正常情况下，这里往往靠一套例行的程序维持一切平稳运转。每隔二十分钟，都会有人检查嫌犯有没有试图自杀、生病或纵火的迹象，或者其他任何让人感到不舒服的事情，比如在墙上抹大便。这种事并不少见，有时候一大早警局就得把班房彻底冲刷一遍。但今天夜里，到此刻为止一直都很平静，可随后的一瞬间，这里忽然出现了一阵骚动。有人喊叫，有人抗议，有人踢门，所有这一切，皆因从某扇门后面传来的像野兽一般的哀号。

值班警官急匆匆地跑到班房。他做警察多年，经验丰富，自以为见多识广，然而当他透过探视孔朝班房里望了一眼后，不由也惊讶地后退了一步。

那个流浪汉坐在铺着垫子的水泥台上。之前他穿在身上的大衣摊在一旁，已经被扯得稀巴烂，大衣的内里和外层完全分离。他大张着嘴巴，露出满口又黑又烂的牙齿，眼泪顺着脸颊不断地流下，然而他却在笑，歇斯底里地笑。警官从来没有听到过如此瘆人的声音，也没有见过如此匪夷所思的场景，因为流浪汉的周围撒满了崭新的五十英镑面值的钞票，看上去就像五月里的樱花。流浪汉恐怕从来都没有一下子见过这么多的钱，而在凌乱的钞票中间，散落着三本闪闪发亮的崭新护照。

凌晨 3:15

在距离三角洲部队湖边着陆点不足一英里的地方，即白金汉宫花园的围墙外面，宪法山路的尽头，两支部队狭路相逢，一方号称所向无敌，另一方则标榜战无不胜。英国的两辆"斯巴达人"装甲运兵车横在路上，形成了一道难以逾越的路障。美国人可以轻易找到其他路绕过去，比如穿过公园，或者走人行道。但两军相遇是在所难免的，不在这里，就在别处，反正哪里都一样。

走在最前面的三角洲越野军车嘎的一声停下来，车轮在路面上滑出了一段距离。跟在后面的车辆立刻散开给予掩护，四面八方

196

稀里哗啦地袭来一阵子弹上膛的声音。过了几秒钟，一名英国军官从暗地里走了出来，他来到对方的第一辆军车前，敬了个漂亮的军礼，他的右胳膊像弹簧一样紧绷绷的。

"我是苏格兰卫队第一营梅里克·布莱斯怀特上尉。"说完，他换了个稍息的姿势。

坐在副驾上的美国人轻轻挥了挥手，吐出一大块口香糖，"内森·托波尔斯基上校，美国汽车协会会员，优秀大学生联合会会员，辛辛那提之子，听候吩咐。"

英国军官清了清嗓子，"上校，如果是在别的场合我会非常荣幸认识您，但现在我有命令在身，而命令是拦住你们。很遗憾，我们这里不需要，也不欢迎你们。"

美国人不慌不忙地点着了一支小雪茄，"1941年的时候怎么不记得你们说过这种话？"

"1941年也没见你们这么积极过。"

美国人哼了一声，深吸了一口雪茄，吐出一口浓浓的蓝色烟雾，"上尉，你倒是说说看，非法入侵会受到什么惩罚？"

"我们通常会在温和的警告之后准许对方自行离开，如果他们能立即执行的话。"

"有意思，我们是来给你们灭火的消防队，你能说这叫非法入侵吗？"

"我想如果救火的人太多，消防水管难免会缠在一起帮倒忙。"

"扯淡！"

"您说什么？"

"你们的国家眼瞅着就要掉进粪坑里了，我很意外你居然只字未提。"

"上校，难道你们就不怕掉进粪坑里吗？"上尉回答，他声音低沉，已经少了之前的温和。

197

"我们就是干这个的，上尉，三角洲部队专干脏活、累活。说白了，我们他妈的简直就是掏粪工人。"

"托波尔斯基上校，"年轻的上尉叹了口气，"我也不愿意这么做。真的，我觉得这事儿尴尬极了。因为事实上，我倒挺喜欢美国人的。"

"哦，是吗？"

"我在阿富汗和你们的兄弟并肩作战过，我喜欢看美剧《黑道家族》，超喜欢吃你们的芭斯罗缤冰淇淋，'9·11'事件发生时我也失去了一个兄弟。所以说，是的。但我接到的命令非常清楚，你们得回到你们的进取号星舰①上去，然后离开这里，回你们自己的星系，或者，如果你们愿意的话，我也可以请你们到我们的军官食堂提前吃顿早餐。但无论如何，你们不能再往前一步了。"

美军上校轻轻弹出雪茄屁股，火头在黑暗中划出一道红红的弧线，"这可就让人为难了。你看，我也是有命令在身的人，我们接到的命令是去帮你们处理这次小麻烦。既然我是上校，而你只是个上尉，那我的命令应该比你的管用些。还有，我没时间吃早餐。我没有针对你的意思，只是公事公办。"

"没关系。但现在的情形是，你们不能再前进一步。"

"三角洲从不后退。"

"那我们只能想方设法让你们改变主意了。"随后他扭头喊了一声，"军士长，让兄弟们做好准备！"

美军上校冲车外扫了一眼，他只看到两辆装甲运兵车，"现在的情形似乎是我众你寡，八对一。"

上尉一惊，踮起脚尖望了一眼，"那又怎样？"

"怎么，难道你们打算把这里搞得跟迪斯尼乐园一样热闹？"

---

①进取号星舰，出自美国电影《星际迷航》系列。

"就算跟老特拉福德球场一样热闹也无所谓。"

"老什么？"

"这是我必须执行的命令。"他的语气显然不容置疑。

"见鬼，上尉，你说得没错，看来我们真遇到麻烦了。"

"很遗憾，上校。"

"我也是，我亲眼见过你们怎么对付塔利班。我们并肩战斗过，也都吃过亏。我自己也有英国血统，我奶奶是英国人，1945年嫁给我爷爷的。我是站在你们这边的，上尉，我们都是，所以我们才会来这儿，但现在我觉得咱们有点窝里斗的意思。"他开始在夹克口袋里翻找雪茄，可惜找了半天一支也没有找到。他叹了口气，问道："你会冲我开枪吗？"

"我也想问同样的问题。"

黑暗中，他们注视着彼此，都想尽力看清对方的眼睛，但两人谁都不愿意步入对方精心布好的局里。直到最后英国军官再度开口，不过此时他的声音更加低沉，仿佛他不想让托波尔斯基以外的人听到自己的话。

"嘿，上校，我觉得在这件事上咱们都做不了主。引起一场国际事件对咱们有什么好处呢？现在似乎是你们的总统和我们的内政大臣两个人在互探对方的底牌，我们不过是诱饵罢了。这也无所谓了，军人嘛，服从命令就是天职，但或许我们应该把实际操作中遇到的困难报告上去。对，'操作困难'，就是这个词儿。好让她们仔细考虑清楚这件事的后果，说不定能找到别的替代方法呢，那我们就用不着在这里拼个你死我活了。所以我看现在咱们都不必着急。"

上校考虑着他的提议，又下意识地开始在口袋里翻找雪茄，不过上尉立刻上前一步，像个熟练的魔术师一样伸出手来，手里却是一个雪茄盒。"哈瓦那的。"他说着，拨开了盒盖儿。

美军上校愣了一下，之后才伸手从盒子里取出一支，放在鼻子下面从头闻到尾，然后不无赞赏地说："好东西，我们弄不到古巴雪茄，那属于违禁品。"

"就算是要死的人，临死之前也得给口烟抽啊。"

"尤其这样的好烟。"

"趁着各自上报的工夫，我建议咱们先享受一会儿。"

这时上校已经划着了一根火柴。

凌晨3:38

哈里的手机又嗡嗡嗡地震动起来。

"老伙计，我要是你的话，最近可不会去加勒比海地区度假。"

"死赖皮，你说话怎么老是拐弯抹角的？"

"这样别人可能会觉得我有内涵啊。"

"你好歹也是哈罗公学毕业的，怎么连这点自信都没有？"

"伙计，上什么学校是一回事，学到什么东西却是另外一回事了。不过看来我也不是一无是处。一直在忙，现在有点眉目了。开曼群岛、英属维尔京群岛、安提瓜岛，我们在这些地方查了个遍。你肯定想不到为了搞到这些资料，我们得贿赂多少人，恐吓甚至威胁多少人。我至少答应了我的四个线人说内政大臣愿意和他们上床。"

"那算是贿赂还是恐吓？"

"显然按照加勒比海地区的审美，她也是个性感尤物呢，肯定很对某些人的'性'趣。"

"我宁可让人拔我的脚趾甲。"

"总而言之吧，这些在证券交易所下注的公司全是空壳公司，有三十来家。"

"都是由谁经营的？"

"像这种空壳公司查到名字也没用。法律上，这些公司的经理必须是本地人，可那只是书面上的一个形式而已。实际所有权通常都在别的地方。"

"比如说？"

"嗯，现在还说不准。恐怕还得多查些人，多找些资料。不过，调查的人说幕后大老板是俄罗斯人的可能性很大。"

"什么？"

"眼下看有点像巧合，不过，我们不可能非得等大象踩到脚了才看得见它吧。可能你很快也会注意到，今天晚些时候，俄罗斯人计划从伦敦证交所矿业板块中再大捞一笔，尤其是铜、镁、铝等金属。这可是一大票。他们打算捞个一二十亿英镑呢，当然，现在他们办不到了，因为股市已经崩溃了。总而言之，他们把自己的肚子填得就像圣诞节的火鸡一样满满当当。只是现有股票的价值大幅缩水，那些提前卖空的投资客算是走了运，几乎每个人都赚了个盆满钵满。"

"然后呢？"

"伙计，最神奇的巧合就在这里了，那些一直替俄罗斯人卖空股票的公司……"

"正是针对这场危机下了注的那些空壳公司。"

"完全正确，你说巧不巧？"

"除非你相信神话。"

"所以还得回到俄罗斯人身上。他们这次胃口不小，光投入就是一个天文数字，看来北极熊非常心急啊。"

"可幕后主使到底是谁呢，死赖皮？世界上有上亿俄罗斯人呢，我们得缩小目标范围。"

"一步一步来嘛，伙计，心急可吃不了热豆腐。"

"这可不行，死赖皮，这块儿热豆腐我们还就得一口把它吃下

201

去。抓紧点儿，伙计，也许我们能避免一场大屠杀。我们需要这个人的名字。"

"可我办不到啊，现在三更半夜的，别人不会因为我们一句话就从被窝里爬出来啊。加勒比海地区那些空壳公司的上面肯定还有别的空壳公司。这就像俄罗斯套娃一样，一层一层没完没了，真要查个水落石出可能要花几天甚至几周的时间。"

哈里一拳砸在桌子上，"国会里那群人只剩下几个小时可活了！"

"我知道，我心里也一样着急，只能说我会尽力而为的。"

哈里急忙收住几乎要扑倒他的愤怒，这毕竟不是他朋友的错，"谢谢你了，死赖皮。"

"别客气，我也很抱歉，哈里。"

挂断电话，哈里忽然感到一阵难以承受的疲惫和绝望。他佝偻着肩膀，看上去仿佛在椅子里越缩越小。

"你还在查那些没影儿的事呢？"蒂贝茨问，他正小口喝着一杯热气腾腾的咖啡。

"对，不过也不算没影儿，至少我们现在发现了俄罗斯人的影子。"

"听起来好像有进展了，"他从热气腾腾的咖啡杯上方抬起头，"但必须是和英国有关系的俄罗斯人。"

"你把圈子从上亿人缩小到了十万人，又进一步了。"哈里不无揶揄地说道。

"但俄罗斯人卷到这里面干什么？好像没道理呀。"总警司使劲咬着拇指，他闭着眼睛，脸庞抽搐着，希望疼痛能让他的思维更活跃些。当他再度睁开双眼时，发现一名年轻探员已经站到了他的面前。这年轻人有些迟疑，笨拙得连左右脚都不知道该怎么放了。

"对不起，长官，打扰您了。我不是有意偷听，但你们刚才说

202

到俄罗斯人？"

"威瑟斯托克探员，是吧？"蒂贝茨问。

"是的，长官。"

"说吧，威瑟斯托克，俄罗斯人怎么了？"

"海格特①那边……发生了一件奇怪的案子。当地警方抓了个流浪汉，他的大衣里面塞满了五十镑面值的钞票，一共有好几千镑，显然那钱不是他的。"

"那又怎么了？"

"大衣的衬里里面还藏了三本护照，虽然名字不一样，但却是同一个人的。而且当地警方认为那很可能是个俄罗斯人，名叫布嘉柯夫。"

"勒夫伦蒂·布嘉柯夫？"哈里惊叫道，"他是个俄罗斯流亡人士，也是个有钱的家伙。"

"好像是的，长官。所以我才想，这里面会不会有什么关联。"

"嗯，什么关联？"

"我不知道，长官。"

"那我们最好查清楚，而且要尽快。把布嘉柯夫带到这儿来，"蒂贝茨命令道，"不管他在哪儿都得给我把他揪出来。"

"呃，已经不可能了，长官。"

"什么叫不可能了？"

"他好像已经死了，当地警方刚刚找到尸体，长相和护照照片吻合。"

"他妈的！"蒂贝茨失望地骂了一句。

"好极了！"哈里噌地站起身，兴奋地来了这么一句。他好像突然满血复活，顿时变得精神奕奕。

①位于伦敦北郊，以海格特公墓出名。

"你找了一整晚的人死了，这还好极了？"

"我不相信巧合，迈克。就像那些俄罗斯套娃玩具，你见过吧，打开一层，里面总是还有一层。我敢拿我的养老基金打赌——虽然经过今天这件事我也不知道还能剩下多少——布嘉柯夫和这场危机一定有关系。他自己拥有三个护照，这种人要想给马苏德和他的手下办几个假证件还不是小菜一碟？"忽然，那汹涌而出的激情仿佛全都泼到了沙地上，他猛地一怔，不甘心地骂了一句，又接着说道，"迈克，现在我们只剩下一个问题了。"

"什么问题？"

"谁杀了布嘉柯夫？"

"这个谜还是等等再解吧，我的朋友。"蒂贝茨看了眼皮带上震动的呼叫器，说道，"内政大臣呼叫呢，女王在召唤了。"

"什么时候也轮不到她当女王吧？"

"那当然，不过我想她盯上的应该是首相的位子。"

凌晨 3:53

COBRA正在召开军事会议。列席人员包括情报部和国防部的负责人，其他几个部的大臣和一小撮高级官员，甚至还有检察总长办公室的一名工作人员，据说是为了保证他们对付恐怖分子的手段合乎法律和公平。每个人看起来都疲惫不堪，大部分人都灰头土脸，就连正气喘吁吁的蒂贝茨也不例外。哈里的衬衣袖子上仍然沾着番茄酱，脖子上也没有系领带。他是被蒂贝茨生生拖来的，威尔考克斯假装没看见，至少目前不动声色。她现在有新的对手，已经无暇他顾。

"我们离最后时限还有八个小时。"生怕别人没仔细听，她用一支钢笔敲着桌子说道，"我们必须尽快拿出行动方案，我已经邀请黑斯蒂准将为我们再做一次简报。"

特种部队指挥官起身走到房间另一头安在墙上的大屏幕前，屏幕上正直播着议事厅内的画面。他红色的头发与厅内红彤彤的一片长凳重叠在一起，格外抢眼。"内政大臣阁下，目前的情况非常微妙。"他以军人特有的低调风格开始了报告，"之前我已经说过，如果突袭的话，上议院的高窗、悬空的阳台和各个门上的诡雷对我们来说都是障碍，但是我们可以绕开这些。提供直播画面的这台摄像机固定在位置较高的公共走廊上，位置正好和御座相对。那里的空间比较局促，仅能容下一个人，但在刚刚过去的这段时间里，我们的一名狙击手已经成功潜入，他能观察到整个议事厅内的情况。我们那么做冒了很大的风险，但是很值得。维多利亚时代的工匠真是技艺超群，巴里爵士在设计这栋大厦时预留了很多用于通风和供暖的竖井和管道。我们已经派了另外几个狙击手钻进去，他们隔着罩板也能看到议事厅内的其他部分。只是议事厅其他地方的结构极为坚固，我们要是想进去，只能把门炸开，然后用闪光弹强攻。议事厅内有一名王室护卫，不过他极有可能会和恐怖分子们一样不知所措，所以我们不指望他能和我们里应外合。我们估计整个行动的时间不会超过四十秒钟。"

"伤亡呢？"威尔考克斯问。

黑斯蒂抿了下嘴唇，"之前我已经说过，人质的生存率大约会在百分之九十左右。"

"但现在你的手下已经潜进去了，生存率总该有所提升吧？"她的语气听起来与其说是询问，不如说是命令。

"对，内政大臣阁下。不过还有一个问题，敌人看上去不仅装备精良，而且训练有素。他们在这里、这里、这里还有这里都占据了非常理想的射击位置。"他说着在屏幕上指了几个地方，"不管怎么说他们都绝对不是菜鸟。如果假设他们都抱着必死的决心，想不惜一切代价制造最大的伤亡……那么，结果就更难预料了。"

"会死多少人，准将？"她咄咄逼人地追问道。

"具体很难说，有太多无法估计的因素了。如果我们可以利用窗户，或者潜进去更多的人，或者能确定那名王室护卫可以和我们里应外合……"

她往前探着身子，眼看就要发作了，房间里的其他人都在各自的座位上不安地蠕动起来。

"准将，我没让你给我讲解怎么跳华尔兹。我要的是你最有把握的估计结果，现在就要。"

他不卑不亢地注视着她瞪得圆圆的眼睛，但声音还是降低了些，"我认为生存率会稍微高于百分之九十，内政大臣阁下。但遗憾的是，女王不可能包括在内。"

"这可不行！"她怒不可遏地拍了一下桌子，"难道你们就没有一个人能想到营救女王的办法？"

"炸弹衣的问题一直无法解决。如果穿炸弹衣的恐怖分子抱着必死的决心，那他势必会拉女王和他同归于尽。要是女王陛下自己能逃开就好了，哪怕几秒钟。"

"别忘了她已经八十四岁了。"

"我们可以干掉那个恐怖分子，但同时也极有可能引爆炸弹。我们只能这么假设。"

"那就再想其他的办法。"

"我做不到，内政大臣阁下。"他站在大屏幕前，目中无人地看着对方，"由于情况特殊，风险极大，任何举动都可能威胁到女王陛下的安全。所以在行动之前我需要您给我一份书面命令，我想您应该能理解的。"

坐在桌旁的国防参谋长表示赞同地微微点了点头。

所有人的目光都转到了特里西娅身上。她早就料到会有这么一出，谁都不想担责任，更没有人愿意背黑锅。所以假如女王不幸遇难，就必须有人负起这个责任；如果不是迫于无奈，他们倒更乐意让她唱独角戏。多好啊，现成的替罪羊。

但他们小看了特里西娅·威尔考克斯。她是个幸存者，即便她救不了女王，却总还有机会救自己。她比在座的所有人都看得更远一些。只见她缓缓摇了摇头，说道："不行，你不能那么做。"

"您说什么，内政大臣阁下？"

"你们的方案不能执行。"

"可有什么替代的方案吗？"有人问道。

"你们的方案暂缓执行。虽然我们是万般无奈才出此下策，但公众却不一定能理解，倘若我们下令突袭并导致女王遇难，那我们就和那些签字同意处决查理一世的人一样，必定会受到谴责。太早实施突袭将会导致一场灾难，先生们，我们是有前车之鉴的，所以现在更应该稳住阵脚，绝不能冒失。"

"我们应该马上行动，趁他们现在昏昏欲睡，可以做到出其不意，攻其不备，"黑斯蒂说，"如果我们继续拖延，情况只会更糟。"

"我不同意，准将。等一等也许倒能缓和我们的处境，只有等待才能证明你的方案是万般无奈之举，那样不管出现什么结果就都情有可原了。只要我们拖延下去，对恐怖分子也是一个试探，他们会让公众明白我们别无选择。"

"您还需要什么证明呢，内政大臣阁下？"

众人似乎同时恍然大悟，但又几乎不约而同地感到一阵恶心。所有的眼睛都望向屏幕，望着马格纳斯和威廉-亨利——两个最年轻的人质——坐的位置。恐怖分子已经说过，下一步就要拿他们开刀，如果真的出现那种情况，两个孩子无辜的鲜血将使武力突袭变得顺理成章。到那时，也就不再有人需要对任何灾难性的结果承担罪责了。

第八章

"母亲，您睡着了吗？"

她没有吭声，但是抿了抿嘴唇算是回答。

"有些人似乎已经睡着了。"儿子不悦地抱怨说。查尔斯·菲利普·亚瑟·乔治，威尔士亲王，除此之外他的头衔还包括切斯特伯爵、康沃尔公爵、罗撒西公爵、苏格兰外岛勋爵以及媒体的焦点、公众的靶子等等。此时他伸了伸有点麻木的双腿，打量着议事厅内的动静。

"这说明他们的心胸比我更坦荡。"他的母亲回答说。

"您没有理由责备自己。"

"因为我，他们可能都会送命，这一点他们很清楚。如果没有我，这一切都不会发生。"

"暴徒总会找到别的理由的。"

"也许吧，但是今天，我要承担责任。"

"您每一天都是如此。"

他们朝彼此侧过身子，低声交谈着，但由于知道身后就有一名恐怖分子，为了不引起他的注意，两人故意不看对方，正如他们一生中的大多时候那样。

"我很害怕，查尔斯。"

他在座位上扭动了一下，"您？害怕？"

"不是因为我个人，而是害怕今天之后，我们将面对什么样的未来。王室、君主政体。我担心这一切都会终结。人们可能会说，如果这就是我们必须付出的代价，那我们就面对现实吧。"

"我自己也经常这样想。"他充满忧思地说。

她从眼角向儿子投去一道严厉的目光。

"是真的，母亲。有时候我会想，这世界上恐怕没有人受过我们这样的侮辱。"

"我们有得选择吗？"

"您和我恐怕已经太晚了。但年轻的下一代，他们应该会自己做出决定的。"

"如果你还有机会选择呢？"

"在另一个世界，或者来生，谁知道呢？"他一副壮志未酬的口气。随后，他性格中的另一面又占据了上风，"也许我们能因祸得福呢，母亲，说不定这件事之后我们会更加受国民的爱戴。"

"也许吧。但舆论就像一战中使用的超级大炮，是根本靠不住的，它们根本没什么准头，对着一个目标狂轰滥炸一通便转向下一个目标，直到把一切统统毁灭。"

"民主通常是重磅炸弹。"

"尤其在伊顿先生手中。"

"您对他不满意吗？"

"你看他。"她冲那个瑟缩的身影歪了歪脑袋，那是她的首相。

"我以为，不，是从我读到的东西看，你们的关系似乎很融洽的。"母亲的心思对他而言总是那么神秘；他只能从正式的照会、报纸的头版，或者偶尔在巴尔莫勒尔饭店吃早餐时了解一二。他们的心从来就没有在同一条轨道上过。

"伊顿先生希望国民认为他和我之间保持着一种温和且热情的关系，所以他才会散布那些消息。无非是为了上头条，博取公众的注意。他这个人矫言伪行，虚有其表。"

"您很少这样激烈地评价人。"

"因为平时不允许，但是，查尔斯，我一辈子总该有那么一天可以畅所欲言吧。尤其在今天这样的日子，让女王直抒胸臆应该并不过分。我只是非常难过连累到了你。"

"这是命运的安排。"

"不。我很抱歉，查尔斯，你之所以坐在这里，全是因为我的坚持。你是被我硬生生地拖到这里的，你并不想来，这一点我们都知道。"

"我大概已经习惯了。"

"我一直以为自己做得很对，把你，我的儿子，带在身边，向世人炫耀，因为你是王储，是这个国家未来的国王。你已经等得太久了。"

"您太累了，母亲，不要再折磨自己了。"

"我也太老了，查尔斯。我已经开始怀疑自己活得太久，变成老糊涂了。"

"这么说太荒谬了，母亲。"

"可事实如此。过去这些年，我目睹了许多我曾经珍爱的宝贵的东西渐渐没落了，被人抛弃了。教会、王室、国家处事的温和与从容，很多东西如今都走向了极端。我们到底怎么了？人与人之间的尊重都到哪里去了？"

说到这里，他们失望地凝视着那些手持武器看守着人质的歹徒。须臾之后，她才又回到自己的思路上。

"假如我也像我的父亲那样早早离开这个世界，或许倒还好些。"

"您怎么能把死亡说得好像理所当然一样？"儿子反对说。

"从某种意义上说的确如此，君主的死亡通常预示着国家复兴时代的来临。"

"对我来说可不是如此。"

"我们必须摒弃私心，查尔斯。"

他心烦意乱地扭着双手，"谁都不愿意做个无名小卒，更不愿意做个没有个性的君主。"

"也许只是你不能。"

他浑身一震，"您说什么？"

"现在已经到了危急存亡的时刻，我们必须恪尽职守，不能再顾及个人得失了。"

"您是在暗示我平时罔顾自己的职责吗？"他的情绪变得激动起来，这是他最怕人揭开的一道伤疤。已经有许多人批评他过于自私、飞扬跋扈，身为王储却不做王储该做的事。他向来不以为然，可当同样的话从自己的母亲口中说出时，他却仿佛受到了莫大的伤害。

"我暗示？哦，查尔斯，我倒想暗示我的脚快被鞋挤得疼死了。"她摩擦着两只脚踝，不动声色地转移了话题。

"如果我是您，就把它们脱掉，管他别人怎么说呢。"

她叹了口气，"我想你已经替我表明这一点了。"

凌晨 4:02

内阁情况通报室（COBRA）里一阵骚动。内政大臣的提议先是把众人惊得目瞪口呆，之后他们便纷纷开始交头接耳，小声议论

211

起来。他们试图找到充分的理由推翻这个提议。

"也就是说我们要牺牲掉英美两国政府首脑的儿子。"一名高级官员嘀咕说。

"谁都不会死，除非恐怖分子坚持要那么做。"威尔考克斯反驳说。

"都到了这个时候了，难道还不能考虑释放他们的首领吗？"那名官员恳求道。

"好好想想吧，"她不耐烦地回答，"他们可都是冷血的杀手，你居然要放他们走？为什么？因为你不敢对抗他们的威胁？那以后我们这个国家岂不是会成为恐怖分子的靶子？你以为我们是什么人啊？"她鄙夷地问，"比利时人吗？"

"也许我们至少可以提出一个交易框架？比如请国际法庭审判达乌德·古尔，或者有条件地释放他，只要他保证以后不再实施恐怖袭击。"

"恐怖分子的话也敢相信？你疯了吗？"

"不管怎么样，我们总得试试别的办法！"高级官员近乎绝望地回答，"我们不能允许他们杀害女王。"

"你觉得向恐怖主义屈服就能拯救女王吗？投降？决不！如果我们今天饶恕了他们，那么未来他们制造的每一起流血事件都将算到我们的头上，算到女王陛下的头上。我们的自由建立在正义原则的基础之上，而今你却让我们放弃这些原则，为了什么？为了谁？如果落在恐怖分子手中的不是女王，而是一个普通的公民，那我们还会这么做吗？"她扫了一眼在座的所有人，尽管她眼神疲惫，但在深邃的眼眸里面仍旧燃烧着不灭的激情。"想象一下报纸上会怎么说，不是明天或后天，也许我们马上就能看到。她将不再是能够凝聚全体民众的国家象征，而只是一个令人妒忌的目标。在世人眼里，我们将回到君权神授的时代，他们和我们，富人和穷人，所有的规则都为他们而设，而其他人却只能听天由命。仔细听听吧，鲁伯特·默多克①已经在磨刀霍霍了。假如我们今天妥协了，也许能一时保住女王，可媒体一旦开始炮轰，女王会和恐怖分子同样死无葬身之地，而且会死得更惨。所以你那样做不仅没有拯救女王，反倒是把她推进了火坑！"她的鼻孔微微翕张，仿佛不把一切放在眼里，"所以如果你真的像我一样尊重我们的女王，这就是她唯一的机会。"

"这等于和魔鬼做交易！"那位高级官员依旧坚持己见。

"不！"她反驳道，她苍白的眼睛放射着愤怒的光，"你所提议的向恐怖分子妥协，才是和魔鬼做交易！"

高级官员猛然向椅子后面靠去，仿佛已经不堪承受内政大臣咄咄逼人的攻势，他慌忙整理着自己的思绪，以图反攻。桌子周围的其他人全都不安地蠕动着身子，会议室里一片窃窃私语声。这种状况直到蒂贝茨开了口才算结束，"也许有一个情况被我们忽视了，我也是几分钟前才想到的。我想请哈里·琼斯为大家解释一下，这个情况是他发现的。"

哈里意外地看着蒂贝茨，后者略带歉意地扬了扬眉毛，表明他是不得已才这么做。他等于把自己的朋友推进了一个挤满狮子的角斗场，但是除此之外，他们还有什么别的选择呢？

"我们还没有确凿的证据，只是根据情况做出的推断，"哈里开始说道，"但是我们有理由怀疑这次事件和一个大有来头的俄罗斯人有着密不可分的关系。"

会议室中的气氛发生了明显变化。许多人突然专注地坐直了身体，他们喜欢听到这样的消息，让俄罗斯人成为舆论的众矢之的。就连特里西娅也破天荒地对他的话产生了兴趣。

---

① 鲁伯特·默多克生于澳大利亚墨尔本，后加入美国国籍。是世界有名的传媒大亨，默多克所创建的新闻集团是当今世界上规模最大、国际化程度最高的综合性传媒公司之一。

213

"布嘉柯夫，勒夫伦蒂·布嘉柯夫。"哈里继续说道。

"勒夫伦蒂·瓦伦汀·布嘉柯夫？"军情五处的情报员兴奋地问。默默无闻了这么久，他终于能说上话了，所以顿时有种风水轮流转，终于到我家的感觉。

"他是咱们国家容留的众多俄罗斯麻烦分子之一。苏联解体前后，很多俄罗斯人为了逃避清算跑到了英国，这些人中有许多富可敌国的寡头，到了英国他们仍然互相倾轧，不过我们一直睁一只眼闭一只眼。这有点像丹麦金①，他们交税，我们便和他们友好相处，直到后来他们的冲突由秘密转向公开，并殃及了正常的社会秩序。"

"足球场也是他们争霸的地方②。"五处情报员自鸣得意地补充说。

"布嘉柯夫为人相当低调，据我所知好像是这样的……"他用征询的目光看了一眼军情五处的那个情报员，后者赞同地耸耸肩，点了点头说："绝对不是等闲之辈。"

"但他似乎对这场人质危机了如指掌，并从中大赚了一笔钱。"

"是吗？有这回事？"军情五处情报员突然激动地叫起来，"我的妈呀，这就对了！你们还不明白吗？"他扫了一眼周围的人，"布嘉柯夫是克格勃出身，这是个唯恐天下不乱的家伙，专门干些挑拨离间的坏事儿。如果我没记错的话，他上一次干这种事儿应该是在阿富汗，把乌兹别克人、普什图人、瓦济里斯坦人、马哈苏德人以及其他一些有世仇的部落搅得鸡犬不宁。"

"你是说他有可能认识马苏德？"威尔考克斯问军情五处情报员。

---

①丹麦金是中世纪英国的一种税金。当时，英格兰受到维京人——主要是丹麦人和挪威人——的持续侵扰。为了换取和平，英国向丹麦人交付赎金以避免侵略，因此而征税。
②英国的许多足球队都被俄罗斯大亨所收购，这是事实。

"很有可能。说不定还睡过他奶奶呢。"

"俄罗斯人！"内政大臣兴奋地叫道。

"可能没那么简单，"哈里接着说道，"也有可能是他故意要借此搞垮其他俄罗斯人。因为从目前的情况来看，股市中最大的炮灰似乎也是俄罗斯人，这些人原本打算从矿业板块中大捞一笔，但现在已经是不可能了。这次危机在股市中引起的灾难，至少可以对数个与他有过纠纷的俄罗斯寡头产生毁灭性的打击。这已经不仅仅是关于钱的问题，它看起来更像是一场蓄谋已久的报复。"

"也就是说他同时具备了动机、能力和机会。"威尔考克斯顾不上自己被咬坏的指甲，掰着手指头说道。

"而且这也不是他第一次拿一个国家的政府做筹码。"军情五处情报员补充说，几乎所有人都为这一最新发现感到欢欣鼓舞。他们无不乐意能找到代替他们承担责任的人，就连威尔考克斯也不免激动了起来。俄罗斯人的出现使得目前的形势更加复杂了。

"先不要高兴得太早，还有别的情况没说呢，"哈里咬牙打断了众人逐渐升腾的热情，"布嘉柯夫已经死了。"

会议室中顿时安静了下来。

"大概一个小时前警方发现了他的尸体。"蒂贝茨补充说。

"不会是暗杀吧？"有人小声嘀咕。

"现在还不清楚，"总警司回答，"尸体是在摄政运河台阶底下发现的，目前正在尸检。"

"个人认为这很可能是一起谋杀案，除非你们相信巧合。"

"真遗憾，"黑斯蒂说，"我们原本可以用他和恐怖分子谈判的。"

"也许现在仍然可以。"威尔考克斯说。她声音低沉，已经失去了咄咄逼人的锐气，"让他们知道他们的阴谋已经败露。告诉他们我们已经冻结了他们所有的资产，或者说他们的幕后老板已经独吞了所有的钱，抛弃了他们，最起码在心理上能给他们一个打击。"

会议室里的气氛再度活跃起来，众人交头接耳地议论着，显然布嘉柯夫成了他们的救命稻草。他们高兴的是自己终于免除了牢狱之灾——牢门已经打开，虽然只是开了一条缝，但他们却争先恐后地要逃出去了。

"等等，如果他是被谋杀的，难道我们不需要查清凶手是谁吗？"哈里大声提醒着他们，但众人沉浸在如释重负的愉快和激动中，似乎已经没有人关心其他的事了。

凌晨4:13

已经到了人体最容易懈怠的时间，希望和韧性都变得暗淡空茫。议事厅内死气沉沉，但王子却心潮澎湃，难以入睡。

"您看这些恐怖分子会不会是《世界新闻报》的记者冒充的？"他故作轻松地问。

"恐怕不会。"母亲回答。

"如今这世道，是敌是友根本分不清楚。"

"唯独今天我倒希望他们是，我还想着也许我们一觉醒来会发现这一切只是你做的一个梦。"

王子浑身一凛。这些年来，很多人都喜欢拿他爱好解梦的事开玩笑，"您何必嘲笑我呢？"

"我没有，查尔斯，就算有也不是有意的。如果我有失言的地方，我向你道歉。"她在心里偷偷责骂着自己，同时却也嫌儿子太过敏感，"你这个人太多愁善感了。"

"您又来了。"他伤心地说。现在不是拌嘴的时候，但他们筋疲力尽，精神又高度紧张，已经累得管不住自己的嘴了。

"这不是批评，查尔斯，这是无法改变的事实，是你的人生。

216

这一点你倒是继承了你爷爷的基因。"

"他从来没有受过我这样的委屈。"

"的确，但他很善于听取别人的意见，懂得保护自己。可你从来不听别人的劝告。"

"您那些顾问的话不听也罢。"

和过去一样，两人争吵起来便互不相让，直至陷入难以收拾的境地。

"你从来不让我帮你，查尔斯。说起别的问题你头头是道，可你从来没有找我说过你的问题。你把我当成了外人。"

"您从来都不关心我的生活，也不想关心。"

"胡说！"离得近的人可能会怀疑，她似乎不易察觉地抬了抬手，只是随后立刻又失望地放了下去，"反倒是有时候我关心得太多了，超过了一个正常母亲应该关心的范围。但不管是家人还是王冠上的珠宝，我多半都抱着视而不见的态度。"

"视而不见，还把人拒之门外。"他愤愤地嘟囔道。

"我不明白。"

"母亲，我至今还记得小时候的事。那时我才五六岁，没有玩伴，没有朋友。我最喜欢做的就是从那些站岗的卫兵面前走来走去，因为他们必须冲我立正并跺脚敬礼。冬天的时候我甚至还冲他们丢雪球，直到后来爷爷下令卫兵可以用雪球还击。"

"你该明白，皇家的生活总是孤独寂寞的。"这本是一句宽慰的话，但王子却会错了意，误以为是母亲在自鸣得意。

"所以后来有一天我来到您的办公室门口，您还记得吗？不，您当然不会记得。我问您能不能陪我一起玩，像别的母亲那样。"

这一次女王默不作声了。

"您说您很忙，便把我关到了门外。"

"皇家的生活也总是很忙碌的。"

"忙得连自己的孩子都没有时间陪伴？这是一个我一直小心避免的错误。"

她并没有把儿子的无礼放在眼中，可是她的心却有种被撕裂的痛苦。困惑榨干了她的答语中所有的色彩和柔情，"你是个很杰出的父亲。"

"但是作为王储呢？"他问。他似乎铁了心地要激怒母亲，从她的话中寻找哪怕最不起眼的轻蔑，以此作为对自己的惩罚。这个习惯已经如影随形地陪伴了他数十年，成了他无法摆脱的个性的一部分。

她谨慎考虑着他的问题，身为女王，她对王室的职责从来不敢掉以轻心。"作为王储，"她轻轻答道，"你经常偏离了正道。"

"正道？"愤怒的字眼从喉咙里钻出来时，他的脸也变得通红，"您指的是我父亲为我安排的道路？或您的妹妹？您的伯伯？您的曾祖父？还是……"

"我说的并非个人品德，"她打断了儿子的话，"而是公共责任。当我和中国的国家领导人在餐桌上就我们两国的外交关系进行交流时，你却当面直言不讳地谴责他和他们的政权。你的这种做法我不应该批评吗？"

"这不公平，那些话是我在私人日记中写的。"

"唉，查尔斯，"她不由叹了口气，"难道你还不明白吗？我们做的所有的事，没有一件是真正私人的。"

"为什么？难道我们只能坐看我们的人生、我们的忠诚还有我们的生活方式被这群绑架我们的宵小之徒肆意践踏？就算我们看到他们这样对待我们的爱人，甚至我们的孩子，难道也不能反抗？也许您能忍受得了，但是我不能！"

"查尔斯，你把这些都写到了书里，或者你请朋友写到了书里。这是些最私人的事情，关于你的生活、家庭、婚姻，还有……"此时她真真切切地抬了抬手，只是动作格外轻微，但却充满了不屑。她不想提起儿子的婚外情，尽管他自己写过，并在电视上不厌其详地谈论过。但她不必提起，因为儿子能完全领会她的意思。

"您还在为婚姻的事责怪我。"

凌晨4:26

特里西娅·威尔考克斯来到会议室旁边的一个私人套间里接电话。她一直都在回避这个电话，尽管她比谁都清楚自己根本躲不过。不管是什么结果，如今的事态已经大为不同；既然有胆量和美国总统叫板，就别指望能够毫发无伤地全身而退。"内政大臣女士。"她听到对方说。"总统女士。"她回答。她们就像两个准备决斗的剑客，纷纷亮出了自己的剑。

"我想我们需要谈谈。"总统首先说道。

"我记得我们已经谈过了。"威尔考克斯的回答直率、冷淡，连她自己都不禁怀疑她是不是故意为之，好给对方一个下马威，动摇她的信念，或者，她如此不近人情会不会只是本性使然。也许这只是威士忌在作怪，可是不可能啊，她还没喝完呢，酒杯里明明还剩下一半。

爱德华兹总统假装没听见，"离他们的最后时限已经剩下不到八个小时了，我想知道你打算怎么办。"

"我的打算，"她回答说，"是确保我们的女王陛下和我们的国家安全无恙。这也是我们所有人的打算。"

一阵长长的停顿。随后，总统缓缓说道："请你理解，我们只想帮忙。"

对方伸出了橄榄枝，特里西娅·威尔考克斯不失时机地抓住了它，但却又顺手将其折为两段，"在我早年的政治生涯中，我记得另一位美国总统也说过差不多同样的话。那时候，是关于越南。"

"不要跟我叫板，特里西娅。"

"那就请您识趣一点，总统女士。"

这是针尖对麦芒的两个人，谁都不愿让步。能够爬到这么高的位置，她们靠的并不是看别人的脸色行事。

爱德华兹叹了口气，"我看只能二选一了。不如我们都往前看，比如说一两个月后，我们将在白宫会面，美国将为阁下举行最隆重的欢迎仪式。全世界都将看到你我二人肩并肩地站在一起，就像在这场危机中一样。你觉得这怎么样？"

"我对这种刺刀尖上的邀请向来有种莫名其妙的恐惧。"

"我没有别的意思，只不过向您伸出友谊之手。"

"可您的友谊之手为什么掐在我的脖子上呢？"

"天啊，特里西娅，你这冲天的敌意到底是从哪儿来的？根据共同防御条约和许多相关的国际法原则，美国是有权利这么做的。"

"请问具体都有哪些条？"威尔考克斯的声音充满了怀疑。

"我会让国务院列出来发给你的。"

"这就是你的第二个选项？让你们美国接管？"

"我想全世界都会理解我们为什么会如此热心地帮助你们的。听着，我并不想明说出来，可是就算我不说别人也会说，所以我还是直截了当地告诉你吧……这场危机关系到你和其他许多人的前途。现在的你肯定面临着巨大的压力，以你的资历代行首相职权，其实有点赶鸭子上架，而遗憾的是，你自己的本职工作出现了重大纰漏，更何况你还曾间接帮助过恐怖组织的首领。这些事如果被媒体捅出去，效果一定是爆炸性的。"

"总统女士，您威胁人的能耐真是炉火纯青。"英国女人一边说一边向前倾了倾身体，现在她离威士忌更近了些。

"我没有威胁，我只是指出可能的结果。到时候，列队欢迎、军乐队全都没了，人们甚至会朝你扔垃圾，你的事业将毁于一旦。相信我，这绝对不是我想看到的。我很欣赏你坚持原则不屈不挠的做法，换个角度想，如果我们对彼此的了解更深一些，也许我们会成为朋友。"该死的，她又一次伸出了橄榄枝，尽管她明知道对方会拿它当柴烧，可于她而言会有什么损失呢？"但是请你记住，如果你害我的儿子丢了性命，很抱歉，我会让你身败名裂，这辈子都别想翻身。希望你已经听明白我的意思了。"

"再明白不过了。但是我想你可能忽视了一些东西。"

"那我倒愿闻其详。"

"第一种情况，我们实施突袭，成功解救了人质。我自然成了人人称颂的英雄。到那个时候，我会稀罕到你们白宫去吗？"

"如果你们失败了呢？"

"啊，这就是第二种情况了，我大可以把这盆脏水泼到你的头上。"

"我？"爱德华兹总统似乎吃了一惊。

"对，你把三角洲部队派过来扰乱我们的行动，这是你们美国人搞霸权主义的又一个例子。我想媒体一定会刨根问底，你的干预究竟是出于什么动机？你将个人情感凌驾于国家利益之上是否合适？别忘了，冲动是魔鬼，而你是总统。"

"天啊，真没看出来，你这个人可真阴险。"

"形势所迫而已。"特里西娅反驳道，她发现自己一直紧张地敲着桌子，手不知不觉间已经滑到了酒杯旁边。

"你难道还不明白？我才不在乎自己，我只在乎我的儿子。"

"这就是你的弱点，也是约翰·伊顿的弱点。一个是父亲，一个是母亲，你们的判断已经完全被内疚心理所左右。"

"内疚？真是活见鬼！"

"如果那两个孩子都死了，不要怪我，该内疚一辈子的人是你们。"此时，她端起酒杯一饮而尽。

电话另一端传来一声急促的喘息，也许是一声含混不清的痛苦的呻吟，"我真为你感到难过，特里西娅，作为一个女人，你似乎连什么是爱、什么是内疚都分不清楚，你的人生该有多悲哀啊！"

"你少用这种高人一等的态度对我指手画脚！"她一口顶了回去，但又立刻后悔了。对方的话戳到了她的痛处，她第一次感到了慌乱，两人都知道，她的神经受到了触动。

"我没有指手画脚的意思，我向你道歉。人生中有些事情是我们根本无法控制的。"

特里西娅绝望地咬着拇指，以阻挡那突如其来的痛苦的急流。难道这该死的女人知道了？是不是有人告诉了她？关于她的前几任丈夫，她的一次次等待、检查、治疗，无非是要满足一个女人做妈妈的强烈渴望，但她只能默默承受令人心碎的结果。每一次当医生和生着苦瓜脸的技术员把仪器伸入她的身体，一次比一次更加迫切，他们仿佛在无情地剥削着特里西娅可怜的灵魂。所有的努力都付诸流水，她的内心已经枯萎凋零，最终的结果证明她根本无法生育。如今，荷尔蒙的每一次释放都像是一次无情的嘲笑，她怀疑电话另一头的那个女人也在嘲笑她。

"我最后还想问一件事，内政大臣阁下，可以吗？你们已经计划发动突袭了吗？什么时间？我想在所有人当中，我也有权知道。"

"还没有决定，甚至都不一定有这个必要。"

"没有必要？为什么？"

"我们手里多了一张俄罗斯牌。"

"俄罗斯牌？我不明白。求求你，特里西娅，救救我的孩子。"

她的孩子？她的孩子？特里西娅的生活中总是充斥着别人家的

222

哭哭啼啼的孩子，她对他们微笑，假装为他们感到高兴，可是突然间，她再也无法忍受下去。没有任何征兆，她径自挂断了电话。房间里霎时安静下来，她伸手去拿杯子，想从威士忌中寻求安慰，可是发现杯子已经空空如也，这多像她的人生啊。她只好默默地坐在那里，用泪水重新填满空虚的心灵。

凌晨4:47

"又不是只有我一个人写书，"王子悻悻地抱怨说，"她也写了。每个人都在写书，我为什么不能写？我为什么不该写？我为什么永远都要当受气包？这个卑鄙的世界里似乎到处都是作家，他们好像比我更了解我一样。"

"可你是王位继承人啊。写书对你的将来不利，"他的母亲回答说，"我小时候有一个女家庭教师，她叫克罗菲，你应该听我说起过她。那是一个美丽又慈祥的女人，她和我们在一起十六年，把我塑造成了一个连我自己都不敢想象的样子。可是后来她没有管住自己，写了一本书，说了很多关于我们的事，所以从那以后我们再也没有见过面。"

"但我必须说出来，"他执拗地说，"否则我会觉得无比失落。"

"查尔斯，你总是喜欢盯着事物不好的一面。"

"那您呢？"

"就我个人来说，我会努力寻找最好的一面。我必须这么做，要不然谁能受得了像伊顿先生这样讨厌的人啊？"

"那戴安娜呢？您比我更容不下她。"

"说得没错。你还记不记得那次国会开幕大典上她故意出风头，炫耀她的新发型？记得当时我很严厉地说了她几句，不过是在私下里。永远要在私下里，查尔斯，懂吗？还有，我早就知道她不是个省油的灯。"

"可您没告诉我。"

"哦，我想我告诉过你，只是你没有听进去罢了。"

"我只能和她结婚。除此之外我还有什么选择？懂事的姑娘们全都拒绝了我。"他咬着嘴唇，"我觉得……我当时觉得……"他纠正着自己的措辞，好像故意要让母亲知道他要说的已经是过去的事了，"……您不支持我。"

"无论什么时候你需要我，我都在那里等着啊。我没有干涉你们，这是事实，因为我知道那有多难。当年我和你父亲的婚事可以说历尽波折，但我们最终都克服了。不过，扰乱你婚姻的人已经够多了，不，我说的不是卡米拉，而是你的朋友们，全世界的媒体，甚至还有政府。但我是站在你这边的，以后也是。"

"我当时没看出来。诗人拉金①是怎么说的？他们把你搞得一团糟，你的父亲和母亲。"

"我记得他用的字眼更加粗俗。"

"还有你的老婆们。"

"还有孩子。"

"我的孩子们可不是这一类。"

"他们不是，谢天谢地。"

"他们搞坏了你，你的父亲和母亲……"查尔斯轻声念着拉金的诗句，悲伤地摇着头。

女王破天荒头一次没有训诫他，同时也是头一次面对着他说："没错，查尔斯，你身上有很多你外公的影子。我爱他也正是因为此。"

---

①指英国诗人菲利普·拉金（1922－1985），著有诗集《北方船》《少受欺骗者》《降灵节婚礼》和《高窗》等，被公认为是继艾略特之后20世纪最有影响力的英国诗人。

"还有您的伯伯大卫①？"

"他？不，他也是个多情种子，在某些方面像你一样。但你们两个不同的地方在于，他只在乎他自己，还有那个可恶的辛普森夫人，对其他的事全都漠不关心。你一直都是一个充满热情的人，虽然有时候你的热情用错了地方，但我一直这样想，做热情的奴隶，总好过做放纵的奴隶。"

"我权当这是一种赞美。"

"那也正是我的意思。你向往的是一个理想的世界，查尔斯，可惜，我却要面对真实的残酷世界。"

"但是今天，我们似乎都不得不面对同一个真实的、残酷的世界了。"

凌晨 5:13

众人仍在内阁情况通报室（COBRA）里等待着特里西娅。她重新涂了点口红，看起来精神了些，但妆容下面仍是一张苍白的脸，双眼布满血丝，眼角有些红肿。她轻轻擦拭着微微有些潮湿的鼻尖，就座时趔趄了一下。疲惫折磨着每一个人，这是黎明前最黑暗的时刻，也是最危险的时刻。此时，万物失去了色彩，人的视线变得模糊，判断力也降到了最低点。这样的时刻通常属于那些最需要证明自己，最渴望挽回内心失败感的人。也许这就是为什么那么多的政客都是夜猫子的原因。而在他们当中，特里西娅·威尔考克斯无疑是一只猛虎。

"先生们，看来我们要玩一个俄罗斯轮盘②的游戏了，"她说道，"我们利用最新发现的和俄罗斯有关的线索彻底迷惑他们。"

---

①爱德华八世，即温莎公爵。

②俄罗斯轮盘是一种自杀式玩命游戏。参与者在左轮手枪的弹巢放入一颗或多颗子弹，之后将子弹盘旋转，然后关上。参与者轮流把手枪对着自己的头，扣下扳机，直至有人中枪或不敢扣下扳机为止。

225

如果这一招不见效，她可以把责任推到美国人头上，或者指责英国军方的无能。不管结果怎么样，特里西娅·威尔考克斯都将是安全的。然而，人们已经没了之前发现俄罗斯这条线索时那种欢欣鼓舞的热情，她的话没有得到任何回应，会议室里一片寂静，偶尔能听到某些人在笔记本上涂鸦时发出的令人心烦意乱的声音。

"他们就是一群海盗。"她继续说道，试图给大家鼓鼓劲儿，"这一次无非是故伎重演。这一点他们丝毫没有改变，还像以前一样，挂着别国的国旗扰乱我们的视线，跑到我们的港口发动突然袭击。"在人们最困倦的时刻，如此简单的类比也会让人心烦意乱，"是时候教训一下这群狗娘养的了！"

她像个男人一样热血沸腾，甚至慷慨激昂得过了头，虽然别人不知道她还有点微醉，但酒精催生出来的一腔豪气在偌大的会议室里却显得有些曲高和寡；就连哈里也无动于衷，他感觉自己的肩膀仿佛被什么野兽的爪子牢牢地抓住了，使得他的整个身体麻木不堪，难以控制。疲惫，以不同的方式，攫住了他们所有人。

"先生们，我们接下来就这么干。"她想紧紧抓住这个时刻，"我们要利用俄罗斯这条线索来对付恐怖分子，试着摧毁他们的信心，让他们明白他们的计划已经破产。同时，"她转向黑斯蒂，"我们要做好突袭的准备，待时机成熟就动手。"

众人纷纷内疚地望向屏幕，望着那两个可怜的年轻人质。

"至于美国人嘛，"她又补充说，并故意带着一种犹疑不定的语气，"解除他们的武装。"

这时终于有人开口了。说话者是国防参谋长，武装部队的总指挥，"内政大臣阁下，我觉得没有这个必要吧。目前的形势尚处在控制之中……"

"他们回国了吗？"

"还没有。"

"那就必须解除他们的武装。"她不动声色地重复道,但话语中却透着不可违抗的力量。

"内政大臣阁下,还请您考虑一下这样做的影响。英美两国是世界上最强大的盟友,这两个国家之间出现武装冲突总归不是好事。如果这场阴谋的幕后主使果真是俄罗斯人,那岂不是正好遂了他们的心愿?"

但在与美国总统的博弈中,她认为此举将会为她赢得筹码,"等等,你好好想想如果我们不这么做会是什么样的影响。伊拉克战争中我们像条哈巴狗似的跟在华盛顿屁股后头,这已经够丢人的了。如果今天我们再次屈服,那我们大英国还有什么颜面在国际舞台上立足?凭什么英国事事都要唯美国马首是瞻?是时候结束这种状况了,就在今天!"她激动地用手指把桌子敲得梆梆响。

"这样做只会让亲者痛、仇者快。"参谋长恳求道。

"难道你愿意向美国人摇尾乞怜吗?"

"只要能保住西方联盟,我愿意做任何事,内政大臣阁下。这是我的职责所在。"

"不,将军,您的职责是效忠自己的女王和国家,而不是效忠美国。这既是您的职责,也是我们在座所有人的职责。让美国人见鬼去吧,他们管得太宽了,手伸得太长了,但这里的事轮不到他们操心!"她几乎喊了起来。但她倒希望自己喊出来了,或许在这样一个早上,那能让人们振奋起来,"他们来了多少人?四十个?五十个?难道这都能把您吓得发抖吗?该跟他们摊牌了,将军。拿下他们!"

"内政大臣阁下,我觉得这个命令有点不妥。"

"难道我们就不能继续拖延下去吗?"另一个声音说道,"到目前为止这个方法挺管用的啊。"

"你们还算是纳尔逊①的后代吗？"会议室里充满了这个女人鄙夷的声音，"你们还是威灵顿②和丘吉尔的接班人吗？区区几个美国兵，用弹弓就能把他们都收拾了。"

"我根本就不想收拾他们，"参谋长固执地回答，"他们是我们的盟友。"

"那他们跑到我们的国家干什么？"

"据我了解，美国人是来帮助咱们的，他们要和我们一起对抗恐怖主义。"

"如果美国人没有出钱帮助爱尔兰共和军造炸弹到伦敦来搞袭击，说不定我还愿意相信这样的话。他们想要控制一切，这是美国人的臭毛病，到哪里都想当老大。可惜在这里不行，先生们，除非我不在这个位子。"

她的意思再明显不过，首相不在的时候，她就是这里的一把手，桌旁的个别人在座位里不舒服地扭动着身子。一阵刻意发出的咳嗽声打破了会议室里的紧张气氛，那是检察总长办公室里的一名工作人员，他面目和善、头发稀疏，正紧张地用手摸着他那几根毫无个性的小胡子，"您说到点子上了，内政大臣阁下，目前的权力线的确有点混乱。您瞧我们这一堆人，没有首相，没有内阁，却在商量着如何攻打皇宫。为什么呢？严格按照法律而言，如果没有君主的批准，我们这样做就是违法的。但是，她现在无法批准这件事，对吧？"

"如果我们成功解救了女王陛下，您觉得她会批准吗？"

"呃，不会……"

"如果我们失败了……"她故意停顿了一下，好让大家领会她所暗示的意思，"那么，也就不存在这个问题了。"

---

①纳尔逊，英国18世纪末及19世纪初的著名海军将领及军事家，前文有过注释。
②威灵顿元帅是英国著名军事家和政治家，曾在滑铁卢打败了拿破仑。

"但是……"

"但是什么？作为目前职务最高的大臣，难道我没有权力发布命令吗？"

"不，您有这个权力。"

"那你还有什么不明白的呢？"

这位工作人员败下阵来。他不是那种争强好胜之人，所以还是老老实实地保持沉默好了，会议室里的许多人似乎都抱着同样的想法。

她环顾了一下桌子周围，打算乘胜追击，"请放心，我绝对希望以适当的方式处理眼下的情况，所以……现在还有没有人质疑我在本国政府的最高权威？"

没有人吭声。

"有没有人质疑政府对军队的指挥权？"

她的视线从一个人身上移到另一个人身上，但没有人敢站出来接受她的挑战，甚至没有人敢与她充满威吓的目光对视一眼，直到她的视线落在了哈里身上。

"不管怎样，"他开口说道，语气听起来甚至有些随便，"我对您的权力没有任何疑问，只是您的判断让我不太放心。关于这条俄罗斯线索，我越想越觉得不对劲，它看起来很像一颗烟幕弹。没错，的确有人趁这次危机发了一笔横财，但我们真的能相信金钱就是他们的动机吗？这明显是在转移我们的注意力，或者说，这只是一个障眼法。"

"哦，哈里，亲爱的哈里，"她皮笑肉不笑地打断了他，"我非常感谢你在发现俄罗斯这条线索中所付出的努力。但是你瞧，你在这里并没有任何官方的身份，既然我们已经谢过了你，我想你是不是也该离开了？"

会议室里响起一阵令人尴尬的挪椅子和清嗓子的声音，然而当大家抬起头时，却发现站起来的人并非哈里，而是国防参谋长。他低垂着头，下巴几乎触到了胸口，满脸悲伤而非屈服的表情。他迎着内政大臣的目光抬起头，以非常严谨的措辞说道：

"内政大臣阁下，我认为您打算利用武力对待美国人的决定是错误的。如果换作是我，我绝不会发出这样的命令。但正如您所说的，我是一个军人，不是政客，我相信正常秩序的影响力。可惜我发现自己正处在一个进退两难的位置，我无法反对您的权威，但也不能认同您的判断。"

"那也许我们应该找个人代替你的工作。"

"内政大臣阁下，我的祖父曾经为国捐躯，我的曾祖父曾经为这个国家失掉了双腿。现在您却拿一个小小的官职来威胁我？"他的蔑视如同一记响亮的耳光打在她的脸上，她的双颊红了起来，"我从来不把官职看在眼里，我看到许多人为了谋得一官半职，却罔顾了原则和友情，为此我特别感激命运让我成了一名军人，我的职责是为别人服务，而不是自己。"所谓权威，并不是单纯靠法律赋予的，它还需要普遍的尊敬。显然，特里西娅的权威在参谋长的一席话面前是不堪一击的。"有那么多勇敢的小伙子，"他继续说道，"早上还和我一起吃早餐，晚上却被装在裹尸袋里运回来。这样的事情我经历得太多了，所以，用不着您来给我上课。我比您更理解暴力的意义，不管是恐怖分子还是人质，也许他们今天早上还活着，可是到了晚上就死掉了，他们将再也见不到他们的家人，再也没机会拥抱他们的爱人。可我们必须接受这样的结果，因为这场冲突是别人强加在我们头上的。但是，如果您命令我使用武力对付美国人，那就是您的选择了，恕我不能支持。如果不是因为职责所在，我大可以拍屁股走人，这件事儿您爱找谁干就找谁干。但现在很多事悬而未决，此时撒手不管未免太不负责任。因此，我会竭尽全力执行您的命令，事后您尽管撤我的职，当然，前提是您能保住自己的职位。这都是后话了，但现在我想说的是，我实在看不惯您像个恶霸一样在这里对其他人威逼利诱，所以，请原谅我先告辞了……"他说着把椅子往身后推了推。

她能感觉到会议室中气氛的变化，反抗的情绪在悄悄蔓延。有些人准备跟随将军离去，甚至包括检察总长办公室里的那名工作人员。她试图以男人的手段驾驭他们，但却失败了。现在该继续向前了。她收拢起面前的文件，说道："谢谢各位，先生们，我们都知道自己该干什么，我建议大家抓紧时间。"实际上，众人已经迫不及待地要躲开她了。

哈里从她身旁走过时，她抬头看着他。她皱起的眉头传达出的不是愤怒，而更像是好奇，"哈里，你为什么老是跟我过不去？"

他盯着她，没说一句话，但他看到了她红肿充血的眼睛，也闻到了淡淡的威士忌的气味。

她不解地摇着脑袋，"你知道吗？我曾经以为我们两个会成为一对儿非常好的搭档，我是内政大臣，你给我当副手，我以为咱们会前途无量的。"可是慢慢地，渴望的痕迹褪得无影无踪，她的眉头皱得更紧了，"该死的，你总是那么傲慢自负、我行我素。所以你才成不了大事，哈里，你知道为什么吗？因为你不懂得尊重别人，而且从来都那么粗鲁。"

哈里弯腰凑近她的耳朵，悄悄说道："但愿不是无意的①。"随后，他跟着其他人走出了门。

---

①哈里套用了王尔德的说法，有教养的人即使在无意中也不会表现出粗鲁，而有意的粗鲁则必定是有原因的。

第九章

凌晨5:43

　　她蹑手蹑脚地从床上爬下来，尽量不发出声响，但床上的人还是被惊动了。他翻了个身，伸出胳膊去搂她，结果扑了个空，于是睁开了眼睛。

　　"我得走了。"她轻轻地说。

　　"什……么？"他声音嘶哑地问道。

　　"我得走了。"她重复了一遍，语气更加坚决。

　　"为什么？着什么急呢？"

　　"今天还有很多事呢。"她边说边穿上衣服，遮住了那给他带来无尽欢愉的肉体，他感觉自己受到了欺骗。

　　"我们还能见面吗？"

　　"你还想见吗？"

　　"你在开玩笑吧？"他在被子下面伸了伸腿。他的腰部酸软无力，恐怕需要几天才能恢复。可是当然，他还想见她。

　　"那……也许吧。"她说。

"把你的电话号码给我吧。"

"不行。如果需要，我会给你打电话。"

"欲擒故纵是吧？"

"不，我毕竟是结了婚的人。"

他在床头的便笺簿上胡乱写下了自己的号码，"给你，如果用得上的话。你平时也这么早起床吗？"

"不，今天特殊。"她已经开始梳头了。

"下一次我希望能请你吃早餐。"

"哇，你也吃早餐？"

"嘿，不好意思啊，可是我好像还不知道你叫什么名字呢。"

"那是因为我没有告诉你。"她盯着横躺在床上的他，"我叫梅勒妮。"

说完她就转身离开了。

凌晨 5:52

内森·托波尔斯基扫了一眼年轻的英国上尉，"和你聊天很愉快，上尉。不过我接到了新的指令，我们得继续前进了。"

"看起来好像雪茄也抽完了，真是遗憾。"梅里克·布莱斯怀特上尉意犹未尽地吐出最后一个烟圈。

"谁说不是呢。"

"那我们接下来要怎么办呢，上校？"

"我估计应该是这样的——我们执意前进，你们执意阻拦，然后——"他挥了挥手里的烟屁股，"于是便打起来了。"

"我看不会，我有个更简单的主意。"

布莱斯怀特上尉突然立正，美国上校狐疑地向他周围望了望，发现一大群英军士兵端着枪从阴影里钻了出来，枪口纷纷对准了他的手下。他恼火地扔掉手里的烟屁股，看着它在地上滚了几下，火

233

头慢慢暗下去，直到熄灭。他很清楚，任务泡汤了。这下他算是栽了，这次行动的失败恐怕比伊朗沙漠中的那次惨败更加丢人现眼。

"怎么，你们打算把我们消灭在这里？"他懒洋洋地问。

"当然不会，上校。"

"那你们为什么拿枪对着我们？"

英国上尉缓缓摇了摇头，看上去甚至有些哀伤，"我能想象您现在的感受，上校。您就当这是我邀请您和您的弟兄们去吃早餐吧。目的地离这儿不远，威灵顿兵营，就在皇宫另一边，不出五分钟我们就能赶到。"

"拿枪口送我们去吃早饭？"

"这里毕竟不是美国，上校，我不想您和您的弟兄们迷了路。"

凌晨6:00

天还没有亮，但那些有幸睡上一觉的人们此时却一个个睁开了惺忪睡眼，他们要面对的将是更加残酷混乱的一天。各路媒体如同打了鸡血，疯狂地到处寻找着新的话题，任何一个曾经参加过国会开幕大典的人都成了他们争相采访的目标。威廉-亨利和马格纳斯的背景被揭了个底朝天，他们的朋友，他们的感情生活，甚至他们的星座都成了拿来大肆报道的素材。《英伦早晨》[①]节目的一个主持人穿了一件色彩艳丽的衬衣去上班，结果被要求换一件更为端庄严肃的。她选了一件黑色的，却再度被指不合时宜。

混乱不断蔓延。交通运输系统陷入停滞，希思罗和其他机场加强了安保，烦琐的检查程序致使航班大批推迟，加上伦敦市中心已经被划为禁飞区，各个机场的时刻表都乱成了一锅粥。由于威斯敏斯特宫和圣詹姆斯公园的车站全部关闭，部分线路暂停运营，市

---

①原文为"BBC Breakfast"，英国广播公司的一个新闻节目。

中心的许多道路也被封锁，伦敦地铁系统几近瘫痪。传言说伦敦市中心马上就会出现物资紧缺，恐慌的市民们随即爆发了抢购风，超市里的货架很快被清空，许多自动提款机也被掏空。以前出现类似的情形时，英国人往往会拿出第二次世界大战期间应对"伦敦大轰炸"的精神，勇敢地面对逆境，轻而易举地化解危机。但是今天，似乎已经很难找到这种精神的影子，也许曾经大无畏的英国人已经不复存在了。

伦敦证券交易所的主席彻夜未眠，他眼睁睁地看着混乱的势头向海外市场蔓延，所有和英国有关的股票都像古老瘟疫的受害者一样轰然倒下，心急如焚。股民们神经质到了极点，美国佛罗里达州有家专门为老年人生产楼梯升降机的公司，只因企业的名字中包含"君主"二字，就跟着遭了殃。而这种情况还将继续严重下去。自从上次艾德礼首相使英镑一次性贬值百分之四十引起混乱之后，伦敦证交所已经有六十多年没有关闭过了。"9·11"事件时没有关闭，伦敦"七七恐怖袭击"时没有关闭，其他任何突发事件时也没有关闭；爆炸、枪击和任何暴行都没能把它击垮。然而今时不同往日，游戏规则已经改变。在董事会上，主席征询同僚们的看法，虽然每个人都不甘心，但最终却达成了一致的意见。昨天提前关闭的证交所，今天将不会恢复正常交易。显然，俄罗斯金属行业并不是唯一的受损方。

英格兰银行已经放出消息，为了捍卫英镑，从十点开始，他们将把隔夜贷款利率调高一倍；如果有必要，将再度调高。英国各地贷款买房的私房房主们顿时哀鸣一片。

据估计，这天早上全英国有八成以上的成年人收看或收听了正在直播的节目，他们都想知道国会大厦里面发生的一切；而在其他许多国家，这个比例并不会比英国低多少，尤其美国。各家各户的客厅，办公场所，收音机、手机、网络播客，街道，酒吧、俱乐部，所有的屏幕前都聚满了观众，他们注视着，等待着。整个英国处于停顿状态。

早上6:12

临近黎明，天空终于有了新的色彩，上议院内也在悄然发生着变化。令人惊讶的是，许多人质都或长或短地睡了一会儿，然而六点的钟声打破了黎明前的寂静，空气震动着，人们睁开双眼，准备迎接他们人生中最艰难的一天。同样被钟声惊醒的还有马苏德，他刚刚睡了两个小时，而且睡得很熟，但他的手里始终抓着枪。他伸了个懒腰，在御座前走来走去，活动着发僵的四肢。坎特伯雷大主教目不转睛地盯着他，仿佛要窥透他的灵魂。但除了一片黑暗，他一无所获。经过一夜的煎熬，他也变得僵硬迟钝了。大主教跪在红色的地毯上，双手紧扣在脸前，开始默默地祷告。这样做之前他并没有征得恐怖分子的同意，因为他担心那会招致对方的愤怒，甚至会给他带来杀身之祸。他知道自己并不是一个视死如归的勇士，而且他一点都不想死，不想死在这里，不想死得如此卑贱。他一直希望自己能够安度晚年，去世之前躺在舒服的床上，身旁围绕着家人，背景中还能听到板球比赛的声音——英国大胜澳大利亚。对，他希望能活到那一天。但他终究会死去，虽然不能确定是何时何地，但如果今天就是他的死期，他希望离他的救世主近一些，不带一丝恐惧。所以他尽量放松自己，一边祈祷，一边等待。马苏德大步走来，犹豫了片刻，一脸疑惑。随后他又走开了，他并不是原教旨主义者，不管别人信仰什么他都可以接受。很快，其他一些人也跟着跪了下来，甚至包括大法官，他可是个出了名的无神论者。

女王没有跪下，她仍端坐在御座中，这个姿势她几乎保持了一整夜。但她此时低垂着头，也加入了祈祷的行列。祈祷结束后，她冲一个恐怖分子点点头，那人也冲她点了点头，她随即便起身如厕。当然，那个身穿炸弹衣，拿着枪的恐怖分子是要跟着的。阿奇·威克菲尔德也跪在地上，他注视着女王迈出的每一步，嘴巴不易察觉地一动一动，暗暗计算着步数。

"没想到你也是敬畏上帝的。"西莉亚·布莱辛小声对他说道。

"什么都要试一次，当然，除了你的党。"他咕哝着回答，"扶我一把，我的膝盖已经僵得动不了了。"

"就这身子骨你还想当罗宾汉？"

"你这梅德·玛丽安①也当得不怎么样。废话少说，快拉我起来好不好？"

她伸手拉住了他的手，使劲拽了一下，后者却纹丝不动。她又使出了更大的力气，终于，两人齐心协力，阿奇·威克菲尔德好不容易才坐回到了座位上。但他们仍然拉着手，谁都不愿意松开。

早上6:18

外界得以看到议事厅内的画面，全靠架在议事厅一头高处的那台摄像机。混乱发生时，摄像师见情势不妙，匆忙丢下设备便溜之大吉了，他从梯子上跳下时甚至还扭伤了脚踝。当然，他会适时向BBC申请休个长期病假的，不过在那之前，他会到别的频道做做嘉宾，挣点儿出场费。其他远程遥控的摄像机也在运转中，由身处黑杖侍卫花园里转播车中的丹尼尔控制，但他觉得没有必要切换画面的角度。这又不是足球比赛，况且，任何突然的改变都可能会引起恐怖分子的怀疑。丹尼尔已经累坏了，和许多人一样，他一整晚都坚守在岗位上，而且警方不让任何人靠近车子，更别提找人和他换班了。因此，画面始终保持着一个不变的角度，甚至给人一种静止的感觉。而且碰巧的是，这台摄像机所拍到的画面就像从高层的卧

---

①梅德·玛丽安是侠盗罗宾汉的情人。

237

室窗口眺望下面的大街，观众们虽然看不清街上的人，但却能知道议事厅内确确实实发生着什么。他们看得到女王，但是距离太远，无法分辨她脸上的表情。然而经过这痛苦又漫长的一夜后，只要能看到她还安然无恙地坐在御座上，也就足够了。

在人质们轮流上厕所的时候，直播画面终于出现了两次重大的变化。

第一次是由藏在狭小的电视塔里的一名SAS狙击手引起的，因为憋了一个晚上，他也是要方便的。通常情况下，狙击手每隔两个小时会轮一次岗，但他们不敢冒这个险，因为沿着梯子爬上爬下进出电视塔很容易被恐怖分子察觉。他们撞了一次运，但不可能次次都走运，所以他便一直潜伏在原地。他随身带了储水的容器和一些高能量的食物，多半是巧克力棒。此时，其中一个水瓶正充当着夜壶的作用。意外就是在他撒尿的时候发生的，虽然他小心翼翼，但由于空间局促，又长时间紧张地趴着不动，他突然肌肉抽筋失去了平衡，结果身体一下子撞在了直播用的摄像机上，镜头抖动起来，那一刻全世界都看到了画面的晃动，这等于是在大方地告诉恐怖分子，摄像机旁的电视塔内有人潜入。灾难很可能就在这一刻降临，但无比幸运的是——或者说这简直就是一个奇迹——议事厅内居然没有一个人留意大屏幕，这起意外就这么神不知鬼不觉地蒙混了过去。也许恐怖分子们也在专注地聆听大主教的祷告吧。

第二次变化发生在人质当中。当威廉－亨利和马格纳斯上完厕所回来时，一名恐怖分子拦住了他们，并强迫他们坐到远离其他人质的长凳上，那是等死的位置。看来，祈祷的时间要结束了。

也许有些人一觉睡醒之后会希望世界是另一个样子。昨天的一切只是这个星球悲惨历史中的一页，已经翻过去了，或者那只是一场噩梦，注定会随着新一天的清新晨风烟消云散。然而，噩梦仍在继续。恐怖分子在宣示他们的意图，杀戮远未停止。

早上6:23

　　哈里不想再回去。当然，他别无选择，只是他有一种强烈的预感，仿佛已经知道了自己将会看到的景象。这并不是所谓的人质对劫持者产生身份认同的斯德哥尔摩综合征。那种情况需要时间，在这里并不适用。马格纳斯和威廉－亨利被与其他人质分开，这一举动改变了议事厅中的气氛，他们两个就像从笼子里抓出来放在案板旁等待宰杀的鸡。哈里推着购物车走进议事厅，可是谁也没有胃口吃喝，他们只是惶恐地坐着。男人们脸颊上冒出了青黑的胡楂，女人们头发蓬乱，脸色苍白，精神萎靡，他们不时偷偷地向那两个孩子瞥去一眼。在每一个角落，在每一张长凳上，所有的表情都在诉说着相同的故事——恐惧吞噬了他们的希望，除了混乱中扬起的尘土，什么都没有留下。哈里见过这样的面孔，在世界各地的战争地带，比如陷入塞尔维亚人手中的穆斯林教徒，或者被胡图族人包围的图西族人，[1] 在艾滋病肆虐的非洲村庄中年龄最大的幸存者——一个年仅十二岁的小女孩儿，还有伊拉克和阿富汗的碎石瓦砾、断壁残垣中的难民。前一天，许多人质看他的眼神中仍然充满了斗志和憧憬，但现在，他们空洞的眼神无比失落，他们一个个全都缩在自己的世界里，将哈里拒之门外。不过，仍有几个人给他留下了印象。那个疯子似的阿奇·威克菲尔德照例拍着自己的额头冲哈里瞪眼睛，好像在问他要逃出这里的钥匙。另外一张长凳上的大主教却格外镇静，仿佛他已经战胜了内心的恐惧，并找到了克制它的方法。坐在大主教身后的是日本大使，也就是一愣神儿的工夫，哈里以为他在冲自己神秘地眨眼睛，可是很快他就发现，那只是一个神经质的抽搐。大使面露尴尬之色，把头扭到了一边。

　　哈里第一眼望向御座时，并未看懂女王的表情。不管作为军人

---

[1] 前一个例子指波黑战争，后一个例子指卢旺达大屠杀。

239

还是政客，他都多次见过女王。有时候，她面色严峻地注视着游行队伍；有时候，她忧伤而肃穆地望着纪念碑；还有几次，她一本正经地念着事先准备好的讲稿。她也会偶尔流露出一个女人的天性，比如在生日之际从一个孩子手中接过一捧鲜花，或者在母亲的葬礼上目视着徐徐经过的灵柩。在阿斯科特的皇家围场，他曾见过她开怀大笑；当她的马儿回栏时，她更像个小姑娘一样跳起了轻快的吉格舞。哈里一直以为自己已经读懂了那张皇族面具后的真实人生，但是今天看着她，他仿佛看着一个陌生人。她看起来是那么遥远，好像在凝视着天边的某颗星星；她嘴角下垂，哈里怀疑她的表情中不小心流露出了恐惧的神色。他观察了几秒钟才意识到，她正看着那两个被孤立出去的孩子。同样作为母亲，此刻的她已无法掩饰自己的情绪。她的恐惧是出于对两个孩子性命的担忧。

女王察觉到了哈里的目光，她知道哈里读懂了她的眼神，所以允许他看到自己真情流露。但是她只给了他一次心跳的时间，随后，便立刻扭头望向别处，重新躲到了面具之后。

在所有人质中，约翰·伊顿的样子最为可怜。自从恐怖分子将儿子与他分开，他看上去一下子萎缩了许多，就像一棵大树被掏空了躯干。他的背佝偻着，双手紧紧抓着膝盖，低垂着头，平日里收拾得一丝不乱的头发如今了无生气地耷拉在他的脸上，使他看起来既邋遢，又衰老。他的身体呆板地前后晃动，仿佛要把郁积在体内的恐惧全部逼出去。

每个人都在忍受着痛苦。他们多半已经六十岁以上，有些更老，个别人甚至比女王的年纪还要大。有些人身体虚弱，长期患有慢性疾病，比如心脏病、帕金森综合征、多发性硬化症，或其他需要每天服药的疾病。在小推车里，除了食物和水，哈里还带了许多药品，那是牵挂着他们的家人和医生准备的。不知怎么的，哈里感觉这么做有点多此一举，药品能挽救他们的生命，可在这样的处境

240

活着又有什么意义？不过他答应了别人，一定会把药品亲自送到人质手中。这样做还能试探一下恐怖分子的情绪状态，并推断他们会做出什么反应。他推着车子向一名恐怖分子走去，此人正是之前拿枪指着他后脑勺的那个人。

"我带了这些东西。"哈里拿出一个包说。

"里面装的什么？"

"药品，他们中有些是病人。"

"这个时候还吃什么药？"

"吃了药就能保住命。"

"保住命又怎样？"

哈里还没有来得及回答，对方就举起枪托朝他的手背上狠狠砸去。一阵钻心的疼痛瞬间袭来，他能感觉到骨头的断裂。药品掉下推车，撒了一地。

"我非宰了你这个浑蛋不可！"哈里在心里发誓，他双眼放射出仇恨的光芒，只是恐怖分子未等他定住神，便再次举起枪托砸在了他的脸上。哈里一个趔趄倒在地上，脸颊上顿时出现一个明显的伤口，嘴里也淌出了血。这群浑蛋已经有些按捺不住了。

他抬起头，注视着黑洞洞的枪口，在哈里眼中，那仿佛是通往来世的一道门。随后枪口晃了晃，意思是他可以出去了，包扎一下伤口，再多活一会儿。但哈里知道，他还会回来的。

早上6:34

哈里挨打之后带着满脸鲜血退出议事厅的样子深深印在了每一个人质的脑海中，他们的心仿佛被重重地刺了一下，顿时滑向了更加黑暗的深渊。王子似乎也受到了这股情绪的感染，他眉头紧皱，目光呆滞，不安地扭动着手指上的纹章戒指。最了解他的人都知道，这是他情感爆发的前兆。终于，他扭头对母亲说："我不能再这样下去了。"

"不能哪样下去了？"

"像个废物一样坐在这里。"

女王叹了口气，"恐怕现在我们都成了废物，可这并不会成为别人指责你的理由。"

"我记得以前可不是这样。"

"不要老翻旧账，查尔斯！今天不是时候。"

他沉默了，摆弄着戒指上的三花顶饰。他感觉自己一无是处，不只今天，他一辈子大部分的时间都浑浑噩噩、无所事事，没有明确的目标，"母亲，我希望您听了我的话不要难过。但我真的很妒忌您，和您拥有的一切。"

"我拥有什么了，查尔斯？"

"全体国民的爱，还有尊敬。"他语带伤感地说，"六十年来，您一直都是他们衷心爱戴的君主……"

"记忆欺骗了你，事实根本不是那样。当然，的确有些美好的时光，但多灾之年也时有出现啊。"

"不，母亲，那些从来都不是您的错。人们一直都很崇拜您，当我们其他人令您失望的时候，这种崇拜也许会有所减弱，但他们依然敬佩您。您已经做了近六十年的女王，您拥有任何人都无法企及的成就感，而我……我可能连六十分钟都没有。"

"王储的角色就像一尊让人不安的圣杯，查尔斯。我也不愿看到这样……"她顿了顿，尝试着理解他的困惑，"我们没有犯错的机会，这是强加在我们身上的责任，不管我们是否胜任，或者有什么样的个人兴趣。所有王储唯一的共同之处就是，无论什么事，我们都必须带着皇室尊严去做。"

"像只羔羊一样等着被人宰杀可谈不上什么尊严。"

"别这样，查尔斯，不会到那一步的。"

"但对我而言已经到了，我每次翻看报纸都会有这种感觉！我的整个人生都被暴露在公众的视野之内。天啊，就连基督也只被钉在十字架上一次啊。"

"查尔斯！"她不悦地责怪他，但他并没有停下来的意思，而是在自己的座位中不安地扭来扭去。

"我哪怕是隔着篱笆望一眼，也会被人指责说管得太宽。"

"你不该理会那些闲言碎语。"

"可我不能不理。那些人只想拿我博眼球，好多卖几份报纸，所以他们搜集关于我的一切花边新闻，贪婪得就像伸向女服务员的咸猪手，他们是群王八蛋。"他说得慢条斯理，充满了鄙夷和不屑，每一个字都仿佛并非出自这一刻的愤怒，而是来自积淀了一生的痛苦。

"他们的确有点无法无天了。"她承认道。

"我多希望咱们也能无法无天啊，哪怕仅此一次。"

"我们应该通过一项法律，今年圣诞节，在桑德灵厄姆庄园。你觉得怎么样？"她语调轻快，试着尽量迎合儿子的幽默。

"就叫'皇室惩罚法案'。"

"我们可以轮流规定里面的条款。"

"您能让我起头吗？"

"不，我想这个荣誉应该留给你的父亲。"

"这个我无力反驳。"

"我相信这不算苛刻。"

他惨淡地笑了笑，这一刻，仿佛笼罩在他头顶的愁云终于被吹散了，可是没过多久，他又开始烦躁地摆弄起他的纹章戒指了。随后，他忽然一本正经地说道："下辈子，我想做个简单的人。不做王子，只做个普通人，也许，做一个猎场看守人。"

"你相信来世对不对？"

"对。"

"你知道……"

"我知道，母亲。我还是英国国教的继承人，不该相信这种神秘主义的东西。"

"别对外人说起就行。"

"我不会的。您知道吗，这并不容易，它就像是在我的灵魂和宪法之间走钢丝，但就算是王子也能偶尔追随自己的灵魂啊，毕竟人总要忠于自己才对。"

"还要忠于自己的职责。"女王又回到了她最喜欢的主题上。

"唉，是啊，Ich Dien①."他叹了口气，"但如果职责并非建立在自己灵魂的基础上，这职责还有什么意义呢？"

她正在思考这些形而上学的东西最终将把他们引向哪里，突然，儿子身子一僵，露出一脸痛苦的表情。

"查尔斯，你怎么了？"

"该死的后背，快把我疼死了。请您原谅，这么说并不好笑，但我不能再这么坐下去了。"

"恐怕我们别无选择。"

他闭上眼睛，仿佛陷入了沉思，实际上却在忍受着痛苦，过了一会儿他接着说道："不，母亲，我是说我不能再坐在这里眼睁睁地看着那两个孩子被他们杀害。我的灵魂，或者是职责，管他是什么呢，总之它让我不能就这么看着他们送命而无动于衷。"

"你究竟想说什么？"她不由警觉起来。

"他们让我想到了我们的孩子，他们的人生才刚刚开始，以后的路还长着呢，现在死了该多可惜啊。如果我能阻止，我是不会允许这样的事情发生的。"

---

①查尔斯王储徽章上的德语字样，意为"我将尽责"。

"可是……你怎么能阻止呢？"从他那忧伤和充满挑衅的眼神中，她仿佛明白了什么，"不，查尔斯，我不许你胡来。"

"不许？以女王的身份吗？"

"以你母亲的身份。"她恳求道。

"可是母亲，您是我的女王，我对您负有责任，我对那两个孩子也负有责任啊。"

"求你了，查尔斯！"母亲的眼中已经溢满泪水。

"别哭，母亲，"他温柔地说，"您是女王啊，记住，您不能让任何人看到您的软弱。"他调皮地揶揄了一句，而他的妈妈则努力克制着情绪。

"我是你的母亲，查尔斯，这一点比身为女王更加重要。"

他满含深情地笑了笑，"我终于找到能理解我的人了。"

"你不能这么做，查尔斯，我是你的母亲。"她再次说道。

"我是您最忠实和亲爱的儿子。"

他冷静了片刻，整理着自己的思绪，"真是讽刺，她总是说我永远做不了国王。"

"谁？"

但他闭口不言了。

他探过身，轻轻摸了摸母亲的手，随后，毅然站了起来。

早上6:38

恐怖分子早已给人质们立下了规矩，没有他们的允许，任何人不得擅自移动，因此当王子起身从御座上走下来时，立刻吸引了所有人的目光。他步履极为缓慢，仿佛两条腿沉重得不听使唤，让人觉得从御座到台阶底部这几步，他似乎要走上一辈子的时间。马苏德不动声色地等着他。

"你想干什么？"他最后问。

245

王子身穿气派的制服，虽然经历了一夜的煎熬，但他仍尽力站得笔直，以保持皇家的体面和尊严，他一边着衬衣的袖口，一边从容地说道："我想代替那两个孩子。"

"抱歉，我好像没听懂你的意思。"

王子用舌头轻轻舔了舔干燥的嘴唇，"如果你要杀人，就杀我好了，放过他们。我愿意代替他们的位置。"

马苏德好奇地打量着这位王储，"你想替他们受死？这可真是高尚的举动。"

"高尚？"王子抬起下巴，轻蔑地冷笑了一声，"不，我只是想做一个猎场看守人。"

"什么？"

"那无关紧要，我只希望你能讲点道理，让我代替他们。"

"这样做有什么道理？"

"道理？你问我道理？"王子的声音中突然充满了愤恨，脖子上的血管胀得鼓鼓的，几乎高出了衣领，"刚刚那个人只不过是想帮帮人质中的病人，你们却不由分说地揍了他一顿！请问你们那样做有什么道理可言？"

"穆赫塔尔的妈妈也病了，她当时发着高烧，没有药，空袭开始之后她连逃命的力气都没有。你们的飞机把她的小房子炸成了平地，穆赫塔尔找到她的尸体时连认都不敢认，甚至还需要村里人的帮忙才能确定那是她的妈妈。也许现在你该理解我们了吧？"

"我向他的母亲表示哀悼。但在这里的所有人中，那两个孩子是年纪最小的，也是最无辜的。我不管你们的信仰是什么，但以任何神灵的名义，你都没有理由处死他们。所以请你高抬贵手，饶恕他们。"

"然后杀了你？"

"你们需要一个牺牲品，我比他们更有分量。"

"威尔士先生，您不介意我这样称呼您吧？不管你们的士兵多么努力地教训我们，我的人民都永远没法养成向你们王室下跪的习惯。"

　　"名字而已，你爱怎么叫就怎么叫吧。"

　　"那好吧，威尔士先生，不，是尊敬的威尔士先生。"马苏德的声音中第一次没了嘲讽或愤怒，反倒透出些许钦佩和赞赏，"我拒绝您的要求。"

　　"为什么？你就没有一点慈悲吗？"

　　"慈悲？就是你们向我的人民展示的那种东西吗？您还是不明白对不对？我们从来不想和你们打仗，这场战争并不是我们挑起的。但是，你们把连年战争强加到我们头上，直到害得我们妻离子散，家破人亡。"虽然是义正词严的控诉，但他的语调却异常的克制，"现在您却来跟我说什么慈悲，恐怕太晚了吧？慈悲的品德已经过时了，现在我们更看重死亡，死亡的数量和它引起的混乱。我想这应该是许多年来你们在我们国家实施的策略，我们只是以其人之道还治其人之身罢了。"

　　"放过那些孩子，让我代替他们，求你了。"

　　"我们每个人都是父母的孩子，和所有的生物一样，你和我都有死的那一天。但是他们必须得先死。"

　　王子审视着眼前的这个人，想从他身上寻找哪怕一点点仁慈的迹象，可是他愈发觉得，看着这个人，就如同看着喜马拉雅山上一颗冰冷的石头，"你相信上帝吗？"

　　"当然，我们都是上帝的孩子。"

　　"那我想见见你们的上帝，看看我能不能理解他的慈悲。"

　　"您似乎很着急去见上帝，不过，恐怕您得多等一会儿。"

　　王子知道继续争执下去也无济于事，这场较量他已经输了。想到这里，他用了十几个小时才鼓起的勇气顿时像开了闸的洪水，一泻千里。他感觉到自己的双腿已经有些不稳，他告诉自己，那一定是背部的疼痛引起的。走回御座的时候，他的身体在微微发抖，但他暗自祈祷，希望没人注意到。

早上6:43

他们推迟了所谓的俄罗斯轮盘计划，因为他们认为最好等到所有的恐怖分子都醒过来之后再说，可是看到哈里在议事厅内挨打的画面，他们立刻改了主意，再犹豫下去已经没有意义。特里西娅稳坐在办公室里等待着最后决定的时刻，她忽然有种莫名其妙的无力感和不安全感。表现强硬本无可厚非，但她深知，一旦失败，他们受到的惩罚将是毁灭性的，不仅对她本人，还包括国会中众多的人质。她的命运和他们紧紧绑在了一起，可她的自信却因为难以形容的疲惫和她在COBRA所经历的一番唇枪舌剑而消磨殆尽。她已经把子弹推上了膛，不过令她放心的是，将会有别人替她开这一枪。

这个任务落到了伦敦大都会警察局人质与危机谈判小组的一名探长头上。他叫帕里，有着令人惊叹的光辉履历，但此次的状况也是他从来没有遇到过的——他的大部分工作都是劝解轻生者，可现在的问题是威胁到几十条生命的屠杀。无论如何，谈判总是需要对话的，然而马苏德已经明确表示他不愿意多费唇舌。除了要求释放他们的首领和提供两个简易厕所之外，他几乎没有提出任何别的要求，因此帕里很难找到打破沉默的缺口。用他的话说，巧妇难为无米之炊。不过，现在也许他有了一个机会。

他在行动指挥室拨通了议事厅内的电话，不过电话是由国会邮局转接的。蒂贝茨用一台分机在旁边偷听他们的通话，两人的眼睛全都盯着屏幕。过了好长时间，他们才看到马苏德慢慢悠悠地走过去接电话。

"早上好，马苏德，我有个消息，你可能会有兴趣听一下。"

帕里全神贯注地盯着摆在面前的简报材料，开始了他的攻势。

马苏德没有回答，他需要更多的诱饵。

"我们知道你的俄罗斯联系人。"帕里说。

对方终于咬钩了，"你说的是哪一个？"

"布嘉柯夫。"

对方再度陷入沉默，但此次的沉默似乎有着非同一般的意义。接着，马苏德说道："我想和你的上级蒂贝茨先生通话。"

"暂时恐怕不行。"帕里回答，他努力保持住对谈话进程的控制，"他正在开会呢，抽不开身。"

"别把我当傻子，他就在你旁边，他才不会让你单独和我通话呢。"

该死的，他太了解这种把戏了。帕里的心跳不由加快起来，大脑需要更多的氧气和灵感，可那根本无济于事。房间另一头的蒂贝茨知道，他必须当机立断。他不是谈判专家，如此重要的交涉由他来做恐怕会误了大事，可他有什么办法呢？于是，他极不情愿地耸了耸肩，点了下头。

"那我看能不能把他从会议室里叫出来。"帕里故作为难地说。

蒂贝茨配合地等了几秒钟，尽量不让他的同事穿帮，随后才开口说道："我是迈克·蒂贝茨总警司。"他用的仍是分机，因此帕里匆忙把一堆简报材料摊在他面前的桌子上，"过了一夜，里面都还好吗？"蒂贝茨问，他很随意地寒暄，目的是给自己争取一点喘息的时间。不太好，而且还会变得更糟，他暗暗期待着对方的回答。

"你可以自己看，"马苏德回答说，"能说正事儿了吗？"

"我们知道勒夫伦蒂·布嘉柯夫这个人。"他等待着，给马苏德一个反驳或否认的机会，但对方没有反应。"还有钱的事。"蒂贝茨又补充说。

"钱?"

"几千万甚至上亿英镑,目前还在统计。"蒂贝茨一边说,一边在帕里的材料中翻来翻去,寻找最新的估计数字。

"抱歉,我的理解能力有限,总警司先生,请您解释一下。"

"就是你们打算趁这场危机从股市中捞的钱数。马苏德,有那么一会儿,全世界都以为你们这么做仅仅是为了让我们释放你们的领导人。我很好奇,当人们认识到这其实只是又一次卑鄙无耻的勒索时会怎么想。"

帕里挥动着双手,暗示蒂贝茨不要太咄咄逼人。

"你知道吗,马苏德?布嘉柯夫出卖了你。他打算带着钱远走高飞呢,是所有的钱。"当然,这是无中生有的谎言,不过他们事先已经商量过了,只有这样才能给马苏德施加压力。

"总警司先生,请您告诉我,这一整晚你们是不是都在忙着搜集情报,说不定你们已经查到了瓦济里斯坦?"

"对。"总警司小心翼翼地回答。

"那你凭什么认为瓦济里斯坦人想要你们的钱?我们要那么多的英镑有什么用?买汽车吗?我们那里连条像样的公路都没有,只有漫山遍野的羊群。"他嘲讽着说。

"但是……"

"布嘉柯夫先生无论干什么,我都不知道,也不关心。如果他带着钱跑路,那也只是他们俄罗斯人的事。是你们麻痹大意,给了他机会。"

蒂贝茨深吸了一口气,这可不妙,左轮手枪的扳机扣下了,但却倒霉地没有射出子弹。他只剩下一次机会了。

"布嘉柯夫死了。"他说。

"总警司先生,我想我知道你们在玩什么把戏了,不过这没用。布嘉柯夫死了？那他的灵魂也许已经被疯狗追到了地狱门口。恭喜你们发现了他，可这改变不了什么。我八岁时就杀过一个俄罗斯人，你真的以为现在多死一个会让我感到难过吗？他们和你们是一丘之貉，都是糟蹋我们家园的侵略者，只是后来他们死的人太多了，被我们杀得害怕了就滚回了老家。但你们不是俄罗斯人，我们用不着打死成千上万的英国人来迫使你们改变主意，只要这个屋子里的几十个人就够了。总而言之，与俄罗斯相比，你们付出的代价要小得多。"

蒂贝茨咽下反流到喉咙里的一口苦苦的胆汁。俄罗斯轮盘游戏结束了，而他输了。现在该前进一步了，"马苏德，我们不希望再死人了，不管你的人还是我们的人。我是个警察，没有权力和你谈判，但我想请你冷静冷静，看能否接受其他的解决方法。我们很愿意考虑将你的父亲送到国际法庭，并做到公正的审判，绝对的公正，而且……"

"你是说像你们毁掉了无数马哈苏德人的家庭那样所谓的伸张正义？"他反唇相讥，声音越来越尖锐。

"我们和你的人民并没有仇恨。"

"你们和我家有仇……"马苏德的声音弱了下去。蒂贝茨看到他低垂着头，他能感觉到痛苦在啃噬着这个人的心。"我是徒手把他们从废墟里扒出来的，又用这双手埋葬了他们。我知道他们不是你们的目标，你们要炸的是那些流窜到我们国家让你们头疼的伊斯兰教激进分子。可是你们要炸谁跟我的妻子和儿子有什么关系？跟我有什么关系？不过现在枪在我手里，蒂贝茨总警司，你们就得为此付出代价。"

"可是流再多无辜的血又有什么意义呢？"

"我来告诉你。这当然不能让我的妻子或儿子死而复生。但它能让我，马苏德，心里好受些！"他激动地用拳头捶打着自己

251

的胸腔，力度极大，似乎骨头都要断裂，"等你们的儿子死了，或许你们就能理解我的感受，再去侵略我的国家之前就该仔细考虑清楚了。"

"我们不一定非要这样……"

"总警司先生。"

"怎么了？"

"你有没有权力和我谈判都无关紧要，因为我根本就没有谈判的打算。我想要的非常简单。黑或者白，没有什么灰色、粉色或蓝色地带。没别的好说，释放我的父亲，我只有这一个要求。你们所谓的西方式的正义已经让我失去了太多家人。该到此为止了！我想我已经说得够清楚了吧？"

"可是……"

"看来你还是不明白，总警司先生。不管你说什么都是浪费时间，但你记住，你们浪费不起。我要求你们在中午十二点之前释放我的父亲，但你们却一直跟我要花招。"

"不……"

"你们辜负了我的耐心。去他妈的十二点！我要把最后时限提前，不是十一点，也不是十点，而是九点！这就是你们的最后时限。九点之前不放人，我就开始杀人质！"

"可你说过……"

"九点，总警司先生！"

"你不能出尔反尔！现在离九点只剩下两个小时了……"

然而不管说什么都已经晚了。马苏德愤然将电话听筒掼回机座，仿佛按下了一个引爆器。

早上6:58

COBRA，现在看起来会突然觉得无比可笑的一个名字，像一

252

条没了毒牙的眼镜蛇。所有人又重新聚在一起开会，可是他们能干什么呢？计划完全泡汤了。大家闷闷不乐地干坐着，不过受伤的哈里没有出现。黑斯蒂准将再次陈述了他所谓的深思熟虑的行动方案，实际上差不多还是老样子。"我想修改一下生存率的估计。"他补充说。越是说到死人的问题，他的声音就越是微弱，就像和要睡觉的孩子说晚安，"我已经说得很明白了，我之前的估计是以在夜间发动突袭为基础的，因为夜间恐怖分子的警惕性最低。但现在眼看天就要大亮了。"他蓝色的眼睛注视着内政大臣，不无责备之意，"他们已经恢复了警惕，我们已经不太可能出其不意地强攻了。因此我想事先通知您，伤亡率会比之前的估计高一些。"

"高多少？"威尔考克斯问，她的声音已经失去了不可一世的锐气。

"很难说。"

"到底高多少，准将？"

"高百分之十左右。"

他的话像一阵寒风袭过所有人。这时，屏幕中出现了新情况。过去这一个小时，约翰·伊顿一直像个霜打的茄子一样垂头丧气地缩成一团。他的精神似乎已经垮了，再也无法恢复了，然而一眨眼间，他却噌地一下子跳了起来，面对面地站到马苏德面前。

"放我出去。"他含含糊糊地说。

"凭什么？"马苏德问，并后退一步，和这个莫名其妙的对手拉开距离。

"我去替你把这一切解决掉，我亲自让他们释放你们的领导人。"

"你已经试过一次，但失败了。"

"那一次的失败你和我都有责任。在这里，除了人质我什么都不是，但在外面……在外面我是英国的首相。放我出去，我能帮你达成目的。你知道我会的，我的儿子在你手里。"

"你在里面或外面还不都是同一个人？"

"相信我，绝对不会一样。"首相以极为激动的口吻回答说。他上前一步，仿佛要让马苏德也切身感受到他的信念。然而对方却端起了枪，但是伊顿似乎根本没把那黑洞洞的枪口放在眼里。

"刚刚过去的这几个小时，我思考问题的程度比我这辈子任何时候都要深刻。我思考了我们做过的一切，和我们经历的失败。坦率地说，我以我儿子的性命保证，"他说着向马格纳斯的方向挥了挥手，"我从来没有想过要伤害你的人民。如果我无意中这么做了，我请你原谅。我所做的一切都是出于无知，而非恶意。战争针对的是别的人，不是你们，你的人民只是不幸被卷入了这个似乎已经失控的历史洪流。但我向你发誓，这一切都会改变。是的，会改变的！因为我们会改变！"他像个牧师一样挥了挥双手，"让我看到你的仁慈吧，我发誓，我将尽我最大的努力帮你达成所愿。我愿意做你的使节，做你的律师。把你的案子带到华盛顿，带到联合国，带到全世界人民的面前。饶我儿子一条命，我会给你的人民创造一片光明的未来，并保证发生在你的家园中的一切永远都不会被人们遗忘。"

马苏德拍打着枪托为他"鼓掌"，"哈！果然演技一流，让人过目不忘。但你忘了一件事，首相大人。我现在所做的事情，就足以让我们载入史册，这比你任何冠冕堂皇的空话都可信，我会让全世界都听到我的声音。然而，华盛顿谁的话都不会听；联合国倒是谁的话都听，却决定不了任何事。世界各国的人们都有自己的烦恼，没人会关注一个小小的瓦济里斯坦。不过你刚才也承认了，你对我的国家一无所知，也毫不在乎。"马苏德再次轻轻拍了拍手中的枪，"但我要改变这一切。"

"可你已经表明了你的态度。"

"实际上我还没开始呢。"

"求求你了，让我出去。"

"你出去了就不会回来。"

"我想救你，还有我的儿子。"

"哼，我还想救我的父亲呢。可唯一能让他们释放达乌德·古尔的方法就是杀了你的儿子，没有比这更有说服力的了。但恐怕即便如此，他们仍会拒绝。"

"求你了……"伊顿垂下头，同时也压低了声音，"我恳求你，为了我的儿子，我什么都愿意做。"

"但倘若是为了我的儿子呢？你恐怕连个小指头都不愿意动一下！"马苏德正尽力克制着自己的情绪，他的嘴唇颤抖着，却说不出话，好像痛苦麻木了他的语言功能。过了许久他才又平静下来，"我的人民经受了太多的苦难，伊顿先生。几百年来我们饱受欺凌和侮辱，而我们的要求并不高，只是希望能和家人围坐在篝火旁，享受平静安宁的日子，可是你们就连这都不答应。现在，是时候改变这一切了。"

"你跟我提历史？为了那些已经逝去的东西，你连命都不要了？"

"成为历史并不意味着已经死亡，它甚至还没有成为过去。看看你的周围吧，这里，就在你们的上议院里，到处都是证据。"

"为了儿子我愿意做任何事。"他咬着牙，逐字说道，"如果全世界是一片大海，那么为了这一滴水，我宁可放弃大海。我可以不要我的地位、名声，甚至生命，但我不能不要我的儿子，他是我唯一的儿子……"

"萨达尔也是我唯一的儿子。哼，你甚至连他的名字都不知道，对不对，伊顿先生？"

首相绝望地跪了下来，他的防线已经彻底崩溃，"那我求求

255

你，先杀了我！我不能看着我唯一的儿子死掉。"

"我知道，看着自己的儿子死掉，是对一个男人最残酷的惩罚。"

伊顿的肩膀一起一伏，呜呜咽咽地哭了起来。

"别担心，伊顿先生，你的痛苦不会太久，至少不会比我的长久。再过几个小时，我保证，最多几个小时就结束了。因为你的命同样也在我的名单上，你的儿子死后，你就是下一个。"

伊顿颤抖的肩膀僵住了，随即瘫倒在地。

"但你不会孤单的，这一点我也可以保证，"马苏德接着说道，"我觉得，你和你的女王可以做个伴。"

第十章

"他是说真的吗？他是说真的吗？"内政大臣连声问道，她的世界仿佛瞬间脱了轨。不管她把头扭向哪边，都只看到一片混乱。

蒂贝茨最先回应，"他已经杀了一个内阁大臣，还打了哈里和美国大使。我想，我们没有多少理由不相信他。"

她双手捧着脸，被咬得满是豁口的红色指甲在那因为疲惫而变得苍白不堪的皮肤上显得格外醒目。

"我们该拿出决心了，内政大臣。"军情五处情报员敦促道。

终于，她抬起了头，苦恼充满了她的双眼，"那就等他们对孩子们动手的时候冲进去。"

"那样做根本来不及救他们。"黑斯蒂提醒她说。

她鼻孔张大，失望极了，"不，也不要再说女王了，你一直说个不停。"

"那还等什么呢？为什么不让我们现在就冲进去？"

"因为！"她突然怒不可遏，同样的争论她不想再来一遍，她知道这些人对她的能力都有所怀疑，"因为任何突袭都无法确保女王的安全。恐怖分子是在虚张声势，那她就还有希望，尽管这可能性无比渺茫，但我们别无选择。"

话音刚落，她面前桌子上的一部电话响了起来。"什么事？"她不耐烦地猛拍了一下免提键，气冲冲地吼道。实际上，她并不想让房间里的任何人听到电话的内容，但她害怕让他们看到自己拿听筒时发抖的手。

"是女王陛下的私人秘书，"一个声音说道，"他是从宫里打来的。"

"他有什么事？"

"想跟您说一句话。"

很快，另一个声音充满了整个房间，这声音优雅、温和，透着忧伤，"我一直在看，内政大臣阁下。我想，也许我能帮上忙。"

她并不需要听从任何人的摆布，但礼貌迫使她听下去，"谢谢您，彼得爵士。但您能帮上什么忙呢？"

"我刚刚和菲利普亲王殿下谈过，我们看法一致，都认为女王陛下会理解的，不管您认为该采取什么样的行动，会带来什么样的后果。"他字斟句酌地说，"她会支持您的，整个王室都会支持您。"

她扫了一眼在座的众人，试图判断他们各自的反应。最后回答时，她的声音已经变得沉稳有力，"就女王陛下的个人安全而言，您应该知道您刚才的话意味着什么吧？"

"我知道。"

她仔细品味着对方的回答，而后接着说："非常感谢您的来电，彼得爵士。有什么新情况我们会通知您的。"她伸手缓缓按下按钮，挂断了电话，"他的意思是马上行动，不必再等了。"

"太好了！"黑斯蒂兴奋地叫道。

她心中忽然冒出一个巨大的问号——女王的私人秘书是不是黑斯蒂拉进来的？不过现在看来已经无关紧要。在谋略上，终究还是男人更胜一筹。她正在思考刚刚这通电话的意义，一大堆新的意见忽然从桌子周围你追我赶地涌出来，将她团团包围。她脑子里嗡嗡一片，他们真的在说话？或者那只是她脑子里的声音？她正想拍一下桌子让大家安静下来，这时，电话又响了。"有完没完了！"她气恼地吼道。

"是爱德华兹总统打来的。"

她开始咬另一片手指甲，美国总统的电话？她心里有种不好的预感。可她还是叹了口气说："接进来吧。"

"内政大臣阁下。"美国总统的声音随即传来。没有寒暄，没有客套，似乎也没打算玩女人间的小把戏，"我已经指示潘恩大使重回议事厅，我托他给恐怖分子带了个口信。"

"你没权力这么做！"啊，这可恶的女人！实在是太目中无人了！可现在没时间跟她争论。"口信？什么口信？"她也拿出自己最傲慢的语调，"请允许我提醒你，总统女士，和恐怖分子的所有沟通都要经过我，这场行动的主导权在我们英国。"

"我多希望你们能控制住局面啊，那样我们就没必要这么做了。"

"我不明白，没必要做什么了？你们采取任何行动之前都必须和我们商量。"

电话另一端愤怒的叹息清晰可闻。"特里西娅，"总统说道，"这件事没得商量。我打电话就是告诉你，从现在起，美国要接手这次行动的指挥权。"

早上7:18（英属印度洋领地时间中午12:18）

这里其实算不上是牢房。在英属印度洋领地的迪戈加西亚岛

259

上，牢房是个可有可无的东西。当然，这里偶尔也会发生强奸或严重的伤人事件，几年前甚至还发生过一起谋杀案，但在这样一个珊瑚环礁上，你能惹上身的麻烦十分有限，即便有人一时冲动犯了重罪，他们也很快就会跳上一艘大船逃到中国香港或者跑回美国老家去。这里的囚室通常关的都是一些犯了小毛病的人，比如酗酒的醉汉、走私淫秽制品或者在女王诞辰棕榈树上撒尿的家伙。一般情况下，重要的犯人是不会被长时间关押在这里的，但现在是非常时期。达乌德·古尔是半夜时分由飞机空运到这个岛上的，下机之后，他立刻被关进英属印度洋领地警局大楼中一个灰色走廊尽头的一间牢房里。他们告诉他说这里是迪戈加西亚岛，可这对他没有任何意义，他更关心与自己息息相关的问题。牢房潮湿不堪，而门外走廊的长凳上躺着几个还在醒酒的醉鬼，他们又是吐又是尿的，把这里搞得乌烟瘴气，臭不可闻。即便第二天早上他们把这里冲洗了一遍，那股腺臭味儿依旧挥之不去。

不过这比他预想的情况已经好多了。受点罪是难免的，他们甚至还狠狠地打了他几次，但那算不了什么，痛苦于他而言早已是家常便饭。他们似乎把他看得过于重要了，说他和一大堆解放组织都有关系，有些他听说过，有些却是闻所未闻，这些人简直患了妄想症，但他懒得理他们。不知出于什么原因，他们竟认为他想统治全世界，而他所寻求的只不过是家园的安宁，所以他干脆三缄其口，想象着自己躲在谁也够不着的山洞里，和他们展开了一场意志的较量。当他睁开双眼，他将透过牢房的窗户看到那些自诩为自由捍卫者的人们在走廊里大吐特吐，把到处糟蹋得污秽不堪，他感觉自己比他们优秀得太多了。就凭这些人还想要打垮他？门儿都没有。

走廊外再次出现骚动，又有人喝醉了。尖厉的、愤怒的声音不断传来。醉鬼可真多，他是这么以为的。然而仔细聆听片刻之后，他发现今日有所不同，这些高声抗议的人并不是醉鬼，而是他的英国看守们。过了一会儿，牢房的锁被打开了，涌进来的也并非身穿黄褐色制服和短裤的英国警察，而是穿着棕绿色迷彩作战服和防弹背心的美国大兵。他们个个全副武装。

达乌德·古尔知道这意味着什么——末日，即刻处决。再见了，那些揍他的时候还会显出不好意思的英国人。美国佬可是向来说一不二。古尔站了起来，他希望像个男人一样死掉，昂首挺胸，面对着他的敌人。

"你跟我们走。"其中一个美国人吼道。

走就走呗，有什么可怕的。"去你妹妹的！"他用普什图语恶毒地骂道。

而随后他们说的话，差点让这个马哈苏德人惊讶得一屁股坐在地上。

"快点！"他们说，"你自由了！"

早上 7:23

在特里西娅·威尔考克斯能够阻止他之前，罗伯特·潘恩已经回到了上院议事厅。他换了身衣服，看上去比厅里的任何一个人都神采奕奕。他在门口站了一会儿，把一张张转向他的灰暗的面孔看在眼中。他皱了下鼻子，尽管开着空调，但议事厅内的空气仍然污浊不堪，那是绝望的气息。当然，对这气息贡献最大的是从两个简易厕所中散发出来的刺鼻的臊臭。

"大使先生，你果然回来了。"马苏德四平八稳地说。

"我说过我会回来的。"

"希望你带来了好消息。"

"我想应该是好消息。游戏的规则已经改变，我们正在着手释放达乌德·古尔，我们会把他送到你指定的任何一个机场。"

议事厅内仿佛忽然刮进来一缕春风。靠近大使的几排长凳上，一张张原本死气沉沉的脸像花儿般瞬间绽放，欢乐和欣慰的声音此起彼伏，就连约翰·伊顿也恢复了神采，他的身体像葱绿的凤尾草一样伸展开来，两眼默默地流着泪。有人禁不住欢呼了一声，其他人则不约而同地鼓起掌，一个个喜笑颜开，议事厅里顿时乱哄哄的，直到马苏德挥了挥手里的枪，他们才重新安静下来。

"我凭什么相信你的话？"他瞪着这个美国人问。

"凭我站在这里，我就是达乌德·古尔的安全保证。如果英国人允许的话，你还可以和他通话。"

"既然要释放，英国人还有什么理由阻止我和他通话？"

"这个嘛，"潘恩双手合十，碰了碰鼻尖。并刻意压低了声音，仿佛除了马苏德他并不想让别人听到他的话，"实际情况有点复杂。你看，达乌德·古尔是被关押在迪戈加西亚岛上的，在法律上那是英国的领地，但实际上却处在美国的控制之下。就在此时此刻，释放工作正在我们美国的主导之下有条不紊地进行着，英国人只是需要点儿时间跟上节奏。所以你瞧，游戏结束了。你们赢了，可以把枪口抬起来了，没必要再牺牲任何人。"

可马苏德脸上并没有出现他想看到的笑容。

早上 7:25

内阁情况通报室（COBRA）里没有出现欢呼雀跃的场面。美国大使传达的消息如同一颗炮弹破门而入，特里西娅·威尔考克斯惊得目瞪口呆，不知该如何应对。内心深处，她也着实松了一口气，因为这场危机很可能马上就将结束，再也不会出现可怕的杀戮了。虽然怎么对付马苏德和他的帮凶仍是一个悬而未决的问题，但目前看来，那已经算不得什么大事。然而令她担心的是，不管结局如何，她都得不到什么好处。她失败了，失去了控制。这不比婚姻，失败了可以离婚，离了还能再结。在这件事上，她不可能有第二次机会。其他人都默默坐在那里，注视着她，等着她说点什么，但她无话可说。脑袋里好像有一群老鼠在乱抓乱挠，她什么也看不清，一切变得模糊难以辨认。她的偏头痛又犯了。

"先生们，我想游戏已经结束了。"军情五处情报员收拾着面前的文件说。

"不好意思，我得去下达新的指令。"蒂贝茨说着站起身。

"我也是。"黑斯蒂跟了一句。

"我需要躺一会儿。"特里西娅有气无力地说。

人很快就走光了，只剩下她一个。

早上 7:26

马苏德再次挥舞着手里的枪要求人质们安静下来。众人就像沼泽地里的小松鸡，全都呆住了。

"你说达乌德·古尔已经获释了？"

"释放工作正在进行，"潘恩回答，"据我估计，他目前应该正在前往岛上空军基地的途中。"

"他还在你们手上？"

"我们需要知道该把他送到哪里。你指定一个地方，我们用飞机把他送过去。"

马苏德像只狐狸一样，一步一步机警地绕着大使走了一圈，他疑心重重地转着眼珠子，"也就是说，他还没有自由。"

"迪戈加西亚岛孤悬海外，离任何大陆都十分遥远，所以请你指定一个地点，我们会尽快把他送到。"

"我不相信你，大使先生。"

"我知道你不相信我，所以我才会回来，我就是担保。"

马苏德依旧半信半疑地盯着大使；潘恩也不避不躲，注视着对方。终于，马苏德厌倦了这场似乎没有尽头的意志较量。

"白沙瓦，"他说，"知道这个地方吗？"

"当然知道，是巴基斯坦西北边境省的一座城市。"

"那里从机场就可以看到群山，在那儿释放达乌德·古尔最合适。"

潘恩很清楚，白沙瓦之所以成为对方的理想选择，当然不可能是因为那里的风景。这座城市恰好坐落在开伯尔山口，是中亚地区与南亚次大陆之间最大且最重要的山隘。释放后只需不到一个小时，达乌德·古尔就能再次彻底从世人面前消失，任谁都别想找到他。

"你们把他送到那里，"马苏德继续说道，他的两眼中依旧放射着怀疑的光，"但我要先和他本人通次话。"

"我想这应该不成问题。"

"另外，大使先生，我的最后时限依然有效。"

"什么？"

"如果在九点之前他还没有完全自由，还在你们美国或英国人的手中，我就开始处决人质。"

"你在开玩笑吧？"危机以来，潘恩第一次露出轻蔑的微笑。

枪口再次抬起，戳着潘恩的腹部，"我想你应该知道我从不开玩笑。"

"迪戈加西亚岛不管离哪片大陆都有上千英里，白沙瓦恐怕还要远两三倍。我们的飞机是很快，但再快它也不是时光机啊，况且一个小时之内他能升空就很不错了。所以我告诉你，你可以把我的话当成是美国政府的警告，我们会尽快让他上飞机，并以最快的速度飞到白沙瓦。但如果在这段时间内你继续伤害人质，只要你一动手，不管我们的飞机飞到了哪里，我们都会把你的朋友从飞机上扔下去。我记得飞机的正常飞行高度大约是四万英尺，从那儿送古尔先生回老家是一点问题都没有的。"

两人针锋相对，互不相让。议事厅里的其他人一个个也都纹丝不动，连大气都不敢出。全世界数以亿计的观众们目睹着这一刻，人质们再次命悬一线。马苏德一动不动地沉思了许久，忽然，他笑了笑，一个并没有任何温度的表情，甚至连一点友善的影子都没有。"你很会谈判，大使先生。我们姑且按你说的办吧，"他说道，"我希望你的话能够算数，人质能不能活命就看你的了。"

早上7:43（英属印度洋领地时间中午12:43）

达乌德·古尔迈着山地居民一贯的慢步子走出牢房，来到漆成蓝色的警局大楼外面的阳光里，并爬上了一辆越野军车。一名看守为他开着车门，一个衣衫不整的英国人和一个美军少校在争吵着，但不管那英国人如何挥舞双手，如何提高音调，美国人都无动于衷。有一会儿，英国人激动地用手拍着汽车的发动机罩。古尔脸上露出微笑，他一直梦想着能让英美这两个魔王自相残杀。也许这会儿他已经进了天堂吧。

他有些好奇，这还是他第一次看这个小岛，他希望也是最后一次。几个月前的一个深夜他被带到这里，他对自己身处何方毫无头绪，只是这里潮湿的空气和令人烦躁的炎热告诉他，此处一定远离他热爱的山地。现在，他们的车子行驶在一条干净的、有白色路边石的公路上，公路两旁杂草丛生，远处是成片苍翠茂密的热带植物，高高的棕榈树在微风中左摇右摆。没有高山，没有丘陵，但透过林木的间隙他忽然看到了大海，一片仿佛填满了熔化的天青石的环礁湖，随后他在一块路牌上看到了"欢迎光临迪戈加西亚岛"的字样。不管它叫什么名字，总之这是个神奇的地方，是个他从来没有见过的世界。

他仍然不相信这些美国人要送他回家。他们谁也没有解释什么，他也干脆默不作声，一副听天由命的架势。也许这是他们的又一个圈套，首先让他充满希望，而后再将这希望砸个稀巴烂，以此来击垮他的意志。他没有任何准备，但话说回来，有什么可准备的呢？他没有任何财产，连身上的衣服都不是自己的；他没有想带的书，而因为担心狱卒看到，在过去的几个月里他也没有写下任何只言片语。他甚至连可以带走的记忆都所剩无几，脑子里一段一段的尽是空白，尤其在挨打的时候。这些人啊，连打人的功夫都令他失望。在他的山区老家，乡亲们都深谙打斗的乐趣，可这些英国佬和美国佬来自地球遥远的另一面，他们什么都不懂。

他们像山羊一样无知，他祈祷着有一天他们能落得和山羊一样的下场。

早上7:45

蒂贝茨赶回行动指挥室后，发现哈里正在等着他，"老天爷，琼斯，你看起来可真够狼狈的。"哈里左手中间的两根手指戴着夹板，警局的一名医生正在给他右眼下面的伤口缝针。

"感觉再好不过了。"哈里咕哝道，并暗示蒂贝茨他可能还丢了一两颗牙齿。

总警司端来一杯咖啡，恨不得加满了糖，然后像捧着一杯上等香槟似的端在手里。"至少现在可以放松些了，我们唯一需要担心的就是听证会，谁知道我们最后是怎么个死法。"他凑近过去瞧着哈里，可是从他睁开的左眼中却看不到一丝放松的迹象，"嘿，我说哈里，结束了。"

"是吗？"

"你这是什么意思？"总警司不由问道，他很生气，哈里一句话就毁掉了他的好心情。

哈里一直等到医生缝完针才开口，"很简单，迈克，咱们英国八成的高层现在还被一群荷枪实弹的恐怖分子困在上议院呢。"

"看开点儿嘛，他们安全出来只是时间问题了，大不了瞧几次心理医生。"

"也许吧，但还有一件事我觉得很蹊跷。"

"只有一件？"

"马苏德他们自己如何脱身，为什么他一个字也没有提呢？这很奇怪，你不觉得吗？"

"你只是不喜欢他罢了。"

"这么说吧，我还得感谢他留我一条命呢。"哈里举起受伤的手说，"可这并没有解释我的疑问。"

"你到底有什么疑问？"

"他为他们的领导人铺好了脱身之路，可他们自己呢？他们打算怎么脱身？"

"我不知道。"蒂贝茨气呼呼地喊了一声。

"也许他们根本就没打算脱身。"

这个想法颇费了一点时间才钻进蒂贝茨凌乱的大脑。"你是说……"可后面的话被他咽了回去，他不喜欢它们的味道。

"我是说如果这是一次普通人质危机，他们应该会向我们索要两亿美元和一架逃跑的飞机。可他们什么也没有要。"

"你的结论是？"

哈里站起身，在房间里踱着步子。他的腿也似乎有点瘸，"给我点儿时间，让我理一理头绪。如果他们就此打道回府，他们能得到什么呢？"

"他们的领导人啊。"

"一个喘息的机会，仅此而已。人们会说他们比较走运，而英国只是安保不力。可是等再过几年，谁也不会记得他们是谁，或他们做过什么。他们家乡的一切都不会改变，苦难将依旧存在，别的国家为了不同的野心仍然不会把他们放在眼里。在自己的家人惨遭屠戮之后，这样的结果能让马苏德满意吗？"

蒂贝茨又往他的咖啡里加了一勺糖，"他救出了达乌德·古尔，从这一点可以看出马苏德不是泛泛之辈。"

"没错，他是一个不会轻易放过任何机会的人，自盖伊·福克斯之后，这次就是一个千载难逢的机会。难道马苏德和他的手下会甘心就这么回去吗？他们可不是观光客。"

"那他们还想带点儿什么回去呢？"蒂贝茨若有所思地问，他就像一位正在考察某个调皮学生的中学校长，虽然提出了问题，可他没指望对方能够给出答案。

哈里用手指在腮帮上戳来戳去，寻找着牙齿，"所以啊，迈克，我认为他们根本就没打算回去。"

"你是说……"

"有来无回，鱼死网破。"

"不，哈里，不！"总警司不敢相信地说，"这也太荒谬了。"

哈里的表情瞬间恢复了平静，仿佛脸上根本没受过伤。"他们不会离开的，"他说，"而且他们会拉尽可能多的人为他们陪葬。上议院的危机离结束还早着呢，等到了最后时限，我怀疑他们一定会对人质大开杀戒的。"

"你确定你的脑袋没有被砸坏？既然他们有机会活着回去，为什么还要选择自杀？我们是不得不放他们走的，这你知道。"

"那你说'9·11'事件的时候那些恐怖分子完全可以去迈阿密，可他们为什么偏偏开着飞机去撞世贸中心呢？伦敦'七七地铁爆炸案'中恐怖分子的背包里为什么要装满炸药，而不是汉堡包呢？在中东地区，为什么会有一些人愿意充当人体炸弹跑到咖啡馆里引爆自己，点一杯咖啡喝喝不是很好吗？我们必须钻进这些人的心里，如果他们离开了，今天他们所做的一切就失去了意义，马哈苏德人几百年来饱受欺凌的历史仍然不会结束。但假如他们决定留下并完成他们的使命，你想想看会是什么结果吧。"

"你不会真这么想吧？"总警司低声问道。

"那会像'9·11'事件和柏林会战①一样，成为历史上又一个著名的血腥复仇事件，并将永远载入史册。"

"他们那样做只会自掘坟墓，"蒂贝茨反驳道，"我们会派出军队，把他们的每一个领导人都给揪出来。"

"我们已经这么做了多少年了？有成效吗？"哈里反问，"只要我们抓他们一个负责人，他们必定会掀起一堆乱子。况且万一除了达乌德·古尔，其他负责人都死了呢？当然，我们会全力搜捕他，走运的话也许能再抓到他，不过可能性更大的恐怕是无奈地接受现实，远离瓦济里斯坦那个是非之地，再把注意力转到世界别的地方，寻找能让他们自相残杀的法子。"

蒂贝茨痛苦而深沉地呻吟了一声，"哈里，你当真这么认为，是不是？"

"恐怕是的。"

"所以如果你是马苏德……"

"一旦达乌德·古尔脱离险境，我就会把里面的人质全部杀掉。"

"全部？"

"对，从女王开始。"

上午8:12

在迈克·蒂贝茨的要求下，人们在COBRA重新开会。特里西娅·威尔考克斯以偏头痛为由，请蒂贝茨主持会议，在场的所有人

---

①柏林会战指的是1945年4月16日至5月8日，苏联军队对德国军队实施的最后一次战略性进攻战役，在此次战役中苏军共歼灭德军48万人，这场战役标志着法西斯德国的灭亡。

都能感觉到，她和之前相比有了明显的变化。不管从身体上还是情绪上，她看起来都有些萎缩，而且居然同意让其他人出头。并不是所有人都相信她是偏头痛发作，一些不近人情的人更愿意相信她是因为多喝了几杯威士忌，而另有一些人则一厢情愿地认为她是终于有了悔改之心。危机之后，她独断专行，不可一世，可惜她的基础并不牢固，摔跤是迟早的事，只是人们不清楚她到底能摔多远而已。显然是她用力过猛了，结果到头来弄巧成拙，落下笑柄。她不知道该说什么，所以只好选择明智地闭上嘴巴。

蒂贝茨有些局促不安，"我请各位回来是因为有个情况需要和你们商量。"他沉着脸瞥了一眼哈里，心里仍然期望这只是一个判断上的失误。"有人认为，"他的语调明摆着自己要和这种观点撇开十万八千里的距离，"这场危机还远没有结束。即便释放了达乌德·古尔，他们也照样会屠杀人质的。"

听到这话，所有人都惊呆了。

"我们需要研究一下。"他不无歉意地叹口气说，"哈里，这是你的推断，还是你来讲吧。"

所有的眼睛都转了过来。此时此刻，哈里看上去就像一副可怜的标本。他的衣服破烂不堪，手上缠着绷带，脸肿得像个快腐烂的南瓜。当他把自己的想法和盘托出之后，却并没有得到多少附和。这就好像他升起了一面旗帜，却没有人愿意对着它敬礼。

"很有意思的推测，"哈里说完后，军情五处情报员沉思着说，"但这只是推测。"

这一点哈里不得不承认。

"你觉得出现这种结果的概率有多大？"黑斯蒂问，他很高兴总算有别人成了众人的靶子。

"准将，你和我一样清楚，在这种情况下的推断是根本靠不住的，包括你估计的数字。形势发展瞬息万变，谁都无法预料。人非

270

圣贤，可我们却经常要被迫扮演上帝的角色。也许是我多心了，也许我的推测是完全错误的，但如果你坚持要一个数字……"

"我并不是非问不可，只是很想知道罢了，琼斯先生。"

"根据我的经验，这种情况发生的概率只有一半，但如果按照我的直觉，可能性会高得多。"

"你不会是神经过敏吧？"一位低级大臣问道，"毕竟你在里面挨了他们的打，如果你想……该怎么说呢？报复他们，从情理上还是可以理解的。看着他们轻轻松松地离开这里，你肯定不会高兴。"

"有道理。"一名文官附和道，随后他仿佛意识到自己可能会得罪人，便又加了一句，"不过小心驶得万年船嘛。"

"是很有道理，"哈里并不介意，"但不够准确。"他站起身，"我希望你们不要认为我在装腔作势，这很重要。"他用一只手笨拙地掀起衬衣和下面的背心，露出一道道醒目的红色的鞭痕，那是当年执行任务时留下的。

文官倒吸了口凉气。

"没错，我是挨了顿打，"哈里继续说道，"但问题是那对我来说根本不算什么，我早就对挨打习以为常了。所以现在我们是否可以抛开个人动机，回到关键问题上去呢？"

"我希望你能理解，大家心情都不好，"军情五处情报员插话说，"只要能让美国佬出丑，我都高兴。我想该轮到他们了。可即便你的想法是对的，琼斯先生，我们仍然面对和之前同样的问题啊。"他说着晃了晃他的戒烟棒，"我们怎样才能在保证女王陛下安全的情况下攻进去呢？"

"如果真如我推测的那样，女王无论如何都是保不住了。"哈里轻轻地回答。

"但我们成功的机会增加了，"黑斯蒂说，"如果趁现在古尔还在天上的时候攻进去，他们绝对不会想到，这样我们就又能出其不意了。"

"即便如此，"军情五处情报员不赞成地摇了摇头，"人质里有谁能跟我们里应外合呢？"

"你怎么看，总警司？"沉默半天的特里西娅终于开了口。她声音微弱，仿佛发自遥远的地方，但她不会错过任何挤对人的机会。

蒂贝茨最怕的就是这个，他乐意主持会议的其中一个原因便是因为此，他能把这个问题推给在座的各位，尽量推迟自己被迫发表意见的时间。"我不知道，我真希望自己能推翻哈里的推测，可我做不到。"他沮丧地垂着肩膀，"可惜我不是摩尔斯探长^①。"

哈里仿佛触电一样猛地站了起来，"你说什么？"

"我说我不知道。"

"摩尔斯，你说摩尔斯，"哈里喃喃说道，"这就对了！"他激动地一巴掌拍到桌面上，尽管是那只没有受伤的手，但他仍然疼得咧了咧嘴。其他许多人都被吓了一跳，不明所以地望着他。蒂贝茨盯着哈里的脸，心想他是不是有脑震荡的症状。

"阿奇·威克菲尔德那个老家伙，"哈里突然热情洋溢起来，"我以为他是受不了压力精神崩溃了，他一直像个傻子似的轻拍他的脑袋。看来他清醒得很啊，他在试图用摩尔斯密码和我们交流呢。"

"他想说什么？"军情五处情报员问道。

"信号侦察不是你们的强项吗？"

"摩尔斯密码？琼斯先生，"军情五处情报员不屑地皱了皱眉，"那东西都成化石了，早过时啦。"

---

①摩尔斯探长是英国系列罪案剧《摩尔斯探长》中的主角。

272

"给我二十分钟。"哈里扭头向门口走去。

"你要去哪儿？"蒂贝茨喊道。

"找化石去。"哈里说完就不见了，其他人你看看我，我看看你，全都一头雾水。

上午8:22（英属印度洋领地时间下午1:22）

从监狱到机场驱车仅用了几分钟。因为全程不足四英里，路上除了骑着自行车的菲律宾工人，并没有其他行人或车辆。没人同达乌德·古尔说话，所以他便一直静静地坐着。太阳光猛烈异常，炙烤着路面，有时候他不得不眯起眼睛，不过他在沿途仍看到了许多低矮但色彩艳丽的建筑，他们还经过了一个巨大的卫星天线和一个形似油罐的东西。大海多半时间都藏在沿岸茂密的丛林后，但他偶尔也能看到倾斜的海滩，以及远处环礁湖上笨重的灰色运输船。令他痛恨的星条旗和米字旗处处可见。

汽车在机场航站楼前停下时，美军少校扭头对他说了第一句话："我们需要你和你的朋友们说几句话。"

朋友们？他在这里没有朋友。但他们把他带进了一个办公室，一名美军士兵正在与什么人通电话。看到达乌德·古尔，士兵对着话筒咕哝了句"他来了"便起身离座，并暗示达乌德·古尔坐下。听筒中传来一个声音。

"达乌德·汗，是你吗？能听到吗，达乌德·汗？我是马苏德。"

这声音如此清晰，难道马苏德就在隔壁的房间吗？

"是我，马苏德·汗，我的儿子。"

"你还好吗？他们把你怎么样了？"

"他们正准备送我上飞机，说是要释放我。我不太明白……"

"我带了一帮人来，我们开出了他们无法拒绝的条件。"

"愿上帝保佑你们。"

"上帝自会保佑。达乌德·汗，很高兴能听到你的声音。你马上就能回家了，你很快就要自由啦。"

"感谢上帝保佑，我欠你太多了，马苏德。我等不及要拥抱你了。"

"印沙安拉！"

"愿上帝赐我们力量！"

上午 *8:32*

哈里跑到黑杖侍卫花园里的转播车前时，已经喘得上气不接下气。他早已筋疲力尽，只剩下一股子拼劲儿还支撑着。两名武装警察守在车门口，他们的神情很放松，就像说完了台词等着大幕落下掌声响起的演员。早晨明媚的阳光照在锃亮的铝合金车身上，明晃晃的一片，两名警察沐浴其中，分外惬意。

然而在车内，哈里看到的却是一副肮脏昏暗的景象。夜里人们睡觉用的毯子被扔在底板一角，其实哈里看到的时候，里面还有人在蠕动；除了控制台，车里其他地方堆满了各种外卖食品的包装，附近半英里内所有快餐店的商标几乎聚齐了。车里拥挤不堪，十几个男男女女守着各自的岗位，一个个面容憔悴，邋里邋遢。他们已经在这里坚守了一天以上，虽然丹尼尔曾试图劝走几个，但被他们拒绝了。他们正在创造着历史，所以谁都不愿错过这个机会。大部分人都已经超负荷工作，但现在不是抽身离开的时候。当哈里站在门口时，立刻有数双倦意蒙眬的眼睛望向他。

"有什么事吗，琼斯先生？"丹尼尔在自己的工作台前问道。

"我们认识？"

"我叫丹尼尔，一直看着你呢。"他说着指了指他前面的一排显示屏，哈里见状一阵激动。有几个屏幕上同时显示着正在直播的镜头，而另外几个屏幕上的画面则来自议事厅周围的一些摄像机，它们是平时上议院放广播用的。丹尼尔调整了它们的角度，使得这场危机有了方方面面的记录。令哈里感到高兴的是，中间一个屏幕上恰好能看到阿奇·威克菲尔德那肥胖的身躯。

"这个人。"哈里叫喊着，用手指戳着屏幕上的阿奇，"能把镜头拉近些吗？"

"当然，"丹尼尔说，"苏西，能帮个忙吗？"

转播车靠里面的地方，他的一位同事稍作调整，阿奇的身影便无比清晰地呈现在眼前，甚至连他的睫毛都看得清清楚楚。

"老天保佑，从事件发生之后你们就一直在录像吧？"

"所有东西都录下来了。"

"我想知道在我进议事厅的时候这个人都做了些什么动作，能让我看到吗？"

丹尼尔咬着钢笔帽想了想，然后说："那可能要花几分钟。"

"没关系，丹尼尔。赶快把图像调出来，有什么条件你尽管提吧。就凭这件事，他们会在电视中心给你立一尊雕像的。"

"能给个停车位就足够了。"

"就这么定了。"

"啊，政客的许诺，"丹尼尔咕哝了一句，"看来一切都在恢复正常。"

哈里目不转睛地盯着屏幕，前一天的画面正以令人眼花缭乱的速度飞快闪过。这时，车门口忽然飘过来一团阴影。

"'修补匠'乐意为您效劳，琼斯先生。"一个六十来岁、操着伯明翰口音的男子踏进车里，他腰围的英寸数恐怕赶得上他的年龄。初到车内，他闻了闻这里的空气，不由皱起了鼻子。此人名叫帕迪·贝尔，因为早年职业的关系，认识他的人都叫他修补匠。现在他是威斯敏斯特宫的门卫，和许多看门人一样，他也是军人出身。以前他曾在皇家通信兵部队里当无线电报务员，在部队里待了二十二年，从马岛战争一直待到第一次海湾战争。他是个慢性子，但人非常踏实，目前管着一个非正式的投资俱乐部，但主要操作都由宫里的一些内部人士搞定，哈里就是通过这个俱乐部才和他熟识起来的。不过他从来没有向哈里打听过内部信息，尤其在哈里做大臣的时候，不过修补匠自有他神通的地方，他眼观六路、耳听八方，尤其善于从政客们的一颦一笑、举手投足中寻找有价值的信息。有了他的参与，俱乐部每年的投资回报率高达百分之二十，这是威斯敏斯特宫最严格保守的秘密之一。

"修补匠，谢天谢地你来了。"哈里如释重负地回答，他已经懒得再多说一句寒暄的话。

"抱歉来晚了，老大，我原本休假的。"

"今天你可能要当一回英雄了，你瞧！"哈里指着屏幕中不停拍脑袋的威克菲尔德说。

"那不是威克菲尔德大人吗？"修补匠看了一眼说道，"在水手里面，他可是个正儿八经的厚道人。"

"他以前是水手？"

"他曾是一支商船队里的通信师，是个无线电奇才。"

"原来如此！"哈里恍然大悟，高兴地说道。

"怎么了，老大？"

"你再看看，"哈里又指着屏幕说，"那是摩尔斯密码吧，要不是那我就是个大笨蛋。"

修补匠向控制台倾过身去，喘着粗气，眯着眼睛仔细辨认，"我看您一点儿也不笨，那就是摩尔斯密码。"

"真的？那他在说什么？"

虽然只是短短的几分钟，可哈里却感觉如同过了半辈子，车里安安静静的，只有修补匠粗重的呼吸清晰可闻。他突然伸直了腰，

"啊，天呐！"他摇着头喃喃说道。

"嘿，他到底在说什么，快点儿报告！"

"抱歉，老大。他一直在发同一条信息，内容是：请注意，请放心让我来对付炸弹。天佑女王。"

第十一章

王子睁开双眼，失望地发现一切照旧。他要面对的依旧是那个丑陋的、准备羞辱他的世界。他感觉自己好可怜，甚至有些丢脸。他以为自己能像先辈们一样扭转乾坤，顺利结束这场危机，那样或许还能对得起"查尔斯"这个名字，但事实证明他不具备这个能力，也许这辈子他注定要栽在"志大才疏"这四个字上。他受到了羞辱，连可恶的恐怖分子都不把他看在眼里。

他非常努力地证明自己，然而他们——他渴望获得肯定和尊重的那些人——似乎执意不愿认可他。他们无时无刻不在指责他的傲慢，或者他的双重标准。他一直致力于环保事业，可每当他乘坐飞机时，他们就会对他报以辛辣的嘲讽。当他写信给内阁的大臣们——完全私人的信件，只不过想鼓励他们或温和地劝导他们——他们却拿着信跑到媒体那里，指责他意欲干政。他花了多年时间在康沃尔公爵领地上搞房地产，他改造那里，引入现代化的设施，提供就业，改善乡村环境，可他们嗤之以鼻，并污蔑说他从那里的每一砖一瓦上都抽取了好处。

再者便是他的婚姻。他们永远站在她那一边，毁掉了能够使这桩婚姻恢复健康的所有机会，最后，也毁掉了她。那样的结果是本不该出现的。诚然，他也做过不少蠢事，但婚姻破裂的夫妻有几对没有做过蠢事呢？唯一不同的是，别人的电话不会被监听，别人的仆人不会收受贿赂或在他们的被褥里塞窃听器。上帝呀，这种感觉实在痛苦。还有他的儿子们，正是他们支撑着他度过了一个个苦闷煎熬的日子，走出了泥潭。想到他们，他总有满腔的歉疚，也许正是因为他们，他才会如此大义凛然、视死如归地去拯救那两个无辜的孩子。天啊，他才不想死呢，但有意义的死总好过无意义的活，可他连这件事也搞砸了。不管他做什么，结果都是自打耳光，正如他冲卫兵丢雪球。所以他此刻只得闭上眼睛假装睡觉，掩饰他所蒙受的羞辱，任凭心里涕泪滂沱。

就在他内心极度挣扎的时候，有人碰了碰他的手腕。他不情愿地对这个面目可憎的世界睁开眼睛，想看看是谁在干扰他舔舐伤口。他微微愣了一会儿，直到低下头时才看到母亲的手正放在他的手上。她用一种奇怪而又陌生的眼神凝视着他。他不明所以，但这眼神令他想起了什么，他们生命中很久很久以前的某些事，某些场景，时间过去太久了，他已经回想不起当时的全貌。他闭上眼睛，利用他最拿手的解梦技巧，在记忆最深处的角落里努力捕捉着那些转瞬即逝的画面。也许那是他最早的记忆。加冕礼，从那天起，她不再是他的妈妈，而成了他的女王，至少，他就是以此来铭记那一天的。那天她格外严肃，甚至有些冰冷，直到仪式的最后一个步骤，他们走上王宫的阳台，接受人群充满激情的欢呼。他踮起脚尖，挥着手，懵懂地望着一片人海。那时他才四岁。

那天晚上，她一反常态地把他送到床上，为他盖好被子并说了晚安。当时她就像现在这样凝视着他，表情严肃，脸上没有一丝笑

279

容，只是拉着他的手，抚摸着他的额头，直到他慢慢睡去。

"记住，查尔斯，我们和全国任何一对母子都不一样。"她当时说。

"因为有朝一日我会成为国王？"他天真地问。

"对，这就是原因。我担心这会把我们分开。"

"为什么？"

"因为事实一贯如此。总会有些人横插在我们中间，告诉我们该做什么不该做什么，尽管他们对我们这对母子根本就不了解。我们眼中的世界和世人眼中的世界是不同的，这一点只有你和我知道。所以你要记住，我的小乖乖，我们可能无法永远在一起，但我们却是休戚与共的。"她俯身吻了吻他，"而我会以一种特殊的方式永远爱着你。"

从那之后，他再也不记得母亲何时曾以那种方式哄他入睡过。然而此时此刻，她仿佛又变回了那个年轻的女人，没有任何戒心，没有任何疑虑，毫无保留地爱着他。

她脸上绽放出慈祥的微笑，"你刚刚所做的，是我见过的最高尚的行为。但现在一切都结束了，查尔斯。"

他又看了看这个纷乱嘈杂的世界，招牌式地皱了皱眉，"母亲，对我们来说，永远没有结束。"

上午8:35

"什么？他有什么办法对付炸弹？"哈里急切地问道。

"他没说。"修补匠回答。

"要是我们能问问他就好了。"

两人一时陷入迷茫，都不说话了，正在狼吞虎咽一块冷比萨的丹尼尔一边道歉一边用纸巾擦着嘴巴上的油，随后说道："也许我们有办法。"他用舌头舔着塞在牙缝里的食物。

"有办法干什么？"

"问他啊，也许我们可以通过屏幕把摩尔斯密码传给他。"

"怎么传？"哈里问。

"这个嘛……在屏幕上腾出一小片地方就能做到。不需要太大、太明显，就像接收信号不好时观众在屏幕上看到的那样，即便恐怖分子们发现了也不会感觉到异常。你瞧……"他挪到另一个控制台前的座位上，"稍等一下，我已经有段时间没碰过这些东西了，不过……像这样？"他敲了一个按钮，上议院直播画面上的一个地方立刻出现了一个黑色的小方块儿。"我们在屏幕上的某个部分删掉画面的数字信号，这样相对应的位置就变成了黑色。别担心，现在议事厅里的人还看不到，我只是演示给你看，但是……"他操作着一个小小的控制杆，黑色方块儿便开始在屏幕上移动，"我们甚至可以改变它的大小。"他抓着一个类似于汽车变速杆一样的控制器摆弄了一下，黑色方块儿先是变大，后又变小，直到从屏幕上消失。

"那我们怎么用它传递信息啊？"哈里谨慎地问。

"哦，不好意思。你看，我们可以像这样切入切出。"丹尼尔按了一个按钮，方块儿消失了，随后又出现，"你还可以改变它的形状，比如变成星形或雪花状。实际上你想要任何形状都可以，不过我觉得还是最古老的方块儿最合适，那样不会太突兀。"

"你是说这个按钮就相当于摩尔斯密码的按键，我们可以借助那个小方块儿发消息？而且它只会显示在议事厅的屏幕上，外界却看不到？"

"没错。"

"我说丹尼尔啊。"

"怎么了，琼斯先生？"

"你想要多少个停车位？"

上午8:52（英属印度洋领地时间下午1:52）

迪戈加西亚岛机场上的地勤人员接到指示，说有份包裹需要转运，但指示的具体内容则清楚表明下达命令者是个典型的外行。他们被要求对飞机进行瘦身，卸下除了机翼下的三个备用油箱外所有不必要的物品和零件。这让他们摸不着头脑，即便携带额外的燃油，飞机也飞不了多远啊。F-18F超级大黄蜂是一种造价高达四千万美元的双引擎战斗机，机上携带着美国海军最先进也最复杂的可遥控自动驾驶设备；其常规作战半径仅为一百五十海里，用它来做运输机简直是开玩笑。

而他们只有不到半个小时的起飞准备时间。他们只知道包裹将被安置在后座舱，也许是基地指挥官喝多了酒，总之当他们意识到所谓的包裹是一个活生生的人时，全都大吃一惊；而后当发现此人竟是达乌德·古尔时，震惊程度更是无以复加。"直接把他从三万英尺的高空丢下去得了，"军械士提议说，"很简单，把飞机翻个身，打开舱盖就可以了。"

起初达乌德·古尔差不多也是这样想的。"这飞机是他们的死亡天使。"他悄悄对自己说。他们给他穿上了装备——飞行服、手套、皮靴、防噪耳塞，还有一条被他们称为重力防护服的外裤。穿戴完毕，他感觉难受极了，仿佛被塞在一个幽闭的空间里，比在监狱里还要痛苦百倍。他怀疑他们是想困住他，让他彻底失去防御能力。他们跟他说话，告诉他呕吐袋和尿袋的用法，以及需要弹射出舱时该怎么办。可惜他们说的全是军事术语，他也听得云里雾里，很多东西一知半解。"别费工夫了，"一个人慢吞吞地说，"他要是弹射出去，不扭断脖子才怪。"随后他们给他戴上了头盔，粗鲁得仿佛要把他的脑壳挤碎。他觉得恶心，喷气燃料和废气味儿熏得他头晕，他必须努力克制着才能不吐出来。

他们把他固定在座椅上。他曾考虑过抗争，可是后来一想，如果要死，他得死得体面，不露一丝恐惧。他的耳朵里充斥着各种声音，大部分是警告他不要碰任何东西的呵斥声。他眼前是许多奇怪的跳动的屏幕，还有一堆不知道干什么用的开关和闪灯。跑道上，另一架飞机与他们齐头并进，飞行员竖起大拇指发了个信号。突然间，引擎咆哮，有人在耳机里喊道："马克一号，允许起飞，跑道正前方，爬升至飞行高度310，升空后请联系离场管制。"没有一点征兆，不知从哪里突然发出一阵惊天动地的轰鸣，达乌德·古尔的后脑勺一下子撞在了座椅靠背上。他惊异地用眼角向窗外瞥了一眼，看到跑道正以飞快的速度向后退去，而且越来越快。

随后，他们便离开地面，冲上了天空。

上午9:01

内阁办公室情况通报A室的套间中配有全世界最复杂精密的通信系统，其作用就是应付各种紧急事件。因此，他们与BBC转播车中的哈里取得联系根本不费吹灰之力。

"哈里，怎么回事？你说二十分钟就回来的。"蒂贝茨丝毫没有掩饰自己的不耐烦。

"暂时走不开，迈克，不过我们可能发现了重要的新情况。阿奇·威克菲尔德一直在试着和我们联络。"

"他说什么了？"

"他说他能对付炸弹。"

电话对面立刻不平静起来。

"天啊，怎么对付？"

"还不知道。我们正试着和他沟通，用屏幕给他发摩尔斯密码。"

"那不会引起恐怖分子的警觉吗？"

"应该不会，我们只是在画面上做了点小手脚，看起来和大气干扰的效果差不多。"

"之前因为画面的事恐怖分子可是差点杀了人的，你还记得吧？"

"记得，但我认为那不是我们最主要的问题。"

"那什么才是？"

"我他妈的最怕阿奇不看屏幕。"

"那你打算怎么办？"

"再等十分钟看看。"

十分钟转眼就过去了，哈里心急火燎地趴在修补匠肩头，盯着屏幕。他们又等了五分钟，可阿奇·威克菲尔德依旧没朝屏幕看过一眼。

上午9:16

有时候，不管你多么努力，也丝毫无法改变结果。几个人干着急，但仅凭意念是无法把阿奇的注意力吸引到屏幕上去的。

"我觉得这样下去不是办法。"丹尼尔咕哝道，他说中了转播车里所有人的心思。

"那就快想办法，丹尼尔！"哈里忍不住了，"无论如何都得让他看屏幕，别光坐在这里搓手了。"他连续深吸了几口气才算平静下来。"对不起，"他低声说，"主要是这些技术上的东西我一窍不通。这是你的专长，可我什么忙都帮不上，有点儿着急。"

"别放在心上，"丹尼尔回答，"你还没见过我的编辑是怎么抱怨的呢。"

哈里感激地伸手放在丹尼尔的肩膀上，"等这件事过去，我请你喝酒。"

"没问题。既然我有了停车的地方，咱们就可以一醉方休了。"

"放心吧朋友，现在赶快拿出个办法来吧。"

"我觉得咱们可以把全部画面暂时停掉，制造一个受到严重干

284

扰的假象，把每个人的注意力都吸引到屏幕上去。当然，我们只能祈祷那里唯独阿奇一个人能看得懂摩尔斯密码。"

哈里甚至还没来得及仔细考虑这个提议，扬声器里就传出了声音。"哈里，说话，怎么回事？"蒂贝茨问道，他也已经着急得像火烧眉毛了。

哈里只稍微迟疑了一下，便告诉对方："我们打算切断所有画面，先吸引他的注意，只需很短的一段时间就可以。"

情况通报室里同时出现了数个声音，乱七八糟的，但所有人似乎都不约而同地表现出了忧虑。

"万一恐怖分子也能看懂呢？"一个疲惫的声音传来，"那样岂不是非常冒险？"

"我想事到如今这个险是非冒不可了。"哈里回答。

议论声再度传来。"先别急，哈里，"蒂贝茨指示说，"我们必须谨慎考虑清楚才行。"

哈里知道，他们就算考虑到人质都死光了也不会有什么结果。"太晚了。"他听到自己说，情急之下他撒了个谎，尽管他非常清楚，事后肯定会有人找他算账的，"已经开始了。"

正当蒂贝茨惊慌地大呼小叫时，哈里探询似的盯着丹尼尔，后者不禁皱起眉头，又耸了耸肩，最后又点了点头，随即开始操纵起控制杆。屏幕上立刻有了反应，画面剧烈地闪烁着、跳动着，直到突然一下子全部消失。而后画面重现，继续闪烁跳动几次，再次消失。如此反复了几次，从其他屏幕可以看到，议事厅里的人一个个好奇地抬起了头，终于，阿奇·威克菲尔德也加入了他们。

"太好了！"哈里指示说，"恢复全屏，修补匠，开始干吧。"

完整的画面很快恢复正常，除了屏幕一角不停闪动的一个黑色小方块儿，它闪动的频率时长时短，时而急促、时而缓慢。实际上它在用摩尔斯密码反复拼写着两个字母"C"和"Q"，这是请求联络的指令。

就像慢镜头一样，他们看到阿奇脸上缓缓露出一丝僵硬的微笑，随后他立刻开始用手指轻轻拍打起自己的前额，回复了一个字母"K"，意为"收到"。

转播车里的人们兴奋不已。阿奇的面部特写镜头很快出现在屏幕中，不同的摄像头还提供了不同的角度。丹尼尔神采飞扬，激动地握住哈里的手，其他人则默默地鼓起了掌。

然而欢乐的气氛并没有持续多久，在阿奇第三次重复自己的回答时，议事厅里突然响起了枪声，古老的橡木天花板上顿时落下一堆碎片。马苏德站在御座前，怒气冲冲，面目狰狞。

上午9:23

"哈里，哈里，"蒂贝茨喊道，"我们现在怎么办？"

马苏德正对着电话咆哮，他要求警方的谈判专家给出一个合理的解释。

哈里有些神思恍惚，不知道是因为困惑还是疲劳，或者两者兼而有之。在过去的四十八小时中，他一共只睡了四个小时左右，其间遭受殴打并受伤，甚至差点丧命，种种经历就算最灵敏的头脑也会吃不消。不过，他并不会因此担忧，因为他很清楚马苏德的状态比他也好不了多少——他的反应不可能一直灵敏下去，头脑也不可能一直清醒如初，这些都将给警方提供可乘之机。而最重要的是，他已经失去了耐心，开始焦躁不安了。哈里知道他需要迅速行动起来，在出现不可挽回的状况之前把马苏德的愤怒转移到其他方向。

"我们怎么办？"蒂贝茨又问了一遍，焦灼的语气中不无责备的味道。

"就说是信号问题。"哈里回答。

"我认为我们需要考虑……"另一个声音插进来说道，但哈里打断了他。

"没时间考虑了！"他气冲冲地说，"马苏德现在就需要答案，那就告诉他……"声音弱了下去，哈里搜肠刮肚地寻找着合适的借口。

"什么，哈里？告诉他什么？"

哈里脑海中灵光一闪，想到了一个点子，"告诉他大厦外面的电缆在夜里受潮了。那些都是为举办国会开幕大典临时拉的电缆，平时根本不会通宵使用。就这么说，告诉他我们能修好，但需要派一名工程师到里面去。"

"可他是不会答应的。"

"答不答应都无所谓，只要他相信就行。就这么说吧，快点。"

马苏德当然不会同意让工程师到国会中去，但是当他和谈判专家通话的时候，全世界的观众都看在眼里，他缓缓放下了枪，疑虑正从他身上悄悄溜走。可见他也有大意的时候。在另外一个屏幕上，哈里看到阿奇又开始轻轻拍打他的脑门儿了。

上午9:32

哈里把大家引入了一个迷宫，这一点他比谁都清楚。情况通报室里摸不着头脑的人越来越多，就连蒂贝茨也开始表现出怀疑。这不奇怪，哈里自己也是满腹疑团。

"哈里，现在我们该怎么办？"蒂贝茨问。

"我们得试探一下，看看他们现在的心情怎么样。"

"我猜你又有什么新点子了吧？"电话中忽然传来女人的声音，那是特里西娅，她已经回来了，正静静地站在一旁看哈里的笑话。

她感觉自己遭到了抛弃。美国总统不把她放在眼里，同僚们对她也是敬而远之，为此她恐慌不已，直到头晕目眩，险些昏倒。

不过现在她已经不再是人们关注的焦点，压力转移到了别人的身上，而她从中看到了机会。少了她的参与，他们并没有做得更好。尽管她自己也是糊里糊涂，思维一片混沌，但她已经找到了她想要的东西——危机恶化之后一个可以指责的对象。哈里无疑就是那只等着挨枪的出头鸟，他已经莽撞地跌入网中，而只要将批评面稍加扩大，蒂贝茨受到指责也必定是顺理成章的事，这想法令她振奋不已。她的个人权威在这里已经丧失殆尽，想要重建可没那么容易，因此再度露面时，她格外地小心翼翼。"哈里，我猜对了没有？你想从他们的立场思考问题对不对？我很好奇，你能说得再详细点吗？"她充满不屑的语气已经清楚地表明，哈里不管说什么，她都不会当回事儿。

"我的建议是，让阿奇假装犯病，要求医生诊治，看他们会是什么反应。"

"他们的反应能告诉我们什么呢？"她步步紧逼地问道。

"如果他们同意，就说明他们暂时很放松，愿意向前看。"

"如果不同意呢？"

"那就说明一切还是老样子，他们并没有放弃杀害人质的念头。"

"你这种逻辑恐怕站不住脚吧。"她不无尖酸地说道。

"但我们必须尽快拿定主意。"蒂贝茨也在极力捍卫自己的权威，"达乌德·古尔已经在天上了，我们鞭长莫及，现在已经没时间事事求稳了。"

"那也不代表我们就能鲁莽行事。"她小声嘀咕说，虽然算不得义正词严，但却足以让每个人都听到。

蒂贝茨不甘示弱，"在我看来，这是目前最可行的办法，值得一试。除非你有更好的建议，内政大臣阁下。"他向特里西娅发起了挑战。

但她的目的已经达到，现在她知道自己并没有失去全部的话语权，只是此刻她还不具备扭转乾坤的条件。因此她很识时务地放弃了异议。

情况通报室里激烈的争论都通过转播车里的扬声器传了出来，只是人们七嘴八舌，哈里很难听清每一句话。最后，蒂贝茨的声音再度响起。

"哈里，上帝还是眷顾你的。你们可以开始了，就按你的建议办。但如果他们真的同意让医生进去，"他警告说，"我们这里的一致意见是，必须确保我们能相信他们。说实在的，我们都捏着一把汗呢。"

转播车内，修补匠泰然自若地摸了摸眼眉，等待着指示。

"老伙计，该干活了。"哈里下令说。

一条消息就这样神不知鬼不觉地发了出去。"装病，叫医生。完毕。"阿奇舒展的额头和上扬的嘴角给出了回答——他明白外面那些人的意思了。

具体的安排只花了一分多钟。转播车里的所有人都目不转睛地盯着屏幕，他们看见西莉亚·布莱辛欠身起来，但她刚站起了一半，就捂着胸口，呻吟一声倒在了地上。这犹如一颗石子落进平静的池塘，波纹迅速向四周传递开来，近旁的人纷纷围拢过去，有提建议的，有伸手帮忙的，但是阿奇挥手把他们赶到了一边，好给西莉亚呼吸的空间。只见他万般小心地将西莉亚抱起，如同抱起一个婴儿，然后轻轻放在皮质长凳上，先是摸了摸她的额头，又检查了她的脉搏，并解开她领子上的纽扣，最后他抬起头，一脸悲痛地望着马苏德。

"她需要医生。"

马苏德无动于衷。

"你就发发慈悲，给她叫个医生吧！"阿奇喊道。

289

"谁都不准进来。"

"那就让我把她送出去。"

"谁也不准出去。"

"求求你了，救救她!"阿奇恳求道。也许他不知道，情况通报室里所有的人都把心提到了嗓子眼儿里，他们有的咬着手指甲，有的咬着戒烟棒，此时此刻，他们的心情是一致的。"你想让她死在你的手上吗?"阿奇大声质问道。

马苏德无所谓地耸耸肩，"我连她是谁都不知道。"说完，他背过了身。

上午9:50

经过一个小时的飞行，六百英里的路程已被甩在了身后。超级大黄蜂已经用掉了差不多一万六千磅燃料，此时它巡航在三万八千英尺的高空，不放过每一阵顺风，然而要想成功降落在任何一片大陆上，它还需要更多的燃料。达乌德·古尔抬头看天，天空辽阔晦暗，低头看地面，只见一片乳白色的茫茫云海。自从离开迪戈加西亚岛，他所见到的都是这一成不变的景象。然而还是有些不一样的地方的。升空之后一直飞在他们右侧的另一架超级大黄蜂从视野中消失了，隔了数秒却又突然出现在机头前方的不远处。两架飞机越来越近，他们的驾驶舱眼看就要撞上前机的尾翼，达乌德·古尔紧张得差点叫出来；紧接着他便看到一根软管从前面飞机的下面伸出，一端有个像篮子一样的东西，而他们这架飞机则小心翼翼地靠上前去。两架飞机如同一对儿默契的舞者，一前一后，一上一下，慢慢调整着方位和距离，这惊人的一幕让达乌德·古尔忘记了恐惧，甚至不禁由衷地赞赏起这些敌人们的技术。终于，浮锚与探头成功对接，此后两架飞机仿佛融为了一体，在距离地面上万英尺的高空同速飞行，看上去就像天堂门口被冻在一起的两个天使。对接成功后，古尔注意到他面前的一个仪表变了颜色，并开始稳步爬升。

加油结束后，两架飞机小心地分离。达乌德·古尔的背部再次感受到一股强大的推力，飞机突然开始大角度爬升，几乎直上直下。他闭上眼睛，努力克制着恶心的感觉。当他再度睁开双眼时，另一架飞机已经不见。万里长空，只剩下他们了。

上午9:58

她枕在阿奇的腿上，他的手指伸进她的头发里，苦恼地来回摸索。不过他的眼睛始终盯着屏幕。

接下来怎么办？他用密码问道。和之前一样，他并没有立刻得到答复。同样的密码他往往需要发几十遍。

炸弹，你有何计划？答复出现了。

建议等到女王……

突然，阿奇直勾勾地看着马苏德，他的密码还没有发完。

"你在干什么？"马苏德怀疑地斜着眼睛，恶狠狠地问。

"什么，这个吗？"阿奇开始笨拙又夸张地在自己额头上乱摸一气，"怎么了，我一紧张就这样，老毛病了。"他试着微笑，但那反而加深了对方的怀疑。

"如果你不想丢掉你的手指，还有脑袋，我建议你让它们离得远远的。"马苏德瞪着双眼，仿佛要把阿奇看穿，"我会盯着你的。"

阿奇只好不情愿地放下手，继续抚摸枕在他腿上的"病人"的头发。

在屏幕前目睹这一切的人着急地在心里叫喊着。哈里一拳砸在车厢壁上，铝合金板上顿时凹下去一个坑，激动的情绪使他另一只手上断了的手指都跟着隐隐作痛。转播车里不知是谁口无遮拦地骂了一句，这时，扬声器中又传来蒂贝茨有气无力的声音，"哈里，我们可能需要你回来，马上。"

"现在怎么办？"

蒂贝茨的问题没有激起人们丝毫的热情或新的意见，等待哈里的那段时间并不足以令他们理清头绪。灾难的步伐一刻也没有停歇。

"还是先请黑斯蒂准将谈谈最新的情况吧。"蒂贝茨说。

那苏格兰人清了清嗓子，"没什么大的变化，就位的狙击手仍然只有三个，但其中一个已经潜伏了将近八个小时。人不是机器，他现在的状态肯定达不到最佳水平。第一枪也许能百分之百命中，但接下来就很难说了，也就是说还有七个恐怖分子需要对付。我们的目标是在他们伤害人质之前干掉他们，这并不容易。另外两个狙击手躲在通风管道里，他们每人应该可以干掉两个目标，但前提是目标不会突然移动位置。如果都顺利的话，能够对人质构成威胁的就只剩下三个恐怖分子，不过这种假设的前提是我们发动突袭先发制人。倘若我们等对方先动手，那我还是坚持百分之二十的伤亡率。当然，最棘手的问题依然是炸弹。"

炸弹，这可恶的炸弹是他们死活都绕不过去的障碍。

"你觉得，不，在座的所有人，你们觉得威克菲尔德会怎么解决炸弹的问题？"蒂贝茨在房间里扫视了一周，但他只看到一张张死灰般的脸，没有人回答。

"那名王室护卫呢？"最后有人问道。

"也许能帮上忙，"黑斯蒂说，"但除非他知道我们的计划，否则突袭时他很可能会和其他人一样不知所措。"

"我们能不能事先告诉他？"

"他不懂摩尔斯密码，而且他坐在离威克菲尔德较远的位置。我想能通知他的唯一方法就是派人进去，这样，我们也许还能组织起人质配合突袭，那样或许会增加我们的胜算。"

所有人都扭头看着哈里。他的样子简直惨不忍睹，一只眼睛至今还无法睁开，嘴唇肿得老高，脸颊上的瘀青越来越触目惊心。

"看来我不得不自告奋勇了。"他嘟囔了一句，发现说话已经越来越困难，嘴唇沉甸甸的，还有两颗牙齿也松动了，就像风中摇晃的小树苗。温坡街上的整牙医生这次要发财了。

"不，哈里，你已经做得够多了。我们不能再让你进去。"蒂贝茨说。

"迈克，除了我你还能派谁呢？"

总警司绷住了嘴唇，那表情就像刚刚吃了一大口柠檬。

"你要是派个陌生面孔进去，他们会怀疑的，"哈里解释说，"你不能冒这个险。我估摸着里面的简易厕所已经该清理了，我就是干这活儿的最佳人选。你说是吧，特里西娅？"

她拿出十二分的友善笑了笑。

"听着，我们仍然可以通过屏幕和威克菲尔德联络，就算他无法答复也没关系。我们只需告诉他，不管他要干什么，都必须等我进去了再说。我会想办法跟王室护卫接上头，不过多半要靠眼神交流。然后我们就耐心等着阿奇……呃，不管他要怎么干吧，反正以他的行动为信号。"

"哈里，这么做你会把自己再次置于火线之上的。"蒂贝茨提醒他说。

这时特里西娅摆了摆手，"咱们还是悠着点吧，我看大家有些太着急了。"

"没有人着急，除了达乌德·古尔，"总警司回答，"我们必须看清楚我们能选择的余地。"

"其中一个选择就是假设达乌德·古尔在……"她看了看墙上一个显示着超级大黄蜂飞行路线的屏幕，"……大约两个小时内安全抵达他的祖国后，他们能如约释放国会里的人质。"

"如果他们不守约定呢？"

"那我们就发动突袭。"

"那么做我们会失去先机的。"

"但能在道义上占上风，记住这一点。你们想冲进去先发制人的理由只不过是基于哈里自以为是的直觉罢了。"不知不觉间，她已经伸出了利爪。

"你害怕做出这个决定，特里西娅，是不是？"哈里问。

"我唯一害怕的是等到木已成舟，我们却发现自己犯了这辈子最大的错误。要知道我们冒的风险比任何时候都高。"

"我这儿有个新情况，可能会有点关系，"蒂贝茨犹豫不决地说，"不确定到底是什么意思，但也许有点价值。我刚刚收到布嘉柯夫的尸检报告，看来他的心脏一直不好，患有心肌症，只有几个月好活，运气不好也就几个星期了。他是摔倒之后引起心脏病发作才死掉的。"

"也就是说，自然死亡。"特里西娅执拗地说。

"那要看他为什么会摔倒，是被人推倒的，还是自己绊倒的。"蒂贝茨说。

"他是被推倒的。"哈里很坚决地说。

特里西娅像个耐心的妈妈一样叹了口气，"你怎么知道？"

"因为他死得太巧了。"

"我说哈里，你怎么把所有事都想得那么复杂？好像我们身边到处都是阴谋似的，这样有什么好处吗？对于一个老成那样的人来说，他的死因没有比心脏病发作更好的解释了。"

"别忘了，就是这个病入膏肓的老家伙参与策划了这场有可能成为本世纪最大危机的绑架。"

"听着，我并不想针对任何个人，"她面向大家说，"但所有这些都只是哈里自己的判断。这就是问题所在，他的判断真的那么可靠吗？我看不见得，从记录上看，不管是从政之后还是以前在军队中，他的判断都不能说尽如人意。"

"我在军队中的事你能知道多少？"

"恐怕不算少，我们这里军情五处的朋友已经查过你的底细。"

被提到的那个人尴尬地蠕动了下身子——见鬼！现在的人怎么都不按常理出牌了？

"你刚刚担任内政大臣的时候，"特里西娅继续说道，"我拿到了一堆关于你的档案。你和你的上司之间爆发什么争执，你破坏过哪些规矩，全都记得清清楚楚……"

"我认为那叫主动。"

"你总是喜欢冒险。"

"在军队里就该那样。"

"但据你的上司们说，很多时候你根本不计后果。有一次，在不具备跳伞条件的情况下，你带着你的空降旅还是跳了下去，有这回事吧？我记得官方报告中说那次行动，撒丁岛上到处都是摔死的伞兵，还有一大批人被摔成了残废。哈里，有时候别人的性命在你眼里似乎一文不值。"

"我觉得这些和目前的行动没什么关系吧？"蒂贝茨试图缓解一下气氛。

"怎么可能没有关系？"她立刻反驳说，"我们正面临英国历史上最严重的危机，我们执行的任何方案都有可能决定这个国家的未来，一着不慎满盘皆输，甚至会酿成史无前例的大灾难。所以我们的决定必须建立在稳妥的基础之上，而不能仅凭一个曾经屡屡失误的人的判断就贸然行事。"尽管她努力克制，这番话听起来仍是毫不留情的。

众人再次望向哈里，但他不愿多说什么，或者说他不想和她一般见识。

"毕竟哈里不属于这里，"特里西娅不依不饶地继续说了下去，"他不是大臣，也不是政府官员，说到底他只是个过客，一个不需要负任何责任的旁观者。我觉得他有些越俎代庖了，有人给了他太大的权力。"终于说到重点了，哈里不过是只替罪羊，与此同时，她不动声色地提醒了在座的各位，这全是他们的错，而不是她的。

这一系列的交锋都被军情五处的情报员看在眼里，他在座位上又开始不安地蠕动起来。他不喜欢特里西娅耍的这套把戏，他也不喜欢她本人——并不是说他介意听命于女人，而是这个女人实在让人讨厌。她总是那么咄咄逼人，丝毫不懂得张弛之道。军情五处情报员的心里愈发不是滋味起来，手里的戒烟棒被他捏得越来越紧，终于，戒烟棒承受不了巨大的压力，啪的一声断为两截，打断了特里西娅滔滔不绝的讲话。于是所有人的目光都集中到了他的身上。

"五处，你可以证明我刚刚说的话句句属实，对不对？"她笑容可掬地问。

军情五处情报员清了下嗓子。"过客，"他意味深长地重复着特里西娅的话，仿佛在给自己寻找一个合适的突破口，"这么说也可以，但却是一个有着辉煌纪录的过客。我现在想起来了，内政大臣阁下，就是您刚刚提到的那些档案里记载的。他曾在北爱尔兰服过役，参加过第一次海湾战争，还在西非执行过许多我们听了都会觉得胆战心惊的秘密任务。"

特里西娅试图打断，但他自顾自地说了下去。

"那些任务可不比小孩子过家家，而是提着脑袋去完成的，用九死一生来形容一点都不过分。我记不清他一共得过多少枚勋章和多少次赞扬，"他用半截戒烟棒在空中画了个圈，"但我记得好像有一枚十字勋章，这是我们国家的最高荣誉勋章了，尽管如今在有些人的眼里这已经不算什么。但我觉得就凭这些荣誉，他还是有一定的发言权的。"众人纷纷赞同地点起头。

"在这里没有，这里是内阁办公室。"她固执地说。

蒂贝茨看不下去了，"我想提醒您，内政大臣阁下，我是处置这场危机的主要负责人，接下来要干什么应该由我来决定。"

"这我不否认。"

"谢谢。"

"但我是内政大臣。"她的口吻听起来像是威胁。

"这我打死也不会忘记。"

"我希望你能坚持原则。"

"这里是内阁办公室，哪里有什么原则？"蒂贝茨针锋相对地回答，他已经有点压不住火了。

"那我希望就我们的讨论整理一个备忘录出来，"她说，"有了记录，事后谁该为什么负责会更清楚些。"

"没问题，我敢肯定你的那些媒体朋友会尽职尽责的。"他气冲冲地说道。

至此，形势再度发生了变化。蒂贝茨对特里西娅的蔑视与抗争已经走向了公开。这并不是他想看到的局面，可他早已筋疲力尽，而特里西娅又实在不可理喻。两人之间已经画出了一条清晰的战线。

"总警司先生，这件事过后你可能要提前退休了。"

"那是以后的事了，现在我建议咱们还是集中精力解决眼前的事。"

"没错，"军情五处情报员附和道，"达乌德·古尔离目的地只剩下一半的航程，我们不能再浪费时间了。"

"这个问题不解决不行。"蒂贝茨尽量控制着自己的情绪，"由于事关重大，我要征询在座每个人的意见。我知道这不是内阁开会的惯常做法，但现在不是含蓄的时候，如果要达成共识，也必须是确定无疑的共识。现在我挨个儿问你们，从您开始吧，黑斯蒂准将，毕竟您和您的部下将要冲在第一线。我们是坐等马苏德放人，还是冲进去消灭他们？"

黑斯蒂不想急着回答这个问题，他深吸了一口气，说道："我一直在仔细观察他们。我发现他们并没有打算释放人质的迹象。所以我认为，我们应该冒一次险，先发制人。"

"谢谢，您呢，总参谋长先生？"蒂贝茨转向了下一个。

"同意。"他的回答干脆利落，典型的军人作风。

问答持续下去。一位文职官员拒绝发表任何意见，他不愿做决定，即便蒂贝茨再三施压也无济于事；外交与联邦事务部大臣倾向于推迟行动，他的意见得到了卫生部大臣的响应；国防部的官员自然不愿与上级长官闹分歧，他们都站在总参谋长一边。把所有人都问过了一遍后，蒂贝茨满意地说道："谢谢各位，我看大致情况就是如此了。"

"我呢？"特里西娅·威尔考克斯瞪着眼问。

"对不起，内政大臣阁下，"蒂贝茨很诚恳地说道，"我记得您已经明确无误地发表了自己的观点。"

但特里西娅可没那么好说话，"我只不过是提出了一些问题，而这些问题并没有得到满意的答复。但正如你说的，我们必须集中精力解决眼前的事情，而眼前的事是由你负责的。我的态度是，总警司先生，不论你做什么我都会支持。"这样的手段真是巧妙无比。此前她大张旗鼓地表明自己的观点，而今又毫无保留地支持蒂贝茨的决定，如此一来，她既不需要背负阻挠行动的骂名，又不会在行动失败之后受人指责。然而历史是由胜利者书写的，也可以说是由她安插在媒体圈中的那些朋友书写的，因此她决定给自己留下充分的余地，保证她无论在什么情况下都能站在胜利者的一边。

蒂贝茨一眼便看穿了她的如意算盘，可他能说什么呢？他礼貌地向她表示了感激，她也坦然受之，点点头并勉强笑了笑。不过她的笑容转眼便消失了，因为蒂贝茨的话还没有说完。

"您倒提醒了我，内政大臣阁下，也许我还要征询一下另外一个人的意见。"总警司在座位上扭过身，"哈里？"

哈里过了几秒钟才醒过神来。他的嘴唇疼得要命，嘴里仍有一股咸咸的血腥味儿，因此费了很大劲儿才缓缓吐出一句话。

"我们曾经发誓，一定会温柔地踏在他们的土地上。"

在场的所有人都知道，这条誓言早已被无可挽回地违背了。他的话迅速引起了众人的注意。

"马哈苏德人个个都是铁骨铮铮的战士，而且他们万众一心，亲如兄弟，在我们侵入他们的土地之前是如此，我们离开之后仍是如此。他们只是千里之外的一群陌生人，我们对他们的了解少之又少，可如今我们却把他们变成了我们的敌人。这是个悲剧，也许有一天，我们能像正视他们对我们的威胁一样，正视我们给他们带去的灾难。请大家记住，议事厅里的那几个人，在我们眼中是恐怖分子，但在他们的家人和同胞们的眼中是黑太子，是纳尔逊，是英雄。所以我建议，今天无论我们做出了什么决定，都请抱着谦卑的心态去执行，不要心怀仇恨。"他的舌头在口腔中探测到了新的肿块，伤口隐隐作痛。等一切结束之后，他的嘴巴里面恐怕也要缝上几针。

"夺人性命非同儿戏，我们绝不能轻率，"他继续不紧不慢地说道，"在做这类事之前，我总希望能扪心自问千百遍，我所做的和做过的一切是不是对的。今天我们面临同样的抉择，然而我们不可能知道这些人的想法。也许内政大臣是对的，说不定他们真的会

299

乖乖离开，不伤害一个人质。但我们必须做最坏的打算，因为我们今天要做的事不仅关乎现在，还关乎将来。如果我们寄希望于他们自动离开而没有任何作为，也许那能保住我们的女王，但却将不可挽回地损害我们的自由。因为从今往后，我们将生活在恐惧之中，我们无时无刻都将担心他们会不会卷土重来，而事实上他们一定会来。奉行恐怖主义的人，其野心和幻想是没有限制也永远不会满足的。他们知道我们有可资利用的弱点，他们就会像豺狼扑向羚羊一样一次次扑向我们，因为他们清楚自己不会空手而归。如果我们任凭他们安然离开，那就等于打开了一扇灾难的大门，也许灾难不会在今天降临，但明天呢？只要还有人记着今日之事以及我们暴露出来的软弱，那一天就肯定会来临。如果是那样，我们的所作所为将不是拯救女王，而是把她的王国推向了灾难的深渊。但如果我们敢于正视灾难、蔑视灾难，他们就再也不敢找上门来。那么不管今天的结果如何，我们都将是胜利者。"

房间里静悄悄的。过了好一会儿，原本集中在哈里身上的目光全都转到了总警司身上。只见他纹丝不动地坐着，唯有胸口一起一伏。他的视线牢牢固定在面前的一个薄薄的文件夹上，犹豫了片刻后，他极不情愿地把它打开了。

"我这里有一封委托黑斯蒂准将及其部下处置这场危机的授权信。我们都知道这意味着什么，它相当于一份合法的执行令，我们国家已经有三十多年没人签署过这种文件了。"

他环顾左右，等人反对，可是没有一个人提出异议。于是他拿起一支钢笔，缓缓写下了自己的名字。

"愿上帝保佑你们。"特里西娅·威尔考克斯说着把椅子向身后一推，头也不回地走了出去。

第十二章

　　美国海军林肯号航空母舰已在距离巴基斯坦仅几百英里的霍尔木兹海峡待命。它与另外一艘航母长期停泊在该地区，目的是支援美军的"持久自由行动"。这项军事行动的目标是打击阿富汗境内的塔利班组织，同时向伊朗施压，其代号已经充分说明了这次行动的持久性，而实施之后的难度更是超乎其组织者的想象。林肯号航空母舰有着骄人的历史，数年前，一位美国总统曾经登舰访问，并遥望着早已沦为焦土的伊拉克战场大声宣布"任务完成"。此后林肯号还执行过许多大大小小的任务，具体完成过多少使命，就连舰长本人恐怕也说不清楚。

　　数小时前，林肯号舰长接到命令——朝东南偏南方向全速前进，而后等待进一步的指令。此时新的指令已经到达，今天，他将扮演一个不大光彩但却至关重要的角色。舰长下意识地察看着天色，尽管林肯号以高达三十六节的航速前进，但他们距离目标仍有三百海里，超级大黄蜂战斗机完成这段飞行仅需半个小时。只要赶到目的地，林肯号的使命便可宣告完成。

上午 11:30

阿奇·威克菲尔德能感觉到从两鬓缓缓淌下的汗水。屏幕上的信息他已经确认了三次，还是没有改变。他感到恐惧，呼吸也变得急促起来。依然平躺在他旁边的西莉亚·布莱辛感觉到了他的紧张，于是偷偷睁开一只眼睛察看。

紧急，信息中说道，恐怖分子似无意释放人质，需要你协助处理炸弹。

阿奇知道这意味着什么，但他们知道吗？他们有没有想到他们需要他做的是一件什么事？他时日无多，的确了无牵挂，但即便如此他也需要鼓起莫大的勇气，而问题的关键在于他不知道自己是否拥有这样的勇气。他向西莉亚夸下了海口，当然，他并非乱吹牛皮。但说是一回事，真正去做就是另一回事了。

计划突袭议事厅，屏幕上传来新的消息，收到请拉一下耳朵。

突袭？什么时候突袭？怎么突袭？他想问清楚一切，可是恐怖分子们把他盯得很紧，他没有半点机会做小动作。他心里七上八下，越想越觉得自己责任重大，越想越着急，而越着急汗水越是往外冒。他们的突袭必须以他为中心，没有他的配合，突袭成功的概率将大幅降低。"真该死！"他在心里骂道。要是当着西莉亚的面把这件事情搞砸了，那他可就没脸活下去了。对，绝对没脸活下去。西莉亚睁大了一只眼睛盯着他，眼神中满是关切。

他深深弯下腰，做出查看她的样子，趁机在她耳边小声说道："我说公爵夫人，你该'醒'过来了。"

上午 11:33

哈里又开始脱衣服，准备最后一次进入议事厅。因为一只手伤

302

着，他单手解扣子的时候颇费了点工夫。该死的扣子极不配合，它们仿佛在故意拖延他重入虎穴的时间。哈里着急得恨不得把它们一个个扯下来。这可不是好兆头。

哈里有种奇怪的感觉，如今的局面变得多么戏剧化啊。原本格调高扬的政治游戏沦为最基本的人情与血缘的斗争。父亲、母亲、儿子，所有的参与者，所有潜在的受害者，都以不同的方式在这场闹剧中贡献着自己的演出。一个一心只想救出自己儿子的总统；一个因为儿子危在旦夕而精神崩溃的首相；当然，还有达乌德·古尔的儿子，他跑了几乎半个地球前来搭救他的父亲，并用一众人的脑袋来保全他们父子的身家性命；此外还有女王和她的儿子查尔斯。她已经在御座上坐了快一整天了，虽然看起来仍是一副超然世外的孤傲模样，可她内心的真正感受又有几人能体会呢？为人父母，真是一件很奇妙的事。

哈里也不例外。他无时无刻不在牵挂着自己未出世的儿子——对，应该是个儿子，他的直觉一向很准。可现在他正为了拯救别人的生命拼上自己的老命。他是不是搞错了重点？也许他该首先处理自己和梅勒妮的事，让别人来蹚这潭浑水，但现在为时已晚，他已经下定了决心，尽管他也搞不清楚这决心是他自己下的，还是别人为他下的。所以，只管硬着头皮进去吧，克服一切困难，把该了的事情全部了结。如果他命大能够活着出来，也许还有时间去找梅勒妮解决孩子的事；万一他有去无回，那也就没什么好说的了。听天由命吧。

该死的梅尔，她到底跑哪儿去了？应该是和闺密在一起吧，他如此猜测，或者，这只是他一厢情愿的希望，因为其他任何一种假设都让他感到恐惧？"得了，哈里，放松点儿！"没错，她肯定还在为饭店里被他放鸽子的事而生着气呢，况且怀孕的事也够她烦恼一阵子了，所以她肯定会到闺密的肩膀上寻找安慰，她的闺密就是他今天下午要去寻找的目标，等这一切都过去……

去他妈的，没必要藏着掖着，这件事他也有错。过去他对她的关心远远不够，他的大部分时间都用在了别人身上，难怪她会如此心烦意乱。他应该收起那些严厉的伤人的话，像个能屈能伸的男人一样放下身段，向她道歉，恳求她至少给他一个弥补过错的机会。他需要马上这么做，现在就做，在重回议事厅之前，以防万一。他停下了正在解扣子的动作，伸手拿过手机。他拨通了号码，却无人应答，转到了语音信箱。他犹豫了一下，痛苦地意识到这将可能是他留给她的最后一条信息。他该说什么呢？问她在哪儿？然而他越是想要赶跑一切猜疑，猜疑反倒越变本加厉地折磨他、伤害他。最后，他气冲冲地按下了手机上的挂断键。

哈里不禁骂起自己，骂自己糊涂，骂自己意乱情迷。他必须集中精神，专注于眼前的任务，把那些乱七八糟的想法全都抛到九霄云外。他将带着他这辈子最重要的使命走进议事厅，而且他比谁都清楚，此去凶多吉少。如果他继续三心二意，只会徒增风险；可思想是很难控制的，那些令人绝望的念头不停地浮现在他的脑海中，越是努力摆脱，越是像乱麻一样地缠在一起。他还没有做好准备，一点儿都没有。沮丧之余，他一把扯开了衬衣，响亮的撕裂声随即传来。他的左手一阵疼痛，好像被十几只尖牙利齿的小鼬鼠同时撕咬；一颗颗纽扣调皮地滚落在国会邮局光滑的瓷砖地面上，那清脆的声音仿佛是对他的无情嘲笑。哈里突然意识到，他害怕了，怕的不只是摆在面前的危险，还有许多其他的事情。不，他真的还没有做好准备。

上午11:35

其他人也各有各的心事。约翰·伊顿不时拿眼睛瞄他的儿子，他希望儿子能看他一眼，可马格纳斯仿佛故意不让他如愿。如果之

304

前伊顿还有所怀疑的话，现在他已经百分之百地肯定，为了儿子，他可以不惜一切。多年的愧疚和身为父亲的自豪，当然，还有如山的父爱无比沉重地压迫着他，使他能在恐怖分子面前做出卑躬屈膝的举动。他无疑要为此付出高昂的代价，甚至有可能失去儿子的尊敬，其他人就更不必说了。而日后他注定还会失去首相之职，不过只要能让马格纳斯活下来，这些后果都显得微不足道。他宁可忍受无边的痛苦，也不愿意失去儿子。

罗伯特·潘恩是另一个洞察一切的人，他深刻意识到周围的世界已经彻底改变。不论这场危机最终会是什么样的结局，它都将留下一个满目疮痍的烂摊子。领导人们会受到责问，他们的能力将受到质疑。哦，他们会将自己抬举到令人眩晕的高度，并发誓说如此骇人听闻的失败绝不会再次发生，然而那个可怜的、已经废了的傻瓜伊顿，就算掉了脑袋恐怕也不足以平息民愤。人们不仅会砸烂唐宁街的窗户，也会砸烂白宫的窗户。但首相先生和总统女士却或许有机会看着他们的儿子长大成人，如此他们已经心满意足。

相比之下，特里西娅·威尔考克斯则要乐观得多。她洗了个淋浴，调整了一些策略，她相信不管最终是什么样的结果，她都能从容面对。如果结局演变成一场充满血腥的灾难，她也无须担心，因为她已经在情况通报室中明确表示了自己的疑虑，所有责任都可以顺理成章地推到那群神气活现的男童子军身上。而且在决策过程中她表现得非常谨慎，她并没有否决这次行动的方案，尽管她曾做出过努力。不过，倘若老天保佑这次行动真的成功了，她一定会做第一个鼓掌欢呼的人，而且会确保让所有人都看在眼里。为什么呢？因为她是负责人，她劝告过他们，在适当的时候提醒过他们要小心谨慎，即便在突袭决定做出后她还说过愿上帝保佑他们的吉祥话。当然，她会适度地表现出谦逊，但她必须让人们知道这样一个事实：她，特里西娅·威尔考克斯，一直以来都是处理这场危机的真正领导。庆祝！欢呼！公众的热情将势不可当，谁也不会有耐心听那些宵小之徒和批评家们事后的指责。她将明确地告诉人们，她有能力承受一切压力，也有勇气承担任何责任，即便她的名字曾经成为某些人首选的攻击对象，但她却幸运地化险为夷，挺了过来。媒体总是喜欢幸运的领导者。总而言之，她对自己的表现十分满意。

现在她已经不需要再做什么了，唯有等待。

上午11:48

达乌德·古尔从未体验过这样的恐惧。美国人说要送他回家，但他们无疑撒了谎。恐怕他们的真正目的是要把他活活吓死，他知道这是美国人的惯用伎俩，就像水刑，把你头朝下绑在一块木板上，蒙住口鼻，往脸上倒水，让你觉得自己马上就要被淹死了。有时候受刑的人的确会被呛死，或在试图拼命挣脱的时候弄断几根骨头。可现在他连做好思想准备的时间都没有，他一直在想着家乡的高山，在梦幻般的世界里流连忘返。毫无征兆地，一个女人的声音突然在他耳边响起，彻底打破了他内心的平静，"最低返航油量！"这声音仿佛是冲着他喊的，"最低返航油量！"随后又是一遍。他睁开眼睛，立刻看到面前的指示灯已经从绿色变成了黄色，并开始不停地闪烁，这声音有个名字——怨妇贝蒂①，她在提醒飞行员飞机的燃油已经不够安全返航了。他不安地望了望窗外，却只看到一片阴霾，天空和大海仿佛融合在了一起，他甚至连哪里是上下都分不清楚。离家还远着呢，驾驶舱外看不到高山，也看不到陆地的影子。此刻飞机正在下降，越来越低，仪表盘上的数字变化不停。从被俘之日起他就做好了赴死的准备，但他希望自己能像个战士一样死在枪下或者大刀下，可他从来没有想过自己会被摔死。

①"怨妇贝蒂"即美语中的俚语 Bitching Betty，贝蒂指的是美国军机发生机件故障或燃油不足时，飞机自动发出的用来警告飞行员的电脑合成声音的代称。

只是到了最后，他以为飞机坠毁在大海上的时候，才看到了下面的航空母舰，一个拖着长长尾迹的庞然大物。他还没有看清是怎么回事，飞机便一头扑了上去。随后是一阵剧烈的颠簸，他像只落入狮口的羔羊，浑身颤抖个不停。过了好大一会儿他才意识到自己并没有受伤，现在他总算明白他们为什么要把他牢牢固定在座位上了。当他们打开驾驶舱时，他的耳朵瞬间便被各种各样嘈杂的声音给灌满了。有人在大喊，机器在轰鸣，周围的一切都在移动，而他的脑袋晕眩得厉害。他就是在这个时候吐出来的，吐在他们闪闪发亮的飞机上。五内翻腾，来势汹汹，他根本来不及拿出呕吐袋。机械师们纷纷掩着鼻子谩骂起来。如果不是因为这件事不太好看，或许他还能为自己骄傲一把呢。瞧啊，他吐在了美军的飞机上。

他们把他硬拖出驾驶舱，对着他的耳朵又吼又叫，可他几乎什么都没听懂，他的心思全在周围那些呼啸而过的机器身上，它们一个个仿佛都想置他于死地。但随后他就被带到了船舱里，他们把他那身满是秽物的飞行服脱了下来，并告诫他要用用脑子。接着，他们又把他塞进了另一套几乎勒得他喘不过气的飞行服里。天啊，他在心里叫苦不迭，他们又要开始折磨他了。

上午11:50

威灵顿兵营坐落在白金汉宫后面，这里却是截然不同的另一番景象。托波尔斯基上校和他手下的四十几个三角洲特种部队士兵好像回到了老家，一个个轻松惬意。有的在吃饭、喝水、喝咖啡；有的在打牌，或者靠在墙上打盹儿；有的还抽起了烟，尽管这是违反军纪的，但似乎没有一个人想去干涉。他们甚至连武器都放在了一边，只有站在门口的持枪卫兵在提示着人们，他们并非真像看上去那样逍遥自在。

门开了，进来了两个人。托波尔斯基看到其中一人正是布莱斯怀特时才松了一口气，他挺喜欢这个上尉，也很尊敬他，而他们不得不刀兵相向的事实恐怕只能用突然爆发了一场严重的疟疾来解释。和他一起进来的那个人年纪明显大些，职务也更高。但这美国人还没从疲倦中缓过精神，他迷迷糊糊的，既没有认出此人是谁，也没有立刻识别他胸前的一排勋章。托波尔斯基踩灭了剩下的一截雪茄——那是英国人给他们补充的最新物资之一——站了起来。年长的那位向他敬了个礼，伸出了一只手。

"托波尔斯基上校，"他说，"但愿我们没有委屈了你们。不过，恐怕我得请您和您的手下换个地方了，而且得尽快。"

"你们来得正是时候，"托波尔斯基喃喃说道，"我们正打算挖条地道逃出去呢。"

"我们需要你们去威斯敏特宫。"老者没有理会美国人的挪揄，继续说道，"是这样的，上校，我们计划发动突袭。这次行动你们也要参加，我们非常希望你们能像往常那样，与我们并肩作战。"

"我不……"

"什么？这么刺激的事情，您应该不会觉得我们会撇开你们单干吧？你们大老远跑过来，我们怎么好意思让你们坐冷板凳呢？"老者微微一笑，"我没法保证您的人全都能参与突袭，但我还是想亲自过来向你们的支持表示感谢，我们一向如此，对不对？所以，如果您和您的人已经做好了准备，具体安排我就交给布莱斯怀特上尉来负责。请原谅我待客不周，但现在我必须得告辞了。上校，希望料理完今天的事情之后，我们将来还能再见面。那么……"说着他干脆利落地敬了个礼，转身走了。

"这人是……"上校问。

"他？"布莱斯怀特上尉回答，"他是我们的国防参谋长。"

"他的意思是……"

"我想他是希望我们之间不要有任何误会。"

308

"那这些……"上校扫了一眼他那帮被不明不白软禁在这里的手下。

"就当没有发生过吧。"

中午12:00

在大本钟整点钟声的掩护下，他们做好了突袭前的最后准备。始终盘旋在头顶的直升机早已成了这场危机的一个部分，就连议事厅里的人也习惯了它的声音，甚至有些麻木，所以尽管直升机已经偷偷降低了高度，但他们却谁也没有注意到。而与此同时，当轻型坦克移位的声音再度传来时，他们也见怪不怪地未作理会了。几分钟前还空着的许多地方，如今已被窃窃私语的特种兵占领，他们等待着突袭的指令，就像蓄势待发的潮水，包围着一群毫无戒备的人。

内阁情况通报室中的大部分人都围坐在屏幕前，等待着激动人心的最后时刻。但是蒂贝茨却回到了他自己的行动指挥室。因为他想和他的部下们在一起。他坐在角落里，再次看着他给SAS签署的授权书。此授权书兹证明本人已将处置上议院人质危机之所有权力正式移交给军事当局……看着看着，蒂贝茨有种莫名的失落感，好像自己成了个无关人士，但他很清楚，对于即将出现的结果他无论如何都脱不了关系。这份授权书就像一张杀人许可证，而上面留着他的亲笔签名。他用食指机械地在上面划过来划过去，一遍又一遍，试图抚平纸上的折痕，除此之外，他还没完没了地喝着咖啡。

黑斯蒂准将也回到了部下中去。SAS已经在威斯敏斯特宫的委员会走廊里设立了临时指挥部，这里比上议院的入口要高一层。将军已经做过最后简报，贴着华丽壁纸的墙上用大头针钉着从电视屏幕上截下的每一个恐怖分子的照片，桌上铺着一张手绘的议事厅内部结构及各出入口的位置图。图上还清楚地标明了每一个人的位置，既有恐怖分子，又有人质，要么用数字代号，要么用名字。行动中队长布置任务的时候，黑斯蒂很少插话，他认真听着每一位战士的位置和状态报告。

万里之外的华盛顿，美国总统布莱斯·爱德华兹刚刚收到英国军方准备动手的消息，她正苦于找不到一个祈祷室。偌大一个白宫，多达一百三十二个房间，却唯独没有一个可以让她安安静静跪下祈祷的地方。她需要上帝的帮助才能面对即将到来的审判，她太过傲慢，野蛮地干涉了别人的事务，结果导致一切乱了套，这是美国人的罪孽。她坐在床沿，望着远处正从波托马克河①上无精打采地走来的黎明，还有那默默垂泪的灰色的天空。慢慢地，就像沿着窗玻璃缓缓滑下的雨滴，她跪了下来，并将双手紧扣在一起，祈求上帝保佑她的儿子，同时赐予她力量度过这艰难的一天。祈祷之后，她又恳求上帝的原谅，不仅为她自己，也为那些即便在达乌德·古尔已经快要归国的当口儿仍要采取如此荒唐和疯狂举动的人们。那些人注定需要上帝的宽恕，因为他们永远也不可能从别人那里得到宽恕。

与此同时，伦敦的特里西娅·威尔考克斯换了一身新衣服，已经开始斟酌危机结束之后的讲话内容。是无拘无束的欢乐，还是阴沉低调的悲伤？不论结果是什么，她都已经做好了准备。

中午12:15

当他们第二次把他塞进飞机时，达乌德·古尔干脆闭上了眼睛，他已经决定听天由命。他的腿一瘸一拐，但这妨碍不了他们，只是稍微增添了一点麻烦。他们像抬一袋大米似的把他弄进了后座舱，然后绑得要多牢固有多牢固。这是另一架飞机，舱里没有他的

---

① 波托马克河是美国中东部最重要的河流，首都华盛顿位于河的东北岸。

310

呕吐物，只有一股难闻的燃油味儿。飞行员也换了，不像之前那个充满敌意的美国佬，这次是个地道的话痨。达乌德·古尔往舱外看了看，却只能看到一望无垠的海面。不由自主地，他又感觉到嗓子里有东西开始往上冒了。

林肯号上的蒸汽弹射器将飞机送上了天，达乌德·古尔的头一下子撞在后面的头靠上。此时此刻，他承受了将近四倍于自己体重的力，不过这种压迫感并没有持续多久，他们很快便冲上了云霄，朝着满天星星稳稳飞去。他什么也看不清楚，视野周围模糊一片，他使劲摇摇头让自己清醒起来。

"如果想吐的话，可千万不能吐在头盔里。"耳边响起飞行员的声音，"吐到头盔里你会呛到的。"

就在说话的同时，飞行员轻轻拉回操纵杆，机身渐渐恢复水平，不再几乎垂直地向上爬升了。继续飞行了一段时间，飞行员面前仪表盘上的一个小屏幕上出现了一些有实质意义的图形。

"那是什么？"达乌德·古尔第一次开了口。

"那个？"飞行员回答，"怎么了？那是陆地，古尔先生。巴基斯坦的海岸线，您实际上已经到家了。"

中午12:25

看到行动队长的信号后，哈里推着他的小推车再一次走进了议事厅。这里需要他，人质们望眼欲穿地等待着获释，他们已经失去了耐心，一个个变得焦躁不安，而不安的情绪旋即转化成了汹涌的食欲。马苏德的手下只是看了眼可怜的哈里，他满是血污的脸，缠着绷带的手，又脏又破的内衣，因为是熟面孔，他们并没有特别注意他。议事厅里有种安静的充满希望的气息，这气息令许多人恢复了神采，但并不是每一个人都受到了这种氛围的感染。伊丽莎白依然无动于衷地坐在御座上，她审视着哈里，仿佛在寻找某种迹象，对于人质中升腾起来的热情她似乎充满了怀疑。难道她已经知道，或者感觉到事实并非如表面这般平静？美国大使眼神黯淡，脸色忧郁；首相一副魂不守舍的模样，好像在寻找着千里之外的什么东西；而离他不远的两个年轻人早已被恐惧和疲倦折磨得面无血色。

然而阿奇·威克菲尔德的双眼却闪闪发亮，在他的目标身上仔细搜寻着。哈里不易察觉地点了点头，动作小心翼翼，极其轻微，生怕被某个恐怖分子瞧出破绽，阿奇心领神会地扯了下耳朵。

推着食物和水朝里面走时，哈里目不转睛地盯着王室护卫，并终于引起了对方的注意。王室护卫并不理解哈里眼神的意思，但他不需要理解，他唯一需要做的就是保持警惕。他坐正身体，绷紧肩膀，伸直了胳膊，看上去不像是充满期待，反倒一脸好奇，但这已经足够，这枚死棋已经活了过来。

哈里分发物品的动作极为缓慢，当然，伤了的手就是他有目共睹的借口，更不用说每个人都有着切身感受的快要将他们击垮的疲惫。但他不可能无止境地拖延下去，在这个节骨眼儿上，恐怖分子哪怕一丝的怀疑他都承受不起。他心里越来越着急，便偷偷地又看了一眼阿奇，鼓励他，敦促他赶快行动。突袭能否成功就看他的了，但是他知道这一点吗？炸弹是整个行动的关键，不排除这个障碍，突袭很难进行。可是阿奇坐在那里，面无表情，当哈里绝望的眼神落在他身上时，他除了拉了拉他那该死的耳朵之外，什么也没做。

天啊，情况不妙。阿奇纹丝不动，恐怕指望不上了。难道他们要冒着炸弹引爆的风险发动突袭吗？这时，其中一个恐怖分子好像起了疑心，他冲哈里晃了晃手中的枪。不好，计划要泡汤。

中午12:42

就在哈里心灰意冷的同时，远在世界另一端的达乌德·古尔

312

第一次感受到了胜利的喜悦和激动。飞机不断消耗着燃油，机体也越来越轻盈，因而以越来越快的速度向目的地飞去。他们此刻的航速几乎达到了每分钟十二英里，但达乌德·古尔对此毫无感觉，他正兴奋地俯瞰着下面的陆地，从地形看，他知道这里应该是巴基斯坦。

"还有多远？"他问。

"按照现在的速度，还要三十六分钟。"飞行员回答。

三十六分钟，而之后要不了多久他就能重回大山的怀抱。到时候，刚刚过去的这几个月就将如同隔世的一场梦。

黑斯蒂很清楚当前的状况，所以他才心急如焚。时间不等人，他的目光不停地在屏幕和手表之间徘徊。他知道，他们必须撇开阿奇·威克菲尔德，尽快采取行动，但同时他也非常清楚，这么做将会造成灾难性的后果。当他的视线再次回到屏幕上时，他看到女王正要求马苏德准许她去一趟洗手间。她从御座上站起身，尽量保持着威严，但动作格外迟缓，对于一个端坐了一整夜的老太太而言，这样的举动合情合理。

女王在那名身穿炸弹衣的恐怖分子的陪同下走向其中一个简易厕所时，黑斯蒂看到议事厅的另一侧，阿奇·威克菲尔德扶着西莉亚·布莱辛也艰难地站起身，并跟了上去。

中午12:45

议事厅里的野战电话响起急促的铃声。马苏德抓起听筒放在耳边，打来电话的是迈克·蒂贝茨。总警司考虑再三，认为这件事只有他做才最为合适。

"马苏德，有个消息你可能会很想知道。再过大约半个小时，载着你父亲的那架飞机就将在白沙瓦降落了。"

"好极了！"这个年轻的部落汉子自危机以来第一次表现出兴

313

奋之情。

"所以我想问问他到达目的地之后的安排。"

"接下来的事非常简单。"马苏德回答,继而他对着电话神气活现地吩咐了起来。

中午12:47

御座后的壁橱里面没有灯,因此,上厕所的人需要半开着门,借助大厅里的灯光才能看清脚下。议事厅里的许多人都认为这是件很尴尬的事情,大大损害了他们的尊严,然而和伊丽莎白女王相比,他们那点羞辱实在算不了什么。当女王如厕时,身穿炸弹衣的恐怖分子并不会在门口等着,而是一同进入壁橱。她毫无怨言地接受了,因为在这件事上她毫无选择,不管怎样,与很多和她同龄的老人相比,她这样的情况已经算体面得多了,至少她不需要别人帮忙。由于人质众多,两个简易厕所便显得有些紧张,偶尔会出现几个人排队等候的情况。不过女王如厕的时候从来没有出现过这种情景,因为马苏德只允许外面最多有一两个人等待。但这一次,跟在女王后面的是阿奇和明显虚弱不堪的布莱辛男爵夫人,她需要让阿奇的一条胳膊挽着肩膀才能站稳身子。他们看起来实在是极不协调的一对儿,男的身宽体胖,甚至有些臃肿,女的弱不禁风,小鸟依人地靠在他的臂弯里。他们环顾四周,好像说了句悄悄话,脸上几乎露出微笑的痕迹。

壁橱的门开得更宽了些,伊丽莎白和陪同她的那个恐怖分子准备出来了,此时阿奇和西莉亚·布莱辛距离他们不足四英尺。阿奇忽然挺直了身体,仿佛一下子长高了几英寸。那名恐怖分子紧随在女王身后——几乎挨着——走到了门口,时机到了。

将来,如果有人想要定义牺牲的含义,他们一定会毫不犹豫

314

地引用这个画面。只见阿奇浑身一抖，他那重达十七英石①的庞大身躯便扑向了那个身材比他小得多的恐怖分子。论身手阿奇实在不值一提，但若论体重，这无疑是一场实力悬殊的较量。他连推带撞地把那人弄进了壁橱里。与此同时，男爵夫人也奇迹般地恢复了精神，她抓住女王的胳膊猛地把她推向了一边。伊丽莎白本能地拽住西莉亚·布莱辛，两人一起重重地摔倒在地。而阿奇和那个身穿炸弹衣的恐怖分子，则从众人的视线中消失了。

中午12:47

TATP，即三过氧化三丙酮，又称熵炸药，威力接近TNT，只是反应方式有所不同。TNT的爆炸威力主要来自其分子在解体与重组过程中所释放出的巨大能量，而TATP的爆炸方式则是将每一个固态分子分解成单独的气态分子。这些臭氧和丙酮分子彼此之间并不会产生反应或相互结合，但在这些分子产生之初，它们所占的体积与固态分子是一样的。而由于它们是气体，在代替固态分子的同时却产生了更为强大的气压。气体向外膨胀，就能以巨大的速度推动周围的空气和任何其他物体。

爆炸最初遇到的物体便是两个人的身体。身穿炸弹衣的恐怖分子被阿奇活生生地压在了地上，阿奇庞大的身躯如同一张厚厚的毯子，压得他无法呼吸。两人瞬间便被炸死，这正是阿奇的目的。他的身体吸收了一部分爆炸气浪，减弱了爆炸威力，但他无法吸收的那部分威力便开始自动寻找最小阻力的出口，也就是敞开着的壁橱门。门连同合页，被气浪整个地从门框上掀了下来，翻滚着飞进议事厅。壁橱的另外一个薄弱环节是上面的顶板，那里并没有特别加固，只是一些普通的木板，结果被炸成了漫天飞舞的碎片，有些

①英石是英制质量单位，1英石约等于6.35千克，17英石大约为108千克。

碎片甚至扎进了议事厅的天花板上。真正起到阻挡作用的是壁橱的墙。这里的墙相当厚实，尤其是和御座相邻的那一面，因为这面墙支撑着御座后面金碧辉煌的华盖。爆炸令墙体开裂，掉落不少碎片，但建自维多利亚时代的主墙体显然是经得起考验的。这堵坚固的墙壁就是炸弹与议事厅之间最好的屏障，爆炸产生的大部分威力都释放到了壁橱的一侧和上方，因而议事厅内并未受到太大损伤。

　　然而即便如此，炸弹造成的破坏仍是实实在在的。爆炸声震耳欲聋，大量烟尘被掀起，四处乱飞的碎片令议事厅内许多人受伤。站着的人多半被掀翻在地，而人质们却得益于长凳的保护，大部分都安然无恙，只是被震得有些头晕目眩而已。但多数人都没有意识到，最先爆炸的其实并不是炸弹。从阿奇突然扑向恐怖分子到引爆炸弹这短短的一瞬，他们周围的多个地点都发生了爆炸，只是时间间隔极短，以至于听起来仿佛只有一个声音。SAS特种部队在通往议事厅一层和二层走廊的各个边门上都安置了爆破炸药。爆破几乎同时进行，并引爆了恐怖分子设在门内的诡雷。那些可乐罐后来被证实也是用TATP制成的，只不过是加了导火索，其原理极为简单，和聚会上使用的礼花弹如出一辙，这一点与黑斯蒂的预测完全吻合。

　　这一刻发生的事情实在太多，除了爆炸，还有枪声。在同伴们实施爆破的同时，分别藏在通风管道和电视塔中的三名狙击手接到了射击指令。其中两人——包括已经在电视塔中潜伏了将近十二个小时的那名狙击手——立刻放倒了他们各自的目标。可是第三个狙击手受到了干扰，真是邪了门儿了，在最关键的时刻，一名人质突然站起来要求上厕所，他的身体正好挡住了这名狙击手的目标。

　　第四个倒下的恐怖分子是马苏德。显然他还是太轻信于人了，他正对着电话兴致勃勃地向蒂贝茨下达如何在白沙瓦安顿他父亲的指示，但他绝对没有想到的是，他手中拿的那个电话已经被做过手脚，听筒一端早就安放了一个遥控引爆装置。那是一颗看起来毫不起眼的微型炸弹，但它却在马苏德一侧的脑袋上炸了一个四英寸的洞。就像蒂贝茨后来说的，马苏德唯一的遗憾，恐怕就是他永远都不知道自己是被什么害死的。

现在，议事厅里浓烟弥漫，人们乱作一团，受伤的人质痛苦地喊叫着，而SAS破门之后又立刻扔进了数颗闪光弹。闪光弹又叫震撼手榴弹，它们不会伤人，但会发出令人迷茫失措的强烈闪光和巨大声响。就在这极度混乱的时刻，事先得到警告且训练有素的王室护卫立刻行动了起来。那个巴基斯坦高级专员就站在他的正后方，只是此刻已被闪光弹闪得晕了头，只顾拼命揉着眼睛。王室护卫从长凳上翻身而过，在距他不到一英尺的地方冲他的脑袋开了一枪。

然而此时还有三个全副武装的恐怖分子未被消灭。即便他们暂时瞎了眼睛，搞不清楚方位，但毕竟还人手一把AK-102突击步枪，照样能在三秒钟之内打完他们全部的九十发子弹。倘若他们对着密集的人质进行扫射，后果仍然不堪设想。

虽然哈里没有武器，还断了一只手，但由于他对突袭早有心理准备，所以还是占了相当大的优势。就在阿奇消失在壁橱里的一刹那，哈里迅速扑倒在地以躲避爆炸的冲击，同时他还尽量不朝门口的方向看，以免被继之而来的闪光弹闪到眼睛。不过离他最近的一个恐怖分子，也就是之前殴打他的那个家伙，就没那么聪明了。哈里爬起来冲到他身边时，他的眼睛才刚刚能看到一点点东西，不过他的枪口已经举了起来，随时都有开火的可能。哈里窜到他的身后，用左臂突然勒住了他的脖子，大叫着使劲把他拖离了地面，而哈里的身体也随之朝一侧旋转，使枪口远离人质们的方向；与此同时，哈里举起右手，一把将对方手里的枪打落在地。那人很快就被哈里面朝下摁倒在地上，但他拼命挣扎着，伸手去拿距离他的手指只有几英寸远的枪。哈里的左臂还勒着那人的脖子，他用膝盖顶住对方的后脖颈，忍着手上的剧痛，不顾一切地用力向后拉，直到听见叭的一声。身下的那个人抖了一下，便再也不动了。

议事厅其他地方的进展就没那么顺利了。剩下的两名恐怖分子，其中一人面对突如其来的爆炸和强攻只迷糊了片刻，他至少打出了弹夹中一半的子弹后才被击毙。然而就是他那一通乱射也造成了难以弥补的损失，一名王室护卫官不幸成了受害者，当时他正站在那个巴基斯坦高级专员的尸体前。

最后一名恐怖分子被找到时正蜷缩在一张红色长凳后面。看到冲过来的SAS，他马上把枪往旁边一扔，趴在地上投降了。他是最后一个被击毙的，脑袋上挨了十一枪。

然而胜利的代价也格外昂贵——七名人质死亡，其中两人是被杀害了王室护卫的同一把枪打死的；意大利大使不幸被炸飞的壁橱门砸死；一位上了年纪的贵族死于心脏病发作；而另一个死者则是被爆炸的碎片击中而死。当然，还有阿奇和西莉亚。西莉亚和女王是离爆炸点最近的人，但女王恰好倒在通向御座的台阶旁，因而躲过了大部分的爆炸冲击，可是西莉亚却没有这样的掩护。她用自己的身体为女王挡住了横飞的碎片，结果和阿奇·威克菲尔德一样，她在爆炸的第一时间便失去了生命。这只灵巧的小鸟再也飞不起来了。

第十三章

　　救护人员赶到现场时，伊丽莎白仍一动不动地躺在地上，而众人刚一搬开压在她身上的布莱辛男爵夫人，她立刻便翻了个身。她觉得尴尬极了，因为自己能动，而朋友却再也动不起来。她甚至还有些羞愧，因为幸存下来的人是她。救护人员轻轻拂去她脸上的尘土和碎片，检查了她的生命体征，然后扶她坐起来，并把一台轮椅和一辆医用小推车同时送到了她的身边。

　　"别傻了。"她制止了他们。除了一只伸过来的手，她拒绝了其他所有的帮助，她想尽力维持君主的体面。

　　"陛下，我们必须马上带您出去。"他们很坚决地说，"也许其他地方还有炸弹，我们需要彻底搜查这里。"

　　"你们不觉得有点太迟了吗？"她轻蔑地说道。

　　相比之下，查尔斯王子受到的冲击更为猛烈。爆炸产生的气浪直接把他从御座上掀了出去，随后他滚下台阶，撞到了脑袋，扭伤了脚踝，但这样的结果也实属不幸中的万幸了。一大块木片扎进了他母亲御座的中央，强大的冲力把御座推歪到了一边。伊丽莎白看着御座，想想可能的结果，不由心下凛然。众人再次恳请她离开，但她依旧置之不理，坚持要与儿子一同走进议事厅，安抚其他人质，慰问伤者。最后，他们又回到西莉亚·布莱辛的尸体旁，在大主教的陪同下，肃立哀悼，并默默祷告。直到这时他们才准备离开，但他们不愿接受任何人的安排。按照查尔斯的说法，他们不会像窃贼一样偷偷摸摸地从后门溜走。

"外面有媒体吗？"他问。

"恐怕有很多，殿下。"一名全副武装的警官回答说。

"很好，"他低声说道，"让那些浑蛋看着我们走出去。让全世界都看看我们。"

尽管自己都一瘸一拐，但王子仍然伸出一只手扶着他的母亲，"母亲，我们不如像进来时那样出去？"

但她仍不肯移步，"那得让我先整理下仪容。"

他很理解地微微点了下头。随即昂首挺胸，拿出贵族的全部尊严，拖着一条跛了的腿，蹒跚着向御座走去。王冠还放在那里，上面落满了尘土和碎屑，其中一根支架似乎被碎石击中，有些明显的弯曲，但大体上仍然完整无缺。他单膝跪地，用手帕将王冠轻轻擦拭干净，然后小心翼翼地捧在手中，回到他母亲站立的位置。

"可能没有原来看上去漂亮了。"他遗憾地说。

"对我来说倒更为特别。"他的母亲回答。她轻轻低下头，让儿子给她戴了上去。这时，她才终于传令移驾出宫。

在皇家入口处等着他们的是一辆没有挂牌且经过改装的宾利轿车。王子温柔体贴地扶母亲坐到后座上，并万分小心地保护着她头上的王冠不掉下来，然后他自己才钻进车子，坐在母亲旁边。

"陛下，我们只能从鸟笼道回宫了，"陪同的另一名王室护卫解释说，"得绕开特拉法尔加广场，那里聚集了一大群人，恐怕全国有一半的人都跑那儿去了。"

"我想我们应该露个面。"她说。

"陛下，我担心安全问题。"

"安全问题？在我们自己的国民中？只要我们交了拥堵费，我想应该可以冒这个险，你说呢？"她的话绵里藏针，王室护卫羞愧地脸一红，随即拿起无线电开始安排起来。

车子缓缓驶离皇家入口，正好从一群美国大兵身边经过。这帮人看上去就像一支杂牌军，军装各式各样不说，有些人还留着小胡子，有些人的头发乱得如同鸡窝，但是没有哪支美国部队能像他们那样站出如此标准的军姿，举起如此自豪的胳膊。他们的头上，星条旗迎风招展。车子驶出视线很久之后，托波尔斯基敬礼的手仍迟迟没有放下。

下午1:14

在情况许可的前提下，其他人质也正以最快的速度从上议院中疏散出去。这场浴火重生般的劫难让大家走得更近了些。他们兴高采烈，激动地互相拥抱，由衷感谢着彼此的支持与陪伴。

"我认为大家应该一起离开。"一位内阁成员提议说。

"我要和我的儿子一起离开。"约翰·伊顿的回答令提议者颇觉尴尬。

但人们并未感到意外；他自己也注意到了，洋溢在众人脸上的轻松与欢乐并没有感染到他。他与众人之间仿佛隔了一堵墙，一堵能够隔绝一切氛围的墙。他很清楚其中的原因。

他什么话也没有对马格纳斯说，因为他不知道该说什么，所以只是简单地伸出一只手在儿子的肩膀上捏了捏，好像在提醒自己，这一切都是真的，不是什么骗人的魔术。威廉-亨利与马格纳斯并肩而行，两个孩子谁也没有看他。

当他们迈着缓慢的步伐穿过普金大门时，瓷砖上响起空洞的脚步声。"我们出来了，爸爸。这才是最重要的，对不对？"马格纳斯说。

"当然。"

"唯一重要的。"

"也不全然，"他的爸爸悄声说道，"我已经死在里面了。"

"不，你没有。"

"我的同僚们应该已经开始准备我的葬礼了，棺材已经打磨得光洁鲜亮。战斗一结束，每个人都会变得聪明无比。"

马格纳斯停住脚，终于转身面对他的爸爸。他看见爸爸的眼眶中溢满了悲伤的泪水，但同时也有欣慰的泪水。"爸爸，您在里面那么做……全都是为了我，我懂。"他努力寻找着他们从来没有用过的字眼，"我会永远爱您的。"

"嗯，我已经有了最幸福的墓志铭了。"

下午1:20

超级大黄蜂准备着陆。达乌德·古尔终于可以将自从爬上这台大机器之后的所有恐惧统统抛之脑后。从海上到天空，他们飞了几千英里，在印度洋上空加过油；他们飞得那么高，他甚至怀疑如果打开驾驶舱他就能触摸到星星，但是现在，他们终于要降落在坚实的土地上了——他的故土。他已经看到机翼下飞驰而过的群山，马上就要到家了。

飞机碰到混凝土跑道时颠簸了一下，与之前飞行中的震动和碰撞相比，这次的颠簸显得分外温和。轮胎碾过跑道上的接缝处，发出有节奏的嘭嘭声，犹如紧密的鼓点。他闭上眼睛，嘴唇嚅动着，默默祈祷，感激那些为他赢得自由的兄弟和同胞们，而最主要的，是感激他的儿子。他很清楚他们要冒的风险，他在心中暗暗发誓，他们的努力绝对不会白费。

　　飞机终于停了下来。达乌德·古尔睁开眼睛，可驾驶舱外的景象却令他惊诧万分。他没有看到预想中的喧闹场面，也没有看到白沙瓦欢迎他的迹象，只看到跑道两旁各停了一排载满美国士兵的军车。

　　"这不是白沙瓦。"他仿佛在自言自语。

　　飞行员的声音传进了他的耳朵，语气仍和之前一样礼貌，"不，古尔先生，这里连巴基斯坦都挨不着。白沙瓦还在你右边一百五十英里之外呢，在那些山的另一边。"

　　"那……我们这是在哪儿？"

　　"这里是巴格拉姆，美国在阿富汗的空军基地。"

　　"可是……"

　　"计划有变，古尔先生。还是让那些拿枪的先生们跟你解释吧。"

下午1:25

　　哈里过了好一会儿才从议事厅里走出来。他的样子极为狼狈，搏斗时撞伤了肘部，脸上的伤口也再次裂开，医护人员费了半天工夫才帮他止住血。他们本打算把他送到医院去，但哈里拒绝了，所以他们只把他带进了国会邮局，在这里他穿上衣服，顺便清洗伤口，那可不是件容易的工作。医护人员围着他忙碌时，他看到了在人群背后徘徊的蒂贝茨。

　　"看来你可以抽时间歇歇了，"总警司说，"你的样子真是惨到家了。"

　　"你是没看见被我收拾掉的那个家伙。"

　　"哈里，干得不错。"

　　"你也一样。"

"要是你还撑得住，我想带你回去做个简短的汇报，趁现在还记得清楚。我知道要问的事情有很多，不过……"

"稍等片刻，迈克，我得先打个电话。"

"我能问问你要打给谁吗？"

"梅尔。"

"哦，那是自然。真不好意思，我应该想到的，我这就给你派辆车。恐怕你还得换身衣服，我办公室里正好有一套新的。拿公家一套衣服，你应该不会介意吧。"

"迈克，我想拜托你一件事。"

"尽管开口。"

"我想请你调查一下这场危机涉及的每个人的家族关系。"

"你想查什么？"

"我也不清楚。"哈里说完猛地咧了一下嘴，因为医生碰到了他肿胀的脸颊，"你不觉得奇怪吗？这起事件简直就是一场名为'欢乐家庭'的游戏。仔细想想，我总觉得哪里不对劲，实在是头疼……"

"哈里，放松点儿。都结束了。"

"真的结束了吗？"

"对你来说，是结束了。"

"别这样，迈克，尽管去调查一下，拜托了，行吗？"

哈里用一只眼睛不依不饶地看着他，总警司无奈地叹了口气，"真拿你没办法。不过咱们可说好了，就这一次……"

"多谢。"

几分钟后，他们一同乘车返回苏格兰场。

"你瞧，有热闹看了。"总警司喃喃说道。

"哪儿啊？"哈里问。他的左眼已经完全睁不开了，外面发生了什么他一概不知。听蒂贝茨一说，他伸长脖子往外看，结果伤口处疼得他龇牙咧嘴，而当他看到外面的情景时，嘴巴咧得更开了。他在紧邻上议院的学院绿地上看到了特里西娅·威尔考克斯，如今那里是媒体的聚集之地。特里西娅正站在一排密密麻麻的摄像机、摄影灯和话筒前面接受采访。她像打了鸡血似的，兴致勃勃，手舞足蹈，一会儿指指上议院，一会儿又张开双臂，仿佛要拥抱那里的所有人一样。

"看来一切又恢复常态了。"哈里说。随后，他居然乐不可支地笑了起来，尽管每笑一次伤处就疼一次，可他就是停不下来。

梅尔提着一个小型旅行袋回到家里时，已经是傍晚时分。她站在门前的台阶上，沐浴在初冬夕阳的余晖中，那样子看起来很美，至少哈里如此认为。他在汽车后座上看着她掏房门钥匙；她总是分不清前门和后门的钥匙，更不要说楼梯下面的壁橱了。哈里从汽车里钻出来时，她还在那里笨拙地摸索着。

她吓了一跳，钥匙也失手掉在地上。虽然哈里穿了一身新衣服，但那丝毫弱化不了他受的伤——瘀青、肿胀，缝了线的伤口意欲再度爆裂，他的左胳膊被吊带吊着，断了的手指用绷带缠着伸在外面，走路一瘸一拐的。

"你出什么事了？"

"在上议院忙了一天。"

"什么？"

"上议院。"他站在门阶前的人行道上重复了一遍。弯腰替她捡钥匙的时候，他注意到她换了钥匙扣。

"你也在那儿？"她倒吸了一口气说。

"何止在那儿，我是穿着内裤上镜的。"

"那人是你？"恍然大悟之余，她的态度有了些许改变，语气开始变得柔和，"我不知道，从电视上我没看出来。"她本能地向

325

前走了一步，关切地问，"你没事吧，亲爱的？"

"我想你应该都看到了。"他想笑笑，可是伤口很疼，"我昨天晚上迟到就是因为这件事。我真的去了，可是你已经走了。"

她将哈里的话理解为指责和抗议。"我不知道，"她叫道，"我一个人坐在那里感觉就像孤女安妮①……真对不起。"

"但还没有对不起到打个电话问问我的程度。"

"我也一直很忙。"她脸颊一红，难堪地扭过身，继续面朝着门找她的钥匙。

"梅尔，我们需要谈谈。"

"谈什么？"

"谈什么你会不知道吗？当然是孩子的事。"

她又转了过来，从台阶上俯视着他，深吸了一口气，说道："哈里，没有孩子的事了。"

"你说什么？"

"我刚从诊所回来，都结束了。"

原来她一直在诊所，至少从早上开始是在诊所。

"可你说的是明天……"他不满地说。

"你还说过昨天夜里就要谈呢！"她反唇相讥。

"你怎么能这样？"

"有人取消了预约。"她心不在焉地说，仿佛他们讨论的只不过是无关紧要的日记。

"那是我们的孩子，梅尔，应该由我们两个人共同决定。你没有权利自作主张！"

"我当然有权利！"

"那我的权利呢？我是孩子的父亲！"他用右手捶打着自己的

---

①孤女安妮是同名电影及漫画作品中的主人公。

胸膛，仿佛他所有的希望转眼间全都化作了稀薄的空气，令他连呼吸都难以为继。

"唉，哈里！"她突然哭了起来，羞愧地紧紧闭上了双眼，"我该怎么跟你说呢？你知道我们之间的情况，可是……请你相信我，我从来没有想过要伤害你。"

"你到底想说什么？"

她浑身颤抖起来，似乎只有咬着牙才能说出后面的话。

"我怀的那个孩子，不是你的。对不起。"

犹如晴天一声霹雳，哈里站在人行道上，一句话也说不出来。痛苦，令他的大脑一片空白。

"孩子不是你的。"她又说了一遍，语气更加决绝，"现在你明白了吗？"

哦，原来如此。他现在明白了，许多事都明白了，可惜明白得太晚了。

就像受了伤的动物会寻找合适的洞穴为自己疗伤，不知不觉间，哈里发现自己来到了他最喜欢的法国餐厅。"艺术家力量"位于牧羊人市场的一角，这里相对偏僻，是维多利亚区的一块飞地①。餐厅格调简朴，地方也不大，在温暖的季节，桌椅通常会摆上人行道；然而不管这里多么拥挤，他们总能为哈里找到一个位置。

他来得有些晚，几乎是最后一批客人。他一人独坐，要了份图卢兹香肠和笛豆，都是些不需要用两只手来吃的东西，而且也都是很好的下酒菜。餐厅大厨马塞尔擦了擦手，坐下来和他一起喝第二瓶酒。

"哈里，你这样子跟刚打过仗似的。"法国人恭敬地举起酒

---

① 飞地指的是属于某个行政区管辖，但却不与该区毗连的土地。

杯，说道。

"差点命都没了。"

"被情人的老公给逮到了？"

"不，是我老婆。"虽然是句幽默话，但话音中却充满了酸楚。

"我和我老婆天天吵架，"马塞尔说，"但可不像你们这样，下手太狠了。"

两人同时喝了口酒。

"你跟你老婆都吵些什么？"哈里问他。

"哦，都是些鸡毛蒜皮的小事儿。钱，情人。"

"你们有孩子吗？"

"我们也经常为孩子的事吵架，但那不一样。"

"不一样在哪里？"

"我们有三个孩子。吵架并不是因为我们意见不一致，而是因为我们都想为孩子们尽量多做些事。可不管怎么样，孩子好像是上帝专门派下来和父母过不去的，搞得到头来我们连自己的位置都没有了。"

"我们就是最悲哀的一代人，马塞尔。小时候跟父母过不去，大了之后又跟孩子过不去。"

"你也有孩子吗？"

"没有。"

"那也许你还能再来一瓶？"

"可能得找人稍微分担点儿。"

"都是你的，伙计。"马塞尔伸手拿来了第三瓶酒，并用开瓶器钻着瓶塞，直到开瓶器的两只手柄像投降似的高举起来。

哈里的头开始隐隐作痛，这不只是因为酒精的作用，还因为他刚刚经历的一切。爆炸，加上摔打，他的耳朵里一直嗡嗡响，所以他要往前探着身子才能听清马塞尔的话。

"要是没有孩子，我的日子恐怕难以想象，"马塞尔说，"我肯定会离开我老婆，还有那个小克莱尔。"他冲一个正在洗杯子的女侍者点了点头，那女孩儿年轻漂亮，和马塞尔简直不是一个星球上的人，"那样我会疯掉的。"

"如果她是我的女儿……"哈里欲语还休地摇着头。

"如果他是你的女儿，我现在就应该是你这个样子了，"马塞尔哧哧笑着说，"孩子就是我们的指路明灯，我们活着的理由，我们的理智，没了他们，咳！"他对着自己的脑袋做了个手势，"夺走我的孩子，就等于夺走了我活着的意义。"

"就在几个小时前，我也体会到这一点了。"

"养孩子确实艰难。孩子会花掉你所有的钱，可是没有孩子，你会发疯的。父亲本身就是个很疯狂的角色。要不然我们怎么会实行一夫一妻制呢？"

两人哈哈大笑起来，第三瓶酒已经干掉了一半，哈里的脑袋开始混沌起来。马塞尔又开始唾沫四溅地谈论其他的事，关于足球队什么的，哈里听得三心二意。他的大脑已经开起了小差，这法国人似乎在说些很重要的事，也许极不平常，可哈里不明白为什么，也记不清具体的内容。脑海中的思绪就像漂移的大陆板块，彼此碰撞之后引起强烈的地震。难道这只是为天亮之后的宿醉做排练？

马塞尔依旧滔滔不绝地说着，但哈里的思绪却在斯坦福桥球场和欧洲冠军杯之间的某个地方搁了浅。他已经看到或感觉到可以说明一切问题的关键，但每一次当他试图集中精神抓住那个一闪而过的念头时，他都会意识到是自己太离谱了，这就好像水中捞月。他需要理智，但如果他真的清醒过来，他一定会害怕，害怕明天一觉醒来自己什么也记不起来。于是，他伸手拿过酒瓶，又给自己倒了一杯。

329

第二天下午晚些时候，蒂贝茨和哈里前去拜访美国大使。大使的官邸坐落在摄政公园中央，大门口有站岗的美国海军陆战队员，他们打开大门让两位客人走进了宽阔的庭院。随后管家奥马利为他们开了门，并对他们说："两位先生，大使正在花园里呼吸新鲜空气呢。"

大使官邸的设计壮丽恢宏。秋天，园中的树木正值鼎盛，然而潘恩看上去却老了许多。经历了前一天的惊心动魄，他有些憔悴，而实际上这种情况在他们每个人的身上都或多或少地留下了印迹。大使正和他的红毛蹲猎犬玩得高兴，他丢出一根树枝，那狗便飞奔着冲过地毯一样的栗树叶，就像雪地上驰骋的一列火车，它捡回树枝放在主人脚下，而后主人便再次丢出，如此反反复复，不亦乐乎。"它多像一个外交官，"两人走近后潘恩不无感慨地说，"从来都只能按照主人的意愿，干些打杂跑腿儿的活儿。"

"大使先生，您做的可比打杂跑腿儿要多多了。"蒂贝茨说。

"也许吧，至少我尽力了。蒂贝茨总警司，琼斯先生，你们找我有什么事吗？"他一边说，一边跟着他的狗漫步走进一片松软的落叶。

"首先我要感谢您为我们所做的一切。"总警司说道。

"言重了，总警司先生，我做的并不比别人多，尤其无法和琼斯先生相比，我都不知该如何表达对他的感谢。"他面向哈里，"别怪我多嘴，不过此时此刻，华盛顿恐怕正绞尽脑汁地盘算着该如何向你们致谢呢。"

"我有个朋友想在BBC弄到一个停车位，您看您能不能在合适的时候美言几句……"

大使哈哈大笑起来。"你们这些英国人啊！"他又一次为他的狗丢出了树枝，"就要停车位？要是美国人的话肯定狮子大开口，说不定会要一个直升机停机坪，外加一架直升机。"

他领着他们进了屋，红毛蹲猎犬忠诚地跟在后面。那小东西身形矫健，体毛整洁漂亮且训练有素，很大程度上反映了主人的性格人品。靠墙的一张桌子上已经摆好了茶和咖啡，但他径直从旁边走了过去。"我知道现在时间早了点，不过经历了昨天……"他倒了三大杯威士忌，递了两杯给哈里和蒂贝茨，"你现在不是工作时间吧，总警司先生？无所谓啦，在这儿你的同事们是抓不了你的，这里是美国领土。"他笑着说。

"这一天可真是够呛，大使先生。"总警司接过酒杯，但并没有喝。

"还没完呢。"潘恩回答，他的狗老老实实地坐在他的脚边，"我听到了些谣言，可以说外面已经谣言四起了，说首相已经决定引咎辞职，他打算为这整件事负起责任。"

"愿意承担责任的政客，"哈里沉思着说，"这倒难得，不过在目前的情况下，他的做法很有道理，甚至有些高尚。"

"琼斯先生，相信你也看出来了，这次危机有种古典悲剧的感觉。不只是个人方面，而是关系到我们的政治。谁能想到会有人在一夜之间撼动我们整个西方世界的基石？英国和美国之间特殊的关系差点被扫进历史的垃圾堆。恐怖分子差点毁了这一切，想想都觉得可怕。"

"还有更奇怪的地方呢，"哈里接着说，"相信您已经听说过布嘉柯夫的事了吧？"

美国人点点头，两只手掌旋转着水晶玻璃酒杯。

"我们又有了新的收获。"哈里继续说道，他心里正想着死赖皮在伦敦金融区深挖之后的最新发现，"他建立的那些用来开拓市场和捉弄他的俄罗斯同僚们的空壳公司，最后都指向同一个账户。这个账户是最近才在瑞士开立的，账户名为Boyarny Deny Zavodi。这是从俄语直接音译过来的，其意思就是上院开放日联合企业。"

331

"聪明，实在聪明。"

总警司接过话茬继续说道："我们发现布嘉柯夫从来没有逃避警方的意图，实际上，看起来可能有点奇怪，他一直都希望自己被警方抓到。我们的动作可能比他预想的要快些，通常情况下，解开这一类谜团至少需要数周时间，而我们只用了几个小时，但他肯定知道骗局迟早会败露。他并没有隐藏自己的活动，至少没有尽力去隐藏。冲这一点我们判断，他是希望被我们发现的。"

"他希望自己被抓？这又是为什么呢？"

"因为他生了重病，已经活不了多少日子了。他自己现有的钱都花不完，更不用说新的财富了。你知道他一个下午的收益是多少吗？差不多一亿英镑。当然，我们会冻结这些账户，把大部分赃款都追回来，但是这次危机使一些俄罗斯寡头遭受了重创，他们要想恢复元气可能没那么容易。"

又轮到了哈里。他说："这些寡头是布嘉柯夫的对头，他们背叛过他，打压、排挤过他，而他这么做只是为了报仇雪恨。所以他不仅要狠狠掠夺他们的财富，还要让他们清楚地知道是他勒夫伦蒂·布嘉柯夫干的。他要看着他们的笑话死去，而后在坟墓里他还要继续嘲笑他们。"

"什么人会干出这种事啊？"

"被绝望压垮的人，极度孤独的人，内心被不平之火烧光了的人，"哈里说，"这种人，我们根本想不到他们会干出什么。"

"您听说过勒夫伦蒂·布嘉柯夫吗，大使先生？"蒂贝茨随口问道。

潘恩皱起了眉头，他的额头因为专注而露出一道一道的沟，"好像从来没有，不过在伦敦总能遇到各种奇奇怪怪的人。"

"我们以为您可能会在别的地方见过他，"总警司继续说道，"几年前您在中央情报局做助理局长的时候，您负责的是中亚地区，对吧？他当时也在中亚，我们以为你们两个会有交集。"

潘恩缓缓站起身，他的酒杯已经空空如也，于是又给自己倒了一杯，"总警司先生，你怎么一口也没喝？看来现在还是你的工作时间。"

"布嘉柯夫。"总警司不依不饶，又说了一遍。

潘恩斜靠在壁炉架上。"我不记得见过他。"他的声音中透着一丝不悦，脸色则显得更加警惕，"反正这件事已经结束了。"

"恐怕还没有。"蒂贝茨说。

"他已经死了。"

"可那无法解释是谁谋杀了他。"

"也无法解释他为什么会对国会开幕大典上的安保系统了如指掌。"哈里补充说。

"可他是克格勃特工，当然会……"

哈里摇起了头，"他一个人是不可能做到的。他需要帮助，来自内部的帮助，一个熟悉内情的人。"

"猎狐者和女权主义者都能冲进国会示威，对于训练有素的恐怖分子而言，我不觉得有多困难。"潘恩的手指不耐烦地颤动起来，"正如我们之前说过的，这件事使英美两国的关系几乎走向决裂。这是俄罗斯人的阴谋，如果列宁在世，也会为他感到骄傲的。"

"可事实并没那么简单，"哈里继续说道，"虽然恐怖分子的目标是英国和美国，但在这场危机中，两国政府首脑的儿子却莫名其妙地成了最直接的靶子，马格纳斯和威廉-亨利，就好像他们才是被惩罚的对象。"

"这是什么道理？"

"因为他们是大人物的儿子。"

"可谁会干这种事啊？他们能有什么样的动机？"

"愤愤不平的感觉，纠正错误的渴望。我们刚才说的不就是这些吗？比方说，有人认为某些人不配拥有自己的儿子。"

"你们把我搞糊涂了。"潘恩开始明显表现出对这场谈话的厌倦。

"这场阴谋并非完全是政治上的。当然，议事厅中的恐怖分子要求释放他们的领导人，这是首要的，也是最直接的动机；他们的行为间接起到了撼动西方联盟的效果，但那只算附加伤害。而整个事件的内核，却完全是个人方面的，它关系到两个孩子，和两个孩子的家长。"

"他们报复的目标是女王。"

"嗯，我也这么想过，可如果真的是为了报复女王，在查尔斯王子要求替换那两个孩子的时候，他们为什么不同意呢？因为他不是他们的目标。因此这次劫持的主要目的是报复美国总统和英国首相。"

潘恩的手指停止了颤动，身体也紧张起来。他旁边的爱犬感觉到了异样，夹着尾巴，无声无息地溜到了一旁。大使的目光在两个英国人身上转来转去，猜测着最终要和他摊牌的人会是谁。结果是蒂贝茨。

"大使先生，您的儿子是什么时候离世的？"

"什么？"

"您的儿子，他也叫罗伯特，对吧？他是什么时候死的？"

美国人回答之前犹豫了一会儿。他的表情僵在了脸上，就像一副生硬的面具，但在他的眼眸深处，他们能感觉到一场无比惨烈的情感较量正如火如荼地进行着。一场内战，一场大使本人两种人格之间的内战，而且这场战争旷日持久，很早以前便已经爆发。当他最终开口的时候，他的声音已经变得如同严霜一般令人毛骨悚然，"你是问我儿子是在多久以前白白送命的？哼，那已经是两年前的事了。"

"你认为他的性命是被白白断送的？"

"他是为了国家而牺牲的，可是他的国家，还有你们的国家，却忘记了他。他们不惜献出生命换来的东西，却因为领导者的三心二意白白葬送；而这些领导者自己的孩子却养尊处优，有机会上牛津，登上金字塔的塔尖。当我的孩子面临生死抉择时，他们面对的是什么？该死的论文？"

"我想他们现在已经深刻体会到失去孩子的痛苦了，虽然他们的孩子安然无恙。"

"他们的表现并不怎样，是不是？"

"您听起来似乎有点幸灾乐祸。"

"幸灾乐祸？我有什么可乐的？政府那些人高高在上，没头没脑地发动一场又一场战争，把无数年轻优秀的孩子丢到战场上去送死，而后他们又恬不知耻地抹杀一切痕迹来掩盖他们的失误。"说到那些政客，他充满了厌恶，"他们用不着吃苦受累，用不着做出任何牺牲，也永远用不着哀悼死者。他们只是洗了洗手就去关心别的事了，这不公平。"

"可您是大使啊，潘恩先生，您的职责是捍卫政府的政策。"哈里抓住他话语间的矛盾之处反驳说。

"琼斯先生，您是政客，和所有政客一样，你们的职责是建立最高标准的公共廉政。那也许您可以为我解释一下，为什么全世界的政客都那么让人不齿，名声好的寥寥无几？"

"大使先生，您看，我们遇到了点儿小困难。单凭布嘉柯夫一个人不可能完成这件事，他肯定需要有人协助，如今他已经被害，而您是我们发现的唯一具有潜在动机的人。"蒂贝茨说。

"动机？"

"我想您刚才已经描述得很清楚了。"

"作为大使，有点私心不算犯罪吧？"潘恩强装轻蔑地笑了笑，"总警司先生，窥视别人的灵魂是会让你自己迷失方向的，你们这只是无聊的推测。"

"那就不妨让我继续推测下去。我敢肯定，我们迟早会找到您和布嘉柯夫早就认识的证据，这一点我们可以确认。我们相信是您提出的这个设想并搜集了相关的内部信息，而他则负责找到了马苏德和他的一帮手下。一个相当致命的组合，不仅对议事厅里的恐怖分子，也对布嘉柯夫。而您是唯一离开过议事厅的人，也是唯一有时间杀害他的人，您有动机和时机。"

"总警司先生，我理解你想找机会弥补自己无能的心情，但如此推测不仅毫无道理，而且简直难以想象。你别忘了，我可是美国大使。"

"离开议事厅后，"哈里打断了他，"您换了衣服。"

"没错。行了先生们，这一点我承认，你们打算怎么处置我？"

"可否让我们看看您换下的衣服？"蒂贝茨问，"顺便也让法医看看。"

"我非常乐意，"潘恩回答，"不过……这里面有个外交豁免权的问题。你们这么做会开一个令人遗憾的先例。"

"没关系，我想监控视频会为我们的假设提供佐证的。法医也在桥边发现了脚印，尺码为10号。"

"我是12号的。"

"我们说的10号是英国标准，大使先生，按照美国标准正是12号。"蒂贝茨盯着潘恩的双脚。

大使不自在地动了动。"这个鞋码的人恐怕不止五百万。"他说。

"但只有一个人同时有动机、时机，还有穿10号鞋的脚。"

潘恩站起身，不耐烦地叹了口气，"那好吧，先生们，我

336

就等着上法庭的那一天了。现在，我觉得你们该到别的地方转转去了。"

蒂贝茨也无奈地站了起来，但哈里却纹丝不动地坐着。"哦，不会到那一步的，大使先生，"他说，"他们绝不会让您出庭受审。"

"他们必须这么做，只要他们相信了你们的鬼话。"

"潘恩先生，您将两国政府推到了一个无比尴尬的境地。我可以跟您开诚布公地谈一谈吗？我没有任何官职，或者可以用内政大臣的说法，我只是一个过客。"

"一个了不起的女人。"潘恩说。但哈里的话已经引起了他的兴趣，他又重新坐了下来。蒂贝茨则静静地站在门口。

"他们不会让您公开亮相的，大使先生，不管是法庭内还是法庭外。他们根本不会起诉您，因为那太丢人了，就像自己打了自己的脸，那会让达乌德·古尔和所有仇视西方的敌人们欣喜若狂。当然，他们也不会放您走，因为那同样有损颜面。但是不管他们如何遮掩，真相迟早有一天会大白于天下。"

"我会抗争到底！"潘恩激动地叫道。

"当然。而当真相暴露的时候，他们会说那只是一个疯子的举动。"最后几个字他说得轻描淡写，仿佛要故意藏起锋利的刀尖。

"荒唐！"美国人恼羞成怒，大声吼道。

看来哈里的话触到了大使的痛处，他决定把伤疤撕得更开一些，"但他们肯定会这么说的，他们会慢慢冷落您，让您不露痕迹地淡出公众视野。就像专为您策划的非法引渡，您会无声无息地消失，谁都不会知道。您会被关进精神病院，这就是他们要对付您的手段，比这更龌龊的事他们都干得出来。"

"那我就把一切都说出来。"

"精神病人的话，"哈里嘲讽道，"谁会听呢？"

"这种事他们是掩盖不住的。"

"看来您承认了。"

"我什么都没有承认！"大使猛然在椅子扶手上一拍，尖声嚷道。

这两人如同被困在竞技场上的两个角斗士，他们死死盯着对方，密切注意着对方的一举一动。他们已经互相把对方逼到了绝境，因而每个人都只顾着眼前的厮杀，完全忘记了外部世界的存在。

"原来您就是上帝。"哈里平静地说。

美国人莫名其妙地歪着脑袋问："什么？"

"我就是这样怀疑上您的。实施这场阴谋本身就不只是马苏德和他的手下能做到的，因为他们没那个能力，他们只是唱诗班里的一群小屁孩儿，我之前是这么看他们的，他们只会按照红衣主教设定的音律进行演唱，而这个红衣主教就是布嘉柯夫。但是红衣主教的身后还站着一个上帝——上帝圣父，此人的儿子曾经为了别人付出了生命。这就是您所扮演的角色，对不对？"

"如果我有罪，我会不承认吗？我没什么可隐瞒的，也没什么可失去的。"

"我很想知道如果您的儿子在世他会怎么想。他是个勇敢的年轻人，愿意为了国家牺牲自己的生命。如果他知道自己的父亲背叛了他的国家和他自己，您觉得他会是什么感受？"

"我永远不会背叛我的儿子！"

哈里不屑一顾地摇了摇头，"您说自己没有什么可失去的，大使先生，但实际上您有。那就是您和您儿子的名誉。"

"他是我们家族的独苗……"

"难道您还不明白自己干了什么吗？您毁掉了他留下来的唯一纪念——他的记忆。因为您，罗伯特·T·潘恩这个名字从此成了背叛的代名词；因为您，他的死变得毫无意义。"

哈里的话有着难以想象的力度，大使似乎受到了触动。内心的战争正逐渐走向失控的边缘，仿佛要把他撕成碎片。"他的照片我一直摆在床头，他的勋章我一直珍藏在抽屉里，他的佩剑和佩枪都放在我的书柜里，我还保留着盖在他灵柩上的国旗。每天晚上我都会和他说话，关于他的记忆对我来说意味着一切……"他难以抑制地呜咽起来，声音嘶哑、干涩，就像潮湿的导火索熄灭前最后发出的嗤嗤声。他的眼中第一次闪出怀疑的神色，"琼斯先生，爱自己的孩子也会爱过头吗？"

"昨天夜里我的一个朋友对我说，父亲就是一个疯狂的角色。"

"看来他说对了。"大使喘息着说。随后他便陷入了沉默，好像撤退到了内心深处某个隐蔽的角落。他焦虑不安的表情证明他已经无言以对。过了一会儿，他终于问道："你们想怎么处置我？"

"我们不能动您，"蒂贝茨站在门口回答，"您有外交豁免权。您会被召回国，我觉得哈里刚刚所说的情况可能性很大。您会消失一段时间，即便能再露面，也难免要背负叛徒的骂名。"

"我都做了什么？"他喘着气说。

"做了什么？"哈里回答，"您怎么能这么问？您输了，大使先生，输掉了一切。"

"我和其他人不一样，我没有一己私欲。我什么都不想要，除了……"

"除了想看到那些对您不公的人遭受痛苦，就像您遭受的痛苦一样。"

"我希望死的人是我自己，而不是别人。你能理解吗？我希望结束这一切。"

"我应该可以理解，"哈里说，"所以您才会回到议事厅，哪怕一颗流弹都能满足您的愿望。那会让您看上去像个英勇的人，您将无愧于潘恩家族的荣耀。而且如果您死了，所有这些阴谋便再也不会有人发现。"

"天衣无缝的计划。"

"对您，还有您的儿子来说是如此。我不忍心看着他的名字遭到玷污，他是个勇敢的年轻人，不应该受到这样的对待。"

潘恩舔了舔嘴唇，仿佛想润一润要说的话，"要是能让时光倒流该多好，一天就行，那样我就可以把该做的事情都做了。"

"现在也不算晚，大使先生。"

蒂贝茨警觉地朝这边看了一眼，但遇到哈里的目光，他沉默了。

"像个军人一样死去，罗伯特。这并不是耻辱，总比即将出现的结果要好得多。"

"我有这个机会吗？"美国人平静地问道。

"我想是有的。"

"谢谢。"美国人像个木偶一样，呆板地从椅子上站起来，"请原谅我先离开一下。"他动作笨拙，就像关节需要润滑油似的，转过身走出了房间。他的红毛爱犬并没有跟过去。

总警司没有说话，这种时候沉默就是最好的应答，但从他的眼睛里可以看出，他同样心潮澎湃。

"相信我，迈克，这样会更好一点，对每个人都是。"哈里抚摸着大使的爱犬，低声说道。

几分钟后，从楼上传来一个刺耳的声音，他们两人都听得出那是什么。狗伏在地上，发出一声呜咽。

"我猜他用的是他儿子的佩枪。"哈里说。

"是你把他逼到这一步的。"

"我给了他一个机会，迈克，比他给别人的机会要好得多。相信我，这是唯一可行的解决方法。"

“对谁而言？那些政客？”

“对他的家族，他的儿子。但最主要的，是对他自己。”

“我是警察，哈里，这不是我们处理问题的方式。”

“这么说吧，迈克，如果明年再发生这种事，我们就按你们的方式办。不过现在，我得去喝一杯了。”

“我还有堆积如山的文件需要处理呢。”

“那好吧，工作照常。”

后　记

　　英国政府恢复运转和亡羊补牢的速度实在令人惊叹。事后他们立刻成立了皇家调查委员会，针对这场危机展开专门调查并很快得出了两个主要结论：第一，国会开幕大典的安保工作极端松懈，安全等级至少落后十年；第二，这起事件的起因无法怪罪到任何人头上。

　　毫无疑问，约翰·伊顿承担了大部分责任。事发后的第二个周末他便宣布辞去首相之职，并退出下议院。发生了这么多事，他的决定看上去有些讽刺，因为再过不到半年他就能获得贵族头衔，并光荣地成为上议院议员。

　　谁将成为他的继任者？激烈的竞争随即展开，特里西娅·威尔考克斯当仁不让地成为候选人。然而，在她宣布竞选首相之后没几天，《星期日报》就曝出了她的丈夫科林搞婚外情，并与其律师事务所一名年轻合伙人育有一个私生女的丑闻。科林名声扫地，而特里西娅对丈夫的外遇竟然毫不知情，这让很多人跌破了眼镜。她暗自怀疑是军情五处那个浑蛋向媒体透露的消息，因而恨他恨得牙痒痒。但她还是尽量不失体面地公开退出了竞选，并发誓将来一定东山再起。

王室的受欢迎程度再次达到顶峰。女王几乎被捧到了圣人的高度，而查尔斯在议事厅中为两个孩子挺身而出的举动，在许多人眼中只是一个古怪之人所做的又一件古怪之事，不过这一次他得到的是赞赏而非斥责。一时间，王室声望如日中天。

爱德华兹总统竞选连任并大获成功。罗伯特·T·潘恩被以国礼厚葬，官方公布的他的自杀原因，是他在向恐怖分子发起英勇挑战之后，不堪承受巨大的压力所致。

哈里获得了乔治十字勋章，以表彰他在危机之中所表现出的杰出勇气，这是英国颁发给平民的最高荣誉。同时，他也和梅尔离了婚。新首相邀请他进入内阁，但被他婉拒了。传言说他流连于各式各样的女人之间，忙得不可开交。

黑斯蒂和蒂贝茨也都获得了勋章，并升了职。丹尼尔的运气相对要差一些，尽管皇家调查委员会在报告中用了一整段溢美之词来赞扬他的突出贡献，但他始终没有得到自己梦寐以求的停车位。他们也许能够改变世界，但似乎永远也改变不了BBC。

就像丘吉尔和劳合·乔治的雕像守卫着下议院入口一样，人们在上议院普金大门的两旁分别树立了一尊阿奇和西莉亚的雕像。危机过后的第二天，一家全国性报纸发起了一个倡议，提议将他们二人合葬在一起。西莉亚的家人欣然同意，但是经过数天的搜寻，人们也没有找到一个阿奇的亲戚。最后，他们两人被肩并着肩合葬在威斯敏斯特教堂的墓地。女王、爱德华兹总统和数十万民众参加了他们的葬礼。为此，伦敦市中心停止了一切活动。万人空巷，全城默哀。

致 谢

　　本书灵感来自多年前我对上议院的一次访问。那是一次私人游览，上议院恢宏的建筑风格让我着迷不已，但有一个地方却显得那么格格不入。当我站在富丽堂皇的议事厅中，我注意到御座后面的镀金华盖下有两个极为隐蔽的小门。我怀疑那里隐藏着不为人知的国家机密，但当我获准进去参观时，才发现根本不是那么回事儿。现在你们也已经知道我看到了什么，可想而知我当时是多么的诧异。那个发现激发了我的幽默感，因此当时我就决定，有朝一日我要围绕这两个不起眼的壁橱门写一个故事。于是，就有了这部《国会危机》。

　　但是这部作品披露了一些不好的东西。通过广泛的研究，我在书中揭露了我认为异常松懈的国会开幕大典上的安保工作，由于作品的公开性，它所产生的潜在影响令我担忧。我们生活在一个动荡不安的时代，恐怖主义分子不会因为英国举办一场盛大的聚会就偃旗息鼓。

　　因此，在本书出版之前数月，我给内政大臣写信陈述我的担忧并向她发出警告。我天真地以为能够立即得到答复，结果我的那封信却如同石沉大海，再无回音，甚至连封感谢信都没有收到。于是我又给其他主管安全工作的官员写信，那封信在威斯敏斯特安全人员中间倒是引起了不小的震动。他们认为我的书过于耸人听闻，不负责任，书中提到的数十处安全漏洞，完全是我不得要领的结果。然而这些所谓的漏洞全都存在于公共领域，如果连我都能发现进入国会参加开幕大典比过机场安检都要容易，那么其他居心叵测的人就更不必说了。但既然内政大臣对我的警告置若罔闻，我还有什么话好说呢？

但最终的结果还算令人满意。相应的安保措施已经或正在改善。未来再召开国会开幕大典，在不妨碍典礼的同时，安保等级将会大幅提高。在这方面，本书也算完成了它的使命，现在它将回归自己的本职，作为一部小说作品去取悦它所有的读者。

不过争议归争议，我在写这本书时仍然得到了许多人的帮助，他们中有些人依然在威斯敏斯特担任着职务，因而不便公开他们的身份。他们知道我说的是谁，在此我向他们表示诚挚的感谢。然而有一个人的名字我可以公开，他就是彼得·霍斯福尔少校。彼得在冷溪近卫步兵团光荣服役三十四年，退伍之后他成了上议院的高级警司，负责国会的安全工作。他工作敬业，从未出过差池，而且性格幽默。多年前，我正是在他和他那美丽的妻子玛丽的陪同下才发现御座后面那两个门的。如今玛丽已经不在，但彼得仍是我的挚友。他对我写这本书的事毫不知情，我想书中之事如果传到他的耳中，他一定会大为震惊，因为他所守护的那个地方，于他如同圣地。但我希望他能接受我的感谢，我要感谢他与我建立的这种振奋人心的伟大友谊。

这本书的顺利创作还有赖于其他几个有过从军经历的朋友。哈里·琼斯这个人物的灵感很大一部分来源于我的老朋友伊恩·帕特森，我的许多作品都得到过他的指导和帮助，但任何一本都不及我在这本书中对他的依赖。他和我共同的朋友大卫·福斯特也给予了我宝贵的支持，另外还有本人表弟彼得·道布斯为我引荐的贾斯汀·普利斯特列，对他们的感激我难以言表。如果我在军事方面的描写有什么不足或错误之处，那纯粹是因为我个人的愚钝，因我实在难以企及这些虽已退役但却仍然头脑灵活的杰出军人们。

另外一位在不经意间帮助过我的前军官是蒂姆·柯林斯上校，我将他在伊拉克开始某项行动之前向下属们所做的振奋人心的讲话套用在了哈里身上。

弗莱彻法律与外交学院的同学在很多方面为我提供了热情的帮助，他们的友情我铭记于心。安德烈·梵多鲁斯是我在很多致谢中都要提到的名字，这一次他仍然是我最好的支持者，他为我引荐了安德鲁·波佩尔，帮助我解决了许多金融经济方面的疑点。米安·扎西恩是我在弗莱彻学院的另一个同学，他和他优雅出众的妻子安迪以及他的岳母玛木娜·塔斯基努德-迪恩，在帮我了解阿富汗与巴基斯坦边境地带的风土人情方面发挥了无可替代的作用。吉姆·斯塔克是一位退役的美国海军少将，他也是我的弗莱彻校友，他以我的名义邀请了他的另外几位同僚，他们都是退役的美军军官，其中包括比尔·卡梅隆上尉、菲利普·安塞尔莫海军少将和艾德·道格威洛少校，正因为有他们的帮助，我才能将从迪戈加西亚岛至阿富汗的那段飞行描述得尽可能合理、准确。

关于迪戈加西亚岛的资料我要感谢另一位前美军军官，他叫小特德·A.莫里斯，他也曾是迪戈加西亚岛临时行政机关的最高长官。他如今生活在美国新墨西哥州，该州州长比尔·理查森也是我们的弗莱彻校友。特德曾说要请我喝冰啤酒，但因我距新墨西哥州路途遥远，一直难以实现，不过有生之年我定要前去会一会这位老友。

丹尼尔·布里顿·卡特林帮我分析了BBC的议会事务新闻制作

人在面对书中所述危机时的应对策略，他应该知道，本书中的丹尼尔就是我为了表示对他的敬意而塑造的一个人物。他的热情和令人愉快的恶作剧让我感念至今。

需要感谢的人还有很多，比如皇家通信兵部队的简·查尔莫斯、迪雯·格里菲斯和克里夫·沃特斯，他们热情、慷慨，但愿我在书中的描述没有亵渎他们的专业水准。

当然，不可避免地，我对本书中的部分细节做了自由发挥，比如迈克·蒂贝茨所承担的角色在现实中通常都会由两个人担任，国会开幕大典从来没有在11月5日召开过，还有盖伊·福克斯不散的阴魂。此外还有很多地方可能与现实有所出入，希望我的朋友和所有读者朋友们能够多多包涵。

最后，我很高兴这本新书出版后募集到了一大笔善款。去年圣诞节，我在一次筹款晚宴上应邀为全球学生伙伴关系组织（www.spw.org）和ZAMCOG①发表演讲，这是两个在发展中国家开展教育工作的慈善机构。一位名叫琳达·哈里森·爱德华兹的杰出女士很热情地向这两个机构提供了帮助，琳达是美国历史上两位哈里森总统的直系后代。而当时恰逢我正在构思小说中的美国总统这个人物，因此，为了感谢她对慈善事业的支持，我借用她女儿的名字布莱斯，为我书中的美国总统命了名。这也是我为什么要将美国总统设定为女性角色的唯一原因，这一点和现实并无关联，因为本人无意预测美国总统大选的结果。

迈克尔·道布斯

于怀利②

www.michaeldobbs.com

---

① ZAMCOG，英国慈善机构，致力于解决赞比亚儿童的失学问题。

② 怀利，英国威尔特郡的一个村庄。